Violet

ENDURE YOUR FATE
– FOR ME –

JOLA DEEP

Hallo meine Liebe,
ich bin Violet.

Meine Lieblingsblumen sind rosafarbene Dahlien.

Du fragst dich sicher, wieso ich dir das erzähle? Ich wollte wohl mit etwas Harmlosem beginnen.
Weißt du, es gibt Menschen, die kommen auf die Welt und ihr ganzes Leben verläuft relativ glücklich. Andere müssen mit einigen harten Schicksalsschlägen kämpfen, doch sind so verdammt stark und werden dafür belohnt. Wieder andere haben einen abartig miesen Start, werden aber vom Glück geküsst.

DANN GIBT ES MICH!

Kennst du dieses erlösende Gefühl, endlich wieder durchatmen zu können?
Genau das hast du bei mir ausgelöst. Nichts, wirklich überhaupt nichts ist für mich schlimmer, als alleine zu sein.
Na gut, da gibt es vielleicht doch noch ein paar andere Dinge, die ich eventuell auch erst herausfinden muss, aber dazu kommen wir später.
Schaffst du es vielleicht für uns zu beten? Meine Versuche waren bisher sinnlos und somit habe ich es aufgegeben. Doch ein bisschen Unterstützung wäre nicht schlecht, denn ich kann nicht garantieren, dass wir dem Todesengel immer einen Schritt voraus sein werden oder ich seinen Verlockungen widerstehen kann.

Wichtige Hinweise

Folgende Themen findest du in meinem Buch:

- Psychische Erkrankungen, psychische Gewalt
- Alkoholmissbrauch, Drogenkonsum
- Ritzen, körperliche Gewalt
- Selbstmordgedanken, Selbstmordversuch
- Hörigkeit, Kontrolle
- Demütigungen aller Arten
- Sexuelle Handlungen in der Öffentlichkeit oder in Gruppen
- Mord, Gewalt, alle Arten von Waffen, Tod
- Verlustängste
- Erpressung, Brainfuck
- Explizite Szenen
- Derbe Ausdrucksweise
- Rituale, Blut
- Entführung
- Sexuelle Nötigung
- Toxische Beziehungen

Des Weiteren enthält diese Geschichte explizit beschrieben erotische Szenen, in denen aus stilistischen Gründen teilweise auf Verhütung verzichtet wird. Dennoch ist es mir als Autorin wichtig zu betonen, wie wichtig Safer Sex in der Realität ist.

Reiche mir deine Hand und lass uns weitergehen …
so schwer es auch gerade sein mag.

Deine Jola

Vorwort

Ich schreibe, um zu leben. Jedes Buch ist ein absolutes Herzensprojekt von mir. In diesem Roman sind auch Themen verarbeitet, die ich selbst erlebt habe oder Menschen erfahren mussten, die ich kenne. Natürlich empfindet jeder diverse Krankheitsbilder oder ähnlich durchlebte Situationen anders. Denkt bitte beim Lesen daran.

Für diejenigen, die es deep mögen.
Für jeden, der gerne in Gefühle badet.
Für dich, wenn du es liebst, zwischen den Zeilen zu lesen.
Für alle, die etwas in die Gedankenwelt anderer abtauchen möchten. Ein wenig mehr verstehen wollen. Dabei aber genauso gerne lachen und nach Liebe suchen.

Meine Fantasie lässt sich schwer in ein Genre stecken. Ich denke, es ist an der Zeit, dazwischen zu tanzen und dabei ziemlich wilde Fußabdrücke zu hinterlassen. Wie das Leben es uns vormacht.

Dein größtes Geschenk an mich?
Entfliehe mit meinen Büchern deinem Alltag und den Sorgen.

Violet,

ich habe dich vor allem und jedem beschützt.
Doch bei einer Person, da habe ich versagt!

In ewiger Liebe.
Elias

♫ 7even7sins – Hey Violet ♫

1. Violet

Verdammt, was sind das nur für Schmerzen?

Mein Kopf pocht, als wäre ich aus einem meiner zahlreichen Albträume hochgeschreckt und voll an die Schräge über meinem Bett geknallt. Mindestens dreimal hintereinander.

Ich stöhne auf, denn dieses klopfende Etwas zieht sich über die Schädeldecke bis zu den Augenbrauen, um dort lautlos zu explodieren.

Kopfschmerzen kenne ich zu gut, doch das hier ist mir neu. Als Migräne verteilt wurde, kann ich meinen Arm keinesfalls gehoben haben … *bitte, das nicht auch noch!*

Sofort schießt mir das Bild von Tante Isla in den Kopf, wie sie mit abartigen Kopfschmerzen in ihrem Bett kauert. An diesen Tagen ist sie voll in Love mit ihrem pechschwarzen Schlafzimmer. Doch Isla ist kein Grufti, der zwischen schwarzen Zimmerwänden haust. Nur das Licht wird komplett verbannt und das in jeglicher Hinsicht. Kein Fernseher, keine Leselampe, sogar die Fenster sind verhangen. Wie eine Todkranke liegt sie mit Migräne in ihrem abgedunkelten Zimmer herum, oft unfähig, sich zu bewegen.

Ob der Scheiß wohl vererbbar ist?

Granny hat keine Migräne, das wüsste ich. Und Mom …

Meine Augenlider flattern wild, als würden sie gegen einen Sturm ankämpfen. Zeitgleich versucht mich eine Welle zu überrollen, in der Hoffnung, sich bestenfalls aus meinen Augen zu ergießen. Und als wäre das nicht schon genug, krabbelt auch noch Vio, die kleine Depri-Schlampe, aus ihrem Loch hervor. *Fuck!*

Um nicht weiter über Mom nachdenken zu müssen, öffne ich meine Augen. Doch ich sehe nicht viel. Nebelschwaden, wo immer ich hinblicke, und ich spreche hier von Nebel, bei dem man die eigene Hand nicht sieht.

Da ich mich jetzt auf anderes konzentriere, zieht sich Vio Flüche spuckend ins Dunkle zurück. Auch die herannahende Welle ist trockengelegt, ehe sie mich erreicht. Glück gehabt! Ein emotionaler Zusammenbruch hätte mir noch gefehlt.

Zum ersten Mal spüre ich, dass ich mich bewege. Nicht direkt ich selbst, denn mein Körper fühlt sich wie betäubt an. Vollkommener Kontrollverlust auf ganzer Ebene.

Was ist hier los?

Vielleicht habe ich mich ja so derbe abgeschossen, dass der Restalkohol mich immer noch im Land des Blackouts gefangen hält.

Dieses sanfte Schaukeln wiegt meine steifen Gliedmaßen, als wolle es mich trösten und wenn ich nicht eben erst aufgewacht wäre, könnte ich direkt wieder einschlafen. Elias Wasserbett schaukelt auch so schön, als würde man auf zarten Wellen treiben oder in der Hängematte baumeln. Aber das ist nicht sein Wasserbett. *Wo bin ich?*

Stöhnend blinzle ich mehrmals, um den Schleier, der immer noch vor meinen Pupillen hängt, zu vertreiben. Er ist verdammt hartnäckig. Milchig erstreckt sich vor mir diese wohl hellbeige Rückenlehne. Es scheint dieselbe Art

Bank zu sein, auf der ich liege. Nur kommt mir weiterhin nichts bekannt vor.

Was zum Teufel mache ich hier?

Mein Blick gleitet zur Decke. Ich entdecke dutzende eingelassene Strahler über mir, doch sie glimmen nur wie fast erloschene Glut. Das Schaukeln irritiert mich zwar immer noch, aber mein Denkapparat will mir dabei einfach nicht zu Hilfe kommen.

Langsam lassen sich meine steifen Finger und Zehen bewegen, dann die Beine. Ich versuche mich aufzurichten, doch irgendwas stimmt mit meinem linken Arm nicht. Er hängt fest und ein seltsames Klirren schallt an mein Ohr. Zeitgleich fährt mir ein stechender Schmerz, gemischt mit einem furchtbaren Kribbeln über meine Nervenbahnen ins Gehirn. Als hätte etwas in mir den Masterplan entdeckt und wüsste mehr als ich. Dieses eklige Gefühl kenne ich sonst von Cola, die eisgekühlt meine Zähne ertränkt.

Ich blinzle heftig, mehrmals. Die Schärfe kommt immer mehr zurück. Erschrocken starre ich auf die Handschellen, in denen meine linke Hand steckt und deren anderes Ende irgendwo an der Bank befestigt sein muss.

Wurde ich verhaftet?

Hektisch ziehe ich Luft in meine Lunge. Durch die Zitterpartie meiner Hände wird ein rasselndes Liedchen angestimmt. In aufkommender Panik versuche ich mir die Ohren zuzuhalten, doch komme nicht weit, ohne mir dabei den Arm halb auszurenken. Also presse ich lieber die Handflächen ineinander und flehe sie an, damit aufzuhören. Ich muss mich erinnern, jetzt!

Panisch zerre ich erneut an meinen kalten Fesseln. Nichts tut sich. Weder an dem Metall noch in meinem Kopf. Auch der Versuch, mich aufzusetzen, scheitert kläglich.

Ich kann mich bestimmt vor die Bank auf den Boden hocken, aber das bringt mich auch nicht weiter. Während ich mich erneut umsehe, pocht es eklig an meinem Hals. Stark. Schnell. Ein kurzer Schwindel überkommt mich, zwingt mich, die Augen zu schließen.

Einfach ruhig atmen, du steckst bestimmt noch mitten in einem beschissenen Albtraum und wachst gleich auf …

Doch beim nächsten Augenaufschlag liegt meine Euphorie schon wieder heulend auf dem Boden, denn nichts hat sich verändert. Dafür entdecke ich die Wasserflasche, die auf einem dunklen Holzschränkchen am Kopfende steht.

Wasser! Mein Mund lechzt nach Feuchtigkeit. Blöderweise ist diese dumme Flasche unerreichbar. Also kaue ich auf meinem imaginären Kaugummi herum, um den Speichelfluss anzuregen und meine schmerzenden Schleimhäute zu befeuchten.

Mühsam drehe ich mich um. Zumindest so weit, wie es meine Fessel zulässt. Dabei entdecke ich ein kleines Fenster, vor dem sich gerade alles Licht der Erde zu sammeln scheint. Bereit, meinen Augen höllische Schmerzen zuzufügen. Vollkommen geblendet presse ich jammernd die Augenlider zusammen und als hätte mir Gott höchstpersönlich die Eingebung geschickt, beginnt es plötzlich in meinem Oberstübchen zu rattern.

Allerdings gefällt mir die Möglichkeit überhaupt nicht, die mir das erwachte Ding versucht, begreiflich zu machen. *Wieso sollte ich angekettet in einem Flugzeug auf einer Bank liegen?* Einen Unfall kann ich nicht gehabt haben, denn nach einem Rettungshubschrauber sieht mir der krümelfreie, dunkelgraue Teppichboden hier nicht aus. Er sieht sogar ziemlich edel und teuer aus.

Panik kriecht lähmend meinen Nacken hinauf und das wilde Galoppieren meines Herzens beruhigt mich dabei auch kein Stück. *Atmen. Langsam, wie du es gelernt hast. Komm schon.* So versuche ich wieder etwas runterzukommen oder besser gesagt, nicht vollkommen auszuflippen. Eine Panikattacke ist kein Los, das ich ziehen will.

Zu meiner Stimme im Kopf gesellen sich von irgendwo tiefere Tonlagen. Ich halte den Atem an. Lausche. Tatsächlich, zwei Männer unterhalten sich über irgendein Spiel heute Abend. Nein, sie streiten eher um einen Sieg. Plötzlich macht es bei mir Klick.

Natürlich, es ist Superbowl. Die Packers gegen die Chiefs. Elias und ich wollten uns mit den anderen treffen.

»Elias.« Liebevoll dringt die Buchstabenreihe aus meinem Mund, als mir alles wieder einfällt …

Einkaufszentrum, neues Sommerkleid, ein Bikini und Elias hatte es auf die neuen Nikes abgesehen. Er ist noch nicht da gewesen und ich habe mir bei Starbucks einen White Chocolate Mocha geholt. Ich liebe dieses Getränk genau so sehr wie weiße Schokolade. Normale Schokolade mag ich allerdings nicht wirklich. Selbst als Kind habe ich dann lieber Chips gefuttert. Seit es so gut wie alles mit weißer Schokolade gibt, sieht das anders aus und Chips rühre ich nur noch selten an.

Mit meinem Getränk habe ich also draußen im Schatten mehrerer Bäume gewartet, dann …

Leere. Keine Ahnung.

Genervt presse ich den Hinterkopf gegen das viel zu weiche Polster und hämmere mit der freien Hand dagegen. Aggressionsabbau vom Feinsten. *Das darf nicht wahr sein! Komm schon, du lahmes Ding da oben, streng dich etwas mehr an!* Frustriert schnaubend nehme ich irgendwann das Schweigen in Kauf.

Mir ist zwar nicht wohl dabei, aber mir bleibt nichts anderes übrig, als mich bemerkbar zu machen. Die Männer werden mir erklären, wieso ich hier bin. Also nehme ich all meinen Mut zusammen, übergehe das warnende Rasen meines Pulses und weise diese nervtötende, problemsuchende innere Stimme in die Schranken.

»Hallo? Hört mich jemand?«, rufe ich laut und drehe mich auf die Seite. Stille. Dann kommen schwere Schritte in meine Richtung.

»Shit!«, lässt mich eine tiefe männliche Stimme zusammenzucken, ehe ich die Person überhaupt zu sehen bekomme. Ich war zwar auf eine Antwort vorbereitet, aber nicht darauf, dass ein Donnergrollen über mich hinwegzieht. Vor mir baut sich ein Glatzkopf mit vernarbtem Gesicht auf. Entweder hatte er in seiner Jugend starke Akne oder jemand hat es mit seiner Visage überhaupt nicht gut gemeint. Dieser Kerl ist komplett schwarz gekleidet, nur sein Kopf ragt wie ein beigefarbener Ballon auf einem ebenso farbigen Hals aus der Öffnung seines dunklen Shirts. Mir stechen sofort die schwarzen Handschuhe ins Auge, als er sich über die Glatze fährt. *Nicht gut, gar nicht gut! Nur Verbrecher tragen Handschuhe.*

»Wieso bist du wach?«, schnauzt er mich an, die Augen verengt. *Woher soll ich das denn wissen, du Idiot!*

»Wieso bin ich hier?«, gebe ich zurück und rüttle an den Handschellen.

Sein donnerndes Lachen lässt mich erneut zusammenzucken, aber anstatt zu antworten, dreht er sich einfach weg.

Nicht weggehen! Doch bevor ich etwas sagen kann, brüllt er in die entgegengesetzte Richtung, dass jemand den Koffer bringen soll. *Welchen Koffer?* Anstatt endlich Klarheit zu bekommen, wird alles immer unverständlicher.

»Entschuldigung«, versuche ich es dieses Mal auf die nette Tour. »Können Sie mir freundlicherweise erklären, wieso ich hier bin? Was ist denn passiert?«

Der Typ dreht sich mit einem eisigen Grinsen erneut zu mir und glotzt mir genervt entgegen. Ich höre keinen Ton, nur Schritte. Diese sind jedoch leiser, fast federnd. Wer auch immer da auf uns zu hüpft, scheint nicht solch ein Bulle zu sein wie der verstummte Glatzkopf neben mir.

Tatsächlich taucht ein recht junger Kerl auf. Groß, schlaksig, wie ein Wolkenkratzer ragt er über mir auf. Seine aschblonden Haare sind zu einem Bun gewickelt.

»Hä, wieso ist die wach?« Perplex tauscht er mit seinem bulligen Freund Blicke aus, ehe er mich misstrauisch begafft. Vollkommen unnötig, denn was soll ich bitte damit zu tun haben?

Für mich ist er der klassische Durchschnittstyp. Nicht hübsch, aber auch nicht hässlich. Dafür hat er im Gegensatz zu Mr. Glatze wohl den Joker gezogen, denn keine einzige Narbe prangt in seinem Gesicht.

»Ich würde lieber wissen, wieso ich hier bin?« Vielleicht lässt der Typ sich ja herab, mir endlich mal zu antworten.

»Das wird dir der Boss erklären«, erwidert er knapp und hantiert an dem kleinen schwarzen Köfferchen herum. Gerade als ich meinen Mund öffne, um etwas zu erwidern, hält er mir eine Spritze vor die Nase. Augenblicklich verschlucke ich alle Worte.

Was soll der Scheiß denn jetzt? Mein Herz galoppiert schneller als jedes Rennpferd. Wohl, um vor dieser Situation zu flüchten, doch der Fluchtversuch scheitert kläglich.

»Hey, was machst du da?«, rufe ich erschrocken und versuche den stämmigen Typ, der mit ausgestreckten Armen auf mich zukommt, mit der freien Hand wegzudrängen. »Nein! Geh weg von mir!« Wild fuchtele ich vor ihm herum. Ich schreie so laut ich kann. Ein kläglicher, zum Scheitern verurteilter Versuch. Er bringt mir nur ein verdrehtes Handgelenk samt Schmerzen.

»Du darfst noch etwas schlafen«, höre ich den langen Lulatsch kichern und werde von dem Bullen unsanft fixiert. Etwas pikst in meine Haut. Unangenehme Kälte dringt in die Einstichstelle. Dann empfängt mich dunkelste Nacht.

Ich bin bei Elias und seiner Mom. Ich bin gern hier, denn vor Elias Haustür liegt diese wunderschöne Bucht. Ich liebe Wasser. Abends schlendern wir oft am Ufer entlang oder besuchen den Jachthafen. Stundenlang lungern wir dort herum, bestaunen die Boote, malen uns aus, was wir damit alles entdecken könnten.

Ja, ich würde sagen, dass Elias Mom mit dieser Luxusbude, die fast doppelt so groß ist wie Grannys Reihenhaus, einen Jackpot gezogen hat.

Ich liebe es, wie die Mittagssonne durch die bodentiefen Fenster spickt und mein Gesicht liebkost, während ich Elias dabei beobachte, wie er fürs College lernt. Bin verliebt in die offenen Räume, die mich von meiner bedrückenden Enge befreien. Sie erlauben mir zu atmen. Zu leben. In meinem kleinen Kinderzimmer zwingt mich meine schreiende Lunge allzu oft dazu, das Fenster aufzureißen, um nicht zu ersticken.

Geht man die breite Holztreppe nach oben und biegt scharf rechts ab, kommt man in Elias Zimmer. Oft liege ich, während er zockt, auf seinem Bett. In meinen Gedanken versunken beobachte ich durch diese riesige Fensterfront das Wasser. Ein atemberaubend schöner Anblick. Bei Nacht fast magisch, wenn die Mondsichel sich gelb golden in den sanften Wogen spiegelt.

Ich weiß zwar nicht genau, wie seine Mom sich das mit ihrem Halbtagsjob im Kindergarten alles leisten kann, aber Elias meinte mal beiläufig, dass seine Großeltern stinkreich sind.

Ja, ich bin gern dort und ich glaube, Elias mag es auch, wenn ich bei ihm bin. So wie jetzt, denn gerade liegen wir zusammen in seinem Bett. Wir verlieren uns in den tosenden Wellen außerhalb des Fensters.

Ich bin nicht allein, denn allein sein ist furchtbar. Dieses Gefühl jagt zu oft kaum aushaltbaren Schmerz durch meinen Kopf.

Ich bin Elias wichtig. Ja, das bin ich!

2. Orlando

Ein zaghaftes Klopfen reißt mich aus meinem tranceähnlichen Zustand. Ich denke erst, das Geräusch gehört zu den harten Gitarrenklängen, die sich aus dem mickrigen Lautsprecher meines Handys drücken, aber das scheint nicht der Fall zu sein.

Dennoch bewege ich mich weiterhin rhythmisch, denn Natalia in ihrer nackten Schönheit rekelt sich kittylike unter mir, um mich aus ihren nebelgrauen Augen anzuhimmeln. Vollkommen fasziniert klebe ich an ihrem linken Auge. Wie immer. Nebelschwaden, eingeschlossen von diesem dunkelbraunen Ring, der sie am Davonziehen hindert. Absolut stimmig mit ihrem jetzigen Leben. Als hätte dieses Auge gewusst, was einmal auf sie zukommt. Ihr rechtes Auge scheint dagegen noch zu hoffen. Auf Freiheit.

Natalias honigsüßes Seufzen dringt an mein Ohr, während ich sie mit meinem Schwanz penetriere. Immer tiefer schiebe ich mich in sie, weite sie und sie lässt es brav geschehen. *So eng, der Wahnsinn!*

Die Raubkatze schnurrt heute. Ihre warme Höhle nimmt mich vollständig in sich auf. Jeder Nerv in meinem Becken grölt. Das fordernde Verlangen muss beschwichtigt werden, bevor es mich überrollt. Ich bin fast am Durchdrehen.

»Shit, wenn du weiter so anspannst, zerquetschst du mich!«, zische ich und ziehe meine Augenbrauen zusammen. Hitze überrollt mich. Zeitgleich rinnen einzelne Schweißtropfen von meinem Nacken den Rücken hinab, doch werden von ihren Fingern aufgefangen. Mein Blick gleitet zu diesen vollen Brüsten, die sich meinem Takt untergeordnet haben. In der Mitte thronen die hellsten Brustwarzen, die ich bei einer Frau jemals entdecken durfte. Ich vergöttere diese zwei blassen Knospen. Wie dieses ganze Wesen.

Mein Rockergirl ficke ich von allen am liebsten. Wir sind unsichtbar durch unsere Leidenschaft verbunden. Irgendwie zumindest. Nicht auf romantische Art und Weise, sondern eher wie Freunde. Auch wenn wir keine Freunde sind.

Ein erneutes Klopfen, diesmal jedoch lauter, lässt mich aufhorchen. Zudem dringt dumpf mein Name durch die verschlossene Tür.

»Pablo«, stöhne ich, richte mich auf und Natalia hält verwundert in ihrer Bewegung inne. Wenn ich nicht so genervt wäre, müsste ich beim Anblick ihrer verzogenen Schnute lachen.

»Was ist denn?«, schreie ich durch den Raum und beobachte meine Handknöchel, die sich immer weißer färben. *Eine halbe Stunde Ruhe, das kann doch verdammt noch mal nicht zu viel verlangt sein!* Hoffentlich hat Pablo mich verstanden, denn ich will ungern meinen Schwanz aus dieser geilen Grotte ziehen.

»Cesar sucht dich«, kommt es gedämpft zurück.

Fuck! Das darf nicht wahr sein!

»Wie ist er drauf?«

»Super, wieso?«

»Wie lange kannst du ihn beschäftigen, ohne dass er schlechte Laune bekommt?« Nach einer Antwort lauschend, betrachte ich Natis Mundwinkel. Die verziehen sich zu einem fast schon gehässigen Grinsen, als sie sich unter mir weiterbewegt. *Du kleiner Teufel!* Mein Schwanz jubelt, doch ich überhöre es bewusst.

»Zehn Minuten vielleicht.«

»Perfekt, bis gleich«, rufe ich und widme mich wieder diesem verführerischen Dämon, der mir immer noch hämisch entgegen grinst. Ihre Höhle massiert fast unerträglich fest meinen Schwanz.

Ich beuge mich über sie und vergrabe meine Zähne in ihrem Hals. Nicht stark, nur ein wenig, doch es reicht aus, um ihr das Grinsen aus dem Gesicht zu treiben.

»Du hast es gehört, es wird wohl eine schnelle Nummer«, fluche ich leise. Entschuldigend drücke ich ihr einen warmen Schmatzer auf die Wange und greife nach ihrer leicht schwitzigen Hand. Behutsam platziere ich den schmalen Zeigefinger mit dem wie immer schwarz lackiertem Nagel auf ihrem Kitzler. »Hilf mit!«, fordere ich streng und richte mich wieder auf.

Meine Finger graben sich in ihr zartes, warmes Fleisch, als ich ruckartig ihr Becken näher zu mir ziehe. Ein spitzer Schrei hallt durch den Raum und harmoniert perfekt mit dem düsteren Lied, das uns umhüllt.

Die ablaufende Sanduhr im Hinterkopf spornt mich an und ich bewege mich schneller. Zeitgleich beobachte ich streng ihren Finger. Er nimmt mein Tempo auf.

»Yes, Baby, reib dich, schneller. Los! Komm für mich!«

Unser fast schon harmonisches Stöhnen wird lauter, wilder. Nackte Haut zerrt aneinander. Ihre Pussy verzaubert mich mit leisen Schmatzgeräuschen. Ich stoße mich hart in sie, treibe mein Verlangen ins Unermessliche. Kurz bevor ich den Verstand verliere, ziehe ich mich aus ihr zurück und ergieße mich mit einem tiefen

Seufzer auf ihrem flachen Bauch. Zufrieden betrachte ich meinen spuckenden Schwanz und lobe ihn durch sanftes Reiben.

Verdammt gut!

Keuchend wische ich die Hand zur Seite und mache mich selbst an dieser prallen Knospe zu schaffen. Wild reibe ich darüber und entlocke der Verführung in Person weitere rasselnde Seufzer. Meine Augen wandern über ihren sexy Körper, um dann in ihrem Schoß hängenzubleiben. Immer noch von Hitze und Erregung getrieben, lecke ich mir über die Lippen und warte sehnsüchtig auf ihre Erlösung. Ich bin süchtig danach, ihr beim Zucken zuzusehen, wenn sie vor Geilheit einfach explodiert.

Als ich ihre Brustwarze fest zwischen meine Finger klemme, hebt Nati den Kopf. Ihr Blick ist wild und mein Zwirbeln lässt sie fast tollwütig erscheinen.

»Lass es raus!«, sporne ich sie an, ziehe an ihrem Nippel und jetzt kann sie sich nicht mehr halten.

»Ahhh, verdammt«, zischt sie erst, um ihre Lust danach hemmungslos herauszuschreien. Dabei versinken unsere Blicke ineinander, bis wir von ihren flatternden Lidern getrennt werden. Einen Augenblick später läuft durch ihren wahnsinnig straffen Körper diese elektrische Spannung. Ich lächle zufrieden.

Verdammt gut!«, keucht sie mir mit diesen süßen, kirschroten Lippen entgegen.

Mein Mundwinkel zuckt bei ihrem Anblick und ich bin irgendwie stolz. Stolz, diese Rockerbraut, die mich sonst wahrscheinlich mit dem Arsch nicht anglotzen würde, wieder einmal befriedigt zu haben. Denn hier gehört sie mir!

Normalerweise würde ich jetzt etwas die Wärme ihres Körpers aufsaugen, aber dazu ist keine Zeit.

»Sorry.« Ich gebe ihr einen allerletzten Kuss, drücke mich nach oben, wische mir über den Mund und verreibe das Rot ihres Lippenstifts auf meiner Handfläche. Schnell bin ich angezogen. Auf meinem Weg zur Tür werfe ich einen kurzen Blick in den Spiegel.

Alle Spuren beseitigt, perfekt.

Nati haucht mir lachend einen Kuss entgegen, ehe die Tür ins Schloss fällt. Dann schiebt sich der elektronische Riegel vor.

Als ich durch die halbdunklen Flure hetze, bete ich, dass Pablo wenigstens diesmal seinen Job ordentlich erledigt hat. Ich kenne niemanden, der so viel verbockt. Obwohl sein Name der Kleine bedeutet, ist er mit seinen 1,90 Meter ein echtes Riesenbaby.

Etwas neidisch bin ich allerdings auf ihn, denn zu einem Teint wie Milchschokolade würde ich nicht Nein sagen. Wer will schon wie ein kranker Bleichling daherkommen.

Wie von einem Rudel Löwen getrieben, hetze ich durch die Gänge und reiße die Tür zu meinem Büro auf. Cesar steht mit dem Rücken zu mir am Fenster und schwenkt langsam herum. Durchdringend blickt er mir entgegen. Vollkommen emotionslos.

»Orlando. Gut, dass du endlich da bist, sie müssten jeden Moment kommen.« Überrascht ziehe ich die Augenbrauen in die Stirn. *Glück gehabt, er scheint nicht sauer zu sein.*

»Sorry, ich hatte noch etwas Wichtiges zu tun«, rechtfertige ich mich für die knapp neun Minuten Verspätung, während Pablo mir hinter Cesars Rücken dumm entgegengrinst. Genervt verdrehe ich die Augen, setze mich an den schwarzen Schreibtisch, reiße die oberste der vier mit schwarzem Leder überzogenen Schubladen auf und krame mein Handy hervor. Cesars

Blick verfolgt dabei kritisch jede meiner Bewegungen. Mir treibt er damit, im Gegensatz zu anderen, keine Schweißperlen auf die Stirn.

»Ich dachte, sie kommt erst heute Abend?«, frage ich beiläufig. Nebenher beantworte ich eine E-Mail.

»Es ging schneller als gedacht. Das Zimmer ist bereit?«

Ich nicke und biete Cesar einen Espresso an. Während ich genüsslich an meinem schlürfe, schüttet er ihn wie ein Verdurstender hinunter und drückt Pablo die leere schwarze Tasse mit dem silbernen Totenkopf in die Hände.

Während der dumm dasteht und mich anglotzt, erreicht ein stummer Seufzer mein Gehirn. Der Trottel weiß nicht mal, was er mit einer leeren Tasse anfangen soll. Ist das zu fassen? Mit einer einzigen Handbewegung signalisiere ich ihm, das Geschirr auf dem Tisch neben sich abzustellen und zu verschwinden.

Cesar krempelt indessen schweigend die Ärmel seines schwarzblauen Hemds nach oben und starrt auf sein Handy. Jedoch ohne es zu bedienen. Vielleicht versucht er ja die Zeit zum Rennen zu zwingen.

Die Art, wie er seinen klobigen Siegelring umherdreht, verrät mir, dass seine Gelassenheit nur gespielt ist. Verständlich, es steht für ihn einfach so viel auf dem Spiel. Allerdings ist das auch die einzige Geste, die ihn verrät. Normalerweise ist er ein Meister der Selbstbeherrschung.

Ich werfe einen schnellen Blick auf das Protzwerk, das meinen linken Ringfinger fesselt. Rolex-Style, Platin und schwarzer Untergrund. So sieht jeder Siegelring aus. Alle für immer miteinander verbunden. Die eingelassenen Steine zeigen den Anfangsbuchstaben unserer Namen und können frei gewählt werden. In meinem O sind schwarze Diamanten eingelassen. In dem C von Cesar, wie sollte es anders sein, blaue Saphire. Schickes Teil, aber mir eigentlich viel zu protzig.

Pablo verdrückt sich endlich. Ich ziehe mir das Tablet heran und suche nach der Buchungsliste. Die Einteilung der Frauen ist nicht ganz fertig. Neue Buchungen sind ebenfalls hereingekommen. Um die zwanzig Perlen sind hier untergebracht und jeder Betreuer ist für vier bis sechs dieser Juwelen zuständig.

»Auf, komm mit«, reißt mich Cesar aus meiner Arbeit. Hektisch springe ich auf, denn Geduld ist keine Stärke von ihm. Schnaufend hechte ich hinter ihm die Gänge entlang, denn er rast die Strecke förmlich ab. Ohrenbetäubend laut hallen dabei seine Absätze auf dem groben Steinboden und für einen Schritt von ihm benötige ich fast zwei.

Am Ende des Ganges linse ich durch das viel zu mickrige Fenster in dieser riesigen Stahltür. Zwei Männer kommen rasch näher. Zwischen ihnen schaukelt ein erschlaffter Körper hin und her. Ich kenne ihre Namen nicht, doch es sind zwei von Cesars insgesamt zehn Männern, die seinem Trust Circle angehören. Männer, denen er blind vertraut und jederzeit, ohne zu zögern, sein Leben in die Hände legt. Wie immer erschrecke ich, als diese optisch so schwerfällige Tür geräuschlos aufgleitet. Etwas umständlich bugsieren die beiden ihre Beute hindurch.

»He, passt auf den Kopf auf!«, schreie ich. *Puh, das war knapp, fast hätte das Gesicht den Rahmen geküsst.*

In Zimmer 04 werfen die beiden diesen zierlichen Körper so lieblos, als würden sie Holz schichten, auf das Bett, dass sogar Cesar sie scharf anblafft. Sind halt alles Bauarbeiter und Schlachter, da kann man kein Fingerspitzengefühl erwarten.

Daran ändert ihre nachträgliche Demutspose jetzt nichts mehr. Wie zwei ausgeschimpfte Kinder stehen sie mit gesenktem Kopf neben ihrem Boss und nuscheln vor sich hin, weshalb ich mir ein Lachen verkneifen muss. So ein muskelbepackter Koloss demütig »Sorry« murmelnd, was für ein Anblick! Dass der überhaupt weiß, was eine Entschuldigung ist.

»Wieso ist sie noch nicht bei Bewusstsein?« Sachte ziehe ich ihr dabei die weißen Turnschuhe mit den dicken Sohlen von den Füßen.

»Tja … also, ich musste noch mal etwas nachspritzen. Die war einfach viel zu früh wach«, erklärt mir der schmächtige Kerl und kratzt sich am Hinterkopf.

»Freu dich, dann hast du noch etwas deine Ruhe«, meint Cesar und sein Lachen dröhnt durch den Raum. So laut, dass ich befürchte, die Betäubung flüchtet vor Schreck aus diesem zierlichen Körper. Die graue Jogginghose und das weiße Shirt mit dem bunten Print scheinen drei Nummern zu groß, aber vielleicht trägt man das ja so.

Als ich die weiche Decke über ihren Beinen ausbreite, schickt Cesar die beiden Männer aus dem Zimmer. Dann tritt er neben mich. Vorsichtig strecke ich meine Finger aus und befreie ihr Gesicht von dunkelbraunen, verklebten Haarsträhnen. *Ach, du Schande!*

Langsam ziehe ich meine zitternden Finger zurück und suche erschrocken Cesars Blick. »Wie alt ist sie denn?«

Cesar, die Hände in den Hosentaschen vergraben, verzieht nur das Gesicht. Weiterhin betrachtet er stumm diese verzauberte Prinzessin. Schlafend, blass, mit Lippen, so purpurrot. Cesars Trumpf in seiner scheußlichsten Schlacht, die er je geführt hat.

Weiterhin auf eine Antwort wartend, stehe ich dumm neben ihm. Nach einer gefühlten Ewigkeit legt sich mit festem Druck seine Hand auf meine Schulter und pumpt Kälte in mich.

»Vor zwei Wochen achtzehn geworden. Du denkst an alles, was wir besprochen haben?«

Puuh! Ich nicke erleichtert, denn sie sieht höchstens wie sechzehn aus.

Natürlich weiß ich, was ich zu tun habe. Allerdings rebelliert mein Gewissen enorm dagegen.

Cesar war anderen gegenüber schon immer kalt und grausam, doch innerhalb der Familie? Das ist ein ganz neues Level.

3. Violet

Stöhnend reibe ich mir die Stirn. Dieser beschissene Schmerz quält mich immer noch. Beginnend am Oberkopf zieht er sich bis zur Nasenwurzel und diesmal dauert es deutlich länger, bis ich meine schweren Augenlider öffnen kann. Die Sicht ist genauso verschwommen wie beim letzten Mal. Allerdings ist irgendwas anders. Das Schaukeln fehlt und …

Beide Hände sind frei.

Ein krächzendes Lachen dringt aus meinem Mund und ich blinzle wie verrückt. Mit beiden Zeigefingern massiere ich in kreisenden Bewegungen den Knochen über meinen Augenhöhlen. Auch hier schmerzt es bestialisch, aber tut zeitgleich unglaublich gut. Ich liebe dieses quälende Gefühl. Unerträglich, dass man befürchtet, daran zugrunde zu gehen, um sich dann plötzlich wie ein feiger Killer bei Sonnenaufgang zurückzuziehen. Qual und Erlösung, immerfort, das ist mein Leben.

Mehrere Minuten lang liege ich einfach mit geschlossenen Augen da und warte auf die süße Erlösung. Schmerz lässt immer nach, irgendwann, außer wir sterben daran.

Schwerfällig rolle ich meine steifen Schultern vor und zurück und versuche dabei, die Muskeln etwas zu lockern. Wie kann ein ganzer Körper nur so schmerzen? Danach rapple ich mich auf und meine Sicht ist endlich wieder klar. *Wo bin ich?*

Ich liege in einem schmalen Bett. Durch diese langen, dünnen Metallstäbe am Kopfende ähnelt es meinem, das allerdings schneeweiß ist. Auch das Kopfteil ragt bei Weitem nicht so sehr in die Höhe. Dieses Bett trägt das dunkelste Blau, das mir an Möbeln jemals unter die Augen gekommen ist. Das letzte Blau am Abendhimmel, bevor es von der Nacht verschluckt wird. Ein samtiges Schwarzblau. Auch das Zimmer sagt mir nichts. Neugierig blicke ich durch den riesigen Raum, in den mein Schlafzimmer fast dreimal passen würde. Was würde ich alles für so viel Platz geben. Ansonsten sieht es hier aus wie in einem ganz normalen Zimmer. Bett, Kleiderschrank, Regal. Nichts Besonderes. An den zwei Fenstern fehlen Vorhänge, aber dafür sind dunkle Gitter angebracht.

Soll ich hier vor etwas beschützt werden oder will man die Welt vor mir beschützen?

Etwas Glänzendes im Augenwinkel zieht meine Aufmerksamkeit auf sich und schon bin ich auf den Beinen. Das Fenster muss warten.

Unschlüssig stehe ich nun vor dieser Tür, die sich kaum von der dunkelblauen Wand abhebt. Den Kopf nach links geneigt, während Daumen und Zeigefinger das Kinn begrapschen, denke ich nach. Eine dumme Geste, die automatisch passiert und nachträglich beschert sie mir an den Stellen nervige Pickel. *Hmm, sieht aus wie eine normale Zimmertür. Einfach öffnen, was soll schon passieren!*

Meine Hand liegt auf dem Türgriff. Sie zittert. Viel zu sehr. Mit der zweiten Hand versuche ich sie ruhiger zu bekommen, was sich als dümmste Idee ever entpuppt. Die hat sich den Technobeat jetzt nämlich auch einverleibt. *Was ist nur mit mir los?*

Ich atme schwer und ziehe dabei Mut in meinen Körper.

Zwei, eins, jetzt!

Fast unerträglich langsam drücke ich die Klinke nach unten, während sich meine Spannung zu einem riesigen Berg türmt. Nichts bewegt sich, obwohl ich mich fest dagegenstemme. *Mist, verschlossen!*

Meine kurze Euphorie wurde innerhalb von Sekunden unter schwerer Hoffnungslosigkeit begraben und so inspiziere ich einfach weiter den Raum. Ich muss etwas tun, mich beschäftigen, ablenken, um nicht durchzudrehen.

Der Tisch mit den zwei abgenutzten Holzstühlen ist ebenso nachtblau wie das Bett. Die einzigen Highlights hier sind zwei fliederfarbene Sitzkissen auf den Stühlen, an denen schon die Farbe abblättert.

Ein großer weißer Schminktisch erweckt meine Aufmerksamkeit, denn er passt nicht in den Raum. Ich setze mich auf den mickrigen Hocker, inspiziere neugierig den Inhalt der Schubfächer und nehme einige Dinge in die Hand, um sie genauer zu betrachten. Make-up, Lidschatten, Wimperntusche, Fake Wimpern, Puder, Pinsel. Alles was man braucht, um sich ordentlich aufzuhübschen. Normalerweise schminke ich mich kaum. Falls doch, dann nicht mit so viel Zeugs. In der Schule reicht mir etwas Puder und Wimperntusche.

Aber für Partys pinsele ich mich gern mal an. Mir gefällt, dass ich älter aussehe und ich liebe die Art, wie Jungs mich mit der ganzen Schmotze im Gesicht angaffen. Ja, mich regelrecht auffressen. Elias hasst es, aber auch das liebe ich auf eine bestimmte Art und Weise, denn Eifersucht zeigt auch irgendwie Liebe.

Enttäuscht betrachte ich das mit Büchern vollgestopfte Regal. Ich hasse lesen und noch mehr verabscheue ich diese langweiligen Bücher, die man ständig in der Schule lesen muss. Daheim bin ich meist am Zocken, um alles um mich herum einfach zu vergessen. Wobei ... vergessen kann ich nichts, aber mehr oder weniger erfolgreich ausblenden.

Neugierig schleiche ich zur zweiten Tür im Raum und presse mein Ohr dagegen. Nichts. Dieses Mal drücke ich die Klinke sofort nach unten, denn natürlich wird die sich genauso wenig öffnen lassen. Zu meiner Überraschung springt sie federleicht auf. Mir starrt Dunkelheit entgegen.

Vorsichtig taste ich mit meiner Hand an der Wand entlang, bis ich auf etwas Viereckiges treffe. Ich drücke den Schalter nach unten und diese riesige, rechteckige Deckenleuchte hüllt den Raum in ein warmes, goldenes Licht. Ein Badezimmer. *Wow, wie aufregend!*

Nach dem Händewaschen sauge ich gierig kaltes Wasser in meinen Mund. Herrlich, wenn die Schleimhäute wieder zum Leben erwachen.

Neugierig trete ich an eines der Fenster, denn mein erster Impuls hat mich eigentlich hierhergezogen. Erstaunt blicke ich auf die riesige Parkanlage, die sich unter mir erstreckt.

Bin ich in einer Klinik? Ich war bisher einmal dort und auch da gab es einen Park. Der war zwar nicht so schön wie dieser hier, aber das heißt ja nichts. Vielleicht ist etwas vorgefallen, an das ich mich nicht erinnern kann ... Amnesie vom Feinsten womöglich.

Mein Blick bleibt an dem saftig grünen Gras hängen und schweift verträumt über die Bäume. Der Himmel ist von grauen Wolken verhangen, kein einziger Sonnenstrahl schafft es hindurch. Falls an diesem Ort die Sonne überhaupt scheint.

Trotzdem verschieben sich meine Mundwinkel etwas nach oben, als ich die Augen schließe. Weiches Gras streicht mir um die Finger. Ich lausche den beruhigenden Melodien, die einzelne Windböen den Blättern entlocken. Ein süßlicher Geruch zieht um meine Nase und das Summen der Bienen schallt in meinen Ohren. Ja, meine Fantasie war schon immer sehr ausgeprägt.

Hastig reiße ich die Augen auf und suche das Fenster ab. Mist, wieso lässt es sich nicht öffnen!? Doch auch das zweite Fenster ist verplombt.

Zwischen dem ganzen Grün leuchten unzählige Orchideen in den buntesten Farben. *Wow! Mom hat Orchideen geliebt*. Schnell zwinge ich mich, nicht weiter an sie zu denken.

Dieses bunte Blütenmeer vor dem Fenster kollidiert komplett mit der Düsternis hier im Raum. Allerdings wird mein Blick ohnehin von einem etwa 8-jährigen Mädchen eingefangen. Vergnügt mit den Armen schlenkernd, hüpft das zierliche Püppchen in Pink den schwarzen Kiesweg entlang. Ich klopfe mit der flachen Hand mehrfach gegen die Scheibe und nachdem die Kleine endlich zu mir aufblickt, winke ich wie verrückt.

»Hey, Kleine, Hilfe. Hörst du mich? Hilf mir!« Sie winkt zurück, lacht dabei und hüpft weiter.

»Nein, nein, nein, nein!« Fluchend renne ich zum nächsten Fenster, hämmere wild dagegen und schreie weiter um Hilfe. Die Glasscheibe zittert unter der Wucht und kurzzeitig befürchte ich, dass sie zerspringt.

Frustriert stöhne ich auf, da dieses ungezogene Ding mich keines weiteren Blickes würdigt, sondern einfach aus meinem Sichtfeld hüpft. Enttäuscht schicke ich ihr mit zusammengekniffenen Augen Todesblitze hinterher.

Mittlerweile echt erschöpft und teuflisch hungrig, lasse ich mich aufs Bett sinken.

Was habe ich übersehen …

Meine Finger trommeln ungeduldig auf den Oberschenkeln herum, als ich angestrengt den Raum inspiziere. Vielleicht gibt es hier irgendwo eine Klingel, mit der ich mich melden kann? Bei wem auch immer. Möglicherweise ist der Raum auch Videoüberwacht?

Also zwinge ich mich wieder auf die Beine. Sosehr ich auch suche, ich finde einfach nichts. Laut CSI können diese winzig kleinen Kameras heutzutage überall verbaut sein. Ich bin jetzt kein Fan der Serien, aber Elias vergöttert sie regelrecht. Ob Miami, New York, Vegas oder wie sie alle heißen. Dadurch ziehe ich mir das eben auch regelmäßig rein. Oder eher unregelmäßig, denn überwiegend hänge ich meinen Gedanken nach und sauge dabei wie ein großporiger Schwamm die beschützende Wärme seines Körpers auf.

Das Einzige, was ich effektiv tun kann, ist warten. Das schreckliche Grummeln meines Magens versuche ich dabei zu überhören, denn Wasser vermag die Laute nicht mehr zu ertränken.

Bedrückt und mit einer eigenartigen Leere in mir betrachte ich meine Handflächen. Gefrustet schlage ich mir damit mehrmals gegen den Kopf, als wollte ich eine stotternde Maschine wieder zum Rundlaufen bewegen. *Mach schon, du dummes Ding, erinnere dich endlich!*

Mit Zwang ist noch niemals etwas Gutes entstanden. Grannys Worte hören sich so laut und echt an, als stände sie neben mir. Was ist nur passiert und wo ist Elias? Wurden wir entführt?

Während ich, die Ellenbogen auf dem Tisch und das Kinn in meine Handflächen gestützt, in Dauerschleife über ein und dasselbe nachdenke, kommt dieses bestimmte Gefühl in mir auf und Angst kriecht durch jede Pore in meinen Körper. Sie vergiftet meine

Gedanken. Ich bete, obwohl ich nicht daran glaube. Nicht mehr …

Ich wurde verwechselt. Es kann sich nur um eine verdammte Verwechslung handeln!

4. Violet

Als das von Wolken durchzogene Graublau vor meinem Fenster langsam von wild lodernden Orangetönen unterbrochen wird, schiebt sich die Tür auf. Das zuvor mechanische Klicken ist mir dabei nicht entgangen. Voller Panik springe ich auf und drücke mich an die Wand.

Herein schlendert ein junger Typ mit dichtem rotbraunem Haar. Wäre es länger, hätte er bestimmt Locken. In der Hand hält er ein voll beladenes Tablett, welches er mit seinen Augen zu fixieren scheint. Vielleicht, damit nichts herunterfällt. Lässig kickt er die Tür zu und als er in meine Richtung blickt, bleibt er abrupt stehen. Ich lasse ihn nicht aus den Augen.

»Oh, Violet, du bist ja wach.« Ein Lächeln legt sich auf seine hellen, fast blutleeren, schmalen Lippen. Ich entschließe mich dazu, ihn nicht mehr ganz so feindselig anzustarren. Vielleicht bin ich wirklich in einer Klinik und der Typ im Flieger hat mit Boss einfach nur die Klinikleitung gemeint. Schließlich kennt der hier ja auch meinen Namen.

Allerdings sehen mir die schwarze löchrige Jeans und der Totenkopfpulli nicht nach einer angemessenen Bekleidung für einen Pfleger aus. Er erinnert mich stark an die Rocker-Clique in der Schule, die hinter den Büschen immer heimlich raucht.

»Du brauchst keine Angst zu haben. Setz dich ruhig.«

Ich traue ihm zwar nicht, aber ob ich mich jetzt an die Wand quetsche oder auf dem Bett sitze, macht keinen Unterschied. Also tapse ich, den Blick konstant auf ihn gerichtet, zum Bett und setze mich wieder.

»Wie geht es dir?«, will er fast beiläufig wissen, während er in aller Seelenruhe zu dem Holztisch läuft und das Tablett abstellt.

Was wird das denn? Small Talk unter alten Freunden? Tz!

Ich bleibe stumm, denn mich interessiert eher, wo ich bin und warum. Da ich wohl nicht antworte, setzt der freche Kerl sich einfach zu mir aufs Bett. Instinktiv rutsche ich ein Stück zur Seite. Dabei ziehe ich diesen köstlichen Duft in die Nase, der sich langsam in meinem Zimmer breitmacht. Mir läuft das Wasser im Mund zusammen und der Hunger liegt wie ein schwerer Stein in meinem Magen.

Alles gut?« Seine schiefergrauen Augen mustern mich.

»Was mache ich hier und wo bin ich überhaupt?«, frage ich mit zitternder Stimme und betrachte ihn genauer. Von nahem lässt ihn der matte Gelbstich seiner ockerfarbenen Haut noch kränker wirken. Fasziniert betrachte ich das Tragus-Piercing mit dem schwarzen kleinen Ring. Erstaunt entdecke ich auch die fein gestochene Feder an seinem Hals, direkt unter dem Ohrläppchen.

»Das wird dir Cesar morgen erklären.«

Super, wieder warten! Genervt verschränke ich die Arme vor der Brust und starre zu Boden. *Cesar?* Ich kenne keinen Cesar, da klingelt einfach nichts.

»Du wirst mir doch wohl sagen können, wo ich bin«, murmle ich mehr zu mir als zu ihm und die Hoffnung, endlich jemanden zu treffen, der mir Antworten liefert, zieht sich Fahne schwingend zurück. Wenn ich wirklich in einem Flugzeug war, könnte ich jetzt überall sein.

»Solang es nur das ist.«

Wie kann man sich nur so fröhlich anhören? Echt zum Kotzen, diese gute Laune!

»Du bist in Kolumbien.«

Ko … was? Entgeistert blicke ich nach rechts und noch verstörender ist die Tatsache, dass der Kerl es sich einfach auf meinem Bett bequem macht! *Spinnt der?*

Genervt versuche ich ihn mit den Augen zu töten, doch er grinst mir nur frech ins Gesicht.

»Wieso verstehe ich dich? Ich bin immer davon ausgegangen, dass man in Kolumbien Spanisch spricht.« *Elias spricht Spanisch, fließend.*

Zu seinem spöttisch verzogenen Gesicht gesellt sich tiefes Gluckern. *Lacht er mich etwa aus?*

»Ja, unter anderem. Aber da du mich verstehst, wird dir ja wohl bewusst sein, dass ich gerade kein Spanisch spreche, oder?«

Er macht sich wirklich über mich lustig!

Verärgert presse ich meine Lippen zusammen und sein freches Grinsen wird noch breiter. *Idiot!*

»Ist Elias auch hier?« Endlich erlischt sein dummes Grinsen. Dafür schüttelt er den Kopf.

Meine Hoffnung sinkt erneut zu Boden, aber zumindest weiß er, wer Elias ist. Als ich ihn frage, ob ich in einer Klinik bin, lacht er nur.

»Nein, du bist in keiner Klinik. Wie kommst du denn darauf?«

Nun ist es an mir, den Kopf zu schütteln. Es scheint ein Spiel zwischen uns zu sein. Weiterhin bleibe ich stumm, denn ich verspüre kein Bedürfnis, ihn über meine komplette Krankengeschichte aufzuklären.

»Werde ich sterben?«, frage ich mit zitternder Stimme und presse die Lippen aufeinander. Keine Ahnung, wieso mir diese Frage jetzt in den Kopf schießt. Ich verstehe einfach nicht, was hier los ist und diese Ungewissheit macht mir Angst. *Kolumbien? Was verdammt noch mal soll ich hier? Ich will zurück nach Connecticut!*

Warme, etwas raue Finger schieben sich auf meinen Handrücken. *Zieh sie weg.* Doch ich schaffe es nicht, die Berührung gefällt mir. Irgendwie. Sie beruhigt mich. Nicht vollständig, aber so weit, dass meine verkrampften Finger sich lockern. Komisch, dass er so warm ist. Durch seine Blässe hätte ich mit Frostfingern gerechnet.

»O Mann, natürlich wirst du nicht sterben. Sorry, ich wollte dir keine Angst machen. Dir wird auch nichts weiter passieren, wenn du dich an die Regeln hältst.«

»Regeln? Welche Regeln?«

Anstelle einer Antwort springt er einfach auf. »Iss was, du siehst hungrig aus. Ich muss erst den anderen ihr Essen bringen, aber danach komme ich wieder vorbei.«

Verdutzt betrachte ich die zerknitterte Bettdecke neben mir und starre ihm wortlos hinterher.

»Hey, wie heißt du eigentlich?«

Ohne zu antworten, schiebt sich der riesige Totenkopf auf seinem Rücken hämisch grinsend durch die Tür. Weg ist er. Lässt mich einfach weiterhin ohne Taschenlampe oder Streichhölzer in der dunkelsten Finsternis meiner Gedanken herumirren.

Zunächst will ich nichts essen. Hungerstreik de luxe. Manche haben damit ihre Ziele erreicht. Doch mein Hunger, dieser schwache Jammerlappen, gewinnt den Wettstreit gegen meinen Verstand.

Das Essen ist verputzt und ich tigere unruhig im mittlerweile schon dunklen Zimmer umher. Meine Hände krampfen sich in den Taschen an das Innenfutter der

Jogginghose, damit ich vor Nervosität nicht ständig an meinen Nägeln herumkaue. Schlagartig beginne ich mich schlechter zu fühlen und hoffe, dass es nicht allzu lange dauert, bis der Typ sich endlich wieder blicken lässt. Er hätte mir wenigstens seinen Namen verraten können! Natürlich dauert es für mich eine Ewigkeit und meine Laune ist unter dem Gefrierpunkt.

»Wieso tigerst du im Dunkeln herum?«

Als das Licht angeht, zucke ich mit den Schultern.

»Hat es dir geschmeckt?«

Ich nicke. Kartoffel, irgendwas mit Hack und dazu Gemüse. Es war wirklich lecker.

»Redselig bist du nicht gerade, was?« Sein spöttischer Blick ruht auf mir. Ich betrachte seine etwas struppigen, rotbraunen Augenbrauen, die aber irgendwie schön geformt sind. So, als ob sie genauso sein sollen, ohne gezupft oder gestylt zu wirken.

»Ich bin Orlando, aber du darfst gerne Lando zu mir sagen.«

Wow, er lässt sich herab, mir seinen Namen zu verraten. Vollkommen angepisst greife ich mit versteinerter Miene nach seiner Hand, die er mir entgegenstreckt.

Reiß dich zusammen. Sei nett. Eine innere Stimme rät mir voller Überzeugung, meine Entführer nicht zu verärgern. Ich habe keinen blassen Schimmer, woher der selbst ernannte Brain das jetzt zu wissen glaubt. Vielleicht ja von den ganzen CSI-Folgen, die Elias förmlich aufsaugt. Na gut, dann versuche ich mich mal dran zu halten.

»Hi Lando.« Mühsam ringe ich mir ein Lächeln ab.

»Geht doch.« Er freut sich offensichtlich. »Hier, schau mal, hab dir was mitgebracht.« Dabei zieht er mehrere in der Länge gefaltete DIN-A4-Blätter aus seinem vorderen Hosenbund und kurzzeitig erhasche ich einen Blick auf den silbrig glänzenden Calvin Klein Bund seiner Boxershorts.

»Wieso ist hier alles so dunkel?«, will ich beim Anblick des schwarzen Heftstreifens wissen.

»Schwarzblau ist Cesars Lieblingsfarbe.« Als wäre es das Normalste der Welt, zuckt er mit den Schultern. Aber vielleicht ist es das auch.

Lando drückt mir den Stapel in die Hände und plappert munter weiter. Er quatscht ohne Punkt und Komma. Schlimmer als jedes Waschweib. Unbeeindruckt werfe ich die Blätter auf das Bett und fange mir sofort einen tadelnden Blick ein.

»Ich bin ab jetzt für dich zuständig«, meint Lando knapp. *Was immer das bedeuten soll.*

Aus seiner hinteren Hosentasche kramt er ein, wie soll es auch anders sein, schwarzblaues Armband hervor und drückt es mir in die Hand. Neugierig betrachte ich das flexible Band. Ich entdecke ein längliches Stück Metall mit einem kleinen Knopf darauf.

»Das ist dein Pieper. Wenn irgendwas ist, dann drückst du auf das Knöpfchen und ich komme so schnell ich kann. Oder eben jemand anderes, wenn ich nicht erreichbar bin.«

Erstaunt drehe ich das Armband zwischen meinen Fingern und lege es mir ums linke Handgelenk.

»Woher weißt du, wo ich bin?« Keine Ahnung, ob die Frage berechtigt ist oder ich in dem Zimmer hier versauern werde.

»Peilsender«, flüstert er und grinst hämisch.

War ja klar! Verächtlich rümpfe ich die Nase. Super, jetzt bin ich ein Stück Vieh, das jederzeit geortet werden kann.

Lando zieht sein Handy aus der Tasche. Während er es mir unter die Nase hält, erklärt er mir irgendeine App, auf der er alle sehen kann und ...

Was weiß denn ich. Da ich nach dem vorhin noch achtlos hingeworfenen Blätterstapel greife, der jetzt doch meine Neugierde weckt, höre ich nur mit halbem Ohr zu. Mein Verstand studiert die erste Seite und versucht, das Gelesene zu verstehen. So ganz will es ihm aber nicht gelingen und ich runzle die Stirn. Stärker. Noch stärker, bis sich meine Augen verengen und ich aufstöhne.

1. Halte dich an alle Regeln, damit dir kein Leid angetan wird.
2. Du bleibst außerhalb deiner Tätigkeit auf dem Zimmer, bis du dir Belohnungen verdient hast.
3. Dein Zimmer ist immer verriegelt, die Einrichtung ist heilig und du gehst sorgfältig damit um.

Ich schnaube abfällig. *Deshalb sehen meine Stühle auch so schäbig aus!* Danach kommen noch ein paar Regeln wegen einer Putzfrau und dass wir Perlen zum Beispiel zuerst essen, bevor wir unsere abendlichen Pflichten verrichten.

Perlen? Was für ein dummer Name! Welche anderen Perlen?

Ab Punkt sechzehn hat es meinen Verstand dann komplett ausgeknockt. Ich starre auf die Zeilen, bis sie vor meinen Augen verschwimmen.

16. Du ziehst das an, was man dir sagt, und bedienst die Gesellschaft in den dir aufgetragenen Dingen.
17. Du schaust niemanden an, außer man spricht dich an oder fordert dich dazu auf.
18. Anfassen ist erlaubt.

Stopp mal, was?

»Äh ... also, was ist das?« Die Blätter in meinen Händen zappeln wild hin und her.

»Von welchem Punkt sprichst du?«

Witzbold! Geräuschvoll schnappe ich nach Luft.

»Alle?«, rufe ich schrill. Meine Stimme klingt wie Kreide auf einer Schultafel. Genauso sieht jetzt auch sein Gesicht aus.

»Was sollen diese beschissenen Sklavenregeln hier?« Während ich mich immer unwohler fühle und das Zittern meiner Hände auf den Körper überläuft, lacht Lando unerträglich laut.

»Sklave? Du bist doch kein Sklave! Du bist eine Perle. Wobei, eigentlich auch wieder nicht, aber jetzt gerade bist du bei den Perlen.«

Hä? Muss ich das verstehen? Ich will keine Perle sein und hier will ich auch nicht bleiben. Erneut stöhne ich genervt auf. Wieso kann mir denn niemand einfach eine vernünftige Antwort geben, ist das so schwer?

»Also, die ganzen Punkte mit anfassen und was dann noch weiter so kommt, das kannst du vergessen, das gilt für dich nicht. Vorerst zumindest.«

Ich habe zwar nicht wirklich weitergelesen, aber allein das Wort Anfassen jagt mir einen Schauer über den Rücken. Wieso anfassen? Ich lasse mich von niemandem betatschen, das soll mal einer versuchen. Dem hängt mein Knie schneller, als er A sagen kann, zwischen seinen Beinen!

Warum bin ich hier?

»Wie gesagt, Cesar wird dir morgen nach dem Abendessen alles erklären«, spricht Lando weiter, als könne er meine Gedanken lesen.

»Ich will es aber jetzt wissen!« Wie eine verzogene Göre, die beim Einkaufen keine Süßigkeiten bekommt, stampfe ich mit dem Fuß auf. Doch ich entlocke Landos Lippen damit nur ein Schmunzeln.

Macht er sich etwa schon wieder über mich lustig? Dabei soll er mal froh sein, ich hätte mich ja auch auf den Boden werfen können. Wahrscheinlich hätte ihn das nicht die Bohne interessiert.

»Ahhh«, gebe ich meiner Frustration Luft. »Du Idiot, sag mir jetzt endlich, was hier los ist!«, schreie ich. Nein, ich brülle es mit geballten Fäusten durchs Zimmer.

Plötzlich steht er dicht neben mir, drängt sich in meine Space und füllt diese komplett aus. Erschrocken ziehe ich Luft ein. Ich wage kaum zu atmen. Dafür dringt mir sein betörend männlicher Duft in die Nase und lenkt mich kurzzeitig ab. *Hmmm.* Leicht herb und holzig, ich mag ihn.

Eine Erinnerung schießt pfeilschnell in mein Gehirn, um genauso rasch durch meine Schädeldecke zu flüchten. Nur eine Sequenz, wie beim Aufflackern des Bildschirms, ehe alles wieder schwarz wird. Unmöglich sie zu greifen, doch ein komisches Gefühl bleibt.

»Nenn mich nie wieder so, verstanden!?«, blafft Orlando mich an. Das Gesicht fast schon gruselig verzerrt und rasch an Farbe gewinnend. »Du bist wohl kaum in der Situation, Forderungen zu stellen!« Sein Zeigefinger trifft hart auf irgendeinen Knochen an meinem Dekolleté. »Geh am besten duschen und ins Bett, du siehst schrecklich aus!«

Ich weiß selbst, was ich zu tun habe und brauche kein dummes Kindermädchen, schleudere ich ihm entgegen. In Gedanken. Denn ich weiß es besser und halte mich zurück, um ihn nicht noch mehr zu verärgern. *Danke Vernunft, dass du wenigstens heute die Oberhand behältst.*

Trotzdem funkele ich ihm wild entgegen. *Nicht mal im Traum würde ich euren Scheiß hier mitmachen!* Orlando scheint mein Blick überhaupt nichts auszumachen, denn sein Grinsen verhöhnt mich regelrecht.

Was ein Idiot, ich könnte ausrasten! Während ich ihm weitere stille Flüche auf den Leib hetze, schnappt er sich in einer Seelenruhe das Tablett und verlässt pfeifend mein Zimmer.

Kaum ist die Tür zugefallen, werfe ich mich aufs Bett, drücke meinen Kopf so tief es geht in das Kissen und schreie. Ich schreie so laut ich kann. Brülle den angestauten Frust heraus. Mehrmals, bis ich kaum noch Luft bekomme.

So muss es sich anfühlen, mit einem Kissen erstickt zu werden. Diese süße Versuchung streift überzeugungswütig durch mein Gehirn. Schnell schüttele ich sie ab und reiße, heftig nach Luft schnappend, meinen Kopf in die Höhe. *Nein, die bekommen mich nicht klein, niemals!*

Obwohl meine Wangen immer noch geflutet werden, und lautes Schniefen Prio Nummer eins hat, krame ich neue Anziehsachen aus dem Schrank. Am Nachmittag habe ich schon einen Blick hineingewagt und verwundert festgestellt, dass sich hinter den zwei Türen eine vollständige Kopie meines Kleiderschrankes befindet. Zusätzlich aber auch mir unbekannte Klamotten. Zuerst dachte ich, das sind meine Sachen, doch diese hier scheinen nagelneu.

Die Dusche kommt einem heißen Kakao gleich und wärmt Vio, die kleine Depri-Schlampe, die zitternd an vorderster Front herumlungert und mir aus tränenden Augen vorwurfsvoll entgegenblickt. *Ich hasse sie!* Verzweifelt versuche ich sie links liegenzulassen, denn ich tanze ohnehin auf der Balkonbrüstung im sechsunddreißigsten Stock herum. Scheint aber nicht gut zu klappen, denn urplötzlich fühle ich mich wieder elendig allein.

Vielleicht sollte ich einfach auf den Knopf an meinem Handgelenk drücken, damit Lando kommt und mir Gesellschaft leistet. Alles ist besser als allein zu sein. Ich zwinge mich, es nicht zu tun, denn das würde wohl weiteren Ärger nach sich ziehen.

Eigentlich bin ich gerne allein. Aber das ist ein ganz anderes Alleinsein. Mein Inneres ruft danach, da mein

Kopf sonst zu explodieren droht und ich Angst habe vor Menschen auszurasten. Doch ich weiß, dass ich jederzeit wieder jemanden um mich haben kann, dass ich fähig bin, die plötzlich aufkommende Leere zu füllen, ehe sie mich zu schlimmen Handlungen treibt. Gerade spüre ich allerdings überhaupt nichts, denn keiner ist hier … und es wird auch niemand kommen. *Ich bin einfach ganz allein!*

Da ist sie, die Bestie, kriecht aus ihrer Höhle und schleicht sich an. Während meine Lippen zitternd ein Angstlied anstimmen, klammere ich panisch meine Arme um den Körper und wünsche mir Vio zurück.

Irgendjemand meinte mal, das Gehirn könne nicht unterscheiden, ob man sich selbst umarmt oder jemand anderes das tut. Mit geschlossenen Augen sitze ich also fest umklammert da und hoffe.

Kann ich mich vor mir selbst retten?

5. Elias

Stumm betrachte ich den Teller voll Pommes vor mir, während ich auf einem dieser grasgrünen Stühle sitze, die Mom so liebt. Mir ist eher schlecht, als dass ich Hunger habe, aber Mom scheint da anderer Meinung zu sein.

»Elias, bitte iss was. Pommes gehen doch immer«, ruft sie mir von der Küche aus zu und räumt klappernd das Geschirr in die Spülmaschine.

Pommes gehen immer. Früher vielleicht, als ich klein war. Da gingen Pommes wirklich immer. Zum Frühstück, mittags und zum Abendessen. Ich wäre damit zufrieden gewesen. Vielleicht gelegentlich noch ein Eis und Schokolade, aber das war es dann auch.

Mir entgeht ihr besorgter Blick nicht, den sie mir ständig zuwirft. Mein Magen zieht sich dabei noch stärker zusammen. Ich hasse es, wenn sie sich meinetwegen Sorgen macht.

Seufzend hängt sie das nasse Geschirrtuch beiseite und setzt sich mir gegenüber. Hellbraune, glanzlos müde Augen betrachten mich weiterhin stumm. Um mich abzulenken, versuche ich die Linien zu zählen, die sich auf ihrer Stirn bilden.

»Sorry, ich bekomme nichts runter.« Stöhnend schiebe ich den Teller von mir und presse meine Lippen gegen die Faust. *Violet, wo bist du nur?*

Mom sitzt in ihrem dunkelroten Langarmshirt, die Hände auf dem Tisch verschränkt vor mir, ihre Mundwinkel krampfhaft nach oben verzogen. Ich mag es, wenn sie lächelt und sie weiß, dass ich mich dann besser fühle.

»Erzähl mir noch mal alles ganz genau. Vielleicht fällt uns ja etwas Neues auf.«

Wird es nicht, denn ich bin schon sämtliches tausendmal durchgegangen. Aber schaden kann es nicht und deshalb erzähle ich es ihr erneut.

Violet und ich waren um elf im Einkaufszentrum verabredet. Dummerweise bin ich zu spät dran gewesen, da Rocco wieder rumgezickt hat und sein Geschäft nicht erledigen wollte. Rocco ist unser sieben Jahre alter Beagle. Mom hat ihn irgendwann aus dem Tierheim angeschleppt, da war er noch ein kleiner Zwerg. Irgendein Penner hat damals seine trächtige Hündin abgegeben. Aus diesem Wurf stammt Rocco. Sollte wohl so was wie ein Aufmunterungsgeschenk sein, da sie sich kurz zuvor von meinem Erzeuger getrennt hatte und wir auch übelst weit weggezogen sind. Abgehauen, das sind wir! Seitdem habe ich ihn nicht mehr gesehen oder gehört. Mittlerweile bin ich ganz froh drum. In meinen Augen ist er ein Arschloch und auf Arschlöcher kann ich gut verzichten.

Violet hat mir noch geschrieben, dass sie sich ihren Lieblingskaffee holt und draußen bei den Bäumen wartet. Da war sie aber nicht. Erst habe ich mir nichts dabei gedacht. Sie konnte jemanden getroffen haben und nach drinnen gegangen sein. Allerdings hätte sie mir dann bestimmt Bescheid gegeben.

Einen kurzen Moment hat sich die Sonne verdunkelt und Kälte ist über mich hinweggezogen, als ich diesen Becher von Starbucks im Gras liegen sah. Sicher, er hätte jedem gehören können, doch es war ein halb voller Becher White Chocolate Mocha. Violets absolutes Lieblingsgetränk. Sie ist immer knapp bei Kasse und würde niemals die Hälfte davon einfach ins Gras werfen.

Trotz allem bin ich eine Stunde im Kaufhaus herumgerannt, in der Hoffnung, sie zu finden. Da sie weiterhin auf keine Anrufe reagiert hat, verscheuchte meine Panik das bisher nur ungute Gefühl und hat damit begonnen, eine Party zu schmeißen.

Wir hatten keinen Streit, dass sie mich absichtlich ignorieren würde. Denn bei jedem Zoff kapselt sich Violet regelrecht ab. Sie grübelt dann in alle Richtungen. Es ist kräftezehrend und nervig. Dazu ihre ständigen Vorwürfe, ich würde sie nicht richtig lieben und es wäre besser, Schluss zu machen. Wenn dieses Girl doch begreifen könnte, wie vernarrt ich in sie bin!

Nur deshalb mache ich den ganzen Zirkus auch mit. Einige meiner Kumpels, darunter auch mein bester Freund Dylan, raten mir ständig, Schluss zu machen, bevor mein Gehirn einen Totalschaden erleidet. Bisher sieht da oben aber alles hervorragend aus.

Was ich die erste Stunde noch meisterhaft verdrängt hatte, wurde am Ende zur schrecklichen Gewissheit. Etwas musste passiert sein.

Also ging ich bei Violet daheim vorbei. Die kleine Chance hat ja bestanden, dass sie dort ist. Aber Fehlanzeige. Ich traf nur auf ihre Grandma Grace und mir hat es unendlich leidgetan, die alte Frau so erschrecken zu müssen.

Bei der Polizei haben sie zwar eine Vermisstenanzeige aufgenommen, meinten aber, dass sie noch abwarten werden. Die meisten Ausreißer würden innerhalb eines Tages von selbst zurückkommen.

Mag schon sein, und wahrscheinlich spenden solche Sätze anderen Menschen auch Sicherheit oder Hoffnung. Doch an mir ist die Beruhigung komplett ziellos vorbeigelaufen. Dennoch versuchte ich Grace damit mehrmals in Sicherheit zu wiegen.

Eine gefühlte Ewigkeit sind wir wie auf Kohlen dagesessen, haben Stunden gewartet, aber keine Violet ist lachend durch die Tür gekommen oder hat angerufen.

Jetzt sitze ich hier vor den kalten Pommes und weiß nicht weiter. Im Radio stimmen sie schon auf den Superbowl ein und ich schreibe Dylan eine Nachricht, dass ich heute nicht dabei bin.

»Und es war wirklich nichts zwischen euch? Du weißt besser als ich, dass Violet nicht einfach ist.«

»Nein, Mom, es war alles gut. Ich habe solche Angst um sie. Sie wird überhaupt nicht zurechtkommen mit Vio. Dem Biest. Ohne ihre Tabletten. Fuck!« Meine Faust knallt auf den Tisch und ein dumpfer Ton schwirrt mir um die Ohren.

»Vio? Biest?« Ihr Blick könnte nicht verwirrter sein und entlockt mir ein schnelles Grinsen, welches allerdings sofort erstirbt.

»Violet nennt ihre Depression Vio und das Biest oder Monster oder was auch immer, sind ihre Wutanfälle. Ist irgendeine Sache aus ihrer Therapie.« Ich weiß nur den Hintergrund nicht mehr.

Mom streicht sich nickend ihre langen, dichten Locken aus dem Gesicht, streckt sich über den Tisch und zieht behutsam meine Hand in ihre. Blinzelnd blicke ich zu Boden, denn durch ihre Geste drücken sich schlagartig dicke Tropfen in meine Augenwinkel. *Ich hasse weinen!*

Wenn ich ein kleines Kind wäre, würde ich jetzt auf ihren Schoß klettern und mich an ihre Brust schmiegen. Bin ich aber nicht, deshalb muss ihre Trost spendende Wärme, die sie gerade in mich pumpt, reichen. Zum wiederholten Mal schüttele ich den Kopf. Dabei versuche ich mich an die komische Leere in mir irgendwie zu gewöhnen. Auch wenn ich das nicht möchte. *Violet, wo bist du nur*?

Ich brauche dich zum Glücklichsein ... so wie du mich!

6. Violet

Die Beine ganz dicht an meinen Körper gezogen, die Arme drumherum geschlungen. So sitze ich auf dem Bett und ich weiß, es ist nicht die bequemste Pose. Aber Vio, meine kleine Freundin, die sich letzte Nacht zitternd im hintersten Eck versteckt hat, wird sich später über die Muskelschmerzen freuen.

Wieso hat das Zimmer eigentlich keine Uhr? Als totales Technikopfer, mit Handy aufgewachsen, immer im Besitz der Zeit, macht mich die Unwissenheit wahnsinnig.

Allerdings ist der Himmel, der sich hier auch der Lieblingsfarbe von Cesar anzupassen scheint, nicht mehr nur schwarzblau. Goldene Wolken ziehen in der Ferne wie aus dem Nichts herauf, um den Tag einzuläuten. Das Farbenspiel hüllt mich in Vergangenes und trägt mich sanft zum letzten Sommer zurück. Zu diesem See, an dem mir Elias das erste Mal begegnet ist.

Wie fast jeden Tag bin ich mit meinen besten Freundinnen Eva und Jade zum See gefahren. Während die beiden wie immer heftig geflirtet haben, bin ich meinen Problemen davongeschwommen. Die Kontrolle über meine Atmung und die Ausführung der Bewegungen haben mir einiges abverlangt.

Konzentration vom Feinsten, um kein Seitenstechen zu bekommen. Dafür aber traumhaften Frieden in meinem Kopf. Zeitgleich musste ich mich auf sämtliche Paddelboote konzentrieren, denn der Sommer war heiß und der See proppenvoll. Wie uncool es gewesen wäre, ein Paddel auf den Kopf zu bekommen, bewusstlos unterzugehen und zu ertrinken. Vor meinen Augen hat schon der Spruch - Sie versuchte zu schwimmen - auf dem Grabstein geleuchtet.

In der zweiten Woche ist es mir gelungen, den See komplett zu überqueren. Zugegeben, fünfunddreißig Minuten für eine Strecke war jetzt keine Medaille wert, aber mein Stolz hat mir ein kleines Lächeln ins Gesicht gezaubert. Nur Vio hat wohl gehofft, dass ich mit einem Wadenkrampf wasserschluckend untergehe.

Es ist jedes Mal die reinste Genugtuung, das Miststück zu enttäuschen.

Auf jeden Fall hat sich an einem dieser untypischen, unerträglich heißen Sommertage, an denen man das Gefühl hat, bei lebendigem Leibe zu verbrennen, Elias zu mir gesellt. Damals habe ich aber seinen Namen noch nicht gekannt. Nachdem ich ihm auf sein »Hi« nicht geantwortet habe, ist er vollkommen stumm neben mir hergeschwommen. Keine Ahnung warum ich nichts gesagt habe, aber mir war nicht nach Quatschen.

Das Ganze hat sich drei Tage so wiederholt und ich habe mich wirklich gefragt, ob er vielleicht genauso einen an der Waffel hat wie ich. Noch ein Grund mehr, sich nicht zu unterhalten. Mir sind solche Menschen zu anstrengend.

Ich weiß, dass ich mich damit im Grunde selbst verurteile, aber es ist nun mal so. Ich bin die reinste Katastrophe.

»Du schwimmst echt gut«, hat er am vierten Tag zu mir gemeint, als wir Seite an Seite aus dem Wasser gestiegen sind und langsam ist er mir auf die Nerven gegangen. Noch mehr haben mich allerdings Eva und Jade mit ihren dummen Kommentaren genervt.

»Ich weiß«, habe ich knapp geantwortet, mir auf die Unterlippe gebissen und fieberhaft überlegt, wie ich ihn wieder loswerden könnte.

Wohl belustigt hat sich seine linke Augenbraue, die sich mit seinen Mundwinkeln abgesprochen haben muss, nach oben verzogen.

»Trainierst du für eine Meisterschaft oder so?«

»Nein, ich will einfach nicht nachdenken und deshalb schwimme ich.«

Der Ausdruck auf seinem Gesicht hat mir sofort gezeigt, dass er nichts kapiert. Schulterzuckend habe ich mich deshalb umgedreht und bin davongelaufen.

Zu oft habe ich versucht, mich Menschen zu erklären und bin fast genauso oft jämmerlich gescheitert. Mittlerweile mache ich einfach mein Ding.

»Ich bin übrigens Elias«, hat er mir hinterhergerufen.

»Ich bin Violet«, habe ich über meine Schulter zurück geflüstert, in der Hoffnung, dass er es nicht versteht und bin weiter zu meinem Badetuch gestapft. Schwer darauf bedacht, mir auf diesen spitzen kleinen Steinen nicht die Fußsohlen aufzuschlitzen.

Als ich so dalag, Just My Type von The Vamps durch meinen Gehörgang gerauscht ist und das Feuer des gelben Balles über mir fast meine Haut versengt hat, warf ich einen kurzen Blick zu meinen Freundinnen und den Jungs. Eigentlich habe ich eher Elias begafft, gut versteckt hinter meiner glänzend schwarzen Sonnenbrille. Sie war nagelneu, hat mein halbes Gesicht verdeckt und ich kam mir vor wie ein Hollywood-Star.

Es war das erste Mal, dass er meine Aufmerksamkeit auf sich gezogen hat und ich konnte mich kaum sattsehen an den breiten Schultern und dem Spiel seiner Rückenmuskeln. Stumm habe ich auf seinen hervortretenden Bizeps beim Abtrocknen der Beine gestarrt und allmählich die Kontrolle über meine Augenmuskeln verloren. Die gafften nämlich nur noch geradeaus. Zuerst war mir nicht klar, was in dem Moment mit mir geschieht, bis ich die Feuchte zwischen meinen Beinen bemerkt habe. Mein Bikinihöschen hat keine Schuld daran gehabt.

So haben Elias und ich uns kennengelernt.

Während ich weiterhin vor und zurück schaukle, strecken sich die ersten goldenen Finger des Sonnenlichts nach mir aus. Ich werfe einen Blick neben mich auf den Blätterstapel, der inzwischen stark zerknittert ist. Anstatt zu schlafen, habe ich mich mehrfach mit genauso albtraumartigen Regeln gequält. Mittlerweile bin ich der Meinung, dass diese Perlen keine Sklaven, sondern Prostituierte sind.

Die armen Seelen müssen tun, was irgendwelche recht asoziale Typen von ihnen verlangen. Sich ohne Einwand betatschen und begrapschen lassen, um dann auch noch für das Wohl ihrer Peiniger zu sorgen. Was auch immer das bedeutet. Dann steht da noch etwas von irgendwelchen Ritualen, an denen man teilzunehmen hat. Oder dass man höflich zu den Gästen sein muss und von ihnen ebenso ausgewählt werden kann.

Rituale? Gäste? Wozu ausgewählt? Wer denkt sich so was aus? Mit am meisten Angst hat mir jedoch Punkt dreißig gemacht.

30. Du versuchst Demütigung und Schmerzen so lange wie möglich zu ertragen.

Wer bitte lässt sich freiwillig Schmerzen zufügen? Erneut schaudere ich. *Zum Glück bleibt mir das erspart.*

Interessant war auch irgendwie dieser Punkt.

36. Solltest du die Gunst eines Parce auf dich ziehen, bekommst du einen Code, der immer und auch bei jedem anderen gilt.

Wer oder was ist ein Parce? Genervt schmeiße ich den Papierbogen auf den Boden und zwinge mich, nicht weiter daran zu denken. Vor allem nicht daran, was dieses Werk des Grauens mir noch offenbart hat, denn es macht mir Angst.

Stattdessen lege ich mein Kinn auf die Knie und lausche diesem fast schon vertrauten Summen, ehe meine Tür geöffnet wird. Lando ist nicht mal ganz im Zimmer, als er abrupt stehen bleibt. Auf die kommende Standpauke schon wartend, ziehe ich den Kopf zwischen die Schultern und verstecke das Gesicht hinter meinen schwitzigen Handflächen.

»Violet! Was soll der Scheiß!«, brüllt er mir da schon entgegen.

Ich antworte nicht, sondern verstecke mich weiterhin. Vielleicht wird die Zurechtweisung dann nicht so schlimm. Leider bin ich keine Dreijährige, die allem entgehen kann, wenn sie die Hände vor die Augen presst.

»Hey, schau mich gefälligst an, wenn ich mit dir rede!«

Als die Tür krachend ins Schloss fällt, hebe ich vorsichtig den Kopf und blicke mich um. Meine Augen werden im Zwillingsstyle zu seinen immer größer, denn das komplette Zimmer ist verwüstet.

Na so was …

Alle Möbel sind umgeworfen. Sämtliche Bücher aus dem Regal liegen wild auf dem Boden verstreut. Möglicherweise sind manche jetzt reif für die Tonne. Das Bücherregal hätte meine Wut auch gern dem Boden nähergebracht, aber dummerweise ist es mit der Wand verschraubt.

Dafür durfte sämtliches Make-up den Abgang über die Toilette machen. Nur das Ausklopfen der Puderdosen ist dumm gewesen, denn ständig musste ich davon husten. Mache ich nie wieder! Ich habe mich wie ein Asthmatiker gefühlt. Zumindest kann ich mir gut vorstellen, dass die sich so fühlen, so nach Luft schnappend.

Die Lippenstifte, abgebrochen und ebenfalls in der Toilette entsorgt, sind erst noch sinnvoll benutzt worden. Wunderschöne Blümchen, deren Färbung von Hellrosa über Pink bis zu Rubinrot reicht, tanzen jetzt auf der hässlich weißen Wand im Badezimmer herum.

Das Tablett mit meinem Frühstück landet auf dem Boden und der halbe Kaffee schwappt über den Tassenrand. Glück gehabt, ohne diese aufputschende Droge wäre mein Tag nach kaum einer Stunde Schlaf extrem mies geworden.

Mit vier großen Schritten ist Lando bei mir, packt mich am Oberarm und zerrt mich unsanft vom Bett. Anstatt Augen erkenne ich nur dünne Schlitze unter ewig langen Wimpern. Seine Lippen sind mittlerweile nicht einmal mehr mit der Lupe zu finden.

»Aua, spinnst du?«, fauche ich ihm entgegen und zerre an meinem Arm.

»Spinnst du?«, schnauzt er mich an. Zum ersten Mal hat er etwas Bedrohliches an sich, das mich heftig frösteln lässt.

»Was ist nur in dich gefahren?« Mit einem erneuten Ruck am Arm zieht schmerzvolles Stechen durch mein Schultergelenk. Ich bleibe stumm, denn am meisten Sorge bereitet mir der Eisberg, der mich fixiert und seine ganze vernichtende Kälte an mich abgibt.

Dennoch kann ich mir ein Schmunzeln nicht verkneifen, als ich ihm: »Wohl der Teufel höchstpersönlich«, ins Gesicht klatsche.

Landos rechter Mundwinkel zuckt und ein Grinsen maskiert seine bis eben noch zusammengekniffenen Lippen. Kurzerhand lässt er mich los, einfach so, von jetzt auf gleich. Mit hängenden Schultern steht er neben mir und blickt sich stumm um.

Neugierig beobachte ich, wie er damit beginnt, die Möbel an ihren Platz zu räumen. Er trägt dieselbe Jeans wie gestern, die recht eng sitzt. Anstatt des Pullis bedeckt heute nur ein schwarzes Shirt seinen Oberkörper. Diesmal ohne Aufdruck, aber dafür zieren Kunstlederdetails, O-Ringe und Nieten einen Teil der Brust und Schultern. Abgefahren und gefällt mir irgendwie. Auch jetzt entdecke ich zum ersten Mal, dass sein linker Arm bis zum Ärmel mit kunstvoll zusammenhängenden Bildchen verziert ist. Ob die Tinte noch mehr von seinem Oberkörper einnimmt, kann ich nicht erkennen.

»Warte, ich helfe dir«, rufe ich schuldbewusst, stehe aber immer noch an der Stelle, an der er mich losgelassen hat. *Bin ich dumm? Wieso biete ich ihm das jetzt an?*

Lando winkt sowieso ab. »Setz dich auf dein Bett und halt einfach die Klappe!«

Auweia, der ist richtig angepisst. Also tu ich wie mir aufgetragen und beobachte zugegebenermaßen etwas amüsiert, wie er mein nächtlich angerichtetes Chaos wieder in Ordnung bringt.

Mittlerweile gehe ich schwer davon aus, dass ich nicht überwacht werde. Lando wäre sonst nicht so überrascht gewesen und sicherlich hätte mich in der Nacht auch jemand auf meinem Streifzug der Verwüstung gestoppt.

Beim Bücherregal angekommen, brabbelt er wie ein Kleinkind massenhaft Unverständliches vor sich hin. *Was macht er da nur so lang?*

»Mensch, Violet, die Bücher können am wenigsten dafür.« Seine Stimme ist zart. Fast so zart wie geschmolzene weiße Schokolade. Verwirrt frage ich mich, wo diese Wärme plötzlich herkommt. Als würden ihm Bücher etwas bedeuten. Diese Sanftheit passt überhaupt nicht zu seiner düsteren Erscheinung.

»Später kommt noch jemand vorbei, um den Schminktisch neu zu befüllen und deine hässlichen Blumen von der Wand zu wischen«, teilt er mir schnaubend mit und fährt sich übers Kinn.

Ich schnappe nach Luft, zwinge mich dann aber nichts zu entgegnen, sondern funkele ihm stattdessen bitterböse entgegen. Die Blumen finde ich besonders hübsch.

Ohne ein weiteres Wort dreht er sich auf der Stelle um und eilt zur Tür.

»Wann sehe ich denn heute diesen Cesar?«, rufe ich hinterher.

»Überhaupt nicht.«

Ich erstarre. »Wieso nicht?« Das kann nicht wahr sein! Ich will endlich wissen, was hier los ist und wann ich wieder nach Hause kann. Granny wird schon ganz krank vor Sorge sein. In meiner Brust bebt es. Tonlos schreie ich meinen nervtötenden Gedanken ein Fick dich zu, denn ein totaler Zusammenbruch wäre aktuell mehr als fatal.

Anstatt einer Antwort wandert Landos ausgestreckter Arm durch den Raum. »Bist du vergesslich oder so?«, herrscht er mich an und stemmt seine Handflächen in die Seiten. Er sieht noch wütender aus, denn jetzt färbt sich langsam sogar sein Gesicht rot ein.

»Regel Nummer eins!«, presst er abgehackt über seine Lippen und ich kann mir vorstellen, wie sehr er sich zusammenreißen muss.

Halte dich an alle Regeln, damit dir kein Leid widerfährt.

»Du vergisst da was«, säusle ich mit gestrafften Schultern und lächle ihm zuckersüß entgegen. »Ich habe diesen Vertrag nicht unterschrieben. Du kannst mir also gar nichts.« *Tada, na, wer ist hier clever?*

Irgendwie hat mein gutgläubiger Teil wohl auf Entgegenkommen gehofft. Zumindest versuche ich das mickrige Fünkchen Hoffnung erneut zum Leuchten zu bringen. Gegen den überflutenden Schwall seiner spöttischen Lachsalven allerdings habe ich nicht die geringste Chance.

»Den Vertrag müssen nur Frauen unterschreiben, die freiwillig hier sind. Doch du bist ja wohl kaum freiwillig hier. Hatte ich das nicht erwähnt? Sorry, mein Fehler.« Überheblicher Bastard! Dir wird dein Grinsen auch noch vergehen!

»Freiwillig? Welche Frau macht solch eine sadistische Scheiße denn freiwillig mit?« *Der verarscht mich doch.*

»Lass mich mal überlegen ...« Völlig überzogen reibt sein Daumen einige Male über das Kinn, der Blick haftet dabei an der Decke.

Er nervt mich gerade aufs Äußerste! Ich könnte im Dreieck springen! Um mich abzulenken, knete ich meine Finger. *Die Nägel müsste ich mal wieder machen, sehen ja verboten aus ...*

»Ich würde sagen, alle außer dir!« Triumphierend grinst er mir entgegen und mir wird bewusst, dass wir uns in einem Battle befinden.

»Der war gut.« Ebenso übertrieben halte ich mir den Bauch und lache ihm direkt ins Gesicht. *Glaub mir, was du kannst, da bin ich längst Meister drin.*

»Das war kein Witz, das ist mein Ernst.« Mit verschränkten Armen lehnt Lando am Türrahmen. Bei seinem Anblick erstirbt mein Lachen sofort.

O Gott, der meint das wirklich ernst. »Was seid ihr hier nur für ein Haufen abgefuckter Bastarde! Das ist richtig widerlich!« Verächtlich schnaube ich meine Wut heraus. *Wo, verdammt noch mal, bin ich hier nur gelandet.*

»Deine Meinung.«

Unbekümmert zuckt Lando mit den Schultern, nimmt das Tablett vom Boden und öffnet die Tür. Der Spalt neben seinem Körper zieht meine ganze Aufmerksamkeit auf sich. *Soll ich versuchen, mich vorbeizudrücken? Ich will hier weg, einfach nur nach Hause!* Doch gegen ihn hätte ich ohnehin keine Chance und wer weiß, was mich dahinter erwartet. Womöglich würde ich nicht weit kommen.

»Hey, mein Frühstück«, rufe ich stattdessen aufgebracht und springe auf.

»Vergiss es, du bekommst heute kein Essen! Sieh es als deine Bestrafung.«

»Ich dachte, meine Bestrafung ist das nicht stattfindende Treffen?!« Wütend graben sich meine Fingernägel in die Handflächen. Es pikst abnormal.

»Sei froh, dass du nur die zwei kleinen Bestrafungen erhältst, denn eigentlich hättest du eine viel Größere verdient. Und jetzt reiß dich gefälligst zusammen, denn die nächste wird nicht so pussymäßig!«

Hat der mich gerade eine Pussy genannt?

»Fick dich!«, schreie ich, als die Tür hinter ihm viel zu langsam ins Schloss gleitet. Es summt, dann bin ich wieder allein. Ich renne zur Tür und hämmere so fest ich kann dagegen. Rüttle am Griff und trete mit meinen Beinen nach. »Lass mich hier raus, ich will nach Hause, hörst du nicht? Lass mich sofort hier raus!«

Wieder bin ich allein und verdammt wütend. Jede Minute, die vergeht, werde ich wütender. Das Grollen in meinem Magen sucht sich den Weg durch meinen Körper. Es legt ihn unter Elektroschocks. Um durch das Zittern keine Angst zu bekommen, hetze ich durchs Zimmer und spiele den Geisterbeschwörer. Oder eher den Angstbeschwörer. Was auch immer, ich fluche und bete, dass ich mich beruhige.

Dann fließen plötzlich Wassertropfen meine Wangen hinab. Unaufhaltsam, denn ich muss an Granny denken und was für schreckliche Sorgen sie sich jetzt macht.

Danach beschimpfe ich Lando erneut durch die Tür. Ich weiß, dass er es nicht hören kann, aber es will einfach aus mir raus. Ich bin gefangen in meinem Schmerz und es ist niemand da, um mich zu retten.

Elias, ich vermisse dich so … du bist mein Fels in der Brandung, mein Anker im stürmischen Gewässer. Mein Fallschirm, wenn ich in die Tiefe stürze und das Pflaster auf meinem blutenden Herz. Ich kann nicht ohne dich. Auch wenn ich mir so sehr wünsche, dass du nicht hier sein musst, bete ich ständig, dich wiederzusehen.

Spät am Abend, als der Schminktisch aufgefüllt und der Lippenstift mühsam von der Wand geschrubbt wurde, beginne ich damit, in dem aufgeräumten Zimmer erneut die herrlichste Unordnung zu veranstalten. Lasse meiner Wut freien Lauf und sperre sie nicht mehr ein. Ich weiß, es ist dumm, sooo dumm, aber ich kann nicht anders.

Elias, bitte rette mich, das wird sonst mein Untergang!

7. Elias

Mittlerweile vollkommen fertig von akutem Schlafentzug lenke ich Moms nachtschwarzen Mustang in die Einfahrt und bin froh, dass ich stehe. Mein Wagen ist zur Kontrolle in der Werkstatt, denn die Bremsen sprangen nicht mehr so richtig auf den Druck des Pedals an.

Grace und ich kommen wieder einmal vom Polizeirevier. Ich denke, sie haben uns endlich geglaubt. Es ist einfach nervtötend, wenn man sicher weiß, dass etwas nicht stimmt, die Bullen aber weiterhin auf ihren Stühlen chillen und einen für den größten Schwarzmaler auf Erden halten. *Solche Idioten, echt!*

Da ich nicht wollte, dass Grace allein daheim hockt, habe ich sie unter lautem Protest ihrerseits zum Haus nebenan gebracht. Isla, ihre Tochter und Violets Tante, hat mir nach zweimaligem Klingeln die Tür geöffnet und die immer noch schimpfende Grace einfach ins Innere gezogen. Wir haben uns kurz unterhalten und Isla hat mir versprochen Grace nicht gehen zu lassen, selbst wenn sie die alte Lady anketten muss.

Das Piepsen meines Handys katapultiert mich in die Realität zurück und ich ziehe es aus der riesigen Becherhalterung. Nummer unbekannt. Mehrmals überfliegen meine Augen hektisch den Satz und etwas Schweres legt sich auf meinen Brustkorb. Keine

Sekunde später knallt die Autotür zu. Wenn Mom jetzt neben mir stehen würde, würde sie fuchsteufelswild schimpfen. Sie hasst das.

Meine zitternden Beine tragen mich irgendwie zur Haustür. Doch da nun auch meine Arme befallen sind, bekomme ich den Schlüssel kaum ins Schloss. *Verflucht! Reiß dich verdammt noch mal zusammen!* Kaum ist es geschafft, fliegt die Haustür hinter mir mit einem ohrenbetäubenden Lärm zu. Schnell drehe ich mich um. Die zwei kleinen Glaselemente im Rahmen zittern ebenso erschrocken wie ich, bleiben aber heil. *Puh!*

»Mom!«, rufe ich. »Mom! Hey, Mom?« Wie von einer Biene gestochen, renne ich durch das Erdgeschoss. Nichts! Dann die Treppe nach oben. »Moooom!« *Wo ist sie nur?* Ich hatte ihr Auto, sie kann nicht weg sein.

In ihrem Schlafzimmer bleibe ich kurz außer Atem stehen und Panik befällt mich. *Was, wenn er … Nein, das hat er nicht …* Das Bett mit der Blümchendecke ist gemacht wie immer, ihr Schminktisch durcheinander wie immer und auch sonst fällt mir nichts Merkwürdiges auf. Ich schaue in ihren Kleiderschrank. Scheint alles da zu sein. Zumindest kommt er mir nicht leerer vor als sonst.

Hektisch, immer zwei Stufen auf einmal nehmend, springe ich wieder nach unten. Ich schreie mir fast die Seele aus dem Leib. Als ich um die Ecke zur Speisekammer biege, bleibe ich abrupt stehen. Mein Herz rast. Ich atme tief durch, mehrmals, und die Panik schwindet langsam. *Gott sei Dank!*

Mit ihrer grünen Gärtnerschürze, die vor Erde verdreckten Hände an einem alten, verfärbten Handtuch abwischend, steht sie da und runzelt die Stirn.

»Elias, was brüllst du denn so?« Während sie die Tür zur Wäschekammer öffnet, um das Handtuch einfach so hineinzuwerfen, schüttelt sie verwundert ihren Kopf. Ordnung war noch nie ihre Stärke.

Anstatt etwas zu sagen, strecke ich ihr mein Handy entgegen und beobachte, wie sie sich beim Lesen der Nachricht an die Brust fasst. Ihr Mund gleicht einem Fisch, der an Land nach Luft schnappt. Die Hände beginnen zu zittern.

»Ne-in … das … das kann nicht … sein«, ist alles, was sie zusammen gestottert bekommt. Je größer ihre Augen werden, desto tiefer sinkt ihre Hand und schon knallt mein Handy auf den Boden. *Shit!*

Blitzschnell springe ich nach vorn, da sie die Kontrolle über ihre Beine verliert. *Puh, gerade noch rechtzeitig aufgefangen.* Behutsam ziehe ich meine Mom zu mir in die Arme.

»Hey, es ist alles gut. Komm, lass uns hinsetzen.« Ihre Finger krampfen sich um meinen Arm, als ich sie wie ein Pfleger im Altenheim auf ihren Gummibeinen durch die Küche zum Esstisch führe. Schnaufend, als hätte sie eben einen Marathon bewältigt, lässt sie sich fallen und streicht ihr Haar zurück. Etwas Erde verfängt sich in ihren dichten braunen Locken. Ich fische sie heraus, entsorge den Klumpen im Mülleimer, hebe mein Handy vom Boden auf und fülle ein Glas mit Wasser, welches ich vor ihr abstelle. Immer noch zitternd, landet ein großer Schluck in ihrem Mund. Danach starrt sie mir mit riesigen, von Wimperntusche umrandeten Augen entgegen und dreht hektisch das Glas zwischen ihren Fingern.

»Elias, wir müssen hier weg«, flüstert sie kaum hörbar.

»Warum flüsterst du?«, frage ich und runzle die Stirn.

Ihr Blick schweift in alle Ecken des Raumes. Sie brabbelt irgendwas vor sich hin, um dann blitzschnell aufzuspringen. Ihre Faust fest in den Stoff meines gelben Poloshirts geklammert, zieht sie mich nach oben und zur Hintertür.

»Mom, was soll das? Warte«, protestiere ich halbstark, doch gehe willig mit. Die drei Stufen der hellgrauen Betontreppe hinunter, bis der Kies unter meinen Schuhsohlen knirscht.

Erst als wir im Garten stehen, gibt sie mich frei. Das Grün der Bäume flattert leicht im Wind, die ersten Blumen strecken ihre prachtvollen bunten Köpfe aus den Beeten und das Gras sollte dringend gemäht werden. Verrückt, hier sieht es so friedlich aus, obwohl meine Welt am Abgrund seiltanzt.

»Ich muss Viktor anrufen«, murmelt Mom, starrt dabei auf ihre Hände und ich verstehe nur Bahnhof.

»Wer ist Viktor?«

»Ein Freund deines Großvaters.« Sie starrt immer noch auf ihre Finger, die sich wild ineinander haken.

»Und was willst du von diesem Viktor?«, will ich immer ungeduldiger wissen, tripple hektisch von einem Bein aufs andere und möchte sie am liebsten zwingen, mich endlich anzusehen.

»Wir brauchen jemanden, der alles nach Wanzen durchsucht.«

Ich lache. »Du kennst Leute, die Wanzen aufspüren können?«

»Nein, ich kenne Viktor«, ruft sie schrill und dann kapiere ich es. Plötzlich verstehe ich, warum sie sich so aufführt. Sie hat panische Angst.

»Mom …«, schnell bin ich bei ihr und nehme sie in den Arm. »Du musst keine Angst haben«, flüstere ich ihr entgegen. Leise und ruhig, um ihren Peiniger hoffentlich zu vertreiben. Doch sie windet sich aus meiner Umarmung und ein fast hysterisches Lachen antwortet mir.

»Elias! Cesar weiß, wo wir sind … er, er wird sich rächen … g-ganz sicher wird er das …«

Kann das sein? Ist sie wirklich in Gefahr?

Während ich sie erneut zu mir ziehe, festhalte, das Zittern ihres Körpers in mir aufnehme, ihr am liebsten die ganze Angst aussaugen würde, denke ich weiterhin darüber nach. Moms Schluchzen ist unendlich schwer zu ertragen. Dass Martha, die Nervensäge, links neben uns dauernd über den Zaun lugt, macht es nicht besser. Mal schauen, was das Tageblatt in Menschengestalt sich jetzt wieder für eine Schauergeschichte ausdenkt um damit hausieren zu gehen.

Als Moms Ex-Freund damals so ausgetickt ist, hat sie überall herumposaunt, er hätte Mom geschlagen. Das ist fett gelogen und für Mom unendlich peinlich gewesen, denn die ganze Nachbarschaft hat sie wochenlang mit mitleidigen Hundeaugen angeglotzt. Trotz allem werfe ich ihr ein Lächeln über den Zaun zu, um zu signalisieren, dass alles okay ist.

Nachdem Mom immer leiser wird, löst sie sich von mir und wischt sich die Wangen trocken. Ein ernster Blick taxiert mich und ich erhasche noch die Ausläufer des leichten Bebens, welches ihre Lippen befallen hatte. Ich selbst stehe dagegen vollends unter Strom, denn wir sind vom eigentlichen Thema komplett abgekommen.

»Hör mir zu«, beginne ich so ruhig wie möglich. »Cesar wird dir nichts tun. Wenn er sich an dir rächen will, dann hätte er das schon längst. Er wird nicht erst seit vorgestern wissen, wo wir uns aufhalten.«

Mit bebenden Fingern ziehe ich mein Handy aus der hinteren Hosentasche. Ich öffne die Nachricht erneut, keuche laut und starre geschockt auf das Bild. Violet, schlafend auf irgendeiner Sitzgruppe. Die Farben und Formen brennen sich zweifach in meine Netzhaut. Darunter steht nur ein einziger Satz: Kommst du sie bei deinem Vater besuchen? *Diese miese Ratte!*

»Was machst du?«, fragt Mom, als ich hektisch in mein Handy tippe.

»Ich antworte.«

Schon hängt sie an meinem Arm. »Nein, tu das nicht!«

Doch ich beachte sie nicht weiter, sondern konzentriere mich auf meinen Text.

»Elias, lass das!« Das Zerren wird stärker und ich blicke ihr wütend entgegen. Sie soll sich endlich mal zusammenreißen!

Mit vor Schreck geweiteten Augen weicht sie von mir und schlägt sich die Hand vor den Mund.

»Was ist?« Ihre Reaktion war seltsam.

»Du … du … hast Cesar gerade so … ähnlich gesehen.«

Ich schnaube ihr meine Meinung dazu laut entgegen, drücke auf Senden und atme tief durch. Erst jetzt spüre ich diese heftigen Kopfschmerzen, die der ganze Stress in meine Nervenbahnen bläst.

»Bitte flippe jetzt nicht aus, aber ich werde hingehen«, sage ich ruhig, mir dabei die Schläfen reibend. »Mein Entschluss steht fest. Er hat Violet, also fliege ich hin!« Um meine Worte zu unterstreichen, baue ich mich breit vor ihr auf. Ich sehe genau, dass sie mich am liebsten anbrüllen würde, wie bekloppt ich bin, doch sie presst gequält ihre Lippen aufeinander.

Als ein erneutes Pling meines Handys ertönt, blicke ich aufs Display. Eine E-Mail mit angeheftetem Flugticket. Ausgestellt vor sechs Wochen …

Später am Abend sitze ich im Schneidersitz auf meiner Matratze. Eingewickelt in die rot karierte Bettdecke und wachgehalten von tausenden unnötigen Gedanken, die dafür aufputschender sind als jeder Espresso.

Die Textnachrichten mit Dylan fliegen hin und her und ich versuche ihn mit einer guten Mischung aus Wahrheit und hoffentlich nachvollziehbaren Lügen zu beruhigen. Ihm einfach alles zu erzählen, steht nicht zur Option, denn ich möchte ihn ungern in Gefahr bringen. Bisher weiß er nur, dass ich keinen Kontakt zu meinem Vater habe und er in Kolumbien lebt.

Zugegeben, die Story, er habe Verbindungen zu einflussreichen Leuten und hilft mir bei der Suche nach Violet, klingt mehr als vage und mich wundert es auch nicht, dass Dylan so hartnäckig nachhakt. Wie soll ich ihm sonst weismachen, wieso ich die nächsten vier Tage weg bin? Krankheit kann ich auch nicht vorschieben, denn Dylan liebt Krankenbesuche. Vor allem während der Schulzeit. Ob er sich ansteckt, ist ihm dabei scheißegal. Wahrscheinlich fordert er es absichtlich heraus.

Vier Tage. Unser Rückflug geht vier Tage nach meiner Ankunft. Aus einem ersten euphorischen Impuls heraus habe ich zuerst zwei Flüge für den nächsten Tag in den Warenkorb gesteckt, bevor mich die Realität eingeholt hat. Ich werde Violet wieder mitnehmen, das ist sicher. Doch Cesar ist stur und es wird bestimmt mehr als einen Tag dauern, bis er meinen Entschluss akzeptiert.

Morgen geht es also los. Morgen früh um 10:36 Uhr fliege ich nach Kolumbien. Genauer gesagt nach Medellín, in meine Heimat. In der Cesar, mein Erzeuger und einflussreichster Drogenboss Kolumbiens, in einer bewachten Festung haust.

Natürlich hat Mom versucht, mich mit riesigen Krokodilstränen umzustimmen. Wäre auch zu schön gewesen … Aber ich bin hart geblieben. Auch wenn es meinem Herz einen Stich versetzt hat, sie so zu sehen. Tränenüberströmt, zitternd, mit knallroten Augen.

Nein, gefühlt zehn Messerstiche mit frisch geschärften Klingen haben sich in mein wild klopfendes Organ gerammt.

Trotz allem kann ich Violet nicht ihrem Schicksal überlassen. Wer weiß, was die dort mit ihr anstellen, wenn ich nicht auftauche. Sosehr ich Cesar zu Beginn vermisst habe, kenne ich von Mom mittlerweile zu viele Schauergeschichten. Mich lässt die Angst um Violet nicht los. Mir wird Cesar nichts tun, davon bin ich überzeugt. Wenn das sein Ziel wäre, hätte er mich schon längst ausschalten lassen. Nein, er muss etwas anderes im Sinn haben.

Morgen geht der Flieger und dann nehme ich mein Schneewittchen wieder mit nach Hause. Komme, was wolle.

8. Elias

Knapp sechs Stunden nach meinem Abflug schleiche ich mit einem seltsam bedrückenden Gefühl im Magen die riesige Gangway nach unten und bewege mich auf das u-förmige Gebäude zu. Hier war ich einmal und dann nie wieder, denn danach fing für mich ein neues Leben an.

Mom hat es sich natürlich nicht nehmen lassen, mich die knappe halbe Stunde zum Flughafen zu fahren. Zum Glück ist sie still gewesen. Weitere Verschwörungstheorien oder Bettelei hätten meine Nerven keinesfalls ertragen.

In mir brodelt es schon seit gestern Abend. Ein riesiger Vulkan bis zum Rand befüllt mit heißer Lava. Bereit, diese ohne Verluste in alle Richtungen zu spucken.

Der Abschied ist trotz unserer Meinungsverschiedenheit innig gewesen und natürlich hat sie sich viel zu lange an mich geklammert. Sanft habe ich mich aus ihrer Umarmung gelöst und gehofft, dass ein Kuss auf ihre feuchte Wange sie etwas beruhigen kann. Bevor sie mich gehen ließ, hat sie mir noch das Versprechen abgenommen, mich nach der Ankunft sofort zu melden.

Den Flug über bin ich fast angsteinflößend ruhig gewesen. Hat möglicherweise an dieser lähmenden Müdigkeit gelegen, die ständig von mir Besitz ergreifen wollte. Ich habe mich verbissen dagegen gewehrt und die Oberhand behalten, denn das Schlimmste wäre gewesen, nach einem kurzen Nickerchen halb verballert aufzuwachen, um dann den ganzen restlichen Tag neben der Spur zu laufen.

Mittlerweile geht mir der Arsch aber ganz schön auf Grundeis. So selbstsicher und stark ich vor Mom auch rüberkommen wollte und es wohl geschafft habe, so unruhig rasen jetzt meine Gedanken hin und her.

Ich habe schlichtweg Angst, auf meinen Erzeuger zu treffen. Nicht nur, weil er Violet hat und mich damit erpresst. Nein. Ich weiß einfach nicht, wie ich auf ihn reagieren werde, wie es dort wirklich sein wird und was das alles in mir auszulösen vermag. Die Menschen von früher zu treffen, meine Freunde.

Doch zuerst muss ich dringend pissen. Anschließend meine Reisetasche finden und mir einen starken Kaffee besorgen. Wenigstens eine Chance, meine übermüdeten Sinne wieder in die Spur zu bringen, denn das wird der wichtigste Tag meines bisherigen Lebens!

Noch bevor ich das hektische Treiben im Inneren verarbeiten kann, wird mein Blick nach oben gezogen. Wie aus einer anderen Zeit erstreckt sich dieses architektonische Kunstwerk über mir. *Wow!* Mit offenem Mund starre ich auf die massiven, geschwärzten Metallstreben unter dem ebenso runden Glasdach. Erinnert mich etwas an den Bahnhof in Straßburg, den Mom und ich auf unserer kleinen Europareise vor zwei Jahren durchquert haben. Gerade tummeln sich am obersten Punkt der durchsichtigen Fläche einige Wassertropfen, um die Rundung hinabzusegeln. Es scheint Spaß zu machen, denn plötzlich werden es immer mehr. *Na super, jetzt pisst es auch noch!*

Ich atme tief durch, strecke den Rücken, kreise meine steifen Schultern und mache mich auf die Suche nach dem Gepäckband. Der Geruch nach Kaffee und köstlichem Essen bahnt sich seinen Weg direkt in meine Nase, allerdings lässt mein Unbehagen keinen Hunger zu. Dafür inhaliere ich verschiedenste Duftmoleküle vorbeieilender Menschen. Einzelne Gesprächsfetzen und befreites Lachen erwecken meine Aufmerksamkeit. Sie schieben vorsichtig meine Mundwinkel Richtung Himmel. Ich hätte nie gedacht, dass dieser fremde und doch so vertraute Singsang eine solche Zufriedenheit in mir auslösen würde. Einen kurzen Moment erlaube ich mir, mit geschlossenen Augen stehenzubleiben und so was wie Heimat zu fühlen. Die Haare an meinen Armen stellen sich auf, während ein zufriedenes Kribbeln durch meinen Kopf rauscht.

Die zwei Rückflugtickets in der Tasche und mit einem zweiten Kaffee bewaffnet, spaziere ich eine dreiviertel Stunde später die gläserne Brücke zum Ausgang entlang. Ich könnte schneller laufen, aber falls Cesar mich persönlich abholt, soll er nicht einmal einen Gedanken daran verschwenden, ich würde mich seinetwegen abhetzen. Er glaubt wohl, mich in seiner schäbigen Hand zu haben. Da täuscht er sich gewaltig!

Feuchte Luft, vermischt mit Benzingeruch, schlägt mir entgegen. Meine rote Sweatjacke hat nichts anderes zu tun, als die Nässe willkommen zu heißen und auch noch ins Innere einzuladen.

»Super!«, stöhne ich laut. *Wieso habe ich keine richtige Jacke mitgenommen?* Obwohl es immer stärker regnet, bleibe ich stehen und blicke mich suchend um. Wenn ich nur wüsste, wohin ich jetzt muss. Während sich Regentropfen von meinen Haaren ins Gesicht abseilen, betrachte ich weiterhin die Umgebung. Keine drei Meter neben mir parkt ein schwarzer Range Rover mit abgedunkelten Scheiben im Halteverbot und daneben steht, einen schwarzen Schirm in der Hand haltend, ein düsterer Typ mit dunklen Handschuhen. Er nickt mir zu. *War ja klar!* Ich schnaube genervt über so viel Dreistigkeit, aber kann mir ein Grinsen dennoch nicht verkneifen.

Schnell trinke ich meinen To Go Becher leer, ehe er mit einem gezielten Wurf im Mülleimer neben mir landet. Langsamer als mein Gehirn mich bei der Regenflut anzutreiben versucht, schlendere ich auf den Kerl zu.

»Elias.«

Keine Ahnung, ob das eine Frage oder Feststellung ist, aber ich nicke. Sein behandschuhter Finger zeigt auf die Tür neben mir, und als ich meine Hand auf den Griff lege, schlucke ich mehrmals. In der Hoffnung, dass eine Ladung Mut vor mir herumschwirrt, sauge ich tief Luft in meine Lunge und ziehe am Griff.

Leere empfängt mich. Ich linse kurz auf den Beifahrersitz der ebenso leer ist. Erleichtert rutsche ich auf die Rückbank und ziehe die Tür zu. So fest ich kann.

»Wo ist er?«

»Cesar?« Der Blick des Fahrers trifft mich im Rückspiegel. *Trottel, wer sonst!*

»Er hat noch etwas Wichtiges zu erledigen«, antwortet er auf mein Nicken hin.

Super! Da weiß er seit sechs Wochen, dass ich heute komme und kann sich nicht einmal diese Zeit freihalten. Was soll das ganze Theater, wenn ich ihm offensichtlich so egal bin? Nie hat er es für nötig befunden, sich bei mir zu melden, obwohl er wusste, wo ich stecke und allein diese Tatsache ruft eine tiefe Furche zwischen meinen Augenbrauen hervor.

Wir fahren jetzt schon eine Ewigkeit in diesem Tunnel, eingequetscht zwischen den ganzen anderen Autos. Nichts als kalte graue Wände sind um mich herum und meine Stimmung wird dadurch nicht besser. Außerdem riecht es zum Kotzen nach Pfefferminz. Ich hasse diesen Geruch, der meinen Magen noch mehr rebellieren lässt.

Langsam baut sich vor uns immer mehr Helligkeit auf, und als das dunkle Loch uns wieder in die Welt schickt, drücken sich sogar einzelne Sonnenstrahlen zwischen großen, grauen Wolken hindurch. Der Fahrer hält sich gleich rechts und wir durchqueren nur ein paar Minuten lang, immer bergauf, den östlichen Teil der Stadt. Heruntergekommene Häuser ziehen an mir vorbei. An vielen blättert der farbige Putz ab. Strahlend war einmal. Krass, dass trotzdem so viel gebaut wird. Zwar meistens nur ein neues Stockwerk auf schon bestehende Häuser, aber immerhin.

Etwas Bedrückendes legt sich auf mein Gemüt. Ich kann es nicht deuten, aber bin heilfroh, als wir die Stadt hinter uns lassen. Die Straße steigt an und windet sich teilweise gefährlich scharf, sodass ich ordentlich durchgeschüttelt werde. Komischerweise kann ich mich an so heftiges Ruckeln nicht mehr erinnern. Es würde mich aber auch ohne die Kurven dank der ganzen Risse, die sich in den Asphalt gefressen haben, heftig hin und her werfen.

Saftig grüne Landschaften von Feuchte überzogen, grasende Rinderherden am Straßenrand, dafür immer weniger Blechkisten fliegen an mir vorbei. Auf Knopfdruck gleitet das schwarze Fenster hinunter. Ich ziehe die kühle, frische Luft in meine Nase, lasse meine Lunge davon berauschen und lehne mich das erste Mal gegen das harte Leder. Doch die Entspannung kehrt mir den Rücken zu.

Jetzt weiß ich wieder wo ich bin. Vergangenes drückt sich unsanft in meinen Kopf und nimmt hinter meinen Augen Gestalt an. Nur noch ein paar Minuten, dann taucht eine Respekt einflößende Steinmauer vor uns auf. Diese Art Umrandung, die jedem sofort protzig mitzuteilen vermag, dass hier jemand verdammt Wichtiges wohnen muss. Wir werden an einem Backsteinhäuschen halten und zwei Männer mit geladenen Maschinengewehren werden einen Blick ins Auto werfen.

Und genau so kommt es. Als wäre ich nie weg gewesen. Das mindestens drei Meter hohe Tor schließt sich fließend hinter dem Heck des Range Rovers. Schnell blicke ich wieder nach vorn. Der Wagen kriecht nun deutlich langsamer über den Asphalt. Links und rechts ist nicht viel zu sehen, außer Grünflächen, Palmen und Carports, soweit das Auge reicht. Darunter die krassesten Schlitten.

Als wir um die nächste Kurve biegen, japse ich erschrocken nach Luft, denn die wird immer dünner. Vor uns erstreckt sich, von der Zufahrt aus durch ein Heer an meterhohen Nussbäumen verdeckt, dieses Monster in Form einer gewaltigen Misshandlung. Ein graues Stahlkonstrukt, vollkommen konträr zur bunten Landschaft. Mein Blick gleitet über zimmergroße Terrassen, die sich treppenartig aufbauen. Eindeutig zu viel Kälte und Glas. Irgendwo im Bauch dieser Hässlichkeit muss sich das ursprüngliche Gebäude von Großvater verstecken.

Zu gut kann ich mich daran erinnern, wie wir als kleine Knirpse, getrieben von Entdeckerlust, auf unseren Streifzügen die Baustellen durchsucht haben. Dabei war das strengstens verboten. Hätte man uns erwischt, wären wir dran gewesen. Aber so was von. Mindestens eine Woche Hausarrest ohne Fernseher und Konsole. Aber was bitte schön kann für vier Jungs aufregender sein?

Mittlerweile scheint alles fertiggestellt. Das Ganze muss ein Vermögen verschlungen haben und das alles zu unterhalten wird mindestens genauso teuer sein.

Je näher wir kommen, desto bedrohlicher baut sich das Ungetüm vor uns auf und mir wird mulmig. Gleich ist es so weit, nur noch ein paar Minuten, dann muss ich in den Ring steigen, um Violet hier unbeschadet wieder rauszubekommen. Ich versuche die zitternden Hände zu beruhigen und fluche innerlich über meine Unfähigkeit, mich zusammenzureißen.

Der Fahrer stoppt. Nervös wische ich mir die nassen Handflächen an der Hose ab, schnappe meine Tasche und steige aus.

»Ins Haus«, knurrt er knapp und steigt wieder ein. Als der Wagen den Weg freigibt, baut sich eine fünfstufige Granittreppe vor mir auf, beidseitig von jeweils zwei Säulen gehalten. Ich werfe einen letzten Blick auf das Ungetüm und setze langsam einen Fuß vor den anderen. Jeder Muskel ist zum Zerreißen gespannt. Mit den Fingern klammere ich mich an meiner Reisetasche fest.

Oben angekommen gleitet die gläserne Schiebetür etwas ruckelig auf, als wollte sie mich warnen. Jedoch habe ich keine Wahl.

Hellgraue Granitfliesen empfangen mich im Inneren, in deren Glanz sich der ganze Raum direkt Richtung Hölle spiegelt. Ich lache leise in mich hinein, denn der Gedanke ist nicht einmal so abwegig. Mehrere dunkelrote Sofas sind akkurat, als hätte sie jemand mit dem Zollstock abgemessen, im Raum drapiert. Damit alles wohl irgendwie freundlicher wirkt, stehen wahllos kleine Palmen in großen Kübeln herum.

Gemütlich ist anders.

Da ich nicht weiß, wo ich hinmuss und mir alles fremd vorkommt, begebe ich mich zu der knapp fünf Meter langen schwarzen Theke links von mir. Dahinter lümmeln drei Männer in Anzügen, die sich zudem mächtig zu langweilen scheinen, denn sie starren allesamt auf ihre Handys. Nicht einmal, als ich vor ihnen stehe, blicken sie auf.

»Entschuldigung, kann mir jemand sagen, wo ich Cesar finde?«, frage ich laut, werde aber erst mal nur dumm angeglotzt. Zeitgleich rinnt ein Kribbeln wie flüssige Butter durch meine Adern. *So schön, endlich wieder Spanisch zu sprechen.* Zu Hause reden wir Englisch, da Mom aus New York stammt und ihr Spanisch nicht so gut wie meines ist. Vielleicht will sie dadurch aber auch einfach nur die Erinnerung verdrängen.

Nach ihrem Abschluss hat sie sich mit einer Freundin ein Gap Year gegönnt, ist durch die Welt getingelt und in Kolumbien Cesar über den Weg gelaufen. Sie ist nie zurückgekommen. Erst vor sieben Jahren. Mit mir im Schlepptau.

»Was wollen Sie von Señor Moras?« Einer der Mexikaner hinter dem Empfang blickt mir schief entgegen. Seine Augen sind so winzig klein, dass ich mich frage, wie viel er überhaupt sieht.

»Ich bin Elias, sein Sohn.« Blitzschnell verschwinden die Handys von allen unter dem Tresen. Sie lachen mir fast schon überfreundlich entgegen.

»Sicher, kommen Sie mit. Ich bringe Sie in das Büro.« *Warum siezen die mich eigentlich?*

Brummend schnappe ich meine Tasche vom Boden, denn ich wäre lieber allein gegangen und hätte noch ein paar Minuten für mich gehabt.

Wir laufen endlos viele Gänge entlang, biegen mal nach rechts oder links ab. *Grau, blau, gelb, schwarz, Moment, ist das dunkelgrau? Mist!* Ich verliere die Orientierung, aber den verwirrenden Farbwechsel der Gänge kann sich doch niemand merken! Allerdings war das Gedankenquiz eine gelungene Abwechslung, denn jetzt zwingt mich das Rasen in meiner Brust erneut aus der eben erst wiedergefundenen Ruhe. *Zum Kotzen!*

Als wäre das nicht genug, überfällt mich eine ungeheure Wärme, als die Erinnerungen unvorbereitet in mein Gehirn schießen. Ich bleibe stehen und starre auf den Adler an der Tür. *Cesars Büro.* Hektisch schlucke ich den Kloß im Hals hinunter, hänge mir die Tasche über die Schulter und verberge vorsichtshalber die zitternden Hände in den vorderen Hosentaschen meiner Jeans. Das Blut rauscht durch den Körper und spielt ein Lied in meinen Ohren. Eine düstere Melodie. Leidvoll, streng und Furcht einflößend. Weit weg von dem, was ich jetzt brauche.

Wieder ekelhaft grinsend reißt der Typ mit dem Wuschelkopf die Tür auf und wartet. Ich würde es ihm am liebsten aus dem Gesicht boxen. Wir starren uns mehrere Sekunden an, denn meine Beine wollen nicht vorwärts. Sie streiken und graben sich in den Boden.

»Hinein bitte!« Ich sehe, wie er ungeduldig wird, da sich seine Stirn unverständlich runzelt. Wahrscheinlich will er wieder zu seinem Handy.

Von innen ist nichts zu hören, deshalb verstehe ich das Theater meines Körpers nicht. Na los, jetzt lauf schon, treibe ich mich stumm an und betrete den Raum, um sofort wieder stehenzubleiben. Die Tasche fliegt neben mir auf den Boden und ich blicke auf die Tür, die sich leise schließt. Bevor ich dazu komme, weiter hierüber nachzudenken, wird eine andere an der gegenüberliegenden Wand mit einem grauenhaften Quietschen aufgestoßen. Schwere Schritte hallen kurzzeitig hinter mir bis zur Decke, ehe sie verstummen.

Meine Hände graben sich tiefer in den Stoff meiner Hosentaschen und ich hoffe, das Innenfutter hält dem Druck stand und reißt nicht auf. Erst ein tiefes Räuspern hinter mir zwingt mich zum Umdrehen. Davor sauge ich mir noch so geräuschlos wie möglich Mut in die Lunge.

Ich blicke diesem Mann, der recht steif vor mir steht, entgegen und schlagartig katapultiert es mich in meine Kindheit zurück. Cesar sieht kaum verändert aus, nur ein paar Falten haben sich auf seinem Gesicht eingenistet. Der dunkle Vollbart und seine kurzen Haare, wie auch schon früher wild nach oben gestylt, sind von Unmengen grauer Strähnen durchzogen. Er bewegt sich kein Stück, sondern blickt mir aus unlesbaren, grau-blauen Augen entgegen. Während ein Lächeln um seinen Mund fliegt, tobt in mir ein heftiger Kampf.

Schlagartig rasen wild vermischte Erinnerungen durch mich hindurch. Cesar, der die Monster unter meinem Bett verjagt und mir die besten Verstecke gezeigt hat, damit die anderen Kinder mich nicht finden. Ich bin immer der King beim Verstecken gewesen. Wie er im Urlaub nie müde geworden ist, durchgehend neue Sandburgen mit mir zu bauen. Und immer hat er sich den ersten Abend, wenn er von einer Reise wiedergekommen ist, für uns freigenommen. Er hat mich ins Bett gebracht und mir eine Geschichte vorgelesen. Wie stolz er gewesen ist, als Esteban mir das Schießen beigebracht hat und ich nach kurzer Zeit sogar einen Teil der Anfang zwanzigjährigen in den Schatten stellen konnte. Mein Vater war mein großes Vorbild, immer.

Mit Schrecken bemerke ich, dass mein inneres Kind den Berg hinauf krabbelt und sich in seine Arme stürzen möchte, um sich diesen lobenden und zugleich schmerzhaften Kopfstupser abzuholen. Ein Ausdruck vollkommener Zärtlichkeit von einem Menschen, der wohl nicht weiß, was Gefühle sind.

Doch mein Verstand beleidigt das kleine Geschöpf aufs Äußerste. Er schubst es zurück in die Grube, wo es herkam. Ich weiß, wie ekelhaft dieser Mensch sein kann und will absolut nichts mit ihm zu tun haben!

»Elias.« Es ist mehr ein Krächzen. *Ist er auch nervös?*

In Zeitlupe kriechen seine Hände aus der dunklen Leinenhose und entfalten sich schmetterlingsgleich zur Seite.

»Cesar.« Herausfordernd ziehe ich eine Braue nach oben und zeitgleich erstechen mich spitze Dolche. Von seinen Augen direkt in mein Herz.

Was denkt er sich denn? Dass ich freudestrahlend auf ihn zukomme, ihn umarme und Vater nenne? Das kann er sich abschminken, für immer!

»Okay, so weit ist es also?« Langsam, aber vollkommen in seiner Autorität, stolziert er an mir vorbei. Ich drehe mich mit, sein schweres Aftershave dringt in meine Nase und löst erneut Schockwellen an Erinnerungen aus. *Verflucht!* Angestrengt versuche ich, sie wegzudrücken. All meine Sinne sind geschärft, ich stehe komplett unter Strom. Eigentlich will ich so cool wie möglich rüberkommen, doch mir ist bewusst, dass dieses Vorhaben schon bei Cesars Eintreten gescheitert ist.

Ich bin mir sicher, dass er mich nicht umbringen wird. Kann jedoch nicht wissen, was sein perfides Gedankenkonstrukt sich sonst noch ausgedacht hat, um meinen Willen zu brechen. Er wird kaum davon ausgehen, dass ich herkomme, den Schwanz einziehe und mich allem füge.

Gemächlich zieht er den schweren Stuhl zurück, um sich zu setzen.

»Wo ist Violet?« Ich zwinge mich, ruhig zu bleiben, aber mein linker Zeigefinger hat es tatsächlich geschafft, ein kleines Loch in den Stoff meiner Hose zu reißen und meine Anspannung weitet dieses immerfort.

»Ihr geht es gut«, antwortet er mir mit einem Lächeln, das mich wohl beruhigen soll. Dabei spielt er an seinem Ring herum. Ich weiß noch, wie ich als Kind ganz versessen auf diesen Ring gewesen bin und das klobige Teil, sooft ich durfte, über meine mickrigen Finger geschoben habe. Dabei habe ich es kaum erwarten können, dieses Zeichen puren Stolzes zu besitzen. Heute würde ich ihn, ohne nachzudenken, in der Toilette versenken, denn da gehört er hin!

»WO IST SIE!«, drücke ich jeden Buchstaben einzeln über meine Lippen, immer noch zwanghaft bemüht, ruhig zu bleiben.

»Auf ihrem Zimmer.«

Ich bin kurz erleichtert, dass sie ein eigenes Zimmer hat und nicht in irgendeinem dunklen Verlies im Keller hausen muss. Falls es hier überhaupt Verliese gibt. Aber Cesar wäre selbst das zuzutrauen.

»Hol sie her! Jetzt, sofort!«, rufe ich laut und gehe fordernd auf ihn zu.

»Nein!«

Wie geschlagen taumele ich nach hinten, ziehe die Hände aus den Taschen und balle beide zur Faust, bereit, jederzeit auf ihn loszugehen. Scheißegal, ob er mich mit in die Welt gesetzt hat oder nicht. Noch wütender macht mich jedoch seine beschissene Reaktion. Lachend lehnt er sich zurück. *Was verdammt noch mal ist so lustig?*

»Elias, komm runter! Wir unterhalten uns jetzt wie Erwachsene und dann sehen wir weiter.«

Am liebsten würde ich ihm ein Nein entgegen brüllen, das ihm nur so um die Ohren fliegt, aber ich zwinge mich zur Ruhe. Er sitzt einfach am längeren Hebel. Noch! Was bringt es mir, auf ihn loszugehen? Nichts! Wahrscheinlich würde es alles noch komplizierter machen. Also kneife ich beide Arschbacken zusammen, atme tief durch und setze mich grummelnd auf den Stuhl ihm gegenüber.

Lasst die Spiele beginnen!

9. Orlando

»Du siehst besser aus.«

»Fick dich!«, zischt Violet mir entgegen, dreht sich schnaubend um und blickt aus dem Fenster. Es ist wohl das Tageslicht, das sie magisch anzieht. Wäre sie ein Falter, würde sie jetzt an der Fensterscheibe klebend tanzen.

»Du solltest dringend an deiner Nettigkeit arbeiten«, kann ich mir den Tadel nicht verkneifen. Schmunzelnd schnappe ich mir einen Stuhl, ziehe ihn rumpelnd über den Holzboden hinter mir her, um mich neben sie ans Fenster zu setzen. Er wackelt gefährlich unter meinem Gewicht, dabei wiege ich nicht wirklich viel. Wenn ich ein aufgeblasener Muskelprotz wie die meisten anderen hier wäre, würde er wie ein überladener Packesel zusammenklappen. Noch ein Möbelstück, das ihren Verwüstungen nicht standgehalten hat. Es ist zum Verzweifeln. Diese Dramaqueen auf Kreuzzug macht mich fertig.

»Sagt derjenige, der andere in einen stockdunklen Keller sperrt! Hörst du dir eigentlich selbst beim Reden zu?« Ihr kehliges Lachen erfüllt die gespenstische Stille, die sich ständig zwischen unsere kargen Sätze drängt. Es hört sich keineswegs freudig an.

»Hör mal«, sage ich ruhig und versuche dabei irgendwie sanft zu klingen.

Zögerlich dreht Violet den Kopf in meine Richtung. Ihre Augen stechen mir blutunterlaufen entgegen und entlocken mir ein tiefes Seufzen, denn wahrscheinlich heult sie immer noch jede Nacht. Eine Halloweenparty könnte sie auf jeden Fall ohne Kostüm besuchen.

»Es ist mein Job, auf dich aufzupassen, für dich zu sorgen und dich zu bestrafen, wenn du nicht spurst«, rede ich ruhig auf sie ein und hoffe, damit zu ihr durchzudringen. Nicht, dass ein falsch erzeugter Ton von mir einen weiteren Ausraster anstachelt.

»Du hast ja mal einen beschissenen Job!« Ihre Stimme ist kratzbürstig wie fast immer und der Hass schlägt mir ungefiltert entgegen.

Dennoch muss ich lachen.

»Was ist daran jetzt so witzig?« Violets Ton könnte nicht abfälliger sein.

Mir wäre es lieber, wenn sie mich wieder anschauen würde, denn sich mit einer Backe oder dem Hinterkopf zu unterhalten kotzt mich an.

»Nun ja, für mich ist das ein guter Job. Ich würde ungern Menschen bedrohen, Frauen Gewalt antun oder zum Mörder werden.« Ich blicke aus dem Fenster, denn im Park schießen Lubins kleine Schwester Milena und eine Freundin mit ihren Handys lachend Selfies. In dem Alter ist selbst das Leben hier noch unbekümmert.

Ruckartig dreht sich Violet um und mustert mich skeptisch mit zusammengekniffenen Augen. Sie glaubt mir nicht, aber das ist mir egal.

»Dafür lässt du sie hungern und sperrst sie ewig lang in dunkle Keller.« Ihren Körper überfällt ein Frösteln, während sich ein paar dunkelbraune, feine Härchen auf ihrem Arm aufstellen. Wahrscheinlich denkt sie an die Tage in diesem muffigen, rabenschwarzen Loch. Sie wusste von der Bestrafung, wenn sie ihre blinde Zerstörungswut nicht in den Griff bekommen würde. Ich war ihr gegenüber echt fair.

»Wie zuvor schon erwähnt, das ist mein Job. Halt dich einfach an die verfluchten Regeln. Dann hast du keinen Stress und Elias und ich auch nicht.«

Ich wippe mit dem Stuhl, wie ich das oft mache, doch ein lautes Knacken lässt mich zusammenfahren. *Mist, der war ja hinüber.* Hektisch springe ich auf, denn ich will ungern mit meinem Arsch auf den Boden knallen.

»Elias? Er ist hier? Hast du mit ihm gesprochen?« Jetzt ist sie ganz aufgeregt und streicht sich hektisch ihre glänzenden, dunklen Haare aus dem Gesicht. »Wie geht es ihm?«

Mir entgeht nicht der Sternenhimmel in ihren Augen, die eben noch müde und leer wirkten. *Na, schau mal einer an, wie schnell die Kleine sich aufmuntern lässt. Die scheint ja verschossen zu sein.*

Mich aber nervt der abrupte Themenwechsel, denn was ich zu sagen habe, ist wichtig. Schließlich habe ich Elias mein Wort gegeben.

Im Park, indem ich täglich mindestens eine meiner Pausen verbringe, ist Elias mir über den Weg gelaufen.

Ich liebe den Duft der Blumen, der sich erbarmungslos in die Nase drängt. Selbst das oft nervtötende Vogelgezwitscher jagt stets ein zufriedenes Lächeln auf mein Gesicht. Jedes beschissene Mal. Mag komisch klingen, ist aber so. Dieser ruhige Fleck innerhalb meterhoher Mauern und bestialischem Treiben scheint der einzige Platz zu sein, der die Gabe besitzt, mich zu beruhigen. Selbst meine Therapiesitzungen halten wir überwiegend hier draußen ab. Oft sogar mit Schirm im strömenden Regen.

Früher habe ich mir nicht viel aus der Natur gemacht. Zocken, Freunde und Mädels haben oberste Priorität gehabt. Doch Mom hat die Natur geliebt. Seit sie nicht mehr hier ist, fühle ich mich ihr im Park am nächsten. Sie hat mich als Einzige wirklich verstanden.

Während ich dem sanften Knistern unter meinen Schuhsohlen gelauscht und die herrliche Frische in meine Lunge gezogen habe, ist er plötzlich vor mir gestanden. Nie im Leben hätte ich auch nur zu hoffen gewagt, ihn jemals wiederzusehen. Elias mürrischer Blick ist einem Grinsen gewichen und wir sind uns in die Arme gestürzt. Ich weiß, Männer sollten sich eigentlich lässig auf die Schulter klopfen, aber wir haben es nicht getan.

Eine ganze Zeit lang sind wir an diesem friedlichen Fleckchen auf meiner braunen Lieblingsbank gesessen und haben uns unterhalten.

»Liebst du sie wirklich so sehr, dass sich das hier lohnt?«

»Mehr als das Lando, viel mehr.« Elias sah verdammt traurig aus, wie er in seiner dunkelbraunen Jogginghose und dem zerknitterten, hellgelben Shirt neben mir gehockt ist. Sein Kopf ist wie eine verdurstende Blume nach unten gehangen. Die nach vorne gerollten Schultern zu seinem komplett spannungsbefreiten Körper haben das Bild perfekt gemacht. Er hat mir leidgetan. In seinen Augen habe ich allerdings dieses gewisse Funkeln entdeckt, das ich nur zu gut kenne.

»Violet nimmt mir niemand weg, sie gehört mir! Mir ganz allein!« Mit verkniffenem Gesicht hat er mich angesehen und die Kälte zog mir förmlich entgegen.

»Weißt du vielleicht, wo sie ist?«, hat er mir auf einmal weitaus netter entgegen gesäuselt und ich konnte mir ein Grinsen nicht verkneifen.

»Ja, sie ist bei mir. Also nicht direkt bei mir, aber in einem Zimmer bei den Perlen. Ich kümmere mich um sie.« Erstaunlich, wie schnell sich Freude gemischt mit so was wie Erleichterung auf eine eben noch todtraurige Miene legen kann. Und da es ihm augenscheinlich wieder etwas besser ging, bin ich an der Reihe gewesen mein Leid zu klagen, das ich mit seiner verrückten Freundin habe.

Die Kleine geht mir nämlich mächtig auf die Nerven! Schon dreimal hat sie ihr komplettes Zimmer verwüstet.

Als er nach Bestrafungen gefragt hat, konnte er mir kaum in die Augen sehen. Ich finde, einen Tag lang zu hungern ist wirklich nichts. Okay, zwei volle Tage in einem dunklen Keller sind schon übler, aber sie lebt ja noch. Kein Grund, ein Fass aufzumachen.

Doch bei Elias haben meine Beruhigungsversuche wohl keine Früchte getragen, denn er hat das alles nicht so lässig gefunden wie ich. Liegt vielleicht aber auch daran, dass er die letzten sieben Jahre einfach vollkommen anders gelebt hat.

»Violet ... sie ... also ... hat eine Persönlichkeitsstörung und so«, ist es einfach aus seinem Mund getröpfelt und ich habe versucht, die hingeworfenen Bruchstücke aufzufangen.

»Für sie ist es das Allerschlimmste, allein zu sein oder sich ungeliebt zu fühlen. Da rastet sie komplett aus.« Als wäre es das Normalste der Welt, kam es über seine Lippen. Dabei hat er in seiner Hosentasche herumgekramt.

Nun war mir alles klar. Also nein, bei Weitem nicht alles, aber ich habe verstanden, wieso dieses junge, zierliche Ding, das so brav aussieht, zu so einer Furie werden konnte.

»Was ist das?«, habe ich erstaunt gefragt, als er mir einen weißen Blister in die Hand gedrückt hat.

»Antipsychotika. Damit hat sie ihre Wutanfälle relativ im Griff. Aber bleib dabei, bis sie die Tablette geschluckt hat. Vielleicht kannst du irgendwo Nachschub besorgen? Ich hab nur die hier.«

An Tabletten zu kommen, ist hier kein Problem, da habe ich ihn beruhigen können. Zeitgleich habe ich gehofft, dass die Furie jetzt ruhiger wird.

Vorausgesetzt, ich bekomme Violet dazu, die Teile auch zu schlucken.

»Ja, Elias ist hier und ihm geht es gut. Aber hör mir jetzt zu, das ist wirklich wichtig!«

Violet stöhnt auf. Wie so oft rollt sie übertrieben mit den Augen, doch ich übergehe ihr kindisches Getue und spreche einfach weiter.

»Die Sache ist die. Jedes Mal, wenn du dich nicht an die Regeln hältst, muss ich dich bestrafen und die Bestrafungen werden immer heftiger.«

Ihr genervter Gesichtsausdruck weicht einem erschrockenen, als ihre schlanken Finger sich um die dünne Strebe der Rückenlehne krallen.

»Wie meinst du das?«

»So, wie ich es gesagt habe. Es gibt tausend Möglichkeiten, um den Willen eines Menschen zu brechen.«

»Welche?« Beim Sprechen beben ihre Lippen. Die bleichen Finger krampfen sich in ihren befleckten Pulli. Sieht nach Schminke aus. Komisch, ich habe sie noch nie geschminkt gesehen.

»Mehrere Tage kein Essen, mehrere Tage der Keller, Peitschenhiebe, und das sind noch die harmlosen Dinge.«

Violets Blick zeigt eine Mischung aus Unglauben und Furcht, als sie sich mit dem Zeigefinger über den Mund reibt. Fasziniert beobachte ich, wie sich ihre zarten Lippen öffnen und starre gebannt darauf. Teuflisch hübsch, so blutrot. Immer wenn ich sie betrachte, verzehrt sich etwas in mir nach ihnen. Einfach fühlen können, ob darin diese Hitze lodert, die mir entgegen strahlt. Erst jetzt bemerke ich, dass sie schon wieder geschlossen sind.

Nach einem Räuspern fahre ich mir leicht verwirrt durch die mit zu viel Wachs verklebten Haare. Während ich weiterspreche, schmiere ich unauffällig das anhängliche weiße Zeug auf meine Jeans.

»Bis zu einem gewissen Grad kann ich selbst über die Art der Bestrafung entscheiden. Hörst du allerdings nicht auf, dann legt Cesar die Strafe fest. Da hätten wir dann körperliche Demütigungen oder wenn alles nicht funktioniert, wirst du in Ketten gelegt. Vielleicht ja in dem dunklen Keller«, versuche ich ihr Angst zu machen.

»Ach, und wenn du zu Chan kommst, dann darfst du Blut lassen. Okay, es ist nur ein bisschen Blut. Du stirbst daran nicht, aber ich weiß nicht, ob dir das gefallen würde.«

Violet kaut so fest auf ihrer Unterlippe herum, dass ich befürchte, gleich ein rotes Rinnsal ihr Kinn hinablaufen zu sehen.

»Du verarschst mich.« Skeptisch blickt sie mir entgegen, die Arme verschränkt. Sie lacht. »Das ist nicht witzig!«

O Mann. Ich atme tief durch und versuche es erneut. »Elias möchte, dass ich auf dich aufpasse. Ich sage dir das hier nicht ohne Grund, und ich verarsche dich auch nicht. Also tu uns bitte den Gefallen und versuch dich an die Regeln zu halten. Nein, halte dich einfach an die Regeln!«

Genervt schiebe ich den Stuhl zurück an den Tisch, krame mein Handy heraus und notiere mir, dass er defekt ist. Als ich mich wieder umdrehe, starrt sie mir immer noch feindselig entgegen.

Jetzt oder nie!

Schnell ziehe ich den Blister aus der Jeanstasche, drücke eine Pille heraus und lege diese neben ihr Wasserglas. Als ich meinen Blick hebe, klettern ihre Augenbrauen steil nach oben.

»Würdest du die bitte nehmen? Elias hat sie mir gegeben«, versuche ich das beste Lockmittel, das ich zur Verfügung habe. Ist auch das Einzige, wenn ich von Drohungen mal absehe. Der Keller könnte eventuell noch funktionieren, denn der hat sie wohl leicht zerstört.

Langsam tapst sie auf ihren babyblauen Socken auf mich zu und nimmt ohne ein weiteres Wort die Tablette zwischen die Finger. *Komm schon, jetzt schluck das Teil.*

Heute scheint mein Glückstag, denn Violet legt sich diese kleine weiße Tablette auf die Zunge und greift nach dem Wasserglas. *Perfekt,* wenigstens das scheint problemlos zu klappen.

»Brauchst du sonst noch irgendwas?«, frage ich, die Tür schon in der Hand.

»Burger mit Pommes und einen White Chocolate Mocha.« Violet lacht.

Ich dagegen schnaube abfällig. »Wenn es sonst nichts ist«, erwidere ich kopfschüttelnd und trete in den spärlich beleuchteten und fensterlosen Flur.

Es ist Zeit, sie allein zu lassen, denn ich muss mich um die anderen kümmern. Vor allem um Luna. Sie hat gestern wirklich keine gute Nacht gehabt. Ihr Zustand macht mich nervös und am liebsten würde ich sie mit einem Fahrer ins Krankenhaus schicken. Mein Gott, dann müssen wir uns eben eine plausible Geschichte einfallen lassen, das wird ja nicht so schwer sein. Ich habe echt Angst, dass Organe verletzt wurden und sie innere Blutungen hat. Auch wenn der Arzt das nicht glaubt. Aber glauben ist nicht wissen. Sie jammert, sobald man sie berührt. Wie kann er sich da sicher sein?

Jeronimo ist wie ein mit Tollwut infiziertes Tier, wenn er sich irgendwelches Zeug reinzieht und Cesar sollte ihm unter Drogen den Kontakt zu den Frauen verbieten. Wie man sich so verändern kann, denn sonst ist er wirklich handzahm.

Andererseits kapiere ich nicht, wieso man einen Vertrag unterschreibt, um sich dann nicht an die Regeln zu halten. Wie dämlich kann man sein?

Jede Perle weiß, was sie zu tun hat und kann es bei akuter Vergesslichkeit jederzeit nachlesen. Niemand wird hier zu etwas gezwungen, dem er vorab nicht zugestimmt hat. Immer mal wieder ist bei den Neuen eine dabei, die sich wohl für was Besseres hält. Oder einfach zu dumm zum Lesen ist, was weiß ich.

Blöd nur, wenn sie dann ausgerechnet bei Jeronimo im Koksrausch Sperenzchen macht. Jeder andere Parce würde ihr mehr oder weniger nett erklären, wofür sie mit ihrer Unterschrift jetzt herhalten muss, doch nicht Jeronimo. Der prügelt gleich auf sie ein. Als würde ein ebenbürtiger Gegner vor ihm stehen. Ich hasse den Typ! So jemand sollte überhaupt nichts mit Frauen zu tun haben dürfen.

Frauen sind wunderschöne, edle Geschöpfe. Sie ertragen wohl etwas Härte, manche eventuell auch mehr, aber eigentlich sollten wir ihre Beschützer sein!

10. Violet

Reiß dich verdammt noch mal zusammen!

Ich habe keine andere Wahl gehabt. Genau deshalb ist ohne zu murren meine Tablette in den Mund gewandert, um danach brav hinuntergeschluckt zu werden, denn die letzten vierundzwanzig Stunden in diesem feuchten, dunklen Loch sind noch schlimmer als die davor gewesen. In vollkommener Dunkelheit auf dem kalten, harten Boden herumkriechend, habe ich nur weiche, gummiartige Wände, eine Matratze, Decke, Kissen und die Toilette ertastet. Wahrscheinlich sollte ich froh sein, dass ich nicht blind in einen Eimer pullern musste.

Ich habe wirklich befürchtet, dass ich in diesem Gefängnis verrückt werden oder an meinen Panikattacken mit Stalker-Ambitionen sterbe. Die haben mich nämlich schön in regelmäßigen Abständen heimgesucht, damit ich diese dummen Biester auch ja nicht vergesse.

Angestrengt kaue ich auf meinem Daumennagel herum und starre aus dem Fenster.

Zum Glück hat es dort keinerlei Gegenstände zum Verletzen gegeben. Mittlerweile suche ich mir lieber alternative Dinge wie Alkohol, um diese qualvollen Gedanken zu betäuben, den Drang nach einem frischen Schnitt zu minimieren. Ich will nicht voll darauf hängen bleiben und noch mehr Narben davontragen.

Unter Wasser so lange wie möglich die Luft anzuhalten ist auch eine feine Methode. Berauschend, wenn dieser eklige Druck im Kopf entsteht, das Herz vor Angst wild pocht und der Überlebenswille die Kontrolle übernimmt. Jedes Mal befiehlt der feige Hund meinem Körper, den Kopf aus dem Wasser zu strecken und japsend nach Luft zu schnappen. *Versager!* Ich darf mich dann ständig mit dem kratzenden Hustenreiz herumplagen.

Auf dem Dach herumzuklettern funktioniert auch recht gut. Es ist wesentlich besser als Ritzen, doch Granny würde einen Herzinfarkt bekommen, wenn sie mich dabei mal erwischen sollte. Eigentlich mache ich das nur, wenn ich allein zu Hause bin, was leider selten der Fall ist.

Zum Glück verunstalten mich bisher nur fünfzehn Narben an den Innenseiten beider Unterarme. Spuren von dem Biest, das meinen Verstand vernebelt hat und mich, mit seinem beschwörenden Säuseln im Ohr, die Klinge viel zu tief durch das Fleisch ziehen ließ. Mittlerweile verlieren sich die Rötungen und die Überbleibsel gottloser Entspannung werden blasser. Nur im Sommer, da springen sie einem, wie frisch getoastet ins Auge. Auch komisch, da mein restlicher Körper so schwer Farbe annimmt.

Eigentlich habe ich mich nach dem ersten Tag in diesem Keller vor Angst gut im Griff gehabt, sodass ich meinen Pflichten aus diesem dummen Vertrag endlich nachkommen durfte. Ich habe mich nicht darauf gefreut, wollte aber endlich diesen Cesar treffen, um zu erfahren, wieso um alles in der Welt ich hier bin.

Ich bin zurechtgekommen, bis ich abends wieder auf meinem Zimmer war. Allein in vollkommener Stille hat das, was ich dort sehen und hören musste, meinen Kopf im Nachgang regelrecht zerstört.

Wo bin ich hier nur gelandet? Wieder muss mein Daumennagel daran glauben und ich befürchte, bald mein Fleisch anzuknabbern.

Aus der erbärmlichen Angst ist Wut geworden, denn meine Angst hört irgendwann immer auf. Sie hat sich in das größte Monster, welches ich kenne, verwandelt und dieses Monster hat sich einfach wieder an der Einrichtung abreagiert. Erwacht und losgelassen habe ich keine Chance, denn es ist viel zu mächtig. Genau diese verfickte Wut hat mich am nächsten Tag erneut in das dunkle Loch katapultiert. Also sind mir die Tablette mehr als gelegen gekommen.

Mein einziger Lichtblick ist Ines gewesen, die vor mir stand, mit ihren schulterlangen, seidig schimmernden Haaren, in die ich am liebsten einmal gegriffen hätte. Sie ist überrascht gewesen, als Lando ihr erzählt hat, dass ich nicht freiwillig hier sei. Doch sie hat weiterhin kein Wort darüber verloren. Das hat vielleicht aber auch daran gelegen, dass wir schweigen und auf den Boden schauen sollen. Steht so in diesem Knebelvertrag. Da ich einem erneuten Besuch in der Finsternis unbedingt aus dem Weg gehen wollte, habe ich mich strikt an diese dämlichen Regeln gehalten.

Dann ist der Moment gekommen, der mich vollständig aus der Bahn geworfen hat. Oder regelrecht in die Luft katapultierte, durchwirbelte und mit voller Wucht auf die Erde hat klatschen lassen. Knock-out würde ich mal sagen …

Und als würde ich es erneut durchleben, spielt sich alles vor meinem inneren Auge ab und lässt mich erschaudern.

Ich habe Angst, schreckliche Angst!

11. Violet

Weit entfernt braust tiefes Brummen durch den Raum, doch ich stecke mal wieder vollkommen gefangen in meinen Gedanken, die unerträglich laut nach Antworten schreien. Erst als mir Ines sachte gegen mein Bein tritt, hebe ich den Kopf. Zum Glück hat sie sich für ihre abgerundete Schuhspitze entschieden und nicht für den Eispickel an ihrer Ferse. Sonst könnte ich meinem Blut jetzt beim Fliehen zusehen.

Ein massiger Typ starrt mir finster entgegen. Knapp drei Meter von mir entfernt sitzt er auf dieser L-förmigen Empore, die ebenso düster wirkt wie die Möbel in meinem Zimmer. Hinter zwei langen walnussbraunen Tischen ragen acht goldene Throne empor, die bis auf zwei besetzt sind. *Ich hasse Protzerei!*

Der zweite Thron von links sticht größer und imposanter zwischen den anderen hervor. Ein klassischer Chefsessel. Cesar scheint noch nicht hier zu sein.

Was soll diese komische Möchtegern-Rittertafel mitten in Kolumbien? Das passt zusammen wie Hamburger in Vanillesoße getunkt. Ich schüttele leicht den Kopf und muss grinsen, denn es ist einfach skurril.

Der Muskelprotz ohne Manieren, geschätzt um die dreißig, glotzt mir fragend entgegen. *Hat man dem nicht beigebracht, die Ellenbogen nicht auf dem Tisch abzustützen?*

Ein dunkler Vollbart umrahmt sein halbes, lederartiges Gesicht, das in seinem Leben wohl zu viel Sonne gesehen hat. *Ich hasse Bärte.* Vor allem lange und struppige Hecken, die unbedingt gestutzt werden sollten.

»Du freust dich aber, dass du hier sein darfst!«, poltert seine dunkle Stimme in meine Richtung. Gerade als ich versuche, ihn mir ohne diese Hässlichkeit im Gesicht vorzustellen. *Oje.* Schnell presse ich die Lippen zusammen, um ihm nicht weiterhin den Eindruck zu vermitteln.

»Wie heißt du?«

»Violet.« Ich hoffe, das hat er verstanden, denn für mich klang es nur nach einem schüchternen Piepsen. Dabei hatte ich mir doch geschworen, stark und selbstbewusst zu sein!

»Dann komm mal zu mir, Violet, und bring den Rotwein mit«, säuselt er in meine Richtung. *Der Typ sieht wohl angsteinflößender aus, als er in Wirklichkeit ist.*

Doch kaum stehe ich in meiner mickrigen Dienerkluft neben ihm, begafft er mich wie ein billiges Flittchen. Was gut möglich ist, denn das schwarze Kleid mit der weißen Schürze ist hauteng und bedeckt gerade so meinen Po. Falls ich stehe. Beim Laufen rutscht der Saum ständig nach oben.

In meinem Kopf heulen lautstark sämtliche Sirenen und Hitze färbt meine Wangen. Angestrengt versuche ich, ihn nicht weiter zu beachten, um den Wein nicht zu verschütten. Meine Hand zittert dabei gnadenlos.

»Na, wer wird denn so nervös sein?« Lachend schiebt er den Becher etwas in meine Richtung. »So eine junge, unschuldige Stute. Sag mir, Violet, bist du so unschuldig, wie du aussiehst?«

Bist du so dumm, wie du klingst? Ich habe in meinem Leben bisher ja viele beknackte Sprüche gehört, aber das hier toppt wirklich alles. Einfach laut loslachen oder noch besser, ihm mit Schwung den Wein ins Gesicht kippen, das wärs jetzt. Es juckt mich geradezu in den Fingern. Dennoch bleibe ich stumm, um weiterem Ärger aus dem Weg zu gehen.

Leider ist der Vortrag, schamlos aufgewertet durch seinen ungebildeten Wortschatz, noch nicht beendet. Ich wünschte, ich könnte den Becher selbst exen. Nur um diesen unnützen Dreck, der jetzt wohl gleich auf mich einprasseln wird, besser zu ertragen.

»Mir fallen sofort tausend Dinge ein, die ich mit dir anstellen könnte. Soll ich sie dir verraten?« Seine Wörter fliegen mir nur so um die Ohren, beschwören Schwindel und Übelkeit herauf. Schnell schüttle ich den Kopf.

Nein, danke, keinerlei Bedarf!

Als dieser Kerl mit seinen klavierschwarzen und wohl von zu viel Pomade fettglänzenden Haaren seine Hand an meinen Rücken legt, erstarre ich. Und als er mich mit voller Wucht nach unten auf die Tischplatte drückt, kann ich mich nicht mehr zurückhalten und schreie. Ich versuche mich gegen ihn zu stemmen und trete nach hinten aus, um irgendwie seiner Hand zu entkommen. *Was hat der bloß für eine tierische Kraft?*

»Hey, du Idiot, lass mich sofort los! Du hast kein Recht, mich anzufassen, das darfst du nicht!«, brülle ich so laut ich kann. Schlagartig herrscht Ruhe im Raum. *Wurde der Trottel nicht aufgeklärt? Lando hat doch gesagt, dass bestimmte Punkte für mich nicht gelten …*

Wenn mein Kopf nicht in die andere Richtung gedreht wäre, würde ich ihm jetzt ins Gesicht spucken. Ja, das würde ich!

Als hätte seine Hand Rhythmusstörungen ausgelöst, stockt mein Herzschlag und Kälte überfällt mich. Was, wenn Lando mich belogen hat, wenn alles nur ein Scherz war? Wie kann ich seinen Worten trauen?

Ich meine, ich kenne den Kerl nicht. *Ich bin so dumm!*

Gott sei Dank sitzt hinter mir keiner der Männer, denn die hätten jetzt die perfekte Aussicht auf das viel zu kleine Stück Stoff zwischen meinen Beinen. Bei meinem Glück ist selbst das verrutscht, und ein Teil meiner Schamlippen sagt der Welt freudestrahlend hallo.

Mittlerweile dringen wieder Gesprächsfetzen und vereinzeltes Lachen an mein Ohr, worauf ich schließe, dass sich der Rest am Tisch nicht mehr sonderlich für uns zu interessieren scheint. Dafür verstärkt sich der Druck auf meinen Rücken. Ich versuche mich weiterhin fluchend nach oben zu stemmen, bis eine fast schon zu liebreizende Stimme ganz nahe an meinem Ohr erklingt.

»Wenn du nicht sofort deine Klappe hältst und mit dem Gezappel aufhörst, schwöre ich dir, breche ich jeden einzelnen deiner Wirbel und du kannst in Zukunft herumrollen!«

Scheiße! Ich weiß nicht, ob sein Ton oder die Worte mehr Wirkung auf mich haben, doch ich zwinge mich, stillzuliegen. So ruhig es eben geht, mit dieser Furcht einflößenden Angst im Kopf, die gerade ein Erdbeben Stufe sieben auslöst. *Hoffentlich bemerkt das niemand!*

Hilfesuchend starre ich zu dem jungen Typ, der aussieht wie alle Menschen in diesen billigen Thai Restaurants. Nur seine Haare schimmern ungewöhnlich in einem sanften, mit Bronze überzogenen Ockergelb.

Als wäre das seine Bude, hängt er vollkommen lässig in diesem lächerlichen Thron, das linke Bein über die Lehne geworfen. Es baumelt hin und her. Wie ungemütlich muss das sein, denn die Armlehne ist mehr als ungepolstert. Scheint wohl hart im Nehmen zu sein, denn seine Wange ziert eine leuchtend rote Narbe, die verdammt schmerzhaft aussieht.

Weiterhin suche ich flehend Rettung in seinen Augen und auch er wendet sich nicht ab. Meine Hilfe versteckt sich wohl hinter seinem Grinsen. Belustigt zieht er den Ring seines Lippenpiercings zwischen die Zähne, zieht noch weiter daran und auch das sieht verdammt schmerzhaft aus.

»Ich möchte dich ja ungern enttäuschen, Esteban, aber die Kleine hat so was von recht«, dringt da endlich meine herbeigesehnte Hilfe aus seinem Mund. Ich spüre die Hand zwar immer noch auf meinem Rücken, aber der harte Druck lässt nach. Wird sogar so leicht, dass ich mich mit meiner ganzen Kraft nach oben stemmen kann und diesem Gorilla zornig entgegenfunkele.

»Wie meinst du das, Chan? Gegen ein paar Tropfen frisches Blut in deinem Rotwein hättest du bestimmt keine Einwände. Dann noch von so einem jungen Ding hier.« Er leckt sich über die Lippen und grinst mir dunkel zu.

Obwohl meine Angst mir immer noch viel zu wenig Bewegungsspielraum gibt, verdrehe ich instinktiv meine Augen. *Was redet der für eine Scheiße!*

»Na, sie ist diejenige, die niemand anfassen darf. Die E-Mail hast du sicher auch bekommen.«

Seine Hand zieht sich komplett von meinem Rücken zurück, dafür wird leises Fluchen immer lauter. Ein Grinsen huscht über mein Gesicht, als eine polternde Stimme mich herumfahren lässt.

»Was ist hier los?«

Esteban taxiert mich mit zu Schlitzen verengten Augen, ehe er sich umdreht. »Nichts, die Kleine schenkt mir Wein ein.«

Mit raschen Schritten kommt der schwärzlich gekleidete Mann auf uns zu und lässt sich in den großen, funkelnden Thron fallen. *Das muss Cesar sein.*

»Ach, Violet, schön, dass du uns auch endlich einmal beehrst.« Seine Miene ist starr, doch da die Männer um mich herum dumm lachen, denke ich nicht, dass der

Satz ernst gemeint ist. Ich beschließe lieber den Mund zu halten und auch wegen Esteban sage ich nichts. Zwar würde es mich brennend interessieren, was wegen seines Verstoßes passiert, aber ich will ihn mir auf keinen Fall zum Feind machen. Der Typ scheint unberechenbar.

»Komm her und schenk mir ein!« Cesar blickt mir ausdruckslos entgegen und winkt mich zu sich.

Also zerre ich dieses verfickt kurze Kleid nach unten und stöckele in den für mich zu hohen schwarzen Pumps auf ihn zu. Durch das ständige Zittern meiner Beine gehe ich wie beschwipst. *Aber hey, zumindest begafft er mich nicht.*

Als ich näherkomme, bleiben meine Augen neugierig an dem Tattoo über seiner Brust hängen. Ein Adler mit gespannten Flügeln. Stolz und anmutig. Genau so sitzt dieser Mann auch in seinem mit Diamanten bespickten funkelnden Thron. Ist das eigentlich eine neue Mode, seine Hemden nur halb zuzuknöpfen und die komplette Brust raushängen zu lassen? *Ich hasse Brusthaare!* Vor allem, wenn sie wie Cesars lang und kringelig sind. So lang, dass einzelne braune Perlen seiner Kette sich unauffindbar darin verstecken können. Über die halbe Brust hängt das Teil und am Ende baumelt … *ein Kreuz?* Das ist ja wohl ein Witz!

Ich selbst habe meine eigenen unerfreulichen Erfahrungen mit dem da oben gemacht. Zeitweilig habe ich sogar Rettung im Glauben gesucht, doch bin wie allzu oft in meinem Leben im Stich gelassen worden. Vielleicht konnte ich nicht fest genug glauben, denn irgendwie hatten der da oben und ich schon immer ein Problem miteinander.

Der Tod meiner Mom ist genau dieses unlösbare Problem. Man entreißt einem unschuldigen, kleinen Neugeborenen sicher nicht den einzigen Elternteil, den es in dieser grausamen Welt hat. Wo bleibt da die Gerechtigkeit?

Irgendwo wird sich mein Erzeuger zwar rumtreiben, falls er noch auf dieser Erde haust, doch ich weiß nicht einmal wie er heißt. Granny hat Mom trotz unzähliger Gespräche keinen Namen entlocken können. Sie hat, warum auch immer, darüber geschwiegen wie ein Grab.

Manchmal, wenn ich nachts im Bett liege, dann stelle ich mir vor, dass mein Dad ein berühmter Schauspieler ist. Brad Pitt oder so. Wär schon cool. Oder womöglich ein bedeutsamer Politiker. Letzterer könnte mir jetzt sogar zugutekommen. Aber wahrscheinlich ist er nur irgendein verheirateter Wichser, der seine Frau betrogen hat.

Auf jeden Fall starrt mich dieser Mann mit den kalten, grau-blauen Augen nach wie vor durchdringend an.

»Ich bin Cesar. Wir werden uns nach dem Essen unterhalten und wenn du jetzt genug gegafft hast, geh auf deinen Platz!«

Boah, was ein Arsch! Platz? Ich bin doch kein Hund!

Auch ihm funkele ich zornig entgegen, er hat es nicht anders verdient. Scheißegal, wer er ist. Selbst wenn er der Herrscher der Welt wäre. *Was fällt ihm ein, so mit mir zu reden?!*

Mit geballten Händen stehe ich vor ihm. Er allerdings zieht nur fragend eine Augenbraue nach oben und taxiert meine Fäuste. *Beruhig dich, du willst nicht noch einmal in den Keller*. Nein, auf keinen Fall. Wenn ich nur daran denke, kommt die Panik angeprescht wie eine Gruppe wildgewordener Elefanten. Also atme ich tief ein und mache mich ohne ein weiteres Wort, unter schadenfrohem Gelächter einiger der Bekloppten hier, zurück auf meinen Platz. Was dumm ist, denn die anderen wollen natürlich auch noch etwas vom Wein. Stöhnend tripple ich also zu den restlichen Bechern, schenke sie voll und werde dabei höchst herablassend von Estebans Blicken verfolgt.

»Milena, kannst du mir noch etwas von den Gurken, dem Käse und der Wurst bringen, bitte?«

Ich horche auf. *Ein »Bitte« aus Estebans Mund?* Baff verfolge ich die Frau mit den schulterlangen, blond gesträhnten Haaren und rosafarbenen Lippen, die sich mit einem großen Tablett auf den Weg macht. Unterwegs muss sie zweimal halten, da ein recht cool wirkender Typ mit rabenschwarzen, glatten Haaren sich an dem Käse bedient und dieser Chan sich eine riesige Stange getrocknete Salami herunternimmt, um sich ein Stück davon abzuschneiden.

Kaum ist das Tablett abgestellt, drückt das Ekel Milena genau wie mich zuvor auf die Tischplatte. Ein Raunen schlängelt sich sofort durch die Runde und zwei Kotzbrocken lachen hämisch. Die scheinen es mit dem Training auch zu übertreiben. Ekelhaft, wenn vor lauter Stiernacken fast kein Hals mehr zu sehen ist.

Mehrmaliges Räuspern neben meinem linken Ohr reißt mich aus der Starre.

»Violet, schau nach unten!«, flüstert Ines mir flehend zu und so gern ich es tun würde, ich kann meinen Blick nicht abwenden. Totaler Kontrollverlust.

Liegt vielleicht daran, dass ich Angst um Milena habe. Doch schon werde ich von Cesar zusammengepfiffen.

»Ach, lass sie ruhig«, flötet da wieder das Ekel, das neben ihm steht, mit zum Kotzen lieblicher Stimme. »Sie soll zusehen.«

»Wie du meinst.« Ein raues Lachen erklingt aus Cesars Kehle, als er sich wieder setzt und ein Stück Brot in den Mund schiebt. Er blickt dabei nicht auf das Geschehen neben ihm, sondern tippt auf seinem Handy herum.

»Komm her, kleines Mädchen«, versucht mich Esteban zu ärgern. Ich möchte aber nichts lieber tun, als einfach hier stehenzubleiben und diesen kalten, ausdruckslosen Boden zu betrachten. Selbst wenn mir vor Langeweile die Augen zufallen. Leider bleibt mir nichts anderes übrig, als meine Beine zum Gehen zu zwingen. So ungerührt wie möglich stelle ich mich vor den Tisch. Den Kopf erhoben, blicke ich Esteban unerschrocken entgegen. Zumindest hoffe ich, dass ich so aussehe.

Esteban packt Milena schroff an den Haaren, um ihren Kopf nach hinten zu ziehen. *Wie kann sie nur lächeln?* Sie muss doch auch diese grauenhafte Angst verspüren, die ich zuvor hatte.

»Schau genau hin, so sieht eine geile Braut aus. Ich stehe nicht auf kleine Mädchen«, ruft er mir lachend entgegen und schnalzt mit der Zunge. Ein paar der Trottel stimmen in sein dummes Lachen ein. Estebans Blick könnte nicht verachtenswerter sein.

Als ob das jemanden interessieren würde. Gott sei Dank, hätte ich ihm am liebsten entgegengeschrien, weiß es dann aber besser und halte einfach meinen Mund.

Esteban drückt Milenas Kopf auf die Tischplatte. Verblüfft stelle ich fest, dass sie einfach liegen bleibt. Ohne eine Hand, die ihren Rücken fixiert. Danach macht er sich an ihrem Hinterteil zu schaffen. Denke ich zumindest, denn ich kann von meinem Platz nicht wirklich was erkennen. Doch wie fast immer winkt das Glück mir verlockend zu, um kurz darauf das Weite zu suchen. Die Beständigkeit hat mein Glück scheinbar noch nicht gefunden. Und da sich in der Nähe von Glück auch immer das Pech tummelt, erscheint dieses winkend auf der Bildfläche. *Ach, fick dich!*

Gefrustet verdrehe ich die Augen, als Esteban mich weiter nach rechts dirigiert, sodass ich nun schräg auf diese bizarre Darstellung blicken muss.

Milenas hellgrüner Spitzentanga hängt gespannt in den Kniekehlen und seine dicken Finger stecken in ihr. Erschrocken suche ich ihren Blick, doch sie hat die Augen geschlossen. *Aber … ähm … ihr gefällt das wirklich?!* Sie stöhnt. Denke ich zumindest, denn ihr Mund ist geöffnet.

Eigentlich möchte ich mich einfach umdrehen, doch etwas in mir setzt die Bewegung meiner Beine aus, als wäre mein Akku leer. Dieses Etwas ist beunruhigend neugierig auf das, was hier passiert. Und ja, es ist verdammt krass dabei zuzusehen, wie eine andere Frau gefingert wird. *Sollte mich das nicht abschrecken?*

Wahrscheinlich, aber … es fühlt sich an wie Sommerferien. Irgendwie schön. Dieser Moment, wenn man am letzten Schultag gefangen in einer riesigen, stinkenden Menschentraube aus der Tür läuft. Lachen und Freiheit schwingt einem entgegen. Dazu wird man selbst von diesem wunderbaren Kribbeln im Bauch angestachelt.

Wieso werde ich jetzt so nervös? Es ist keine Angst, es ist … *Scheiße, macht mich das gerade geil?*

Esteban zieht seine Finger aus ihr und schnuppert daran. Ein zufriedenes Brummen ertönt, als er sich zu Milena beugt, sein Gesicht ihrem absolut nah. Mit angehaltenem Atem beobachte ich die Situation weiter und kaue auf meiner Unterlippe, um vor Nervosität nicht auffallend hektisch auf und ab zu wippen.

»Hast du Hunger?« Seine Frage wirft eine steile Falte zwischen ihre Augenbrauen. Scheinbar denkt sie nach oder weiß nicht recht, was er hören will. Da von ihr nichts kommt, schnaubt Esteban missmutig und rammt erneut seine Finger in sie. Milena schreit auf, während er sich wohl recht unsanft in ihr bewegt. Zeitgleich ebbt mein neu entdecktes Gefühl langsam ab und als er dann eine Essiggurke vom Tablett zieht und diese ihr selbstgefällig grinsend unten reinschiebt, verkriecht es sich würgend in die hinterste Ecke. Geschockt verfolge ich diese unappetitliche Essensshow. *Macht der das wirklich? Er penetriert sie mit einer Gurke?* Noch mehr schockieren mich die Pfiffe und das Gegröle der anderen drumherum. Es ist demütigend, ich schäme mich fremd. Mein geöffneter Mund würde wohl gern was sagen, leider dringt nur lautloses Gestammel daraus hervor. Mir tut die Frau unendlich leid, so etwas Erniedrigendes über sich ergehen lassen zu müssen.

»Hey, Kleine, hier spielt die Musik!«

Mist! Ich will keinen Ärger, also richte ich meinen Blick wieder auf Esteban, der genüsslich von der Gurke beißt. Den halben Stummel versenkt er kauend erneut zwei- oder dreimal in Milena, als würde er in eine Soße dippen.

»Mach dein Schnäbelchen auf«, befiehlt er ihr und sie gehorcht brav. Schon landet das Stück in ihrem Mund, der durch Fremdeinwirkung schnell geschlossen ist.

»Hmm, schmeckt gleich viel besser, oder?«, fragt Esteban laut, gänzlich frei von Wärme oder Mitgefühl.

Mittlerweile hat sich die Hälfte der Männer hinter Milena versammelt, um wohl richtig gaffen zu können. Cesar starrt dagegen in sein Handy. Und als ich denke, dass es kaum schlimmer geht, tritt mein Retter von eben hinter sie. Chans Grinsen ist teuflisch. Ehe ich recht begreifen kann, was ich da sehe, hat er ein circa zehn Zentimeter langes Stück der edlen, getrockneten Salamistange in sie eingeführt.

»Die Kleine kippt gleich um vor Schock«, höre ich einen der Männer lachen und stehe damit schlagartig voll unter Beobachtung.

»Hast du auch Hunger?«, will Chan übertrieben nett mit seinem gefakten Schwiegersohnlächeln wissen und streckt mir die Salami entgegen. Mir dagegen wird kotzübel. Schnell schüttle ich meinen Kopf, was die nächsten Lacher an meine Ohren treibt. Ich hasse diese Ekelpakete, die mich hier auslachen, da ich normal bin und mich solche Abartigkeiten anwidern.

Erneut lässt Chan die Salamistange in Milenas Pussy verschwinden und penetriert sie damit. Schnell, fast schon erbarmungslos. Milena krallt sich am Tischende fest und stöhnt. Oft. Diesmal auch laut und so sehr ich es versuche, aber ich kann keinen Schmerz herausfiltern.

Nach einigen weiteren harten Stößen zieht Chan das Stück aus ihr, beißt davon ab und gibt die Stange Reihe um weiter.

Ich kotze währenddessen auf die schwarzen, polierten Granitfliesen mit Millionen klitzekleiner silberner Splitter darin, die wohl von einer kosmischen Explosion da hineinkatapultiert wurden.

Wie kann ihr das nur gefallen? Es ist widerlich! Die Männer sind ekelhaft! Einfach alles hier ist schrecklich!

12. Violet

Unter tosendem Gelächter habe ich mein Erbrochenes aufgewischt und mich dabei maßlos geschämt. Wahrscheinlich bin ich dabei rot wie eine Tomate gewesen. Den ganzen restlichen Abend hat mich ein Zittern überfallen, als hätte ich mir eine schlimme Grippe mit Fieber samt Gliederschmerzen eingefangen. So gut wie möglich habe ich es zu verbergen versucht. Ines hat mir zudem ständig beruhigende Worte zugeraunt.

Esteban und dann noch Chan, die mich ständig taxiert haben wie Jäger ihre Beute, haben es geschafft, mich vollständig einzuschüchtern. Bei jedem Nachschenken haben vor Angst, dass einer über mich herfallen könnte, meine Hände gebebt und alle haben es genossen. Die Augenpaare jedes Mannes in dem Raum haben es mir vollkommen offensichtlich erzählt.

Elias ist der Einzige, der mich bisher so richtig angefasst hat. Das Rumknutschen und bisschen Fummeln davor kann man nicht zählen. Zudem hat sich das alles über der Unterwäsche abgespielt, denke ich zumindest. So genau weiß ich das nicht mehr. Der Alkohol hat mir meine Erinnerungen geraubt.

Das Gespräch mit Cesar danach ist auch nicht besser verlaufen. Wie es scheint, ist er Elias Dad. *Sein Dad?* Ich verstehe nicht, wieso Elias mir nie von ihm erzählt hat. Aber was hätte er auch sagen sollen? Hey Violet, mein Dad, der Arsch, ist der mächtigste Drogenboss in Kolumbien?

Ich muss lachen. Nie im Leben hätte ich ihm das geglaubt. Ich kenne niemanden, dem ich das glauben würde.

Große Ähnlichkeit haben die zwei auch nicht. Wobei, vielleicht der linke Mundwinkel, der sich beim Lachen weiter nach oben zieht als der rechte. Aber das kann auch Zufall sein. Allerdings ist Elias seiner Mom wie aus dem Gesicht geschnitten.

Im Grunde bin ich ein dummer Lockvogel. Elias wird niemals auf das eingehen, was dieser Cesar sich in seinem kranken Hirn zusammenspinnt. Er hasst ihn. Mit seiner Aussage, dass sein Erzeuger ein schlechter Mensch ist, hat er wohl ins Schwarze getroffen.

Auf meinem Zimmer haben dann so viele Gedanken in meinem Kopf ihr Unwesen getrieben, dass ich das Gefühl hatte, er würde jeden Moment platzen. Am meisten Sorgen hat mir die Tatsache bereitet, was passieren wird, wenn Elias wirklich kommt.

Wieder hat mich die Angst überrannt. Ich konnte sie verscheuchen, doch nicht, ohne das Biest zu erwecken, das dem einzigen Weg gefolgt ist, den es kennt. Totale Zerstörung.

Falls Elias wirklich kommt, was passiert dann mit mir ... darf ich endlich wieder nach Hause?

13. Elias

Immer noch in dem mittlerweile dunklen Display meines Handys versunken, sitze ich auf dem Bett in meinem Zimmer. Nein, stimmt nicht, eigentlich ist es das Schlafzimmer meiner 140 qm Wohnung. Das wiederum ist auch nicht ganz richtig, denn es ist eine beschissene Luxussuite von Cesar.

Mürrisch betrachte ich die sandsteinfarbene Vinyltapete mit den silbernen Blumenornamenten, die sich in einem Schloss wohler fühlen würde.

Ich sitze also auf diesem Himmelbett mit seinem dunklen, kalten und massiven Metallrahmen. Dieses Frost versprühende Ungetüm würde keiner Frau einen verlockenden Seufzer über die Lippen dringen lassen.

Bedrückt starre ich mich im Spiegel an. »Mann, du siehst echt scheiße aus.« Ich sollte dringend duschen und meine Haare waschen. Ganz dringend, denn fettglänzend und strähnig hängen sie mir fast in die Augen.

Meine Gedanken schweifen zum Telefonat von eben und ein ungutes Gefühl breitet sich in meiner Magengegend aus.

»Mom wieder!«, stöhne ich und taxiere mich weiterhin im Spiegel. Eigentlich kann der Trottel da drin überhaupt nichts dafür.

Sie war außer sich, aber wenigstens hat sie nicht geweint, denn heute hätten wir wohl ein Duett zum

Besten gegeben. Ich kann nicht zurück, noch nicht. Selbst wenn ich zweimal täglich ihre Angst in der Stimme ertragen muss.

Mit einem unguten Gefühl starre ich auf meine zitternde Hand, die kraftlos auf dem Oberschenkel ruht. Vielleicht sollten wir uns vorerst lieber Textnachrichten schicken.

Ich fühle mich schlecht und schuldig und zerre an dem moosgrünen schweren Vorhang, der um das Bett hängt. Wenigstens bringt er etwas Wärme in den Raum, denn die nachtblaue Bettwäsche tut das keinesfalls.

Mom soll verdammt noch mal glücklich sein und nicht vor Sorge weinen. Das Zittern wird stärker und ich versuche es mit der anderen Hand zu unterbinden. Dumm, denn die zittert jetzt mit.

»So eine Scheiße!« Ich springe auf. Wie ein getriebener Wolf heckte ich durch den Raum. Wieso kann ich nicht einfach beide Frauen, die ich liebe, zeitgleich glücklich machen? Ich hasse Cesar und noch mehr hasse ich es, hier zu sein.

Mit geballten Fäusten stehe ich da, blicke mir grimmig entgegen. *Ich hole Violet hier raus, koste es, was es wolle!*

Mein Kopf drückt, der Magen rebelliert. Wie soll ich so etwas essen? Mir ist leider bewusst, dass meine Anwesenheit beim Abendmahl nicht verhandelbar ist.

Schnell krame ich aus der Kommode frische Unterwäsche und schlurfe vollkommen entkräftet ins Bad. Mir wurde noch nie so viel abverlangt. Dieses verzweifelnde Gefühl, das mich in den Abgrund zu ziehen versucht, ist auch neu für mich.

Mein Leben ist bisher relativ problemlos verlaufen. Sicher, es hat die Flucht gegeben, von der ich allerdings nichts geahnt habe. Mom hat mir erst in Connecticut erzählt, dass wir jetzt dort leben werden. Die ersten Wochen waren wirklich mies. Ich habe Vater vermisst und jede Nacht mein Kissen nass geheult. Doch als ich Freunde fand, hat er sich immer weiter in die hintersten Ecken meines Gehirns zurückgezogen. Als wäre er nur ein bedeutungsloser Traum.

Wie von Geisterhand wird das Badezimmer beim Eintreten in goldenes, indirektes Licht getaucht. Die braunen Marmorfliesen schimmern dabei fast galaktisch. Eine feine Brise Zitronengras erfüllt die Luft und dringt angenehm in meine Nase. Hat etwas von dem Spa, in das Mom immer geht.

Ich schnappe mir mein Duschgel vom Beckenrand und husche in die bodentiefe Dusche. Hinter mir ziehe ich die riesige Glastür fest zu, denn auf eine Überschwemmung habe ich keine Lust.

Zuerst frostet eiskaltes Wasser meinen Körper. *Brrr, scheiße kalt!* Ich schüttle mich. Als endlich Wärme über mich hinwegrauscht, trauen sich auch meine Lebensgeister wieder nach Hause zurück.

Violet ist zart, unsicher und zerbrechlich wie eines dieser filigranen Sektgläser mit den langen und viel zu dünnen Stielen. Die, mit denen man sich nicht einmal recht anzustoßen traut. Ich muss sie beschützen!

Ich erinnere mich noch so gut an den Tag, an dem sie mir das erste Mal unter die Augen gelaufen ist, um dann allein im See zu schwimmen. Während ihre Freundinnen meine Kumpels und mich angebaggert haben, ist sie an uns vorbeigehuscht. Komische Tussi, habe ich gedacht. Als Violet später dann aus dem Wasser gestiegen ist, hat mich ihre Schönheit fast umgehauen. Obwohl es den Sommer über untypisch heiß war, hat ihre perlmuttfarbene Haut mit der Sonne um die Wette gestrahlt. Zeitgleich hat sie fast kränklich zwischen all den mittlerweile schon gut gebräunten Menschen gewirkt. Nur an diesem zarten, rosafarbenen Unterton hat man erkannt, dass wohl auch Blut durch diese makellose Schönheit fließt. Na ja, fast makellos.

Ihre ganze Erscheinung hat mich gefesselt und die Rundungen dieser geilen Brüste, die sich neckisch aus dem etwas zu kleinen, dunkelblauen Bikinioberteil herausgequetscht haben, ließen meine Badehose verdammt eng werden.

Ernsthaft jetzt?

Ich werfe einen Blick nach unten, wo mein Ständer mir freudig entgegen winkt. Das Gesicht in den Regenfall über mir gereckt, versuche ich die Gedanken aus dem Kopf zu spülen. *Ach, scheiß drauf! Vielleicht bringt es mir ja etwas Ruhe und Kontrolle zurück.*

Ich umfasse meinen Schaft mit der Hand und mit der anderen stütze ich mich an den nassen Fliesen ab. Während Wasser über den Körper rinnt und mir ablenkend von den Haaren ins Gesicht tropft, schließe ich die Augen. *Viel besser.*

Meine Hand streicht in langsamen Zügen auf und ab. Dabei kitzelt mich Violets Atem am Ohr. Ein warmer Schauer kriecht meinen Hals hinab und hinterlässt Brandmale, die selbst das Wasser nicht wegzuwischen vermag. Ich denke erneut an ihre Brüste, an ihre gertenschlanken langen Beine. Denke daran, wie ich beim Schwimmen verstohlen ihren Po direkt unter der Wasseroberfläche begafft habe. O ja, dieser süße Arsch, der in allem einfach umwerfend aussieht. Doch am liebsten mag ich ihn nackt.

Den Schwanz knapp unter der Eichel fest umschlossen, wichse ich mich kurz und schnell. Packe ihre prallen Brüste aus dem Bikini, lasse meine Zunge um die harten Knospen kreisen. Violet füllt meinen Gehörgang mit Stöhnen, als stände sie direkt vor mir und es macht mich unglaublich scharf. Mein Keuchen gibt den Bass zu ihrem Liebeslied. Ich halte die gefüllte Faust ruhig und schiebe mein Becken vor und zurück. *Genau so!* Mein Schwanz pumpt sich voll Blut und drückt hart gegen meine fest geschlossene Hand. Wir sind vollkommen bereit. Es zieht höllisch und alle Muskeln spannen sich an. Wirklich alle. *Oh, fuck, Violet!* Jeder verfluchte Muskelstrang meines Körpers wartet auf Erlösung. *Wenn sie jetzt nur vor mir stehen würde und ich gleich auf ihren Arsch spritzen könnte.*

Hart und schnell reibe ich mich, bis mein Saft auf den beschlagenen Fliesen vor mir ein skurriles Bild zeichnet. *Gott, das war bitter nötig!* Während ich keuchend dastehe und den Orgasmus nachhallen lasse, beobachte ich, wie mein Sperma langsam nach unten rinnt und vom Wasser in den Abfluss getragen wird.

Jetzt aber schnell die Haare waschen, den Körper einseifen, danach abbrausen. Fertig. Ein flauschiges weißes Handtuch um die Hüften gewickelt, stehe ich vor dem Waschbecken und rubble meine Haare trocken. Sofort sind meine Gedanken wieder bei Violet.

Als hätte Amor Pfeile verschossen, war ich hin und weg von ihr. So was kam bisher noch nie vor und ich finde bis heute keine Erklärung dafür. Sie sollte meins sein, ich musste sie unbedingt haben! Alles schrie nach ihr. Mein Körper, mein Verlangen, aber am lautesten hat mein Verstand gebrüllt.

Blöd nur, dass Violet keine Notiz von mir genommen hat, sondern sich mit ihrem Handy auf das bunte Badetuch zurückgezogen und Musik gehört hat. Meine Kumpels haben mich zwar jeden verfluchten Tag aufs Neue aufgezogen, doch ich habe weiterhin um ihre Aufmerksamkeit gebuhlt und mit ihr zu schwimmen begonnen.

Genug damit. Mit einer Kopfbewegung versuche ich, die Gedanken beiseitezuwischen. Ich muss los. Es gibt Wichtigeres, als sich in der Vergangenheit herumzutreiben.

Hoffentlich bleibt Mom, wo sie ist, und unternimmt nichts, was Violet gefährden könnte. Sie ist miserabel im Füße stillhalten und will immer alles sofort klären. Mit mittlerweile einundzwanzig kann ich meine Angelegenheiten selbst regeln. Hoffe ich zumindest, denn aktuell fehlt mir ein Plan. Hoffnungslos treibe ich frei von jeglicher Orientierung auf einer Eisscholle herum und flehe um Rettung. Ich muss mich mehr anstrengen, dann fällt mir schon etwas ein.

Zum Teufel mit dir, du elender Bastard!

Gestern hätte ich im Strahl kotzen können. Was denkt er sich eigentlich! Zwingt mich hier her, um mich zu seinem Nachfolger zu ernennen? *Pah!* Wer fragt mich? Will ich hier sein? Will ich seine Geschäfte übernehmen?

»Nein!«, habe ich laut sämtlichen angestauten Frust in den Raum gebrüllt. Ihm klargemacht, dass ich darauf keine Lust habe.

Doch das scheint ihn überhaupt nicht zu interessieren. Vorerst habe ich also keine andere Wahl als hierzubleiben. Ich muss ihm wohl vorzuspielen, dass es schon immer mein Wunsch gewesen ist, diese miesen, aber zugegebenermaßen sehr lukrativen Geschäfte zu übernehmen. 2,8 Milliarden Dollar Umsatz sind schon eine Hausnummer. Von dieser Summe sprechen zumindest die Bücher.

Mit der Faust haue ich gefrustet gegen den Pfosten des Bettes und reibe mir gleich darauf die schmerzenden Knöchel. *Verflucht!* Dieses dumme Ding ist so hart, wie es aussieht.

Wie nur soll ich ihn glaubhaft überzeugen, dass ich meine Meinung so plötzlich geändert habe? Lügen kann ich, aber ich bin kein überragender Schauspieler.

Wenn ich Violet nur endlich sehen könnte. Was bringt es denn, uns voneinander fernzuhalten? »Tz!« Bestimmt will er mich damit mürbe machen. *Der Sack hat mich echt voll an den Eiern, fuck!* Noch während ich fluche, drückt sich ein Grinsen durch, ich spüre es genau. Dagegen verjagen diese verfluchten Kopfschmerzen, die höllisch an Fahrt aufnehmen, erneut alles Fröhliche, um mich noch mal so richtig zu quälen. Auch so etwas Lästiges, das ich nicht kenne. *Wann habe ich jemals Kopfschmerzen gehabt?* Diese ganze Scheiße hier ist wie Gift, das einen schleichend krank macht, um einem im Anschluss irgendwann den Todesstoß zu verpassen.

Ich krame eine Schmerztablette aus dem Badschrank, löse sie in einem Wasserglas auf und hoffe, dass sie schnell wirkt.

Mein einziger Lichtblick ist Lando, denn er hat versprochen, mich zu Violet zu schmuggeln. *Nur wann?* Ich hasse diese Ungewissheit, kann aber froh sein, dass er die Gefahr überhaupt auf sich nimmt.

Gedulde dich, du kannst das. Warten, geplant vorgehen, sich Zeit lassen und dann im richtigen Moment zuschlagen. Es ist so simpel, wie ein Girl klarzumachen. Ans Ziel anpirschen, den Sack zumachen. Oder leer machen, denke ich grinsend. *Easy!*

Gefrustet fahre ich mir durch die frisch geföhnten Haare und fixiere alles mit Haarspray. Dann werde ich mich mal anziehen und den verlorenen Sohn spielen. *Zum Kotzen!* Ich muss mich zusammenreißen. Ich bin gut, ich schaffe das.

Oh ja, ich gebe die beste Show meines Lebens!

14. Elias

Schlecht gelaunt schlendere ich zum offenen Kleiderschrank und betrachte die Kleidung, die bei meiner Ankunft bereits drin hingen. Die Hälfte besteht aus Anzügen und Hemden in Schwarz, Blau oder Braun. Dann entdecke ich einige Jeans, Shirts, Pullover. Was man eben so braucht. Er scheint mich gut ausspioniert zu haben, denn alles entspricht genau dem Style, den ich auch sonst trage.

In meiner eigenen hellblauen löchrigen Jeans und dem weißen Shirt zwinge ich mich durch den Wohnbereich. Ich muss an der offenen mattschwarzen Küche vorbei, um zur Wohnungstür zu gelangen. Aufbrausende Klaviermusik durchflutet den sonst stillen Raum. Meine Schritte werden von dem dunkelgrauen Teppich verschluckt. Schlüssel brauche ich keinen, denn alle Türen sind per Fingerscan zu öffnen.

Nein, stimmt nicht, nicht alle. Heute Vormittag habe ich in dem endlos riesigen Gebäude mit gefühlt tausend Türen ein paar Runden gedreht. Sich nicht zu verlaufen, ist hier schon ein Jackpot. Keine Ahnung, wie viele Mitglieder des Clans hier wohnen, aber es müssen eine ganze Menge sein.

Bei meinem Streifzug ist mir aufgefallen, dass sich bei Weitem nicht alle Türen öffnen lassen und vor einigen sind zusätzlich noch Wachen herumgelungert.

Keine Ahnung, warum, aber das werde ich schon noch herausfinden. Ohne aufzufallen, komme ich hier mit Violet nicht raus und falls doch, stehen wir vor dieser endlos hohen, mit Stacheldraht verzierten Steinmauer.

Wenigstens finde ich den Weg zum Abendmahl noch und irre nicht dumm herum. Er ist aber auch zu easy. Einfach den dunkelgrünen, spärlich beleuchteten Flur entlang, vorne rechts und dann immer geradeaus. Schon stehe ich vor dieser riesigen, dunklen, schmiedeeisernen Tür. Fast so, als würde ich gleich ein Verlies betreten und irgendwie fühlt es sich auch so an. Mein Gang ins Verderben.

Recht genervt, da ich keine Lust auf das gemeinsame Essen habe und meine Laune auf dem Weg hierher ins Nirwana abgedriftet ist, stoße ich die Tür auf. Mit großen Schritten betrete ich den knapp 60 qm finsteren Raum. Meine Turnschuhe quietschen dabei unangenehm auf den Fliesen.

Genau genommen ist es hier nicht wirklich dunkel, aber die Wände schlucken so viel Licht, dass es einfach düster wirkt. Der Geruch von Essen dringt mir in die Nase. Er lockt die Übelkeit erneut hervor. Aber ich will mich nicht beklagen, denn dafür sind die Kopfschmerzen weg.

Alle Plätze bis auf einen, ganz am Rand neben Cesar, sind besetzt und die Runde stiert mir neugierig entgegen. Es ist mucksmäuschenstill. *Ja, begafft mich, als hättet ihr mich noch nie gesehen.* Okay, drei oder vier kenne selbst ich nicht. Der Rest ist mir von früher wohlbekannt.

Vor allem der polternde Riese Esteban, der neben Cesar sitzt und auch in geschäftlichen Angelegenheiten seine rechte Hand ist. Fast übermütig winkt er mir zu. *Schön, dass sich wenigstens einer freut, denn ich tu es nicht!* Trotzdem grinse ich zurück. Cesar muss glauben, dass er bekommt, was er sich in seinem kranken Hirn ausmalt. Und das am besten ziemlich schnell.

Hell klingendes, fast liebliches Raunen links von mir erweckt meine Aufmerksamkeit. Frauen in knappen Hausmädchenkostümen stehen in Reih und Glied und tuscheln miteinander. Wahrscheinlich meinetwegen. Sie kennen mich ja nicht und fragen sich sicher, wer ich bin. Aber vielleicht hat es sich auch schon rumgesprochen. Ach, Frauen tuscheln immer über alles Mögliche, denke ich genervt und meine Miene verdüstert sich.

Ich will gerade weiter, als mein Blick an dem einzigen Wesen hängenbleibt, das stur auf den Boden blickt.

Nein, kann das sein? Das kann doch nicht ... ist das sein verfickter Ernst?!

»Violet!« Meine Stimme übertönt das mittlerweile wieder fahrt aufgenommene Gequassel und erneut herrscht bleierne Stille. Als hätten alle zu sprechen verlernt.

Ich stürme in Violets Richtung, die soeben aufblickt. Die Augen so groß, als könne sie nicht glauben, was sie sieht. Dann setzen sich auch ihre Beine in Bewegung, doch allein Cesars messerscharfe Stimme lässt sie sofort stoppen. Ich bleibe ebenso stehen und drehe mich um.

»Elias, wir wollen essen! Komm bitte her!« Du kannst mich mal, denke ich, und gehe erhobenen Hauptes weiter.

»Elias!«, poltert es hinter mir, aber das juckt mich kein Stück. Scheißegal, ob ich seinen Zorn auf mich ziehe. Ich bin nicht seine Marionette, die ständig nach seiner Pfeife tanzt! Selbst wenn die anderen lachen, da ich mich widersetze, kann ich auch nichts dafür, denn im Moment ist nur sie wichtig. Dieser zuckersüße Mensch, den ich so vermisse.

Violet allerdings ist noch erstarrt und bewegt sich kein Stück. Vielleicht aber auch, da Lando ihr eingebläut hat, sich an die Regeln zu halten. Vollkommen verkrampft steht sie auf der Stelle, als wäre mitten im Laufen ein Eissturm über sie hinweggezogen und hätte alle Gliedmaßen von jetzt auf gleich eingefroren. Es sieht komisch aus und sie schwankt leicht.

»Eliaaaas, hey!«, poltert es hinter mir, aber ich drehe mich nicht um.

»Leck mich!«, schreie ich stattdessen über meine Schulter. Kurz bevor ich Violet erreiche, schleudert Cesars tiefe Stimme, unterlegt mit grausamen Lachen, die wohl verlogensten Worte in den Raum, die ich in letzter Zeit gehört habe.

»Das ist eben mein Junge, er ist genau wie ich.«
Einen Scheiß bin ich wie du!

O Violet, was haben sie nur mit dir gemacht? Sie sieht schrecklich aus. Noch blasser als sonst, die Augen rot verquollen. Sofort greife ich nach ihren Händen. Eiskalt! Große Augen mit zitternden Lidern glitzern mir entgegen und ich würde mich freuen, ja so wahnsinnig freuen, wenn es nicht Tränen wären. Schnell ziehe ich sie an meine Brust. Fest. Ganz fest. So fest ich kann. Ich muss sie vor allem abschirmen und in Sicherheit wiegen. Sie braucht das jetzt. So sehr. Ich will überhaupt nicht daran denken, wie schlecht es ihr die letzten Tage gegangen ist.

Violets Schultern beben, als ich mehrmals sanft über ihre Haare streiche. So verboten weich wie die sündhaft teuren Seidentücher meiner Mom. Der vertraute Duft nach Honig dringt mir entgegen und kurzzeitig schließe ich die Augen, nehme so viel wie möglich in mich auf, um noch lange davon zehren zu können.

Mein Blick huscht kurz nach rechts zu den Frauen, die uns stumm betrachten, und die neben Violet, mit der schrecklichen Haarfarbe, sieht sogar richtig geschockt aus.

Sofort bin ich wieder ganz bei meinem Schneewittchen, greife nach dem spitzen Kinn und zwinge sie, mir in die Augen zu sehen. Tränen rollen weiterhin ihre Wangen hinab und ich beiße mir von innen zu fest auf die Backe, denn schon vermischt sich etwas Eisenhaltiges mit dem zarten Honigduft. Es schmerzt wahnsinnig, sie so unglücklich zu sehen und ihre Trauer färbt langsam auf mich ab. Hilflos starre ich auf diese rissigen Lippen, presse meine dagegen und befeuchte ihre Wüste mit meiner Zunge. Leises Stöhnen dringt zu mir, während ihr Körper sich etwas entspannt.

Erst als sie ruhiger wird und das Zittern sich zurückzieht, löse ich mich von ihr. Wie schafft sie es nur Leben in meinen Körper zu pumpen, obwohl sie selbst aussieht, als stehe ihr eigener Akku kurz vor dem Zusammenbruch? Mit meinem Daumen versuche ich, ihre Tränenflut zu stoppen, doch bin wohl ungeschickt darin.

»Alles gut, ich bin ja da. Beruhig dich. Schhhh … alles wird gut!« Meine Worte scheinen irgendwo anzukommen, denn allmählich versiegt ihr Dammbruch. Gut so, denn ich muss mich beeilen. Wer weiß, wie lange mir weiterhin erlaubt wird, hier zu stehen.

»Violet, hör mir zu.« Ihr Gesicht zwischen meinen Händen zwinge ich sie, mich anzusehen. *Sie sieht total apathisch aus. Hat sie ihre Tabletten genommen?* Lando hat mir versichert, sich darum zu kümmern.

»Violet, das ist wichtig, du musst mir jetzt genau zuhören, ja?«

Ein schwaches Nicken zwischen meinen Händen zeigt mir, dass ich ihre Aufmerksamkeit habe.

»Ich liebe dich über alles, vergiss das niemals! Hörst du?«

Sie nickt erneut und schnieft leise vor sich hin. Die Augen kleben an mir und ihre Fingernägel graben sich stechend in meine nackten Unterarme.

»Ich hole dich hier raus, das verspreche ich dir! Nur bitte, halte dich an die Regeln und wenn etwas ist, dann gib Lando Bescheid. Zu ihm wird dir der Kontakt nie verwehrt. Ich verspreche dir, ich tu alles, was ich muss, um dich hier rauszuholen!«

»Hey, Mann, Elias, komm mal mit deinem Geturtel zu Ende, ich hab echt Hunger«, durchbricht Esteban die Stille und ich weiß, dass ich langsam zurückmuss.

»Sofort«, rufe ich über die Schulter. »Violet, hast du das verstanden?«

Sie nickt erneut. *Wieso sagt sie denn nichts?*

»Versprich es mir, sag es!«, fordere ich sie ungeduldig auf, denn ich muss es aus ihrem Mund hören.

Wie gebannt starre ich auf diese wunderschöne, herzförmig geschwungene Oberlippe, gefoltert durch Stacheldraht.

»Ich werde mich an die Regeln halten … und Lando … Bescheid geben, wenn etwas ist.« In mir zerfließt alles beim Klang ihrer Stimme, denn sie hat mir die letzten Tage so gefehlt.

»Ich liebe dich«, haucht sie meinen Lippen entgegen und benetzt diese mit einem warmen, kratzigen Kuss. Ein Schauer läuft den Rücken hinab und mein Herz macht kleine Luftsprünge. Wir sind zwar noch hier, aber zumindest zusammen.

»Elias!« *Cesar.* Ich weiß, ich muss gehen, um ihn nicht komplett zu verärgern. Ein letzter Kuss, dann drehe ich mich um. Die Beine tragen mich im Takt zu meinem rasenden Herzen zurück zum Tisch. Ich setze mich und meine Finger umklammern die Armlehnen, um das Zittern zu beruhigen.

Violet steht schon wieder, als wäre nichts gewesen, in der Reihe und blickt zu Boden. Mein Herz, das sich eben etwas beruhigt hat, tobt erneut vor Wut.

»Was soll der Mist?«, zische ich Cesar zu. »Was macht sie bei denen?«

»Tja, sie kostet mich Geld, dann soll sie auch dafür arbeiten.« Sein Lachen klingt grausam und verspottet meinen Verstand. *Gib mir eine Waffe. Ich knalle dich dafür ab!*

Leider sprechen zwei Dinge dagegen: Ich besitze keine Waffe und es würde nichts ändern.

Während sich der Rest der Männer beim Essen lautstark unterhält und zu amüsieren scheint, schiebe ich meinen leeren Teller von mir und beobachte ununterbrochen mein Schneewittchen. Wie sie sich abmüht auf diesen viel zu hohen Tretern. Sie trägt nie so hohe Schuhe. Bei jedem Schritt hoffe ich, dass sie nicht umknickst und sich das Bein bricht. Ein Gips wäre eine Katastrophe in unserer Situation.

Violet, komm schon, schau zu mir. Nur einmal, bitte! Doch sie tut mir den Gefallen nicht. Jede Regung ihres Körpers sauge ich in mir auf. Betrachte ihre langen Beine, an die ich vorhin noch gedacht habe, und wünsche mir, dass dieses beschissene Kleid wenigstens ein paar Zentimeter länger wäre. Nur so lang, dass man nicht ständig auf ihren nackten Arsch glotzen kann. *Diese Penner, wie sie gaffen! Ich könnte ausflippen!*

Mein Girl sieht schon sexy darin aus, aber kein anderer soll sie verdammt noch mal so sehen! Deshalb klebe ich an ihr, wenn sie Wein nachschenkt, und taxiere jeden feindselig, der ihr mit der Hand nur etwas zu nahekommt.

Sie gehört mir, mir ganz allein und wehe, jemand wagt es, sie anzufassen!

15. Violet

Es ist der helle Wahnsinn gewesen, wie himmlisches Kribbeln meine Haut überflogen hat, als ich meinen Namen gehört habe. Violet mit diesem watteweichen T zu beenden und ihm dadurch die Strenge zu nehmen, das schafft nur Elias.

Er ist also wirklich hier! Aber wieso sitzen wir dann nicht im Flieger? Gedankenverloren kaue ich mal wieder auf meinem Daumen herum.

Violet, du dummes Ding, du hast dir das eben alles zu einfach vorgestellt, flüstert Vio mir zu.

Genervt schüttele ich den Kopf. Als ob Cesars Wachen uns zum Flughafen begleiten, ein Fresspaket in die Hand drücken und zum Abschied mit einer weißen Fahne dem Flieger hinterherwinken würden. *Ich bin so blöd!* Verächtlich schnaube ich über meine eigene Dummheit.

Elias wollte mich beruhigen, wie er es immer versucht. Russisch Roulette ist ein Klacks dagegen. Mein Leben, die Laune, meine Gefühle, alles ist ein ständiges Auf und Ab. Täglich, mehrmals. Elias, die Konstante. Die Mauer, hinter der ich mich verstecke, um nicht mitgerissen zu werden.

Während ich meine Haare liebevoll in langen Zügen seidenweich bürste, betrachte ich mich im Spiegel. Den Mund zusammengepresst, die Augen groß.

Sollte ich nicht fröhlicher sein? Vielleicht, denn er ist endlich hier, um mich zu retten. *Doch wieso kommen wir nicht weg? Warum dürfen wir uns nicht sehen?* Ich muss mit ihm sprechen, denn wir müssen zusammen die Angst verjagen, die hinter jeder Ecke rachsüchtig auf mich lauert.

Ein Kloß breitet sich in meinem Hals aus und ich versuche angestrengt, ihn hinunterzuschlucken. Keine Chance. Als wäre das nicht schon lästig genug, laufen jetzt auch noch Tränen meine Wangen hinab, werden zu einem reißenden Bach und treiben alles Schöne in meinem Gesicht mit sich fort.

»Du elende Heulsuse«, schreie ich mein Spiegelbild an, sie blickt mir zornig entgegen. Genervt knalle ich die Bürste auf den Tisch und trete ans Fenster. *Hier ist es nie stockdunkel.* Runde Lichtkugeln werden punktuell von hohen Laternen auf die Umgebung geworfen, da ein ganzes Laternennetz auf dem Gelände installiert ist. Wahrscheinlich hängt an jeder auch noch eine Kamera.

Ich verstehe nicht, wieso mich Elias kein einziges Mal zu sich gerufen hat, wenn er mich mit seinen Augen schon ununterbrochen geknebelt hat. Ein paar Sekunden Nähe wären besser gewesen als nichts.

Er ist nur dagesessen und hat scheinbar über irgendetwas nachgedacht. Das blühende Leben, gezeichnet vom Tod. So sexy und unglaublich am Ende. Selbst jetzt brodelt noch jede berührte Stelle meiner Haut und seine Küsse sind reiner Balsam auf meiner vernarbten Seele gewesen. Die moccabraunen Haare sind ihm locker in die Stirn gefallen, als er den Kopf nach unten sinken ließ. Verstohlen habe ich beim Einschenken seine süße, gerade Nase mit der Himmelfahrtspitze betrachtet, deren Liebkosung meine Lippen so vermissen.

Unruhig wende ich mich vom Fenster ab. *Soll ich mich hinlegen?* Es wäre der vierte Versuch innerhalb einer Stunde. Irgendwie finde ich heute keine Ruhe, geschweige denn in meinem mit Albträumen vollgestopften Schlaf.

Ich atme schwer aus, stapfe Richtung Bett und als ich mutig unter der Decke verschwinde, dringt dieses verräterische Summen durch den stillen Raum.

Landos rotstichige Mähne erscheint zuerst, gefolgt von einem Grinsen. »Versprich mir jetzt nicht zu schreien.«

Mit gerunzelter Stirn blicke ich ihm entgegen. Schnell ziehe ich die Decke enger um meine Schultern, damit eindringende kalte Luft nicht meinen Körper einnehmen kann. *Was soll das denn jetzt?*

»Na los, jetzt versprich es schon!«, fordert er mich erneut auf.

Ist der dumm? Doch da wir anders anscheinend nicht weiterkommen, verspreche ich es notgedrungen. Hauptsache, die Tür geht bald wieder zu. Keine Lust, heute auch noch zu erfrieren.

»Elias?« Während ich nur mit meinem grauen Slip und dem gelben Shirt bekleidet aufspringe, stecken schon reflexartig meine Zähne in der geballten Faust. Ich muss meinen Mund daran hindern, irgendwelche Töne auszuspucken.

Der Geruch von Äpfeln fliegt mir um die Nase, als ich an seinem Hals hänge. Auch die Kälte ist spurlos verschwunden. Elias lacht, denn wahrscheinlich kitzele ich ihn. Als Lando sich allerdings laut räuspert, verstummt er sofort.

Ich werde fast erdrückt, dann wild im Kreis gewirbelt. Ich liebe das. Er kann mich ewig so wirbeln und ich nehme jeden Drehwurm in Kauf. Als wir wieder zum Stehen kommen, ist die Tür geschlossen. Lando ist verschwunden.

Ich bin hitzig, als hätte ich Fieber. Tränen rinnen mir nur so aus den Augen, doch tief in mir drin flutet pures Glück mein Sein. *Na super, schon wieder am Heulen*! Während ich also heulend lache, versucht Elias ständig mit den Fingern meine Tränen zu stoppen. Irgendwann halte ich seine Hände fest, denn es hat sowieso keinen Sinn.

»Hey, Schneewittchen, nicht weinen. Komm schon, schenk mir ein Lächeln, dein Schönstes.« Beide Hände an meinen Wangen zieht er mein Gesicht in seine Richtung. Ich lächle. So gut wie alles würde ich für ihn tun.

»Wieso kommst du erst jetzt?«, frage ich schluchzend, ziehe lautstark die Nase hoch und suche Halt in seinen Hazel Eyes. Ich liebe es darin zu versinken und bin jedes Mal aufs Neue gespannt, in welchem Farbenrausch sie mich anstrahlen werden. Es ist reinste Magie. Magie in ihm, die Elias für mich zu etwas ganz Besonderem macht. Gerade allerdings sieht er gequält aus.

»Ich darf nicht!«, presst er frustriert hervor und verzieht dabei seinen Mund streng nach links. »Cesar hat es verboten und deshalb müssen wir leise sein. Erzähl niemandem davon, hörst du? Lando riskiert wirklich einiges, damit ich hier sein kann, und er soll deswegen keinen Ärger bekommen.«

Immer noch mein Gesicht in seine Handflächen schmiegend, nicke ich hastig. Lächelnd gibt er mich frei und unsere Finger verhaken sich ineinander.

Ich ziehe Elias hinter mir her zum Bett, lasse mich lachend fallen, reiße ihn mit. Wir knutschen, wir grinsen uns an, halten uns fest und knutschen erneut. *Wie kann ein einzelner Mensch ein Leben so bereichern?* Es waren nur ein paar Tage, doch es fühlt sich an, als hätten wir uns eine Ewigkeit nicht gesehen.

Sofort erklimmt meine Laune siegessicher die Leiter ins Licht. Ich brauche Elias. Ich brauche ihn, um leben zu können, um lachen zu können, um mich beruhigen zu können und glücklich zu sein. Ich liebe diesen für mich perfekten Menschen abgöttisch. Ja, so sehr, dass mich an manchen Tagen die Angst überfällt. Angst, ihn zu verlieren. Ihn von mir zu stoßen. Mein persönlicher Worst Case wäre allerdings, wenn er sich in eine andere verliebt.

Herzlich willkommen im Teufelskreis meiner Gedanken. Schlechte Laune, obwohl alles gut ist, steht an der Tagesordnung und ich weiß genau, wie oft ihn das nervt. Da kann er sich noch so sehr bemühen, es vor mir zu verbergen. Und ich kann mich noch so heftig anstrengen, anders zu sein. Es geht nicht, zumindest nicht immer, denn das kostet so unendlich viel Kraft, die mir nicht geschenkt wurde.

Doch wenn mich seine betörend warme Stimme einlullt, wie flüssige Schokolade das Obst, er mir schwört, dass er nur mich will und alles für mich ertragen würde, dann glaube ich es sofort. Für diesen kleinen Moment bin ich der glücklichste Mensch auf Erden.

Ich, an Elias Brust gelehnt, seine Arme um meinen Bauch geschlungen, so sitzen wir da. Wie so oft. Ich fühle mich stark. Als könnte mir nichts auf der Welt etwas anhaben. Sachte bettet er sein Kinn auf meine Schulter.

»Es tut mir leid, dass du das alles meinetwegen durchmachen musst«, flüstert er mir entgegen. »Es tut mir wirklich so leid! Wenn ich gewusst oder wenigstens geahnt hätte …«

»Pssst«, unterbreche ich ihn, liebkose mit meinen Fingern seinen nackten Unterarm und seine dunklen Haare kitzeln an den Fingerspitzen. *So warm.*

Elias ist mein Feuerprinz. Ich seine Eisprinzessin. Wir ergänzen uns, halten einander in Balance. Ohne mich verbrennt er und ich erfriere ohne ihn.

»Du kannst nichts dafür, ich gebe dir keine Schuld. Wirklich nicht. Aber ... kommen wir von hier weg?«

Sein fast hilfloses Schnaufen lässt mich aufhorchen. Mit einem flauen Gefühl im Magen drehe ich mich um und setze mich ihm im Schneidersitz gegenüber. Sein Blick huscht tief in meine Augen, als suche er darin nach einer Antwort.

»So einfach, wie ich gehofft hatte, ist es leider nicht.«

»Was hattest du denn gehofft?«

»Dass ich hierherkomme und dich einfach mitnehme.« Seine Schultern fallen nach vorn und ich ziehe starre Finger in meine Hand.

»Ich kann jederzeit gehen, aber dich lässt er nicht frei. Abnormal, was der sich einbildet. Einfach so über Menschen zu bestimmen. Das zahl ich ihm heim!« Rabenschwarze Kälte schlägt mir aus seiner Seele entgegen, als er meine Finger fast zerquetscht.

Sicher hatte ich mir so was in der Art schon gedacht, aber die Erkenntnis trifft mich härter als jede Druckwelle einer Bombe. Mein Körper schwankt gefährlich und ich bin froh zu sitzen. Wirr streiche ich mir die Haare hinter die Ohren, danach lasse ich meine Hände in den Schoß fallen. *Reiß dich zusammen!*

Elias reibt sich über den Nacken. »Glaub mir, so gut wie alles habe ich durchsucht. Sämtliche Ecken, Türen, Mauern und Winkel, und absolut keine Möglichkeit gefunden, hier unentdeckt rauszukommen. Ich ...«

Ich kann das nicht mehr ...

»Es reicht, sprich nicht weiter«, bitte ich ihn und presse schnell meinen Zeigefinger auf seine Lippen.

Große Augen mustern mich erstaunt und ein »Bitte« dringt flehend aus meinem Mund, als er den Finger von seinen Lippen zieht.

Ich kann wirklich nicht mehr, denn ich komme kaum hinterher, alle Eindrücke zu verarbeiten. Vio, die dumme Schlampe, besucht mich immer öfter und bei jedem Besuch streckt sie mir überlegen die Zunge heraus. Ich muss sie klein halten, zurückdrängen, ihr das Maul stopfen, doch so wird das nichts.

Es tut mir nicht gut, zu viel zu wissen. Ich brauche keine weiteren Splitter, die sich unter meine Haut schieben und bodenlose Schmerzen verursachen. Nie wieder möchte ich wie gestern im Bad stehen, die Nagelfeile in der Faust und die Spitze sticht in meine Haut. *Nein! Kein Ritzen mehr!*

»Wie geht es Granny? Ist sie gesund?«, lenke ich vom Thema ab.

»Ja, sie ist gesund. Natürlich macht sie sich Sorgen und …«

»Okay«, presse ich hervor. Schnell schiebe ich die Gedanken beiseite. *Es wird alles gut! Ganz ruhig!*

Elias mustert mich skeptisch, während ich mich auf meine Atmung konzentriere. Um dem zu entkommen, schmiege ich mich so dicht es geht an ihn. Seine Körperwärme überfällt mich und ich atme erneut seinen verlockenden Duft ein. Inmitten einer Blumenwiese liege ich und esse Apfelkuchen. Sein Geruch ist berauschend und zeitgleich unendlich beruhigend.

Apfel, Erde, Blumen.

»Violet, was ist los?«, flüstert er, mich einlullend, während er meinen Kopf auf seiner Brust fixiert. »Ich wollte eigentlich noch ein paar Dinge mit dir besprechen.«

Ich will nichts besprechen!

»Nein, keine Details, bitte. Vio ist zurück und quält mich jede Nacht«, wispere ich kraftlos an seine Brust, in der Hoffnung, dass sie es nicht hört. *Vio hasst Petzen!*

Seine Hand rutscht auf meinen Rücken und der Druck wird wieder stärker, als er ein »O Schneewittchen« haucht.

Ich ertrage nur noch unendliche Hoffnung, berauschende Liebe und honigsüße Erlösung. Jetzt. Von ihm. Mutig stemme ich mich gegen seine Hand und als der Druck nachgibt, klettere ich auf Elias Schoß.

»Ich vertraue dir, blind!«

Sein Lächeln empfängt mich. »So schnell ich kann, hole ich dich hier raus, versprochen!« Ein Kuss, seidenweich. »Ich beschütze dich vor allem. Mit meinem Leben, wenn es sein muss!«

Elias Worte sind reinste Musik in den Ohren. Sie trösten mich und mein Kuss tröstet ihn. Meine Lippen, beflügelt von glückseliger Hoffnung, schicken immer mehr Härte in seinen Körper. Ich sehe es genau an der Beule im Schoß.

Elias greift nach meiner Taille, zieht mich näher zu sich und wir versinken in unseren Augen. Ich streiche mit den Lippen über seine Nasenspitze, um satt auf seinem Mund anzukommen. Gierig dringt meine Zunge hinein und fordert ihn zu einem schnellen Tanz auf. Mein Unterleib brennt, als ich seine Härte durch den Stoff spüre.

Voller Verlangen rutsche ich auf seinem verpackten Schwanz herum und drücke mich tief in seinen Schoß. Ein Stöhnen entweicht mir, als sich seine Finger in meinen Arsch graben.

»Bist du bereit, Schneewittchen?«, raunt er mir entgegen. Ich nicke artig.

»Sowas von bereit.« Schon kann ich wieder lächeln. Wärme erfüllt meine Körpermitte.

Mit einem leisen Quieken werde ich hart auf den Rücken gedreht und mein Shirt sucht in Rekordzeit das Weite. Mit entblößten Brüsten liege ich da, kreise mein Becken, flehe um weitere Berührungen.

Elias schabt mit den Zähnen über seine Oberlippe und senkt dann seinen Mund. Bereit, meine Brustwarze damit zu umschließen. Langsam zieht er den Nippel hinein und genauso quälend langsam schiebt er eine Hand in mein Höschen. Ich presse mich weiter gegen seine Finger, ernte ein Lachen und mein Verstand singt.

»Du bist heute aber ungeduldig.«

Nein, verdammt ausgehungert. »Rede nicht, bring mich endlich zum Kommen!«

Oha, was ist da gerade passiert? So eine klare Ansage kam noch nie aus meinem Mund und auch Elias hält kurz inne. Sein Kopf neigt sich zur Seite. Diesen Blick kenne ich nicht. Etwas Dunkles huscht in seinen Augen umher, als er mein Höschen weiter nach unten zieht und meine Muschi freilegt. Ein durchtriebenes Grinsen hält auf seinem Gesicht Einzug, während er zwei Finger in mich rammt.

»Ahhh«, schreie ich und presse die Hände auf den Mund. Doch nicht vor Schmerz, denn ich bin wirklich feucht genug.

Elias Lippen umschließen erneut meine Brustwarzen und im Wechsel saugt er sich an die harten Knospen. Dabei nehmen seine Finger immer mehr Fahrt auf. Stöhnend spreize ich die Beine noch ein Stück weiter, als mein Unterleib zu brennen beginnt. Die Hüfte passt sich seinem Takt an und Elias verteilt fast schmerzhaft Küsse über meinen Bauch.

Ich atme rasselnd, werfe vor Lust den Kopf hin und her. Als etwas Feuchtes über meine Klit leckt, bäumt sich mein Oberkörper auf. Verlangen rast durch mein Becken, bereit, allen Ballast abzuwerfen.

»Magst du kommen?«, dringt von weit entfernt eine vertraute Stimme zu mir durch.

»Ja«, schreie ich. Er hört es wohl nicht, denn ich bin damit beschäftigt, mir das Kopfkissen aufs Gesicht zu pressen. *Niemand darf mein Stöhnen hören, wir müssen still sein, totenstill!*

Raues Lachen empfängt mich. In dem Takt, in dem mich seine Finger ficken, presst er höchst amüsiert ein »Ich denke, das war ein Ja«, hervor.

Ja, ja, jaaaaa.

Als seine Lippen meinen Kitzler umschließen, verdrehe ich die Augen und ein Wechsel an abartig schnellem Lecken und heftigen Saugen, gepaart mit seiner Fingerakrobatik, treibt mich durch meinen Orgasmus. Blitze zucken hinter meinen Augen und alle Gedanken sind schlagartig verstummt.

Keuchend, das Kissen immer noch auf dem Gesicht, liege ich da und spüre den festen Druck seiner Hand, die meine Körpermitte fixiert. Wellen vollständiger Erlösung rollen noch über meinen Körper hinweg und tragen mich in vollkommene Glückseligkeit. Doch das Beste, es herrscht Ruhe im Kopf und diese Stille zwingt mir ein Lächeln auf die Lippen.

Langsam schiebt sich wieder Licht vor meine Augen.

»Hey.« Mit dem Kissen in der Hand lächelt Elias mir entgegen. Ich erwidere es, dabei kann ich kaum mehr meine Augen offenhalten. Der wenige Schlaf rächt sich plötzlich. *Dabei sollte ich bei ihm noch Hand anlegen.* Wenn er hierbleibt, könnten wir das auf morgen früh verschieben, überlege ich gähnend und strecke meine Glieder. Elias zieht das Höschen wieder dorthin, wo es hingehört, dann legt er sich neben mich. Seine Hand streicht federleicht über mein Haar. Ich liebe diese Geste, sie beruhigt mich.

»Bleibst du heute Nacht bei mir?«, frage ich hoffnungsvoll und suche flehend ein Ja in seinen Augen. Bitte, bete ich dabei stumm.

»Ich kann nicht.« Hart und rau zieht sich die Gewissheit durch meinen Gehörgang. Ich wünschte, ich wäre taub.

Dass drei einfache Worte einen mal wieder so ficken können.

»Ich will Lando nicht in Gefahr bringen, er tut so schon genug für mich. Für uns. Sollte mich jemand morgens beim Rausgehen sehen, dann hätte das üble Konsequenzen.« Während er spricht, zieht er die Decke über uns.

»Wieso tut er das für dich?« Ich rolle mich in seine Arme.

»Familie«, meint Elias schulterzuckend. »Wir sind zusammen aufgewachsen und unzertrennlich gewesen, deshalb wahrscheinlich.«

»Er ist auch der Einzige, der irgendetwas Nettes an sich hat«, bestätige ich mit finsterer Miene. Elias lacht. Es hört sich fast befreit an.

»Ja, er war schon immer anders als die anderen. Was hältst du davon, wenn ich bei dir bleibe, bis du eingeschlafen bist?«

Ich halte tatsächlich eine Menge davon. Mein Herz tanzt und ich bekomme das Grinsen nicht mehr aus dem Gesicht.

Von Elias fest umschlungen, liege ich da, mein Gesicht irgendwo in seiner Brust vergraben und seine Hände gleiten sanft den Rücken auf und ab. Gänsehaut überzieht meinen Körper und ich liebe dieses Gefühl. Mehrere Küsse landen in meinem Haar und helfen mir dabei, mich zu entspannen. Ich gebe Wärme und Schlaf nun die Chance, einzuziehen.

»Ich liebe dich, mein Schneewittchen. Schlaf schön.«

»Ich liebe dich«, nuschele ich unverständlich an seiner Brust.

Ich bin eingeschlafen, bin glücklich, mir geht es gut und ich träume von unserem ersten Date:

Granny hat solche Kreuzschmerzen und ich bin viel zu spät dran, da ich ihr unbedingt noch die Wäsche aufhängen will. Vor lauter Eile tusche ich mir nur etwas die Wimpern und fahre meine Lippen knallrot nach. Es ist nichts Besonderes und von aufgebrezelt kann man nicht ansatzweise sprechen. Doch Elias schaut mich an, als wäre ich die Schönste im ganzen Raum und eigentlich klebt er nur an mir.

Spät in der Nacht sitzen wir in Elias Honda. Im Hintergrund läuft leise Sweet Child O´ Mine von Guns N' Roses, wir sprechen über Sternenbilder und verrenken unsere Hälse, um aus der Windschutzscheibe den fast wolkenlosen Himmel zu betrachten. Irgendwann betrachtet Elias nur noch mich.

»Du siehst aus wie Schneewittchen«, sagt er mit diesem Funkeln in den Augen zu mir. »Mein Schneewittchen.«

Ein Kuss und ich gehöre ihm.

16. Violet

Billig, billiger, am billigsten!

Die Nase rümpfend, drehe ich mich vor dem Spiegel. Ich weiß nicht, wieso, aber heute ist der erste Abend, an dem ich etwas anderes anziehen soll und ich fühle mich billig. Nie im Leben hätte ich gedacht, dass man die nuttige Hausfrauenkluft toppen kann. Die ist zwar übertrieben kurz, sodass ich ständig das Gefühl habe, meine Arschbacken liegen frei, doch wenigstens sind die Brüste ordentlich verpackt und diese fluffigen Ärmchen sind extrem süß.

Das hier allerdings …

Schmale, hauchdünne Träger laufen über meine Schultern. Ein Teil meiner Brust wölbt sich aus dem Ausschnitt, der sich fast bis zum Bauchnabel zieht. Unmöglich, etwas darunter zu tragen. Ich drehe mich und betrachte den ebenso v-förmigen Rückenausschnitt, der die Hälfte der Haut unbedeckt lässt. Super, soll ich jetzt etwa ohne BH rumlaufen? Eigentlich bin ich mehr nackt als angezogen. Das einzige Gute ist, dass meine Pobacken nicht laufend Frischluft schnuppern müssen.

Wenn ich wenigstens den Rücken mit meinen Haaren verdecken könnte, dann würde ich mich nicht ganz so nackt fühlen, doch genau heute müssen die natürlich zusammengebunden werden. *Scheiß Anweisungen!*

Deshalb hängen diese jetzt nicht frisch gewaschen in schönen Locken über den Schultern, um sich an meinen Rücken zu schmiegen, sondern sind streng zurückgekämmt. Am höchsten Punkt meines Hinterkopfes sitzt ein langer Zopf, zusammengehalten mit einem dunkelbraunen, samtigen Haargummi. So Ariana Grande mäßig. Ich freue mich schon auf den Moment, an dem ich den Zopf wieder löse, denn meine Kopfhaut wird so was von schreien. Ja, ich sehne ihn förmlich herbei, um mich bis zuletzt in diesem süßen Schmerz zu suhlen.

Die letzten Tage habe ich übertrieben meine Schminktechnik verbessert. *Profi-Visagistin Violet, here I am.* Es ist erstaunlich, was man vor Langeweile nicht alles tut. Nur meine Haut, diese Spielverderberin, ist mächtig gerötet. Ständiges Abschminken mag die nicht. Immer noch besser, als mir ständig zu wünschen, dass die dummen Bücher sich in Luft auflösen und ein Fernseher einfach mal aus dem Nichts erscheint.

Nachtblauer Lidschatten, schwarzer Kajal, passend zu dem dunkelblauen Etwas an meinem Körper, ziehen meinen Blick im Spiegel auf sich. Meine Augen sind fett umrandet. Die Wimpern dick getuscht. Sehr verrucht. Um nicht zu nuttig auszusehen, tupfe ich mir nur etwas transparenten Gloss auf die Lippen und betrachte mich stolz im Spiegel. Ja, ich finde mich echt sexy.

Die letzten drei Wochen glich ein Tag dem anderen. Wenn wir hier nicht bald wegkommen, sterbe ich vor Eintönigkeit, denn tagsüber hocke ich allein in diesem Gefängnis herum. Selbst abends das Weinmädchen für die Parce zu spielen, bringt nicht wirklich viel Abwechslung. Außer, dass ich Elias sehe.

Mittlerweile weiß ich von Ines, dass die Männer hier Parce genannt werden. Aber wohl nur von den

Frauen aus den Verträgen und wozu das gut sein soll, wusste sie auch nicht. Dumm und sinnlos, wie so vieles hier.

Auch wenn ich es immer noch nicht begreifen kann, obwohl Ines es oft bestätigt, sind wirklich alle freiwillig hier. Das muss man sich mal vorstellen. Ines meint sogar, dass sie es hier viel besser hat als irgendwo anders.

Obwohl bei Weitem nicht jeder Parce hier meinem Geschmack entspricht, würde ich auch lieber die anstatt fetter Kolosse, stinkende Typen oder alte Säcke über mich rutschen lassen. Denn eins muss man sagen, alle hier scheinen recht gepflegt und ihre Körper … heilige Maria, ich weiß nicht, welcher trainierter ist. Bis auf Landos, aber auch er arbeitet neuerdings schwer an seinen Muskeln.

Der einzige Lichtblick in meinem öden Alltag sind die Abende, an denen Elias mich besucht. Zwei- oder dreimal die Woche schmuggelt Lando ihn zu mir und Elias bleibt wirklich immer, bis ich ins Traumland abtauche. Dafür kickt mich jeden Morgen die Realität aufs Übelste.

Aber es nervt. Mich nervt diese Heimlichtuerei so sehr. Ich will ihn öfter sehen und nicht nur nachts ein paar Stunden. Andererseits wäre ich ohne unsere Zeit zu zweit, die Gespräche, seine Nähe, wohl schon längst durchgedreht. Trotz der Tabletten, die immer noch jeden Morgen brav in meinen Mund wandern.

Ab heute wird alles anders, denn ich werde mich genauso sexy rausputzen wie meine Leidensgenossinnen. Jeden einzelnen Abend. Ich bin stark und selbstbewusst und ich will Elias damit reizen. Ja, geradezu herausfordern. Seinen Verstand rauben, bis er nicht anders kann, als mich hier herauszuholen. Nicht, dass er das nicht will, aber vielleicht strengt er sich dann noch mehr an.

Heute Abend beginne ich damit, seine Sehnsucht und Geilheit herauszufordern, damit er sich in der Nacht erneut in mein Zimmer verläuft, obwohl er gestern schon hier war. Dann schält er dieses Etwas von meinem Körper und wir liegen nackt nebeneinander. Ich setze mich auf ihn, reibe mich an seinem Schwanz, bis er mich anfleht, es zu Ende zu bringen. Ab heute stehe ich nicht mehr wie ein Kind neben den ganzen aufgebrezelten Perlen herum. *So!*

Perlen werden übrigens die Frauen genannt, die hier sind, um ihre Beine breitzumachen. Ich kenne sie nicht wirklich und sehe auch immer nur drei von ihnen bei meiner Arbeit im Sklavenraum. Nur Ines, die ständig ihre Haare, die knapp bis zum Schlüsselbein reichen, nach hinten wirft, unterhält sich eigentlich immer mit mir. So oft bestaune ich ihr Roségold schimmerndes Haar, welches ihre Haut noch einen Tick mehr funkeln lässt. Da Ines Platz direkt neben meinem ist, flüstern wir heimlich miteinander, auch wenn wir eigentlich still auf den Boden glotzen sollen. Aber mal ehrlich, sind Regeln nicht da, um gebrochen zu werden? »Zumindest manchmal«, flüstere ich und zwinkere mir im Spiegel zu. Ein Summen ertönt und ich prüfe mein Make-up ein allerletztes Mal.

Für meinen Verbesserungsvorschlag, beim Öffnen der Tür Musik einzuspielen, wurde ich nur ausgelacht. *Diese Banausen!* Ich liebe Musik und sie fehlt mir wahnsinnig. Eigentlich findet man mich zweimal die Woche beim Tanzen, aber tanz mal ohne einen Beat. Leider kann ich nicht gut singen und für beides gleichzeitig bin ich zu blöd.

Als ich mich strahlend zu Lando umdrehe, friert dieser mitten in seiner Bewegung ein. Belustigt beobachte ich, wie sein Unterkiefer, umgeben von einem mittlerweile Fünf-Tage-Bart, kraftlos nach unten klappt und die Augen sich weiten.

»Heiliger Teufel, du siehst sowas von heiß aus!« Ein Wunder, dass er nicht zu sabbern anfängt. Gespielt verdrehe ich die Augen, grinse aber in mich hinein, während Landos Blick immer noch an mir klebt. Doch keineswegs unangenehm.

Wir scheinen heute zu früh dran zu sein, denn ich bin allein. Als sich auch weiterhin keine der Frauen blicken lässt, tripple ich ungeduldig von einem Bein aufs andere. *Wo bleiben die bloß?* Es ist hoffentlich nicht irgendein Mist geplant, von dem ich nichts weiß?

Während ich mich erneut hektisch umblicke, wische ich mit den schwitzigen Handflächen über meinem Po. Wie dumm, dass Lando schon weg ist. Aber er hätte mir bei einer Änderung des Abends sicher Bescheid gegeben und außerdem stehen die Servierwagen wie immer bereit.

Mit jeder Minute, die verstreicht, werde ich angespannter. Als die Tür sich das nächste Mal öffnet, lache ich allerdings erleichtert auf. *Gott sei Dank hängt auch an ihnen diese neue Nuttenkluft.*

Meine Leidensgenossinnen umringen mich sofort. Ja, ich weiß, sie leiden im Gegensatz zu mir nicht, aber ich nenne sie einfach gern so, denn dadurch fühle ich mich besser.

Es tut gut, Komplimente für mein Aussehen zu bekommen. Vor allem, da alle drei superhübsch sind. Ines zieht sogar übermütig an meinem langen Zopf und lacht mir dabei frech ins Gesicht. Mir fällt auf, dass ihr Ansatz frisch gefärbt ist, denn eigentlich ist sie strohblond. Das wiederum macht sie auch nur um

Chan fernzuhalten, der ihr Rosa zum Kotzen findet. Wirklich clever.

Während sie mir frech entgegen grinst, betrachte ich ihr ovales Gesicht und verliere mich wie so oft in ihren kühlen, hellbraunen Augen, in denen immer ein Hauch Härte liegt. So, als hätte sie schon einiges durchgemacht.

Als das mittlerweile wohlvertraute Klingeln ertönt, schnappt sich jede ihren Servierwagen und wir schieben diese vorsichtig in den düsteren Raum. Meiner ist wie immer voller Wein und alkoholfreier Getränke, die aber meist keiner anrührt.

Elias ist schon da und eigentlich gehört der erste Blick immer uns. Ein kleines Ritual, das wir die letzten Tage heraufbeschworen haben. Heute beachtet er mich nicht, denn er unterhält sich mit Cesar.

Dafür begaffen die widerlichen Lustmolche hier uns umso mehr, stimmen ein Pfeifkonzert an und ich weiß nicht recht, ob ich mich freuen oder genervt sein soll. Ich entscheide mich dafür, den Blick einmal abfällig über die Runde gleiten zu lassen, um an meinem Platz mit gesenkten Lidern dann in mich hineinzugrinsen.

»Perlen, alle Augen zu uns.« Ich weiß nicht, wer das sagt, denn ich kann die Stimmen bis auf Elias, Cesars und Estebans nicht auseinanderhalten. Dennoch befolge ich brav wie ein Engel die Anweisung.

In dem Moment streift mich Elias Blick. Er schenkt mir das erhoffte Lächeln, wobei er zeitgleich seine Unterarme auf der Tischplatte abstützt. Weit nach vorn gelehnt, die Augen geweitet, so sitzt er da und starrt mir entgegen. Nein, er begafft mich. Kein Lächeln dringt zu mir durch. Unruhig tapse ich von einem Stöckelschuh auf den anderen. Ich versuche etwas in seiner Miene zu lesen, doch keine Chance. Vor aufsteigender Panik, mit dem neuen Look etwas falsch gemacht zu haben, beginnt mein Atem zu flattern. Dennoch halte ich weiterhin mutig seinem Blick stand. *War das eben ein Grinsen, gefolgt von einem leichten Kopfschütteln?*

Schamlos checkt Elias mich, die Hände ineinander gefaltet, in einer Seelenruhe ab, ehe er sich wieder Cesar widmet. *Er findet mich scharf, die Nacht wird gut, o ja, das wird sie.*

Immer noch grinsend stöckele ich mit dem Rotwein zum Tisch. Mittlerweile laufe ich bedeutend besser auf den hohen Teilen. Liegt aber auch daran, dass ich meine tägliche Langeweile zum Üben nutze.

Der Blick jedes einzelnen Lüstlings hier drin klebt auf mir. Schadenfroh beobachte ich, wie sie meinen Körper abchecken und versuchen, mir auf den Arsch zu gaffen. *Pech gehabt, der ist heute bedeckt.* Dafür begrapschen sie meine Brüste mit ihren Augen. Komischerweise gefällt es mir. Irgendwie. Wie früher schon auf Partys.

Ich linse schnell zu Elias. Der ist immer noch in das Gespräch mit Cesar vertieft und gestikuliert wild. *Worüber die wohl reden?*

Langsam gehe ich von Parce zu Parce und schenke die Becher voll, bis ich unerwartet angequatscht werde.

»Alles gut?« Erdbraune, kühle Augen hängen wundersamerweise in meinem Gesicht und kleben nicht im Ausschnitt. Düsterer könnten sie mir nicht entgegenstarren. Das harte Spiel seiner Kieferknochen lässt ihn jetzt auch nicht freundlicher erscheinen. Ein kalter Schauer überzieht meine Haut, als würde eine arktische Windböe über mich hinwegfegen. Es liegt überhaupt keine Harmonie zwischen seinem Gesicht und dieser butterweichen Stimme.

Ich nicke knapp, um mich sofort zu verfluchen. *Hallo, Selbstbewusstsein, wo bist du?!*

»War das jetzt ein Ja oder ein Nein? Erst zu nicken, um danach den Kopf zu schütteln, ist eine komische Aussage«, meint er schmunzelnd. Dabei grinst er mir plötzlich aus seinem sonnengebräunten Gesicht entgegen. *Er sollte öfter lachen, denn dann funkeln seine Augen so hübsch.*

»Du darfst übrigens auch sprechen, das ist nicht verboten.«

»Mir geht es ganz gut«, antworte ich, lächle kurz und gieße den Wein in seinen Becher. Als ich meinen Arm zurückziehe, prescht seine Hand nach vorn und die Finger umklammern mein Handgelenk. Die Weinflasche wackelt gefährlich, doch er entreißt sie mir einfach. Laut kommt sie auf dem Tisch zum Stehen. Das alles ging so schnell, dass ich perplex neben ihm stehe, ohne irgendeinen Laut von mir zu geben. Dafür brüllt mein Herz umso lauter und ich verfluche meinen Körper, der vor Angst ständig alles vergisst, was ich als Kleinkind schon gelernt habe. Bewegen. Sprechen. *Was will er von mir?*

Weiterhin verstummt, schreie ich nach Elias Aufmerksamkeit, der mit Cesar diskutiert. Zumindest schneiden seine Handkanten Risse in die Luft, wie sie es immer machen, wenn er hitzige Debatten mit seinen Kumpels führt.

Hilfesuchend blicke ich zu Ines. Die flirtet mit dem Boden. Auch meine letzte Hoffnung kracht allerdings polternd zusammen, denn neben dem Kerl hier fläzt Chan in seinem Thron und grinst mir gehässig entgegen. *Na super!*

»Oh, du brauchst keine Angst zu haben, ich tu dir nichts«, meint er immer noch lächelnd, doch ich glaube ihm nicht. Glauben und Vertrauen sind zwei Dinge, mit denen ich nicht wirklich Freundschaft schließen kann. Außerdem hält er mich weiterhin fest umklammert.

Andererseits, was will er mir schon tun, wenn Elias da drüben sitzt. *Entspannen, jetzt! Mir kann nichts passieren.* Mein Zureden zeigt wohl Wirkung, denn meine Starre löst sich langsam auf.

»Ich bin Julio. Ich wollte dir nur kurz sagen, dass du heute wunderhübsch aussiehst. Also sonst auch, aber heute eben anders hübsch.«

Ein erneutes Grinsen huscht über mein Gesicht, denn so unbeholfen wie das aus seinem Mund kam, scheint er nicht oft Komplimente zu verteilen.

»Äh, danke.« Jetzt wäre der perfekte Zeitpunkt, mich loszulassen, aber weit gefehlt …

Als sein Daumen dann auch über meine Haut streicht, ziehe ich panisch den Arm zurück, um mich endlich aus seinem Griff zu befreien.

»Lass mich los!«, schreie ich, während ein stechender Schmerz das Handgelenk befällt.

»Hey, lass sie los!« Elias Stimme dringt an mein Ohr und ich suche seinen Blick, der aber auf Julio gerichtet ist. »Hörst du nicht? Du sollst sie sofort loslassen! Jetzt!«, schreit er erneut. Seine Hand schlägt mit voller Wucht auf die Tischplatte. Elias sieht ohne Scheiß übelst wütend aus.

Ich bin erleichtert, so erleichtert, denn gleich hat das hier ein Ende. Was auch immer das werden sollte …

»Und wenn nicht?« Ungläubig starre ich zu Julio, der wohl nicht im Traum daran denkt, den Griff aber lockert.

»Dann komm ich rüber und zeig dir gute Gründe, sie loszulassen!« *Oh, Elias ist kurz davor, zu explodieren.* Ich sehe es an seiner Haltung, wie er die Arme auf dem Tisch abstützt und daran, dass man seine Lippen suchen muss.

Was will er, wieso lässt er mich nicht einfach los?

Julios lautes Lachen schallt durch den fast bedrückend stillen Raum, als er sich auf seinem Thron zurücklehnt.

»Ich denke nicht, dass ein behütetes Mama-Kind es mit mir aufnehmen kann. Also halt lieber mal den Ball flach!«

Ich würde Julio gern widersprechen, aber dafür hängt er mir zu dicht auf der Pelle. Elias hat den schwarzen Gürtel in Karate, kann boxen und ist im Schützenverein. Okay, das letztere bringt nicht viel, denn sie werden sich wohl kaum wie im Wilden Westen duellieren. Hoffe ich zumindest!

Durch Max, Elias Kumpel, der viele Probleme zu Hause hat und unterwegs, so dumm wie er ist, ständig Streit sucht, ist Elias meiner Meinung nach leider zu oft im Nahkampftraining. Wenn natürlich auch unfreiwillig, denn scharf ist er darauf keineswegs. Er hat auch schon einige kleinere Blessuren davongetragen, sich aber zum Glück nie ernsthaft verletzt.

»Letzte Chance! Nimm endlich deine Griffel von ihr oder du wirst schon sehen, was ich kann. Ich lass es gern drauf ankommen!« Selbstsicher, wie immer, richtet er sich auf. Mit verschränkten Armen blickt er Julio versteinert entgegen. Dabei hat Elias bestimmt keine Ahnung, was dieser Julio alles so draufhat. Je mehr ich darüber nachdenke, desto stärker wird meine Angst um ihn.

Die Sekunden ziehen sich wie Minuten. Ich bete, dass Cesar das hier endlich beendet, doch der schweigt und grinst vor sich hin. Fast so als hätte er Freude daran. *Dieses Ekel!* Als er dann kaum merklich den Kopf schüttelt, lässt Julio mich schlagartig los. Wenn ich Cesar nicht zufällig beobachtet hätte, wäre es mir niemals aufgefallen.

»Violet, sorry, ich wollte wirklich nur nett sein. Hat wohl nicht so geklappt.« Fast verlegen reibt Julio sein Ohrläppchen zwischen den Fingern, bis es zu glühen beginnt.

»Sch - on … okay«, ist alles, was ich zusammen stottere, ehe ich die Weinflasche an mich reiße, um vor meiner eigenen Panik zu flüchten.

Was für Spielchen werden hier gespielt?

17. Elias

Unruhig wandere ich vor dem flackernden Kamin auf und ab. Anstatt Cesar kommt Esteban durch die Tür, öffnet sein beigefarbenes Sakko und setzt sich auf einen der zwei braunen Ledersessel. Scheinen wohl diese Art Sessel zu sein, die mehr zur Zierde herumstehen, denn sie sehen nagelneu aus. Zumindest kann ich keine Falte oder Abnutzung am Leder entdecken.

Wäre das mein Büro, würde ich jeden Tag dort sitzen und dem beruhigenden Flackern zusehen, denn auch jetzt will ich meinen Blick nicht davon lösen. Vielleicht zwingt mich auch der ganze Raum dazu, stur den hellsten Fleck anzupeilen, denn alles andere hier drin erdrückt mich.

Während ich gleich einer Hyäne von einem Rudel Löwen umzingelt von rechts nach links hetze, beäuge ich Esteban misstrauisch. *Wieso sagt er denn nichts?* Er verfolgt jeden meiner Schritte und sein eingemeißeltes Schmunzeln nervt mich maßlos. Genau wie seine Art, so selbstgefällig im Sessel zu sitzen, einen Fuß auf dem Knie abgelegt, dabei vor sich hin zu pfeifen.

»Du hast Cesar heute echt imponiert«, durchbricht er irgendwann die Stille, was bisher nur das Knacken im Kamin wagte.

»So?« Verwundert bleibe ich stehen.

»Ja, wie du deine Kleine beschützt hast.« Er lacht und spielt an seinem für meinen Geschmack viel zu großen, goldenen Ohrring herum.

»Ich würde alles für Violet tun, aber das weiß er ja, denn schließlich hat er mich mit ihr hierhergelockt.« Mein Blick verdunkelt sich, als ich weitergehe, ehe die Flammen meinen Rücken verbrennen. *Und das werde ich ihm niemals verzeihen! Dafür wird er büßen!*

»Elias, dein Vater liebt dich.«

»Ist klar. So sieht Liebe aus! Laber keinen Scheiß, Esteban!« Ich kann nicht anders als verächtlich zu lachen. Esteban sitzt immer noch ganz entspannt im Sessel und blickt mir entgegen.

»Cesar möchte dich um sich haben, er hat dich vermisst. Auch wenn er es ungern zugibt. Nicht ohne Grund hat er ständig Leute geschickt, um bei dir und deiner Mutter nach dem Rechten zu sehen. Gib ihm einfach eine Chance. Ich kann mir denken, dass Irene dir viel von hier erzählt hat, aber du musst auch bedenken, dass es immer zwei Seiten einer Geschichte gibt. Meist befindet sich in jeder Version ein Teil der Wahrheit.«

Schweigend habe ich ihm zugehört, schweige immer noch und runzle angestrengt meine Stirn.

Er hat schon recht. Jeder Mensch empfindet jede Situation anders, sonst würde es nicht immer die unterschiedlichsten Geschichten darüber geben. Das fängt schon am nächsten Tag einer Party an. Wie oft lag meine eigene Wahrnehmung fernab von dem, was erzählt wurde oder die Runde machte.

Wurde Esteban vorgeschickt, um mir ins Gewissen zu reden?

Ich bleibe stehen und betrachte das Flackern des Feuers in seinen Augen. Ich kann mich noch gut an die Ferienzeit erinnern. Wie wir Jungs draußen gezeltet haben und Esteban hat uns am Lagerfeuer die gruseligsten Geschichten erzählt. Was haben wir uns nachts in die Hosen gemacht, aber alle! Ich grinse, denn ich hatte hier eine tolle Kindheit.

Allerdings ist das jetzt egal. Ich muss mich fügen, ob ich will oder nicht, denn nur so kommen Violet und ich hier weg. Gerade als ich etwas erwidern will, wird die Tür aufgestoßen und mein Blick verfinstert sich sofort.

»Du? Was willst du denn hier?«, herrsche ich Julio an und springe auf ihn zu. Doch Esteban bekommt mich am Sweater zu fassen. Unsanft reißt er mich zurück, sodass ich voll gegen ihn knalle. Zum Glück hält ihn seine Masse fest auf dem Boden, damit wir nicht nach hinten kippen.

»Bleib ruhig!«, zischt er mir zu.

Leichter gesagt als getan, denn der Typ, der Violet nicht loslassen wollte, steht dumm im Türrahmen und grinst mir zu. Ich balle vor Wut die Fäuste und beobachte schnaubend, wie er sich in Bewegung setzt.

»Bin ich zu früh?«

Als wäre nichts gewesen, spaziert er zum Servierwagen in der gegenüberliegenden Ecke und kippt sich eine goldene Flüssigkeit in ein Glas. Ich tippe auf Whiskey. Mich übergeht er dabei vollkommen, was meine Wut noch mehr schürt. *Dieses selbstgefällige Arschloch hat eine Abreibung verdient!*

Esteban schüttelt wortlos den Kopf, während Julio grinsend einen Schluck aus seinem Glas nimmt. Erschrocken erkenne ich, dass er vollkommen genießt, was er hier tut. *Es war alles Absicht! Ein beschissenes Spiel für … ja, wozu?*

Während Esteban es sich wieder in dem Sessel gemütlich macht, taxiere ich Julio fuchsteufelswild und versuche mich zeitgleich zu zügeln. In mir bahnt sich blinde Wut an und sie ist mächtig. Von der Hyäne zum

Raubtier aufgestiegen, schleiche ich weiterhin auf und ab. Dabei lasse ich diesen Pisser nicht aus den Augen. *Wer ist er überhaupt?* Ich habe ihn bisher beim Essen nicht wirklich wahrgenommen, allerdings hing mein Blick auch ständig an Violet.

Selbst von hier stechen mir seine Tattoos ins Auge. Besonders der linke Oberarm, der nur schwarz ist. Wie hirnverbrannt muss man sein, um sich das stechen zu lassen? Es sieht scheußlich aus.

Lauernd warte ich auf einen dummen Spruch. Eher gesagt bete ich darum, damit ich ihm doch noch eine zentrieren kann. Leider scheint seine Sprachfähigkeit gerade nicht vorhanden zu sein. Dafür stiert er mir mit purer Ablehnung entgegen.

Erste Gemeinsamkeit gefunden, er kann mich wohl ebenso wenig leiden wie ich ihn!

Vom Feuer und vor Aufregung erhitzt, ziehe ich meine graue Sweatjacke aus, bevor zusammen mit meiner Laune auch noch Schweißtropfen davonlaufen. Als sie mit einem gezielten Wurf auf dem freien Sessel landet, öffnet sich die Tür und Esteban springt ruckartig auf. Während ich überlege, ob man dort vielleicht nicht sitzen darf, drehe ich mich langsam um.

Cesar sieht müde aus, ja, richtig abgeschafft. *Pfff, er hat kein Mitleid verdient.* Mitten im Raum bleibt er stehen und lächelt mir zu. Es ist das erste Mal seit meiner Ankunft, dass es nicht gehässig oder höhnisch wirkt, sondern … *Ehrlich? Kann das sein?* Estebans Worte von eben dringen jetzt wie ein Spion, der alle Sicherheitsvorkehrungen ausschaltet, in meinen Kopf. Eigentlich möchte ich darüber nicht nachdenken.

»Ist Julio noch nicht hier?«

»Ich bin hier, Vater.« Den Whisky im Kristallglas schwenkend, schreitet er wie der König höchstpersönlich langsam auf uns zu und Cesar legt den Arm um seine Schulter. Erst jetzt registriere ich, was er gesagt hat.

»Vater?« Es ist nur ein Stammeln, mehr funktioniert nicht. *Wie kann das sein? Der Typ ist in meinem Alter.*

»Elias, das ist dein Halbbruder Julio.«

Ich starre allen abwechselnd entgegen. *Wieso sehen Cesar und Esteban so erfreut aus?* Jetzt soll der Spast auch noch mein Halbbruder sein? Glückwunsch, wenn es läuft, dann richtig! Was kommt denn noch? Wie alt ist der Typ überhaupt? Mom wurde betrogen, klasse. Ob sie davon weiß? Allerdings hätte ich mir das auch denken können. Also nicht, dass er mein Halbbruder ist, aber dass Treue hier wohl nicht existiert, denn wozu gibt es sonst die ganzen Frauen.

Julio taxiert mich weiterhin feindselig. *Dein dummes Grinsen kannst du dir schenken.* Ich sage weiterhin nichts.

»Hast du gehört, was ich gesagt habe?« Cesars Stimme ist eine Spur härter als eben noch, doch das interessiert mich nicht die Bohne. »Elias!«

»Ja, ich bin nicht taub! Ist halt scheiße, dass man sich seine Familie nicht aussuchen kann …«

Esteban lacht, während Julios Augen sich gefährlich verengen. Kurzzeitig bin ich überrascht, dass man aus so einer schmalen Öffnung überhaupt noch etwas sehen kann.

»Er hat mich provoziert. Da werde ich ihm jetzt wohl kaum um den Hals fallen. Außerdem«, wende ich mich aufgebracht an Caesar, »du hast Mom betrogen?«

»Das besprechen wir später!« Beschwichtigend drückt Cesar meine aufgebrachte Stimmung mit seinen Händen nach unten. *Na, auf die Erklärung bin ich gespannt.*

»Warum ihr beide hier seid …«, spricht Cesar weiter, doch ich unterbreche ihn.

»Mich interessiert eher, wieso ich hier bin, wenn es ihn gibt? Warum bekommt Julio nicht den scheiß Job, Violet und ich gehen nach Hause und alle sind zufrieden?« Dabei baue ich mich groß auf, stemme die Hände in die Seiten und blicke ihm herausfordernd entgegen. Im Augenwinkel sehe ich, dass Julio mich erstaunt beäugt. Aha, daher kommt also sein Groll. Er will hier Chef sein. *Tja, da bist du auf den Falschen sauer!*

Cesar blickt sichtlich verdutzt von mir zu Esteban, danach zu Julio und reibt sich über die linke Augenbraue. Sofort schießen die nächsten Erinnerungen wie Feuerwerkskörper in mein Gehirn, um dort Nerven raubend zu explodieren.

»Sag schon!«, schreie ich, denn meine eigentliche Engelsgeduld wird langsam aber sicher überstrapaziert.

»Du bist der Erstgeborene!«, sagt er knapp. *Wie viel Pech kann man eigentlich haben …*

»Das ist dein Grund?« Das ist eher ein Witz. Genau deshalb kann ich mein Lachen auch nicht unterdrücken, es sprudelt nur so aus mir heraus. Julio räuspert sich laut und während Cesar mich vollkommen emotionsfrei taxiert, verstumme ich schlagartig. Hitze steigt in mir auf. Ich beiße mir auf die Unterlippe, in vollem Bewusstsein, mit einer einzigen dummen Reaktion sämtliche Fleißaufkleber zunichtegemacht zu haben. *Shit!*

»Bist du fertig mit Lachen?«, zischt es kalt zu mir herüber. Ich stehe bedröppelt da und blicke zu Boden. *Super, wie so ein Vierzehnjähriger!*

»Was ich ursprünglich sagen wollte«, spricht Cesar weiter und mein Thema scheint damit beendet. »Ich dulde so ein Theater wie heute nicht, habt ihr mich verstanden?!«

Das hätte man echt mal normal sagen können. Er braucht nicht durch den Raum zu brüllen. Hat er mir vorhin eigentlich nicht zugehört? Der Arsch dort hat mich provoziert! Doch ich bin ruhig und Julio ebenso. Scheint wohl auch das Beste im Moment zu sein.

»Ihr seid keine Rivalen, sondern Brüder und habt euch wie solche zu benehmen. Ich verlange, dass ihr einander unterstützt! Mein Blut fließt durch euer beider Adern, denkt immer daran.«

Schon allein der Gedanke macht mich wütend, denn ich würde liebend gern auf sein Drecksblut in meinen Adern verzichten.

»Jetzt reicht euch die Hände und vertragt euch.« Cesars Blick ist hart. Die Freundlichkeit von eben scheint ausgezogen.

Ich denke nicht mal daran!

Julio dagegen streckt mir grinsend die Hand entgegen. So, als wäre überhaupt nichts gewesen und wir sind uns hier und jetzt zum ersten Mal begegnet. In dem Moment begreife ich, dass ich dasselbe tun muss, um so schnell wie möglich Cesars Vertrauen zu gewinnen. Ich kann mir keine bescheuerten Meinungsverschiedenheiten mit ihm leisten. Vor allem nicht wegen Julio, der mich einen Scheiß interessiert.

Also schlage ich ein, zwinge meine Mundwinkel, sich nach oben zu ziehen und entschuldige mich sogar noch für meine Worte bei ihm. Innerlich allerdings kotze ich im Strahl.

»Kein Ding, ich hätte wohl dasselbe getan. Aber ich wusste nicht, dass sie deine Freundin ist«, säuselt er scheißfreundlich.

Ich glaube dem Pisser kein einziges Wort!

18. Elias

Endlich sind die beiden weg. Cesar macht sich am silbernen Servierwagen zu schaffen und kommt mit zwei gefüllten Kristallgläsern auf mich zu. Ich nehme einen großen Schluck, ohne abzuwarten oder mit ihm anzustoßen. Haselnuss in Kombination mit einem Hauch Vanille breiten sich auf meiner Zunge aus, erreichen den Gaumen und rinnen meinen Hals hinab. Ich werde ruhiger und genehmige mir einen zweiten Schluck.

»Was soll der ganze Scheiß hier!«, zische ich, denn ich habe die Schnauze voll. So verdammt voll!

»Setz dich!«, befiehlt Cesar mir, als er sich in einen der Sessel fallen lässt.

Ich denke nicht daran! Stattdessen nehme ich einen weiteren Mut bringenden Schluck und baue mich vor ihm auf.

»Wie kommst du darauf, dass ich nur ansatzweise Interesse an dem ganzen Mist hier habe?«, schimpfe ich aufgebracht weiter.

Doch er sitzt immer noch in aller Seelenruhe in dem Sessel und nippt an seinem Getränk. Ich könnte bei dem Anblick ausrasten, weshalb ich tief durchatme. Um mich zu beruhigen.

»Der Erstgeborene übernimmt das Geschäft. Du warst als Kind geradezu versessen darauf, falls du dich noch erinnerst.« Sein Ton ist ruhig und ich wünschte, ich hätte mich genauso gut im Griff.

»Ich bin aber kein Kind mehr, verdammt! Ich bin einundzwanzig, lebe seit sieben Jahren in den Staaten und hab mir dort ein eigenes Leben aufgebaut. Wie kommst du darauf, dass ich alles einfach so hinter mir lasse? Ich habe Mom, Freunde, meinen Sport, Violet …«

»Violet hast du hier«, unterbricht mich Cesar und lehnt sich mir entgegen. Ein süffisantes Lächeln legt sich auf seine trockenen Lippen, die wohl länger keine Creme mehr gesehen haben.

Ich schnaube verächtlich. »Ja, gezwungenermaßen. Sie wird sofort wieder zurückwollen. Herrgott! Was denkst du dir überhaupt?!« Aufgebracht nehme ich erneut einen Schluck und laufe im Raum umher. Ich muss mich bewegen, um ihm das Glas vor Frust nicht mitten ins Gesicht zu schleudern.

»Ich denke nicht, ich hoffe.«

Überrascht bleibe ich stehen und beobachte, wie er seine Augen in der goldenen Flüssigkeit versenkt. Als er wieder aufblickt, ist seine Miene weiterhin starr, aber der Blick sagt mir etwas anderes.

»Entweder du setzt dich jetzt und wir reden normal miteinander oder du fliegst sofort nach Hause. Ohne Violet!«

Ich starre ihm entgegen. Wie kann ein Mensch so viele Gesichter haben und zeitgleich unterschiedliche Gefühle ausstrahlen? Was aus seinem Mund kommt, passt so wunderbar zu seiner versteinerten Maske, aber müsste sich eigentlich in einem stetigen Kampf mit dem Ausdruck in seinen Augen befinden.

Ich schlucke schwer. Da es eine klare Aufforderung war und meine Entscheidungsgewalt kurzerhand mal wieder ausgehebelt wurde, setze ich mich also in den anderen Sessel auf meine Sweatjacke. Unruhig betrachte ich im Schein der Flammen Cesars Gesicht. Ich entdecke die ersten grauen Haare in seinem sonst dichten schwarzen Vollbart. Nun ja, mit zweiundfünfzig kann man die wohl haben. Die flackernden Orangetöne der Flammen verleihen ihm dagegen ungewohnt friedliche Züge.

Cesar dreht sich zu mir und betrachtet mich minutenlang weiterhin stumm. Ich bemerke, wie seine Miene weicher wird. Wahrscheinlich sieht er Mom in mir, ich sehe ihr einfach verdammt ähnlich.

»Weißt du«, beginnt er und diese Sanftheit, die er gerade ausströmt, ist für mich gefährlich. Sehr gefährlich. Sie erinnert mich an früher. Will mich locken, mich einlullen. Trotzdem lausche ich jedem einzelnen verlockenden Buchstaben, den er mir entgegenbringt.

»Alles braucht seine Zeit. Wir haben uns so lange nicht gesehen und müssen uns erst einmal wieder aneinander gewöhnen. Elias, das geht nicht von heute auf morgen. Wir brauchen Zeit. Zeit, um uns annähern zu können. Ich muss dir vertrauen können. Wenn wir an dem Punkt angelangt sind, an dem wir vor sieben Jahren waren, dann übergebe ich dir Violet. Das verspreche ich dir. Dann entscheidest du über sie. Du bekommst sie zurück, wenn du mich wieder als deinen Vater sehen kannst. So wie du für mich mein Sohn bist und immer warst.« Ich verfolge seine zitternde Hand, die sich nach mir ausstreckt, doch ziehe meinen Arm zurück. *Er muss wirklich erschöpft sein!*

»Dann sag mir eines. Wie soll ich dir vertrauen, wenn du mich hier her zwingst?« Ich finde die Frage verdammt berechtigt.

»Glaub mir, ich wünschte, ich hätte einen anderen Weg gefunden. Es gab keinen. Irenes Worte haben dich zu sehr vergiftet. Ich jedoch möchte, dass du dir alles mit eigenen Augen ansiehst. Und ich hoffe, du kannst mir irgendwann verzeihen.«

Das Gespräch hat mal wieder eine komplett andere Wendung genommen, als ich beabsichtigt habe. Eigentlich wollte ich ihm die Hölle heiß machen, um Violet und mich mit allem, was ich aufbringen kann, hier rauszuboxen. Aber natürlich hätte ich es besser wissen müssen. Meine Euphorie hat wieder einmal meinen klaren Verstand betrogen und rationales Denken hat sich unter Träumereien versteckt.

»Wieso ist hier alles so düster, so schwarz?«, frage ich, als ich mich erneut in seinem Büro umblicke. Ich weiß auf seine Worte einfach nichts zu sagen. »Ich erinnere mich nicht an so viel Dunkelheit.«

Cesar lacht und dreht sich zu mir. »Hier ist nichts schwarz, alles ist schwarzblau.«

Jetzt muss ich lachen, denn für mich ist es dasselbe. Doch er winkt ab. Ich will auch nicht darüber streiten, denn selbst das ist unwichtig.

»Wie alt ist Julio?«, frage ich stattdessen.

»20.«

Wow, ich war gerade mal auf der Welt, da steckte er seinen Schwanz in eine andere. Oder vielleicht genau deshalb, da mit Mom nichts mehr ging?

»Wieso hast du Mom betrogen?«, eröffne ich das Thema und bemühe mich, ruhig zu bleiben. Ich beschwöre alle meine Nerven, um jetzt nicht auszuflippen. Tiefes Seufzen dringt an mein Ohr, ehe er mir erklärt, dass er eben ein Mann ist. Jetzt muss auch ich seufzen, denn ich hasse solche dummen Sprüche. Ich bin ein Mann, ich habe Triebe, ich kann nicht anders, es gibt zu viele schöne Frauen, bla, bla, bla.

»Dann hat sie ja alles richtig gemacht, als sie abgehauen ist.«

Ich spüre ein Funkeln auf mir, doch beobachte nur seine Hand, die sich etwas zu fest an das Glas presst. Die Knöchel stechen schon weiß hervor und ich hoffe, es hält seinem Druck stand.

»Elias, ich liebe deine Mutter! Und dich! Ihr seid die einzigen Personen, die mir wirklich etwas bedeuten. Sex hat überhaupt nichts mit Liebe zu tun.«

»Genau.« Mein Ton kam spöttisch, aber so sollte er auch sein. *Liebe … will er sich jetzt wirklich über Liebe unterhalten?* Gedankenverloren blicke ich in die Flammen und beobachte die kleinen Funken, die knackend hinter der Scheibe durch die Luft tanzen.

»Wie viele Menschen haben ohne Liebe Sex und wie viele sind in offenen Beziehungen oder gehen zusammen in Swingerclubs«, zwingt seine Stimme mich wieder in die Gegenwart. »Denk mal darüber nach. Ich könnte dir noch so viele Beispiele aufzählen.«

Sicher gibt es die, ich bin ja nicht doof.

Den Abend muss ich erst sacken lassen. Dabei hilft mir ein weiterer großer Schluck dieser köstlichen Flüssigkeit. Ich trinke wirklich selten, aber gerade schreit meine gepiesackte Seele förmlich danach. Mit den Fingerknöcheln versuche ich zudem, diesen Gedanken lähmenden Schmerz aus meiner Stirn zu vertreiben.

»Du hast Julio und seine Mom vergessen«, brumme ich zusammenhanglos und erhasche Cesars nachdenklichen Blick.

»Wobei vergessen?«

»Bei den Menschen, die du angeblich liebst.«

»Julio ist mein Sohn, ja, aber ich liebe ihn nicht so sehr wie dich und seine Mutter bedeutet mir nichts. Ich ermögliche ihr einfach ein schönes Leben, da sie meinen Sohn geboren hat.«

Wie kalt muss man sein! Aber was interessieren mich auch schon Julio oder seine Mutter.

»Du musst mir nicht glauben, aber ich wollte es dir einfach sagen. Schau dir bitte das Bild auf meinem Schreibtisch an.«

O nee, kein Bock, jetzt aufzustehen.

»Na los, mach schon!«, scheucht er mich auf, als ich mich weiterhin nicht bewege und tiefer ins Leder rutsche. Seufzend erhebe ich mich dennoch, denn am Ende habe ich sowieso keine andere Wahl.

Mom und ich. Das Bild haben wir ihm zu Weihnachten geschenkt und das Jahr darauf sind wir abgehauen. Nein, eher ist Mom ist mit mir abgehauen, ich hatte dabei nicht wirklich was zu melden.

»Es ist das einzige Bild hier, wie du siehst.«

Ruhig lasse ich den Blick durch den Raum schweifen und er hat recht. Kein Bild von Julio oder seiner Mutter.

»Oder wieso, denkst du, habe ich euch in Ruhe gelassen? Innerhalb von einem Monat wusste ich, wo ihr euch aufhaltet. Es war ein Kinderspiel. Auch wenn Irene wohl dachte, dass ihr mit dem neuen Nachnamen unauffindbar seid. Was zugegeben wirklich dumm ist, denn nur ein anderer Nachname ist recht mager, um seine Identität zu verschleiern. In die Nähe seiner Eltern zu ziehen, übrigens auch.« Sein Lachen klingt wie aus einem Horrorfilm. Da ich nichts erwidere, sondern nur meinen Kiefer zusammenpresse, fährt er fort.

»Jede andere Frau würde nach so einer Aktion nicht mehr leben. Doch wie zuvor erwähnt, ich liebe dich und deine Mutter. Ich könnte euch niemals etwas antun. Damit es euch an nichts fehlt, habe ich ihr sogar das ganze Geld gelassen. Nein, euch gelassen.«

Ich kneife die Augen zusammen und blicke ihm fragend entgegen. *Wovon spricht er?*

»Welches Geld?«

Überraschter habe ich ihn bisher noch nie gesehen.
»Ich dachte, du weißt alles.« Spöttisch betrachtet er mich.

»Das dachte ich auch. Also welches Geld?«

Nervös mit den Fingern herumspielend, warte ich auf seine Antwort. Dabei überfällt mich erneut Hitze und die ersten Schweißperlen sammeln sich unter meinem Haaransatz an der Stirn. *Hat Mom mir etwas verheimlicht?*

»Irene ist mit vier Millionen aus dem Safe abgehauen.«

Was? Ich dachte immer, das Geld kam von Grandpa.

»Anscheinend hat sie dir nicht alles erzählt.« Es ist nur eine Feststellung ohne einen Funken Emotion oder Gehässigkeit darin, allerdings braucht es das auch nicht.

»Warum hast du die Männer zu uns geschickt?«

»Ich wollte wissen, ob es euch gut geht.« Den Ellbogen auf die Lehne gestützt, reibt Cesar sich mit dem Zeigefinger über die Stirn.

Ob ihn auch Kopfschmerzen plagen?

»Nur Irenes Männergeschmack ist furchtbar.«

Ich muss lachen, denn er hat nicht ganz unrecht. Die letzten Jahre hat Mom mit zwei Männern verbracht. Der größte Nichtsnutz aller Zeiten und Mr. Obereifersüchtig in Person. Die Qual der Wahl. Entweder durchfüttern oder ständig streiten. Die Streitereien hat sie irgendwann nicht mehr ausgehalten und auch mir gingen sie mächtig auf den Sack. Seitdem ist Ruhe. Sie hat wohl die Schnauze voll.

»Da sind wir einer Meinung.«

Sein Grinsen erreicht mich und ich tu es ihm gleich. Sofort erinnere ich mich aber daran, dass er trotz allem ein kaltblütiges Scheusal ist und immer bleiben wird!

»Elias, schau dir bitte wenigstens alles in Ruhe an und danach sprechen wir noch einmal über deine Zukunft. Was meinst du?«

Er reicht mir seine Hand. Ich laufe zu ihm und schlage ein. Ich muss es tun. Anders komme ich nicht von hier weg. Zumindest nicht mit Violet.

Obwohl ich ihn hasse, so sehr, kreisen meine Gedanken weiterhin um unser Gespräch. Um seine Worte, die etwas in mir auslösen wollen. Ich blicke in die Flammen, die mein Gesicht wärmen, und gehe jedes Einzelne erneut durch.

Vielleicht verstecken sich tief verborgen in dieser kalten Hülle ja doch irgendwelche Gefühle.

19. Violet

Elias kommt wohl nicht mehr.

Ich warte schon eine Ewigkeit und mittlerweile ist fast Mitternacht. Das weiß ich aber nur, da Lando mir endlich einen Wecker besorgt hat. Ich bin nun stolze Besitzerin der Uhrzeit.

Allerdings war Elias ja letzte Nacht schon hier. Nur nach meinem heutigen Styling dachte ich … enttäuscht lasse ich mich auf den Stuhl fallen.

Dann mal wieder runter mit der ganzen Schmotze.

Als ich ins Bad verschwinden will, steht er plötzlich im Zimmer und schließt lautlos die Tür. *Wieso habe ich die Mechanik nicht gehört?*

Das Strahlen in seinem Gesicht zieht mich in seine Arme. Der Kuss schmeckt nach Vanille und ich rieche Whiskey. Etwas anderes hängt noch auf seiner Zunge. Es erinnert mich an Kuchen, aber ich komme nicht drauf.

Mit todernstem Blick packt er mich unerwartet an den Schultern und schiebt mich von sich. »Was hast du dir nur dabei gedacht?«

Wie konnte sein Strahlen nur so schnell entkommen?

Natürlich weiß ich sofort, dass er von meiner Schminke spricht. Schuldbewusst ziehe ich den Kopf zwischen die Schultern und versuche ihn mit betörendem Augenklimpern zu beschwichtigen. Ich habe keine Ahnung, wie das bei mir aussieht, doch in Filmen wirkt das eigentlich immer. Deshalb bin ich recht siegessicher.

»Auch wenn du so was von heiß aussiehst.«

Sein Lächeln scheint wieder eingefangen, die Lippen suchen erneut meinen Mund. Warm und weich tasten sie sich heran, bis seine gierige Zunge alles überrollt und sich einfach hindurchpresst. Während meine Knie weicher werden, lausche ich seinem abgehackten Atem. Ich schmelze weiterhin bei diesem neckischen Tanz unserer Zungen. Wie von einer fremden Macht angezogen, suche ich die Nähe, presse mich fest gegen seine Härte und warte, bis er meine Glut entzündet.

»Violet, verdammt!« Mit einem bestimmenden Ruck am Pferdeschwanz zieht Elias meinen Kopf zurück, sodass es nur ihn für mich gibt. Ein fast lautloser Seufzer dringt aus meinem vor Schreck geöffneten Mund.

»Du kannst so nicht rumlaufen, hast du gehört?«, nuschelt er zwischen weiteren Küssen, doch ich antworte ihm nicht. Natürlich werde ich weiterhin so rumlaufen. Mir gefällt es und ich fühle mich genau so, geschminkt und herausgeputzt, unsagbar sexy, stark und irgendwie auch überlegen.

Während meine Haarlängen in Zeitlupe durch seine Hände gleiten, nesteln meine Finger an seinem Hosenknopf herum. Hektisch zerre ich die Hosen tiefer, um dann lächelnd meine Augen in seiner Männlichkeit zu versenken, die er mir prächtig entgegenstreckt. Als ich meine Finger um seinen steifen Schwanz schließe, zieht mein Unterleib erbarmungslos und ich presse die Beine zusammen. Über die Lippen leckend betrachte ich seinen prallen Schaft und die zart rosafarbene Eichel, auf der ein einzelner, fast durchsichtiger Tropfen mit meinen Augen um die Wette glänzt.

Heute ist es so weit, Elias soll in meinem Mund kommen. Er weiß nur noch nichts von seinem Glück.

Jade macht das ständig bei ihrem Freund und steht total darauf. Eva findet es zum Kotzen eklig. Sie hat mir dringend davon abgeraten. Ich allerdings bin wahnsinnig neugierig. Ich möchte es einfach selbst austesten.

An Elias Hazel Eyes klebend, sinke ich auf die Knie und sternengleich funkeln sie mir entgegen. Meine Lippen umschließen sanft seine warme Eichel. Ich nuckele etwas daran, denn das macht ihn immer unglaublich scharf. Mit heruntergelassener Hose steht er vor mir und zerrt sich sein Shirt über den Kopf. Als ich mich fester ansauge, meinen Blick an ihm heftend, beißt Elias sich mit geschlossenen Augen in den gekrümmten Zeigefinger. Mein Zeichen, ihn härter zu lutschen. *Alles, was du verlangst.*

Fest presse ich meine Lippen zusammen und bewege mich in Richtung seines Beckens. Danach wieder zurück. Allerdings langsam, sehr langsam, qualvoll langsam. Dabei massiere ich die Unterseite seines Schafts mit meiner Zunge. *Oh, yes, so macht das Spaß.* Ich weiß, dass er es schneller will, doch ich fordere ihn mal wieder heraus. *Wie lange kann er sich heute beherrschen?*

»Oh, Violet, dein Mund, so geil!« Elias stöhnt und reißt sich zusammen.

Ich grinse mit dem Prügel in meinem Mund, denn wahrscheinlich verflucht er mich innerlich, dass ich mir seinen Schwanz nicht schnell genug reinschiebe. Nein, er tut es, ich weiß es genau. Es reizt mich einfach, ihn zu necken. Zumindest die kurzen Momente, die er es zulässt.

Schnell löse ich meine Lippen von seinem harten Stück und drücke ihn gegen seine unglaublich, von dem ganzen Sport, stählerne Bauchdecke. Mit meinen

Augen liebkose ich dabei die unzählig scharfkantigen Muskeln seines Sixpacks. Meine Zunge leckt genussvoll mehrmals den Schaft entlang und Elias stöhnt auf. Mit der Hand reibe ich ihn weiter, während ich mich an seinen Bällen zu schaffen mache. Erst rechts, dann links, um danach beide abwechselnd in meinen Mund zu ziehen. Ich sammle etwas Spucke und verteile sie auf seinem Ständer. Zeitgleich wird mein Händedruck fester, die Bewegung schneller und sein Stöhnen lauter. Mein Intimbereich bettelt mittlerweile nach Aufmerksamkeit, doch ich versuche das schmerzhafte Ziehen weiterhin zu übergehen, denn jetzt ist erst Elias dran.

»Fuck, Violet, ich sterbe gleich. Bring es endlich zu Ende!«, zischt er mir zu. Sein Wimmern nimmt dabei den Worten die Härte.

Hoffentlich hört ihn niemand. Aber wer soll um die Uhrzeit schon vor meiner Tür oder im Flur herumlungern?

Um ihn zu erlösen, schiebe ich mir den Schwanz wieder in den Mund. Ich bearbeite ihn zeitgleich mit Lippen und Zunge. Fest und stetig. Immer schneller, bis ich ihn ganz in den Mund bekomme. Ich würge, ich heule, wie immer. Doch das macht mir nichts, denn es tut nicht weh. Es ist nur etwas unangenehm. Elias mag es und darum mag ich es auch.

Meine Hände packen nach seinen Hoden. Er zuckt zusammen. Ich grinse.

»Shit, du kleines Biest!«

O ja, ich bin dein kleines Biest. Warte nur ab, bis das Große irgendwann aus mir herausbricht. Schnell und fest lutsche ich ihn, ich gebe alles, verdammt noch mal alles.

Elias will sich gerade aus meinem Mund ziehen, wie immer, bevor er kommt. Doch ich klammere mich an seinen Pobacken fest, presse mein Gesicht näher in seinen Schoß. Vor, zurück. Vor, zurück. Schnelles Tempo. Mein Körper kribbelt vor Aufregung, ich stöhne begierig an seinem Schwanz hängend und fiebere seinem Saft entgegen.

»Verfluchtes Schneewittchen«, brummt es tief aus seiner Kehle und ich spüre, wie er in meinem Mund pumpt.

Meinen Kopf zwischen seinen Handflächen festhaltend, presst er mich in seinen Schoß. Fest, hart, unnachgiebig, weiter geht es nicht und etwas Warmes spritzt mir mit voller Wucht in den Hals. Tropft auf meine Zunge. Ich warte auf einen Hustenanfall, denn es kratzt fürchterlich am Zäpfchen, aber das Kribbeln lässt nach. Die Reizung legt sich und Elias zieht sich aus mir.

»Streck deine Zunge raus«, befiehlt er mir sofort.

Ich schenke ihm einen langen Blick, ehe ich seiner Forderung nachkomme. Er findet es geil. Endlos geil, denn er leckt sich über die Unterlippe. Mehrmals.

Die Konsistenz von dem, was da auf meiner Zunge liegt, fühlt sich seltsam an, doch nicht so eklig, wie Eva erzählt hat. Auch schmecke ich nicht viel. Etwas bitter vielleicht, aber es hängt ja noch auf meiner Zunge rum.

»Magst du es schlucken?«

Ich deute sein Grinsen als Vorfreude und nicke. Langsam lasse ich also unter permanenter Beobachtung meine Zunge in den Mund gleiten. Konzentriert führe ich die erste Schluckbewegung aus und spüre etwas Zähflüssiges meinen Hals hinabrinnen. Nein, es ist wirklich nicht eklig. Es schmeckt auch nicht widerlich. Etwas Beflügelndes daran spüre ich aber nicht. Trotzdem kann ich mir vorstellen, diese leicht bittersalzige Masse öfter zu schlucken, wenn Elias das gefällt.

»Du bist unglaublich.«

Eilig werde ich an den Armen nach oben gezogen und umgedreht. Mein Oberkörper landet etwas unsanft auf der Tischplatte. Elias schiebt mit einem Ruck mein Kleid nach oben, sodass mein Po frei liegt. Hastig zieht er den roten Spitzentanga nach unten und zwingt mit seinem Fuß meine Beine weiter auseinander. Finger tapsen federleicht über mein Geschlechtsteil. Ich liebe diese Berührung von ihm, denn es kitzelt. Doch kein fast unerträgliches Gefühl, wie wenn einem jemand unter den Armen kitzelt. Nein, es ist schön. Es zaubert eine Gänsehaut auf meinen Körper und lässt mich nur manchmal ganz leicht zusammenzucken. Auch das zwingt ein erneutes Kribbeln auf meiner Haut zutage.

Sein Finger arbeitet sich sanft zu meinen Schamlippen vor. Von links nach rechts und wieder zurück, dabei immer über meine Perle, um sie danach zweimal durch meinen Spalt fahren zu lassen. *Wahnsinnig gut!*

»Steck sie rein«, bettele ich ihn an und er tut mir den Gefallen. Zwei Finger gleiten in mich. Elias nimmt immer gleich zwei. Und wie immer stöhnt er dabei auf, wenn meine Enge ihn zu Beginn noch so fest umschließt. Er stellt sich dabei vor, wie es wäre, seinen Schwanz in mich zu schieben. Ich weiß es, er hat es mir erzählt.

Zu Anfang zieht es etwas, aber es lässt schnell nach. Leider. Ich liebe dieses teuflische Ziehen, das mich schwerelos in den Himmel trägt. Es scheint ihm zu gefallen und mir gefällt es auch, denn ich sehne mich nach diesem aufflammenden Schmerz.

»Violet, bist du bereit?« Das fragt er immer. Ich liebe es, wenn er meine Zustimmung einholt, denn das zeigt mir, dass ich ihm nicht egal bin.

»Sowas von bereit.«

Sein Grinsen beflügelt mich. Er sieht glücklich aus, aber zeitgleich auch etwas betrunken.

Fest und schnell massiert er mein Inneres und ich liebe das. Ja, ich liebe es, wenn das Ziehen beginnt und meine Scheidewand überfällt. Mein Kopf wird am

Zopf zurückgezogen, sodass sich mein Rücken durchbiegt. Keuchend klammere ich mich mit meinen Händen an die Tischkante.

Ich fühle mich wie ein Pferd, das geritten wird oder vielleicht reite auch ich. Zumindest erinnert mich die Bewegung meines Körpers daran.

Es ist vollkommen berauschend und es dröhnt in meinen Ohren. Elias verstärkt den Druck nach unten. Er schiebt seine Finger schräg in mich, auf der Suche nach dem Punkt. Der Punkt, der mich schreien lässt. *Doch ich darf nicht schreien. Nicht hier!*

Dieses verzückende Gefühl in mir ebbt kurzzeitig ab, da ich panisch überlege, was ich tun soll. Ein bezwingendes Ziehen, gefolgt von unbändiger Hitze, lenkt mich sofort wieder ab. Während mein Körper mehr Spannung aufbaut, zieht sich mein Gehirn zurück und sabbert nur so vor sich hin. Meine Pussy verkrampft sich, die Oberschenkel machen mit. Der Beckenboden kontrahiert schon, als ich noch kurz davor bin. Ich stöhne leise, so leise wie möglich es die Lust zulässt. Als ich meinen Arm vor den Mund schieben will, legt sich Elias Hand über meine Lippen. Durch seinen Druck ist anstatt meines Schreis nur etwas unverständlich Dumpfes zu hören.

Ich keuche vor Erleichterung. Meine Pumpe sprintet noch, angefeuert durch meine hektische Atmung, obwohl ich schon fertig bin. Sanft umfahren Elias Finger meine Schamlippen. Ich mag das und er tut es einfach.

Irgendwann zieht er mich nach oben, dreht mich um und ich versinke in seinen starken Armen. So stehen wir eine Zeit lang, halb nackt voreinander, ehe wir zusammen duschen gehen. Ich liebe es, gemeinsam zu duschen, es fühlt sich einfach wärmer an als allein. Vielleicht bilde ich mir das aber nur ein. Allerdings macht es mich glücklich und das ist die Hauptsache. Sagt Elias zumindest immer.

Zuletzt wische ich mir noch schnell die Schmotze aus dem Gesicht, dann liegen wir nackt zusammengekuschelt in dem viel zu kleinen Bett. Meine Finger tapsen über seine glatt rasierte Brust und seine über meinen Rücken. Wir küssen uns. Oft. Unendlich viele Küsse flattern zwischen unseren heißen Lippen hin und her und ich weiß nicht, wann ich jemals glücklicher war.

Morgen früh liegt Elias noch neben mir, bestimmt tut er das.

20. Violet

Natürlich ist er nicht mehr neben mir gelegen. Ich sehne mich nach dem gemeinsamen Aufwachen mit ihm, wie früher, jedes Wochenende. *Früher*. Ein Grinsen schleicht sich auf meine Lippen. *Als ob ich schon jahrelang hier festsitze.*

Granny würde mich jetzt auslachen, wie sie es oft getan hat, wenn ich mit Jade oder Eva über früher sinniert habe. Wir sind eben noch nicht so alt, dass unser früher gleich mal ein oder zwei Jahrzehnte abdecken könnte. Manchmal allerdings kommen mir die paar Wochen hier wirklich wie eine Ewigkeit vor.

Jedes Wochenende stimmt nicht, denn wenn Elias mit den Jungs unterwegs ist, übernachtet er meistens daheim, um mich im Morgengrauen nicht zu wecken. Oder eben bei einem seiner Kumpels. Hoffe ich zumindest, denn meine Gedanken, diese hinterhältigen Diebe, rauben mir nur allzu oft die mühsam gesammelten positiven Schnipsel aus meinem Gehirn. Stattdessen pflanzen sie mir eine giftspuckende Kobra ein. Ich hasse dieses elendige Etwas, welches mir ständig versucht einzureden, dass Elias vielleicht ein Mädchen kennengelernt und bei ihr übernachtet hat.

Zudem diese saudummen Sprüche der anderen, was er mit einer Freundin will, die in der Highschool ist, die machen es meinen Gedanken nicht einfacher.

Als wäre ich ein kleines Kind!

Ein verächtliches »Tz« verlässt meinen Mund, als ich mich vom Fenster abwende, denn auch der Dauerregen arbeitet heute übelst gegen meine gute Laune. Was soll ich machen, mich treiben solche Aussagen kurz vor einen Vulkanausbruch, der sich kaum stoppen lässt. Natürlich dachten die Lästermäuler, ich sei außer Hörweite, aber was machte das schon für einen Unterschied.

Der Türriegel summt und Lando bringt mein Frühstück. »Guten Morgen, Violet, alles gut bei dir?«

»Ja, und bei dir?«

Lachend stellt Lando das Tablett ab. »Du bist ja gut drauf heute.« Sein freches Zwinkern lässt mich kurz stutzen. *Moment mal, er wird doch nichts von gestern wissen? Hilfe, weiß er etwa, was Elias und ich gemacht haben?*

Als er meine Tablette auf den Tisch legt, werde ich abgelenkt. Artig schlucke ich dieses kleine weiße Teil und spüle mit einem großen Glas Orangensaft nach. Dabei betrachte ich neugierig die dunklen Kreise mit den klitzekleinen Nieten darauf, die in seinen Ohrlöchern hängen.

»Hast du neue Ohrringe?« Sie passen einfach perfekt zu ihm.

»Ja. Brauchst du noch etwas? Ich muss dringend weiter.« *Oh, heute ist er aber kurz angebunden.* Um ihn nicht weiter aufzuhalten, schüttele ich schnell den Kopf, setze mich an den Tisch und schiebe mir den ersten Löffel Milchreis in den Mund. Währenddessen fällt meine Zimmertür ins Schloss. Als der Milchreis verputzt ist, mache ich mich über die gebackenen Bananen her. Irgendwann bekomme ich noch einen Zuckerschock oder Diabetes, wie Onkel Mason mir immer weismachen wollte. Allerdings habe ich irgendwo mal gelesen, dass hoher Zuckerkonsum überhaupt kein Diabetes auslösen würde. Verrückt, was für unsinnige Geschichten Erwachsene immer erzählen, um Kindern bestimmte Dinge madig zu machen.

Während des Essens denke ich weiterhin an zu Hause. An das tägliche Frühstück mit Granny und wie sie sich in aller Herrgottsfrühe aus dem Bett schält, nur um mir Gesellschaft zu leisten. Mit zerzausten Haaren und der dicken blauen Kunststoffbrille sitzt sie mir jeden Morgen gegenüber. Ihren Körper eingehüllt in diesen übergroßen babyblauen Yoda-Morgenmantel. Es gibt entweder Cornflakes oder Toast mit Erdnussbutter. Granny liebt Erdnussbutter, dabei bekomme ich die nur mit einem Klecks Marmelade hinunter. Da sie aber so früh noch keinen Hunger hat, esse im Grunde nur ich. Dafür gähnt sie ständig wie ein Weltmeister und wischt jedes Mal meinen Vorschlag, doch einfach liegenzubleiben, kommentarlos beiseite. Ich versuche es weiter, denn ich bin kein kleines Kind mehr und komme gut allein klar. Ach, ich vermisse Granny schrecklich und Cole und Tante Isla auch.

Denk an etwas anderes! Ich muss mich zusammenreißen und darf diesen dunklen Gedanken keine Macht über mich einräumen. *Der Morgen hat so gut begonnen, jetzt zieh dich nicht wieder selbst runter!*

Um nicht loszuheulen, zwinge ich meine Gedanken zu meinem Cousin Cole, den ich wie einen großen Bruder über alles liebe. Liegt wohl daran, dass wir zusammen aufgewachsen sind. Tante Isla und Onkel Mason, der leider vor vier Jahren während des Grillens einfach tot umgefallen ist, wohnen im Reihenhaus neben Granny und mir. War wohl ein Hirnschlag. Ich habe mir sagen lassen, dass die nie vorhersehbar sind und einen bei den unmöglichsten Situationen überraschen. Falls der mal über mich herfallen sollte, dann bitte, bitte nicht auf der Toilette. Wie ober peinlich wäre das, mit heruntergezogener Hose dazuliegen, und in der Schüssel hängt noch eine abgeseilte Wurst.

Auf jeden Fall haben Cole und ich jeden Tag zusammen verbracht. Zumindest als wir noch kleiner waren. Rutschen, schaukeln, Fangen spielen. Bei Sonnenschein Regenwürmer oder Ameisen mit einer Lupe verkokeln, das war Coles Idee, oder auf den großen Baum vor dem Haus klettern. Und heulen, wenn ich nicht mehr runtergekommen bin. Natürlich sind mir die Tränen aus den Augen gerannt, nicht Cole. Er hat mir jedes einzelne Mal die große Leiter aus der Garage gebracht und ich bin prinzessinnenhaft heruntergestiegen.

Später hingen wir irgendwann lieber mit unseren eigenen Freunden ab. Trotzdem haben wir uns abends oft zum Quatschen getroffen. Entweder bei uns, bei ihm, im Garten oder vor dem Haus. Aktuell wohnt nur noch Tante Isla dort. Cole hat den Tod seines Vaters nicht wirklich verkraftet, geschweige denn verarbeitet. Die letzten drei Jahre ist er in der Schule trotz Therapeuten immer schlechter geworden und hat sich mit den falschen Leuten eingelassen. Das meinen zumindest Isla und Granny.

Im Gegensatz zu mir hat er nie über sich und seine Probleme gesprochen. Soviel ich ihn mit meinen düsteren Gedanken vollgelabert habe, so wenig hat er von sich erzählt. Nein, stimmt nicht, Cole hat eigentlich viel erzählt. Von der Schule, den Noten, den Mädels, dem Basketball, eigentlich von allem. Nur über den Tod seines Vaters hat er nie mit mir geredet und ich habe mich nicht getraut ihn danach zu fragen.

Cole ist zwanzig, also zwei Jahre älter als ich. Eigentlich fast drei, wenn man es genau nimmt. Zum Leidwesen meiner Tante hat er die Schule abgebrochen, um in einer Werkstatt zu jobben. Das hat mächtig

Ärger gegeben. Als er dann irgendwann auch noch seinen Job geschmissen hat, um sich einer Gang anzuschließen, hing der Haussegen vollends schief.

Ich weiß nicht genau, was er dort tut, denn er redet nicht darüber. Es sei sicherer, wenn ich davon nichts weiß. Aber ich denke, es geht um Drogen.

Um den ständigen Diskussionen mit Tante Isla aus dem Weg zu gehen, kam Cole kaum mehr nach Hause und ich kann es ihm nicht verübeln, denn auf das Theater hätte ich auch keine Lust gehabt.

Leider sehen wir uns nur noch selten. Einmal die Woche lädt er mich aber zum Essen ein. Dann kommt er mit seiner schicken Maschine angebraust, wirft mir lässig den zweiten Helm zu und ich steige hinten auf. Keine Ahnung, was er da fährt, aber sie sieht teuflisch gut aus. Mattschwarz lackiert, mit grell orange leuchtenden Flammen.

Ich liebe dieses Gefühl, hinter ihm zu sitzen und die Geschwindigkeit nimmt meinen Puls unter Beschlag. Am liebsten würde ich auch noch den Helm abnehmen, um die Freiheit voll auskosten zu können, mitsamt dem Wind, der mein Haar extrem zerzaust. Einmal zu viel Gas oder zu wenig gebremst und wir schlittern aus der Kurve oder unter einen Laster. Der Gedanke ist berauschend. Ich liebe diese wöchentlichen Spritztouren. Danach hängen wir meistens in einem Diner ab, was vollkommen okay ist, denn ich liebe Burger.

Trotz allem kann ich immer auf Cole zählen. Wenn mich meine Gedanken in einen Abwärtsstrudel reißen, ich meine Schwimmweste vergessen habe und trotz allen Bemühungen von allein nicht wieder die Oberfläche erreiche, dann ist Cole da. Jederzeit kann ich ihn anrufen und meist geht er auch ran. Er schafft es, mich zu beruhigen und in mein Durcheinander wieder Klarheit zu bringen.

Ich möchte wieder acht Jahre alt sein, heulend auf dem Baum sitzen und Cole rettet mich mit der Leiter.

Probleme, die jetzt verdammt lächerlich erscheinen.

21. Orlando

Mit meiner Faust hämmere ich so fest ich kann gegen die schwere dunkle Massivholztür, denn anders hört man innen nichts. Wenn Cesar endlich mal eine dieser modernen Funkklingeln anbringen würde, die ich ihm extra dafür besorgt habe. Doch aus irgendeinem Grund scheint er die zu boykottieren. *Tz!* Mir wäre klingeln deutlich lieber, als sich fast die Hand zu brechen.

Während ich warte, betrachte ich das funkelnd goldene Sonnensymbol, das sich über die komplette Tür zieht und in dessen Rundung ein düsterer Adler mit ausgebreiteten Flügeln schwebt. Als sie hastig aufgerissen wird, springe ich einen Schritt zur Seite, denn einer von Cesars Laufburschen rast fast in mich. *Dieser Idiot! Hat der keine Augen im Kopf?* Mit einem knappen Nicken entschuldigt er sich und stürmt weiter.

Cesar sitzt an seinem Schreibtisch, Esteban entdecke ich wie immer mit seinem Handy in der Hand im Sessel und Elias dreht vor dem Kamin seine Runden. Auch wie fast immer, wenn ich ihn hier drin sehe. Dieser Raum scheint nur aus Gewohnheiten zu bestehen, wie das Feuer, welches das ganze Jahr hindurch brennt. Liegt wahrscheinlich daran, dass dieses Zimmer nie warmzuwerden scheint.

Zum Gruß hebe ich die Hand. Elias tut es mir gleich. Eigentlich würden wir uns umarmen. Elias hat jedoch beschlossen, dass es besser ist, wenn niemand weiß, wie gut wir uns verstehen. Ich habe zwar keine Ahnung warum, aber er wird schon seine Gründe haben.

Cesar blickt mir erst mürrisch entgegen. Dann scheint er sich aber an unseren Termin zu erinnern, denn schlagartig, wie ein wolkenverhangener Himmel bei Sonnenschein, hellt sich seine Miene auf.

»Orlando, was wolltest du so Wichtiges besprechen?« Im Stuhl zurückgelehnt, die Fingerspitzen aneinandergelegt, blickt er mir fragend entgegen.

»Es geht um Jeronimo.«

Cesars Fingerspitzen trommeln hektisch gegeneinander, er scheint wenig Zeit zu haben.

»Du musst dringend mit ihm reden, ihn zügeln oder keine Frau mehr zu ihm lassen!«

Esteban lacht, wie fast immer. *So ein lustiges Leben wie er hätte ich auch gern.* Cesar dagegen zupft mit todernster Miene an seinem Bart herum. Ich weiß, dass er auf eine Erklärung wartet.

»Luna, sie ist heute Nacht im Krankenhaus gestorben.«

Schlagartig verstummt das dumme Lachen links von mir und Elias, der immerzu in die Flammen gestarrt hat, ist wohl hellhörig geworden, denn er dreht sich zu uns um.

»Orlando, ich verstehe dein Bedauern, aber sie hat den Vertrag unterschrieben«, erklärt mir Cesar in ruhigem Ton und lehnt sich mir über den Schreibtisch entgegen.

»Natürlich hat sie das, doch selbst wenn sie sich hinterher weigert, ist das kein Grund, sie tot zu prügeln. Wo sind wir denn hier? Wir können sie dann ja auch einfach wieder auf die Straße setzen.« Ich merke, wie ich laut werde, obwohl ich es nicht will, denn Cesar anzuschreien ist nicht klug. Genau dieser Gedanken, der mir durchs Hirn zuckt, spiegelt sich auf seiner Miene. Die ist nämlich in weniger als einer Sekunde versteinert.

»Du willst das einfach so hinnehmen?«, mischt sich Elias wütend ein. Mit geballten Fäusten steht er da und starrt seinem Vater fast feindselig entgegen. »Diese Frau ist ein Mensch wie du und ich!«

Estebans Hand schnellt nach oben, als wäre er in der Schule. Ich muss grinsen, auch wenn die Lage ernst ist. Fehlt nur noch, dass er mit der Zunge schnalzt oder wie ein Drittklässler vor sich hin jammert, um endlich drangenommen zu werden.

»Stopp, jetzt mal langsam. Diese Frau ist eine Nutte, die sich mit ihrer Unterschrift bereit erklärt hat, all unsere Wünsche zu erfüllen, damit sie sich hier ein schönes Leben machen kann.«

»Vielleicht ist ihr ALLES, nicht dein oder euer ALLES!«, brüllt Elias plötzlich los.

Überrascht beobachte ich, wie sein Gesicht immer mehr an Farbe gewinnt.

»Hast du darüber vielleicht schon mal nachgedacht? Oder ist in diesem beschissenen Vertrag alles explizit aufgeführt?«

Meine Augen flitzen von einem zum anderen und innerlich feiere ich ihn dafür, dass er kein Blatt vor den Mund nimmt. Doch schreien ist wirklich das Dümmste, was man in diesem Raum tun kann, denn Cesar pflegt stets zu sagen, dass nur törichte Menschen schreien. Obendrein hasst er es, wenn man seine Emotionen nicht im Griff hat.

»Was weiß ich«, brummt Esteban vor sich hin. Dann steht er auf und macht sich am Servierwagen zu schaffen. Wohl um seine aufkommende schlechte Laune zu ertränken. Cesar schweigt. Jedoch klappt er den verchromten Laptop vor sich auf. Hastig und mit gerunzelter Stirn malträtiert er die Tasten.

»Also Elias, was schlägst du vor, wie können wir das Problem lösen?«

Hat er gerade wirklich Elias nach seiner Meinung gefragt? Vollkommen aus der Bahn geworfen blicke ich von einem zum anderen, und Elias scheint es ähnlich zu gehen.

»In den Vertrag gehört einfach jedes noch so kleinste Detail, auch wenn er dann hundert Seiten länger ist. Vorrangig natürlich sämtliche untypischen Sexpraktiken oder was auch immer ihr mit den Frauen anstellt«, presst er verächtlich hervor. »Am Ende dann gut leserlich, am besten fett gedruckt, was passieren kann, wenn sie sich nicht daran halten. Erst dann könnte ich mit relativ ruhigem Gewissen sagen, dass sie Bescheid wussten und selbst schuld sind. Aber deinen Männern sollte das Schlagen trotzdem verboten werden, das ist einfach nur abartig!«

»Stopp, manche Schläge sind aber geil. Auch für beide Parteien«, wirft Esteban ein, trinkt einen Schluck und grinst anzüglich.

Gespannt warte ich auf Cesars Reaktion. Der tippt weiterhin in einer Seelenruhe, mit versteinerter Miene auf den Tasten herum. Erst das Summen des Druckers reißt mich von ihm weg. Kurz darauf schiebt sich Cesar erneut in mein Blickfeld. Er greift nach dem frisch ausgedruckten Stapel schneeweißer Blätter, die so überhaupt nicht in diesen Raum passen. Damit kommt er auf mich zu.

»Die händigst du jedem aus, damit alle Wünsche aufgeschrieben werden.«

Wünsche, wow! Wie manche es fertigbringen, abscheulichen Tätigkeiten harmlos Namen zu geben.

»Und die Betonung liegt auf alle. Was nicht auf diesem Zettel steht, darf in Zukunft auch nicht praktiziert werden. Mach ihnen das klar und sammle alles eine Woche später wieder ein. Danach überarbeite bitte die Verträge. Mit Jeronimo werde ich heute noch ein Gespräch führen.«

Esteban stöhnt auf, als ich ihm grinsend den ersten Zettel in die Hand drücke.

Elias und ich suchen Blickkontakt. Ich kann anhand seines schwachen Lächelns erkennen, dass er zufrieden ist. Ich bin es auch, allerdings nur halb. Doch alles ist besser als überhaupt keine Änderung.

»Ach und Orlando, schau bitte, dass du heute Nachmittag irgendwann Zeit findest und Violet die Räume der Perlen zeigst. Sie darf sich dort ab jetzt frei bewegen.«

Na endlich! Ich nicke kurz und ziehe die massive Tür hinter mir zu. Auch das muss auf Elias Mist gewachsen sein, denn Cesar wollte tunlichst jeglichen Kontakt zwischen ihr und den anderen Frauen vermeiden.

Man kann Violet nicht durchgehend in ihrem Zimmer einsperren, denn Isolation rafft irgendwann jeden zugrunde. Zwar besuche ich sie öfter oder vertilge auch manchmal mein Mittagessen bei ihr, aber das reicht bei Weitem nicht.

Im Leben nicht hätte ich gedacht, dass Cesar so früh Elias Vorschläge umsetzt. Irgendwas stimmt hier nicht!

22. Violet

»Heute ist dein Glückstag, Darling.«

»Darling?«, wiederhole ich lachend und beobachte neugierig, wie Lando eine schneeweiße Sporttasche mit schwarzem, breitem Schriftzug an den Henkeln auf einen der Stühle plumpsen lässt.

»Jetzt komm schon her und sieh es dir an.«

Nichts lieber als das! Schnell springe ich zu ihm, reiße die Tasche an mich, lege sie auf den Tisch und ziehe hektisch den Reißverschluss auf. Hier passiert so wenig, da kommt einem das Öffnen einer Tasche vor, als würde man ein Geburtstagsgeschenk auspacken.

Vorsichtig greife ich nach dem Stapel darin und ziehe ihn heraus. Ein strahlend weißer Bikini, ein pastellgelber Badeanzug, der nur an zwei Zipfeln mit einer silbernen Schnalle am Bauch zusammengehalten wird. *Rattenscharfe Teile.* Darunter liegt zusammengefaltet ein Badetuch mit bunten Sternen.

Baustrahler sind wirklich ein Scheiß gegen das, was in meinem Gesicht vor sich geht. *Ob es das bedeutet, was ich kaum zu hoffen wage?*

»Du grinst wie ein Honigkuchenpferd, das ist zu goldig.«

»Ich darf hier raus, oder?«, frage ich vorsichtig. Dabei zerknautsche ich den Bikini zwischen meinen Fingern.

»Ja, du gehst heute schwimmen und ich hoffe, es gefällt dir.« *Das wird es, denn alles ist besser, als hier rumzusitzen!*

Jauchzend renne ich ins Bad. Mit einem ohrenbetäubenden Knall fällt die Tür hinter mir zu. »Sorry, bin gleich so weit«, rufe ich laut und höre Lando lachen.

»Hübsch«, entfährt es ihm, als ich wieder in den Raum komme. Dankbar werfe ich ihm ein Lächeln zu, schlüpfe schnell in meine Jogginghose und das Shirt, um danach den Rest der Kleidung zu begutachten. Sporthosen, mehrere Tops, und ein paar Sportshirts.

»Die Trainingsschuhe kommen noch«, sagt Lando, als könnte er meine Gedanken lesen. »Ist das zufällig deine Lieblingsfarbe?«

»Ja, ich liebe Weiß«, schwärme ich direkt. »Es ist einfach die reinste Farbe, so vollkommen unbefleckt. Für mich fühlt sie sich immer an wie ein Neustart oder der Beginn eines guten Tages.«

»Dann bin ich beruhigt. Wenn dir etwas nicht gefällt, dann beschwer dich bei Elias, denn der hat das ganze Zeug bestellt.« *Natürlich, wer sonst.*

In Weiß wirke ich zwar noch eine Spur blasser, als ich sowieso schon bin, aber das ist mir egal. Umso dankbarer bin ich, dass Elias genau diese Sachen für mich ausgesucht hat, denn er mag die Farbe nicht wirklich an mir. Eigentlich hasst er sie. Er nennt mich immer Geisterfreundin.

Wärme durchdringt meinen Körper beim Gedanken an diese Momente. Wie ich immer so getan habe, als würde es mich tierisch nerven, aber innerlich bin ich von seiner süßen Art fast zerschmolzen. Wer bitte wird schon Geisterfreundin genannt? Auf jeden Fall ist er überzeugt davon, dass mir sanfte, helle Farben viel besser stehen. Deshalb wahrscheinlich der Badeanzug.

Wenn wir zusammen schwimmen gehen, werde ich immer den Bikini tragen. Einfach nur um ihn zu necken.

»Kommt Elias auch?«, frage ich hoffnungsvoll, doch Lando schafft es, mich mit einer einzigen Geste zu enttäuschen.

»Gehst du dann mit?«, löchere ich ihn weiter, denn nach einer kurzen Überlegung finde ich das fast genauso gut. Auch hier verneint er stumm.

»Hey, was ist dir denn jetzt über die Leber gelaufen?«, will er wissen und stupst mir so fest gegen den Oberarm, dass ich gefährlich nach hinten wanke.

Ein heller Schrei entweicht meiner Kehle, während ich mich hektisch an seinem dunklen Shirt festkralle, denn darauf war ich nicht vorbereitet. Lando greift hastig nach meinem Arm, zieht mich zu sich und ich pralle voll gegen seine Brust. Schnaufend stehen wir beide voreinander. *Das war echt knapp!* Bei meinem Glück wäre ich bestimmt mit dem Hinterkopf voll gegen die Tischkante geknallt.

»Alleine schwimmen ist jetzt auch nicht so viel besser, als alleine hier rumzuhocken«, entgegne ich und ziehe eine Schnute.

»Ach komm«, mehr sagt er nicht, sondern dreht sich einfach um. Etwas geknickt zwänge ich meine Füße in die Turnschuhe. Dann schnappe ich mir die Tasche. Da mich der alleinige Badespaß jetzt nicht wirklich fröhlich stimmt, schlurfe ich langsam hinter ihm her. Unser Weg führt mich dieses Mal in einen neuen Bereich, den ich noch nicht kenne. Wobei ich hier ja kaum etwas kenne.

Die steinernen Wände reichen bis unter die Decke. Die schimmert dagegen glatt wie der Boden einer Eishalle. Dafür aber dunkel, stockdunkel. Ich spiegele mich trotzdem zart darin.

Ein paar Minuten später passieren wir eine hellgraue Metalltür. *Gibt es das?* Von jetzt auf gleich werde ich so sehr geblendet, da ist ein Blick direkt in die Sonne einen Scheiß dagegen. Genau so stelle ich es mir vor, wenn man stirbt und durch diesen Tunnel geht, von dem so viele immer erzählen. Doch es dauert nicht lange, bis sich meine Augen daran gewöhnt haben. Neugierig lasse ich meinen Blick über die unzähligen, kunstvoll aufgemalten roten Rosen gleiten. Sofort denke ich an die Lippenstiftblumen an meiner Wand und grinse.

»Ich weiß genau woran du denkst«, höre ich Lando, als er mir über seine Schulter einen Blick zuwirft. »Mach das einfach nie, nie wieder!« Gequält stöhnt er auf und ich muss lachen, denn er hat den Mist ja nicht einmal selbst weggewischt, sondern die Putzfrau kommen lassen.

Gemeinsam betreten wir einen sonnengelben Raum in der Größe meines Zimmers. An der Wand hinter mir steht eine riesige, sandfarbene Lounge aus Polyrattan. Ansonsten ist er recht leer. Nur zwei verwaiste, leicht schief hängende Bilder mit Rosen drauf zieren eine der Wände. Da von den anderen drei Wänden weitere Türen abgehen, scheint es sich wohl um ein Durchgangszimmer zu handeln.

Lando breitet die Arme aus und dreht sich im Kreis. »Das hier ist das Reich der Perlen und du darfst ab heute auch hier abhängen.«

»Mit den anderen?« Ich nicke, als könnte ich ihn damit verleiten, ebenfalls zu nicken.

Lachend tut er mir den Gefallen. *Das ist ja noch besser, als mit Elias oder Lando zu schwimmen.*

Ohne groß darüber nachzudenken, hänge ich an Landos Hals und ein warmer Knutscher landet auf seiner Backe.

»Hey, nicht so stürmisch.« Kopfschüttelnd schiebt er mich sachte von sich und seine schiefergrauen Augen leuchten eine Spur heller als sonst. *Liegt wohl am Licht hier drin.*

Vorsichtig öffne ich die linke Tür. Wir betreten einen komplett ausgestatteten Fitnessraum, einen Ruheraum, und als wäre das nicht genug, reihen sich mehrere Saunen aneinander. *Wow, voll der Luxus hier.*

Nachdem Lando mir mindestens zehnmal versichert hat, dass ich das alles jederzeit nutzen darf, schnappe ich nach seiner Hand und ziehe ihn lachend weiter. Er lässt es kommentarlos über sich ergehen und rennt mit mir zurück in den gelben Raum, um hinter die nächste Tür zu spicken.

Spinne ich? Wie kommt eine Bibliothek hier rein? Der Raum ist bis unter die Decke mit Büchern vollgestopft und sofort springen mir zwei dieser klassischen Holzleiter zum Herumschieben ins Auge. Solche, die man aus unendlich vielen Filmen kennt. *Hier scheint es wohl viele Leseratten zu geben.*

Überall wahllos im Raum verteilt tummeln sich gemütlich aussehende Liegen mit bunten Kissen und ebenso farbige, zusammengefaltete Decken liegen an den Fußenden. Da ich nicht lese, interessiert mich der Raum wenig und so ziehe ich Lando einfach weiter durch die nächste Tür. *Wie warm seine Hand wieder in meiner liegt.*

Hier zucke selbst ich von meinem eigenen Geschrei zusammen, denn in dämmriges Licht gehüllt, kann ich nicht recht fassen, was ich hier sehe. *Träume ich?*

»Los, kneif mich, schnell.« Das Strahlen bekomme ich spätestens jetzt nicht mehr aus meinem Gesicht. Als er heftig in meinen Arm zwickt, starre ich ihn erst entgeistert an, um mich danach in einen der monströsen Ledersessel fallen zu lassen. Lando tut es mir gleich, um mit einem genüsslichen »Ahhh« seine Beine auszustrecken.

»Hey, du wolltest, dass ich dich kneife«, verteidigt er sich mit erhobenen Händen und ein Lächeln huscht über meine Lippen. *Wie lustig er eigentlich ist.* Jade würde ihn wohl sogar als süß bezeichnen.

»Ich mag dich«, rutscht es mir in der Sicherheit des dämmrigen Raumes aus dem Mund und zeitgleich erschrecke ich dabei. *Habe ich das jetzt wirklich laut gesagt?*

Aber es stimmt. Ich mag es, wie er mich zum Lachen bringt oder es zumindest versucht. Dann hört er sich auch noch ständig mein Gejammer an. Ich jammere oft, sehr oft. Meistens vor Langeweile. Außerdem bequatscht er die Köchin, dass sie meine Lieblingsessen zaubert oder bringt mir, wenn er in der Stadt ist, einen White Chocolate Mocha mit. Den Burger letztens hat er mir auch besorgt. Lando kümmert sich um mich und ist für mich da. Zumindest empfinde ich es so. Deshalb mag ich ihn. Aktuell ist Lando meine wichtigste Bezugsperson.

Ich spüre seinen Blick, aber taxiere weiterhin verlegen den Boden. Ich meine, Lando ist so etwas wie mein Gefängniswärter. Die hat man definitiv nicht zu mögen!

»Das freut mich, ich mag dich auch.« Seine Stimme ist recht laut und ich glaube, er hat sich etwas in meine Richtung gelehnt. »Aber lass das nicht Elias hören, sonst wird er noch eifersüchtig. Vor allem, nachdem er sich so ins Zeug gelegt hat, damit du endlich hier sein darfst.«

Ich blicke in ein schiefes Grinsen und tu es ihm gleich.

»Niemals, auf dich nicht!«, erwidere ich und boxe dabei gegen seinen nackten Oberarm. Nur leicht, es tut ihm nicht weh. Wahrscheinlich bemerkt er es kaum, denn sein Lachen schallt laut durch den spärlich beleuchteten Raum.

Einzelne Lampen sind knapp über dem Boden eingelassen und versuchen die Dunkelheit hier drin wenigstens etwas zu vertreiben. Sie schaffen es aber nicht wirklich. Mittlerweile haben sich meine Augen daran gewöhnt. Ich erkenne mehr als nur verschwommene Umrisse. Mit einem genüsslichen Seufzer lehne ich mich zurück und starre auf diese riesige weiße Leinwand. In Gedanken male ich mir aus, wie ich hier mit Cola und Nachos sitze. Donnie Darko, einen meiner Lieblingsfilme, in mich aufsaugend. *Hier gibt es einfach mal ein Kino!* Ich kann es immer noch nicht fassen. Meinem Herzen scheint es ähnlich zu gehen, denn es tanze Samba in meiner Brust.

»Komm, lass uns weitergehen.« Landos Hand legt sich wie selbstverständlich auf meine, aber er zieht sie sofort wieder zurück. Eine dieser normalen Gesten unter Freunden eben.

Es ist vollkommen skurril, denn wir sind überhaupt nicht in der Position, Freunde zu sein und doch mag ich ihn.

23. Violet

Ich sehe kein bisschen durch diese milchige Glastür. Nur der scharfe Geruch von Chlor, begleitet von leisen Stimmen und vereinzelten Lachern, dringt durch die zwei kleinen Spalte rechts und links neben der Tür, um mir danach unangenehm in die Nase zu steigen. Ich hasse Chlor. Das Wasser stinkt. Man selbst danach auch.

Da ich keine Anstalten mache weiterzugehen, drückt sich Lando an mir vorbei, zieht die Tür auf, verbeugt sich grinsend und fordert mich mit einer einzigen Armbewegung zum Eintreten auf. Mit nach oben gestrecktem Kopf stolziere ich kichernd durch den Türrahmen. Nach den ersten Schritten dringt schon eine angenehme, entspannende Wärme in jede Pore meiner Haut. Abrupt bleibe ich stehen. Lando rennt natürlich voll in mich. Ein Wunder, dass ich dem Boden nicht einen Begrüßungskuss verpasst habe.

»Sorry«, nuschele ich vor mich hin und scanne den Raum. *Wow, das hier ist gut viermal so groß wie das Schwimmbecken, in dem ich schwimmen gelernt habe.*

Man kennt ja diese klassischen Schwimmbäder mit den breiten Treppen im Nichtschwimmerbereich, der Leiter auf der tieferen Seite und den blauen Kacheln, die dem Wasser etwas meerähnliches geben soll. Hat bei mir noch nie geklappt. Doch an dem tropischen

Palmenparadies hier kann ich mich gerade nicht sattsehen. Dabei werde ich in meinen ersehnten Traumurlaub katapultiert. Mit blanken Füßen über samtweiche weiße Sandstrände rennen, den Körper in türkisfarbenes Wasser werfen, genüsslich Kokosmilch schlürfen. *Wo haben die nur diesen karibisch weißen Sand her? Ob er extra eingeflogen wurde?*

So abrupt wie mein Körper eben stehen blieb, rennt er nun los. Als wäre ich ferngesteuert. Wie weich dieser Sand ist und wie sanft er durch meine Finger rieselt. Mein Blick gleitet erstaunt nach oben zu dieser abnormal riesigen Glaskuppe. Sonnenstrahlen dringen herein und lösen einen Schmerz in meinen Augen aus, sodass ich diese kneifen muss. In meinem bisherigen Leben durfte ich nichts vergleichbar Schönes sehen. Die Wärme versucht mittlerweile meinen Körper zu erobern, ihn einzunehmen. Feuchtigkeit rinnt in einzelnen Bahnen an ihm hinab.

»Kann ich mich ausziehen?«

Landos Blick spricht Bände und ich muss über meine eigenen, so ungeschickt gewählten Worte lachen. Er zeigt schmunzelnd, aber ohne einen weiteren Kommentar abzugeben, nach links, wo zahlreiche Liegen kreuz und quer zwischen meterhohen Grünpflanzen herumlungern.

Bevor ich alles voll schwitze, schlüpfe ich aus den weißen Turnschuhen. Zusammen mit meiner Tasche stelle ich sie neben einer Liege auf dem Sand ab. Es ist das erste Mal, dass ich sie hier trage, da ich bisher ja nur dumm auf meinem Zimmer herumgesessen bin oder versucht habe, mir mit den Stöckelschuhen beim Abendessen nicht die Füße zu brechen. Irgendjemand muss meine strahlenden Schuhe gewaschen haben, denn in Greenwich standen die noch vor Dreck. Danach zerre ich mir die lange Jogginghose vom Körper und werfe sie mit meinem bunten Shirt achtlos auf die Liege. *Schon viel besser!*

Mir fällt auf, dass ich keine Badeschuhe habe und bitte Lando mir welche zu besorgen, was er gleich notiert. Er notiert sich wirklich alles in sein Handy. Ich glaube, sein Gedächtnis ist nicht das Beste.

Nun ziehen die Ladys meine Aufmerksamkeit auf sich oder eher ihr Lachen, das mich daran erinnert, dass ich hier nicht alleine bin. Sie scheinen mich bisher nicht bemerkt zu haben. Vier Frauen sitzen an einer hölzernen, mit groben Bastmatten verkleideter Bar. Ines roséfarbenes Haar sticht mir sofort ins Auge und ich rufe ihren Namen. Sie wirft einen kurzen Blick über die Schulter und kommt lachend auf uns zu gerannt. Da ich auf dem nassen Boden nicht ausrutschen will, bewege ich mich im Gegensatz zu ihr wie eine Schnecke.

Freudig fällt sie mir in die Arme. »Violet, dass ich das noch erleben darf.« Ines drückt mich erneut und blickt danach fast vorwurfsvoll zu Lando. »Das wurde aber auch Zeit! Violet war viel zu lange in ihrem Zimmer eingesperrt«, schimpft sie.

»Sag das nicht mir. Wie du weißt, hätte ich sie schon viel früher hergebracht.«

Sie sprechen über mich, als wäre ich nicht anwesend, ich hasse sowas.

»Ich kann euch hören, das wisst ihr, oder?« Mein Ton ist schnippisch, auch wenn ich das eigentlich nicht will.

Ines' Wangen ziert plötzlich eine feine Röte. Anstatt weiter darauf einzugehen, schnappt sie einfach meine Hand und zieht mich lachend zu den anderen.

»Jetzt bist du ja da.«

Ja, das bin ich und freue mich wahnsinnig, denn die letzten Wochen waren viel zu einsam.

Natalia und Milena kenne ich von den Abendessen, doch wir haben noch nicht viel miteinander gesprochen. Beide umarmen mich aber ebenso herzlich wie Ines, was mich beruhigt. Das Schlimmste für mich wäre, wenn sie mich nicht mögen oder sogar meiden würden.

Dieses eklige Gefühl, sich unter Menschen komplett alleine zu fühlen, wünsche ich niemandem! Wenn fröhliches Lachen um dich herum schallt, aber kein Auge deine bittenden Blicke streift, um deinem Mund hübsch klingende Töne zu entlocken, damit das schwarze Herz an Farbe gewinnt.

Allerdings sieht es kein bisschen danach aus und deshalb bin ich auch komplett entspannt.

Nur die blonde Frau neben Natalia beäugt mich skeptisch. Mehr als ein Nicken kann sie sich wohl nicht abringen. Kein Winken, kein Hallo. *Super!*

Vielleicht ist sie ja eine dieser Tussis, die andere Frauen generell erst einmal scheiße finden. Solche kenne ich zur Genüge von der Highschool. Wir sind auch nie miteinander klargekommen. Lag meist daran, dass sie mich eben scheiße fanden. Aber das war mir egal, denn ich hasse Menschen, die andere von oben herab behandeln und sich ohne ersichtlichen Grund für etwas Besseres halten.

»Das ist Gloria. Gloria, das ist Violet«, macht uns Ines miteinander bekannt. Da ich nicht auf Stress aus bin, hebe ich meine Hand und lächle. Glorias Mundwinkel verziehen sich zwanghaft nach oben, ehe sie mich aus ihren kleinen, hellblauen Augen weiterhin scharf mustert. Ich weiß nicht, ob sie wegen des Lichts so funkeln oder ob etwas Boshaftes in ihnen liegt, aber diese ganze Pseudo ich-bin-was-besseres-Barbie verwirrt mich. Zeitgleich verunsichert mich ihre Art. Um mich von ihr abzulenken, stopfe ich ein paar Erdbeeren in den Mund, die fast künstlerisch mit anderen Früchten zusammen auf dieser großen, silbernen Platte drapiert sind. *Lecker, ich liebe Erdbeeren!* In unserem Garten leben auch einige Erdbeerpflanzen unter einem Folientunnel.

»Lando, bleibst du auch?«, will Natalia wissen, als er sich von mir verabschiedet.

»Sorry, Nati, mein Tag ist komplett vollgestopft.«

»Schade. Ich dachte, wir könnten etwas Musik hören.«

Erst jetzt fällt mir auf, dass es vollkommen still ist. Die identische, erdrückende Stille wie auf meinem Zimmer. Aber hier kann ich mich wenigstens unterhalten. Somit legt sich diese boshafte Geräuschlosigkeit nicht wie dichter Nebel auf meine Lunge, um mich am Atmen zu hindern.

Interessiert beobachte ich, wie Lando sanft über Natalias Wange streicht und ihr dabei etwas ins Ohr flüstert. Sie lächelt, schaut dabei zu ihm auf. Ihre Arme sind um seine Körpermitte geschlungen. Die beiden wirken vertraut. Als Natalia meinen Blick kreuzt, wende ich mich schnell ab, denn irgendwie fühle ich mich ertappt.

»Violet, hier, versuch mal den Maracujasaft, der ist wahnsinnig lecker.« Milena stellt mir ein Glas voll gelber Flüssigkeit vor die Nase. Dankbar nicke ich ihr zu, ziehe durstig am Strohhalm und erlebe die intensivste Geschmacksexplosion auf meiner Zunge, die sich jemals darauf ergossen hat. Während ich immer noch rätsle, was da alles drin sein könnte, denn nur Maracuja kann es bei Weitem nicht sein, drängen die anderen ins Wasser. Das lasse ich mir natürlich nicht zweimal sagen und husche vorsichtig über die rutschigen Fliesen, bis sich meine Zehen in den warmen Sand graben. Die Angst, mir ein Bein zu brechen, ist groß, denn ich könnte mir das Schwimmen abschminken. Der Gips würde eine Flucht zudem unmöglich machen. Elias wird mich lynchen, wenn ich so dumm bin, mir eine Fraktur zuzuziehen.

Wie sagte Grandpa immer so schön: Vertrauen ist gut, aber Kontrolle ist besser. Deshalb werde ich mich natürlich auch selbst nach Fluchtmöglichkeiten umsehen und nicht alles einfach nur Elias in die Hände legen.

Und die erste Möglichkeit tummelt sich gerade lachend vor mir im Wasser.

24. Elias

Mein Atem geht flach, die Arme bilden ein entspanntes Dreieck mit den Schultern, der Stand ist sicher. Bevor mein Finger den Druckpunkt des Abzugs überwindet, halte ich kurz die Luft an. Es knallt. Der Schuss sitzt wie alle zuvor auch. Ich lege die Waffe auf dem nüchternen Metalltisch vor mir ab und Dairo holt die Zielscheibe heran.

In dem Moment hält ein grüner Geländewagen hinter uns. Die hintere Tür öffnet sich und Cesar steigt aus.

»Na, Dairo, wie macht er sich?«

Obwohl Dairo wie ich unter dem Sonnendach steht, sind seine Locken klatschnass. Schnaufend streicht er sich einige davon aus der sonnengebräunten Stirn. Die ganze Zeit schon jammert er wie ein verzogenes Balg herum, dass es viel zu heiß ist und das Wetter sogar einen Elefanten wie ihn schachmatt setzt. Dairo ist für mich kein Elefant, sondern eher ein Pony. Die Größe, die ihm fehlt, hat wohl Esteban für sich beansprucht. Ich kann mich an die Temperaturen hier nicht mehr wirklich erinnern, aber wenn er meint, es sei zu heiß, wird es wohl so sein.

»Überraschenderweise recht gut. Treffsicherheit hat der Kleine, auch wenn er die letzten Jahre in einem Schützenverein für Rentner geübt hat«, gibt er Cesar Auskunft. Dabei grinst er mir gehässig entgegen.

Dass manche Typen immer sticheln müssen. Aber ich lasse ihm kommentarlos die Freude, denn im Grunde mag er mich. Dairo ist Estebans jüngerer Bruder und nach Esteban der zweitbeste Schütze auf dem Gelände. Beiden bin ich schon als kleiner Knirps hinterhergelaufen, um ihre Waffen zu begrapschen.

Wenn Esteban nicht mit Chan wegen einiger neuen Deals außer Landes wäre, hätte er mich jetzt unterrichtet.

Recht gut also. Angestrengt versuche ich mir ein Grinsen zu verkneifen. *Wenn ihr wüsstet, wie gut ich wirklich bin.* Doch ich werde einen Teufel tun und euch das direkt auf die Nase binden! Wer weiß, wozu dieses Überraschungsmoment noch gut sein wird.

Zu meinem Glück habe ich im Verein einen pensionierten Scharfschützen getroffen. Ben war ewig bei der Army und hat mich eines Abends im Verein einfach angesprochen. Wir fachsimpelten etwas über Waffen, womit er sich natürlich hundertmal besser auskennt als ich. Irgendwas hat er wohl in mir gesehen und hat mich eines Wochenendes zu sich eingeladen. Ben besitzt einen kompletten Schießstand in seinem Keller. Genau genommen besteht das halbe Untergeschoss aus einem Trainingsraum.

Wie oft habe ich dort ganze Parcours durchlaufen. Schießen, ducken, plötzlich aufspringende Gegner, das hat verdammt viel Spaß gemacht. Ich denke nicht, dass es legal ist, aber das soll nicht mein Problem sein. Somit würde ich mich deutlich besser als recht gut einschätzen. Ben tut das übrigens auch.

»Ich habe auch nichts anderes erwartet. Kann mich noch gut erinnern, wie du schon als kleiner Zwerg Esteban ständig angefleht hast, dir das Schießen beizubringen«, schwelgt Cesar plötzlich in Erinnerungen. Dabei zieht er sich den schwarzen Hut mit der breiten Krempe etwas tiefer ins Gesicht. *Wer setzt gegen die Sonne eigentlich einen Hut auf, wenn es dafür extra Brillen gibt?*

»Wir wussten damals schon, dass du ein guter Schütze wirst.«

In seiner Stimme schwingt fast eine Prise Stolz mit. Komischerweise freue ich mich darüber. Sollte es aber nicht. Dennoch hat sich die letzten fünf Wochen immer mal wieder diese kleine, warmherzige Seite, die ich von früher so gut kenne, aus ihrem Versteck gewagt. Davon darf ich gegenüber Mom aber nichts erwähnen, denn die flippt aus. Ihre ständige Angst, dass Cesar sein Versprechen nicht hält und mich nicht mehr gehen lässt, nervt mich.

Dylans Schwarzmalerei, seit ich am versprochenen Tag nicht zurückgekommen bin, geht mir übrigens noch mehr auf den Sack. Genervt schnaube ich auf, ringe mir aber ein leichtes Lächeln ab, als mir Cesars gerunzelte Stirn begegnet.

Ich fühle mich nicht bedroht. Zwar kaufe ich Cesar wenig ab, aber dass er mich wirklich liebt, das glaube ich ihm mittlerweile. Wenn ich ihm nichts bedeuten würde, hätte er niemals ohne eine einzige Diskussion die Verträge ändern lassen. Oder wieso konnte ich ihn umstimmen, Violet endlich unter Menschen zu lassen? Bald werde ich sie zu mir in die Wohnung holen, es ist nur noch eine Frage von Tagen oder Wochen, da bin ich mir sicher.

Die heimlichen Treffen und das ständige Rausschleichen aus ihrem Zimmer nerven mich. Zudem kreist immerzu die Gefahr über unseren Köpfen, entdeckt zu werden. Genauer gesagt über Landos Kopf.

Lachend schlägt Cesar mir auf die Schulter und deutet mir an, mit ihm einzusteigen. Wir fahren den gleichen Weg zurück, den ich vor zwei Stunden mit

Dairo gekommen bin. Danach war ich echt kräftig durchgeschüttelt und heilfroh, dass mein Frühstück dringeblieben ist. Mein Magen ist zwar immer noch flau, doch lässt mich nicht mehr ständig hektisch schlucken. Auf der zwanzigminütigen Fahrt bei Tempo hundert ist mir erst richtig bewusst geworden, wie weit sich das Anwesen überhaupt erstreckt.

Cesars Fahrer dagegen legt die Strecke zum Glück wesentlich entspannter zurück.

Es hat mir aber in die Karten gespielt, dass ich mit Dairo allein war, denn ich konnte ihn unauffällig etwas aushorchen. Somit weiß ich jetzt, dass in der kompletten Außenmauer in regelmäßigen Abständen Kameras und Bewegungsmelder verbaut sind. Alle vierzig Meter etwa trifft man auf Wachen mit Hunden, dazu stehen auch jederzeit flugbereit Drohnen herum. Man lebt hier wirklich in einer bewachen Festung.

Trotzdem gebe ich nicht auf, ich bringe Violet hier raus!

25. Violet

Als das warme Wasser meinen großen Zeh umspült, kann ich nicht mehr anders als einfach hineinzurennen. Zwei Meter weit nimmt die meerblaue Flüssigkeit beständig meinem Körper in Besitz, ehe ich komplett davon umhüllt bin.

Ein Zug, noch einer und ein Dritter. Ich schwimme. Ich lache. Die Anspannung weicht aus meinem Körper. Das Nervensystem, der lästige Rebell, ist wohl zum Hippie konvertiert. Nach zwanzig Minuten schwimmen verpisst sich auch still und leise die Verspannung im Nacken. Ich werde ruhiger, mein Verstand klarer.

Die drei Grazien hocken mit jeweils einem Glas in der Hand im Whirlpool und ich geselle mich dazu. Nati scheint sich in einen anderen Raum verzogen zu haben, denn ich kann sie nirgends entdecken.

Die Mädels quatschen über irgendeinen Lubin und dessen Bruder, aber die Namen sagen mir nichts. Deshalb höre ich nur mit einem Ohr zu, während ich so viel wie möglich von meiner Umgebung in mich aufsauge. Danach betrachte ich den schäbigen pinkfarbenen Nagellack auf meinen Fußnägeln. *Wie peinlich, der wird heute noch erneuert!*

»Hallo? Erde an Violet?« Eine Hand schiebt sich in mein Blickfeld, um vor meinen Augen umherzuwedeln.

»Sorry, ich war in Gedanken.«

Grinsend zieht Ines die Hand zurück. »Erzähl mal ein bisschen von dir«, fordert sie mich auf und streicht sich die nassen Haare aus dem Gesicht.

Drei Augenpaare sind jetzt auf mich gerichtet. Ich kann die Neugierde in jedem einzelnen Gesicht ablesen. Also beginne ich aus meinem Leben zu erzählen. Jedoch spärlich dosiert, denn diese Gloria braucht nicht alles über mich zu wissen. Da ich aktuell niemandem trauen kann, behalte ich die Tatsache, dass ich diesem Ort am liebsten schon letzter Woche den Rücken gekehrt hätte, erst einmal für mich.

»Du bist die Freundin von Elias?«, habe ich da plötzlich die Aufmerksamkeit der engelsblonden Grazie. Als diese sich in ihrem moosgrünen Bikini, der die Brüste abnormal pusht, zu mir vorbeugt, erkenne ich ein paar kleine, tiefe Narben auf beiden Wangen. Eva trägt fast die Identischen auf ihrer Stirn. Ich kann auch drei mein Eigen nennen. Eine tiefere hängt direkt mittig links unter meiner Lippe, die anderen beiden tummeln sich dafür kaum sichtbar am Haaransatz. Störende Überbleibsel von Windpocken.

Viele finden Narben ja charismatisch, ich bin hier das genaue Gegenteil. Ich liebe Makellosigkeit und hasse unästhetische Störenfriede wie Muttermale oder eben Narben. Leider wird jeder irgendwann mindestens einmal in seinem Leben von diesen Hässlichkeiten heimgesucht. Ich dagegen toppe alles, bin sogar noch so dumm und füge sie mir selbst zu. Deshalb ziehen mich ungeschundene Körper wohl auch magisch an. Eigentlich piksen mir Elias Tattoos auch schmerzhaft in die Augen, aber er hat sie eben.

Nachdenklich betrachte ich Glorias dunkelbraune, etwas zu buschige Augenbrauen. *Super, eine Möchtegernblondine.* Wieso müssen die immer so klischeehaft zickig sein? Aber es hat ja jeder eine Chance verdient. Deshalb dränge ich die Vorurteile, die mich ständig einnehmen, mal schön zurück in die Kinderstube meines Verstandes.

Um vielleicht doch noch Harmonie zwischen dieser Gloria und mir heraufzubeschwören, setze ich beim Bejahen ihrer Frage ein Lächeln auf. Schon im nächsten Moment bereue ich es aber sofort, da sie mich jetzt noch ausführlich zu mustern scheint. *Warum zieht sie gerade ihre Augenbraue so doof nach oben?* Ich muss wohl hinnehmen, dass wir keine Freundinnen werden.

»Wieso hockst du dann bei uns herum, anstatt in seiner Wohnung?«

Elias hat eine Wohnung? Okay, er muss ja irgendwo schlafen. Ich bin allerdings immer davon ausgegangen, dass er bei Cesar im Gästezimmer oder so wohnt. *Wieso hat er mir nichts davon erzählt?* Andererseits habe ich auch nie danach gefragt. Die Zeit, die wir zusammen sind, ist viel zu kurz, um über alles zu reden.

Meistens unterhalten wir uns über mich. Über meine Gefühle. Zumindest will Elias immer darüber reden, denn er hat wohl Angst um mich. Natürlich sagt er mir das nicht, aber er weiß einfach, wie schlimm allein sein für mich werden kann. Hier kann ich es mir weder aussuchen noch bietet sich die Gelegenheit zum Ablenken. Bis jetzt zumindest.

Auf meine Fragen bekomme ich sowieso keine richtigen Antworten. Wahrscheinlich will er mich damit einfach nicht belasten. Mir entgeht allerdings nicht, dass er mit seinen Gedanken oft woanders ist. Ich beruhige mich aber damit, dass er für unsere Flucht bestimmt Pläne schmiedet. Sicher könnte ich weiterbohren und mehr aus ihm herauskitzeln, doch ich möchte nicht streiten. Elias ist in letzter Zeit abnormal schnell gereizt. Zumindest bei gewissen Themen, die mich wohl nichts angehen.

Wieso hat er mir nichts von dieser Wohnung erzählt?

Es ist nur eine Wohnung, versuche ich mich zu beruhigen. Wahrscheinlich ist ihm die lieber, als bei Cesar zu wohnen. Wäre es mir auch. Dummerweise schwebt diese Wohnung jetzt wie eine Gewitterwolke über meinem Kopf. Ein Zimmer ist eine Sache auf Zeit, eine Wohnung ist etwas ganz anderes. Das kickt gegenwärtig enorm meine Laune.

»Ich weiß es nicht«, antworte ich ehrlich, will mir aber nicht die Blöße geben, dass ich von der Wohnung keinen blassen Schimmer habe. *Wieso weiß sie überhaupt davon?*

»Hast du eben nicht zugehört, dass die beiden sich immer noch nicht sehen dürfen?«, weist Milena diese Gloria zurecht und ich danke ihr mit einem Lächeln.

»Das ist ja alles sehr komisch«, murmelt Gloria und richtet ihren Dutt, aus dem bei jeder weiteren Kopfbewegung unzählige Haarsträhnen rutschen.

»Erzähl mal, wie ist er denn so im Bett? Ist er gut bestückt?« Sie kichert hinter vorgehaltener Hand. Die anderen beiden verdrehen, genauso wie ich es am liebsten tun würde, ihre Augen. Ich dagegen schlucke schwer, denn solche Fragen kenne ich nur von meinen Freundinnen und nicht einmal die beiden sind so direkt.

»Also … ähm … das ist ja alles relativ … oder nicht?«, erkläre ich und räuspere mich zweimal, während Glorias Grinsen sekündlich mehr von ihrem Gesicht einnimmt.

»Ach Schätzchen, macht dich das jetzt nervös?«, erkundigt sie sich mit einem frechen Lachen.

Ich widerstehe gekonnt dem Zwang, ihr einfach meine flache Hand in ihr angepinseltes Gesicht zu klatschen, damit sie damit aufhört.

»Bringt er dich denn wenigstens zum Kommen?« Demonstrativ gähnt sie dabei in ihre Handfläche. *Das wars, ich hasse dich, du elendiges hinterfotziges Stück. Was geht dich dumme Kuh das überhaupt an?*

»Jetzt lass Violet in Ruhe. Wenn sie nichts erzählen will, dann ist das eben so«, steht mir Ines zur Seite. Blondchen dagegen zieht eine Schnute. Ich jedoch beschieße sie mit Giftpfeilen und wünsche ihr so ziemlich alles an den Hals, was mein fantasievolles Gehirn gegenwärtig still hervorkramt.

Doch wer weiß, wozu diese Gloria noch gut sein wird. *Bleib freundlich, mach schon!* Mit einem maßlos gezwungenen Lächeln erzähle ich knapp, dass Elias mich fast immer zum Kommen bringt, was auch nicht gelogen ist. Ihre nächste Frage allerdings, in welcher Stellung es am schnellsten geht, zieht mir die Schuhe samt Socken aus. *Wie ich es hasse, von einzelnen Wörtern so vollkommen aus der Bahn geworfen zu werden!*

»Tja, wir … er … wir machen es mit der Hand oder dem Mund.« Während ich spreche oder eher erneut dumm herum stottere, bilden sich die ersten Falten auf ihrer Stirn. Gefolgt von sich weitenden Augen und einem sich öffnenden Mund.

»O Fuck«, höre ich von rechts.

Mein Körper nimmt diese schlagartig veränderte Stimmung wahr und schon stehen mir die feinen Härchen an den Armen zu Berge. *Was ist gerade passiert? Vielleicht hätte ich lieber meinen Mund halten sollen.*

Gloria grinst mir mittlerweile schon fast gehässig entgegen. »Aber ihr seid nicht beide noch Jungfrau, oder?«

Ich schüttle schnell den Kopf und plappere fahrig irgendwas von Elias Ex-Freundinnen, Ex-Flammen oder Ex-One-Night-Stands. Es waren einige, doch so genau wollte ich das nie wissen. Wahrscheinlich, um nicht noch eifersüchtiger zu werden.

»Alles andere hätte mich auch verwundert, denn wenn er eins nicht ist, dann ja wohl brav. Zumindest macht er nicht den Eindruck, wenn man sich näher mit ihm unterhält.«

»Wann hast du mit ihm gesprochen?«, frage ich verblüfft und mustere sie stirnrunzelnd. *War sie etwa in seiner Wohnung und weiß deshalb davon?*

»Das interessiert mich jetzt aber auch«, schießt Milena hinterher und wirft mir einen Blick zu.

Gloria lehnt sich genüsslich zurück, nippt in aller Seelenruhe an ihrem halb vollen Glas Saft und genießt unübersehbar die Aufmerksamkeit, die sie bekommt. Nach einem erneuten Nippen beginnt sie endlich zu sprechen. Gerade rechtzeitig, denn ich war kurz davor, dieses Miststück an den Haaren zu packen und unter Wasser zu ziehen. Es wäre sogar recht amüsant zu sehen, wie sie danach mit der ganzen Schmotze im Gesicht aussieht. Wahrscheinlich stellt sie sogar den Joker in den Schatten. Ich habe ja nichts gegen Schminke, aber ernsthaft, beim Schwimmen? Leider kann ich mir ein Augenrollen nicht verkneifen, doch sie scheint mich überhaupt nicht zu bemerken, sondern erzählt einfach weiter.

»Chan hat mich die Tage als Belohnung in den Gemeinschaftsraum mitgenommen und da war auch Elias.«

»Was für ein Gemeinschaftsraum?«, erkundige ich mich verwirrt und blicke in die Runde.

»Wir nennen ihn auch die Spielhölle«, fängt Ines mit Erklären an. »Da steht alles. Dart, Billard, Automaten mit Minispielen, Geldspielautomaten, Autorennen.«

»Ja genau«, übernimmt Gloria wieder. »Da hab ich halt etwas mit ihm gequatscht, denn Chan und ich hatten ein Battle gegen Elias und Sandra.« *Sandra?*

»Welche Sandra? Ich kenne hier keine Sandra«, kommt mir Ines unwissentlich zu Hilfe, denn ich wollte nicht danach fragen.

»Keine Perle, du Dummerchen. Die Schwester von Jeronimo.«

»O Gott, der Freak.« Milena lässt ein Schnauben hören. Es könnte nicht abfälliger sein.

Ich jedoch blicke baff von einem zum anderen. Vollkommen still, damit mir ja nichts entgeht, verfolge ich das Gespräch.

Gloria lacht. »Ja, da ist Chan ein Lämmchen gegen. Aber er will ja ohnehin nur Frischfleisch. Damit sind wir zum Glück vor ihm sicher. Aber Sandra ist eine Süße. Sie hat sogar Ähnlichkeit mit dir, Violet.«

Ähnlichkeit? Super, das sind genau solche Dinge, die man nicht hören will!

»Quatsch. Die hat komplett mexikanische Züge und außerdem ist sie im Gegensatz zu Violet schön gebräunt.«

Was bestimmt aufmunternd gemeint sein sollte, kickt mich jetzt vollends. *Treffen die beiden sich oder sind sie nur zufällig dort gewesen?* Allerdings meinte Gloria ja eben noch, dass diese Spielhölle ein öffentlicher Raum sei. Dort halten sich abends bestimmt viele auf und da läuft man einander eben über den Weg. Sicher will Elias auch Kontakte zu den anderen knüpfen, um jede Chance auszuloten. Hatte ich wirklich gedacht, dass er wie ich jeden Abend in seinem Zimmer sitzt? Ja, hatte ich.

»Jetzt ist aber auch mal gut«, wirft Ines in die Runde, stöhnt auf und drückt sich das Wasser aus den Haaren. »Es gibt ein ganz anderes Problem und das wisst ihr!«

Ich frage danach, doch wünsche mir sofort, ich hätte es nicht wissen wollen. Die Geschichte über Blutrituale, Jungfrauen und Blutwein dreht mir fast den Magen um. Bei jedem weiteren Gedanken daran zieht es ungesund. Übelkeit überfällt mich. *Unglaublich, dass die drei das auch mitmachen mussten.*

»Aber nicht so richtig, denn wir sind ja keine Jungfrauen mehr gewesen. Ein Stich in den Finger, ein paar Tropfen Blut, das war es schon«, meint Gloria unbeeindruckt.

»Violet, du darfst das niemandem erzählen, hörst du?«, redet Milena eindringlich auf mich ein. Ich nicke stumm, während ich meinen Daumennagel malträtiere.

»Wir halten auch unseren Mund.« Ines nickt mir mit zusammengepressten Lippen entgegen.

»Gloria, hast du gehört? Kein Wort an niemanden!«

Sichtlich genervt setzt sich die selbst ernannte Oberqueen auf und zerrt an ihrem Bikinioberteil herum. »Was macht ihr beiden denn so ein Fass auf? Sie ist Elias Freundin, die werden sich wohl kaum an ihr vergehen. Wenn sie nicht sicher ist, wer dann? Jetzt stresst hier nicht so rum!« Energisch winkt sie jede weitere Diskussion ab und steigt aus dem Becken.

»Sie könnte recht haben.« Nachdenklich fährt sich Ines mehrmals übers Kinn. Auch Milena nickt und schlürft dabei den Rest ihres Glases leer. Mir haben beide gerade wahnsinnige Angst eingejagt und ich kann kaum schlucken, geschweige denn meinen mittlerweile runzligen Körper aus dem Wasser befreien.

Das Letzte, was ich auf dieser Erde will, ist irgendwelchen Möchtegern-Spackos mein Blut zur Verfügung stellen ...

26. Violet

Vollkommen beflügelt und frei. So fühle ich mich. Nein, eigentlich nicht wirklich, aber irgendwie doch. Ich kann es schwer beschreiben. Irgendwo in mir spüre ich diese feine Brise an Freiheit, die mein Herz nicht ganz so bleischwer werden lässt. Oder andersherum, eher mein mühseliges Herz sanft schweben lässt.

Vielleicht mag es an den fast täglichen Ausflügen in den Spaßtempel der Perlen liegen, wie Nati den ganzen Bereich so schön nennt. Was immer dafür verantwortlich ist, ich nehme es dankbar an, denn mir steht es bis über den Kopf, deprimiert zu sein.

Ich bin dabei, mich für den Abend herzurichten, als Lando reinschneit.

»Hey Violet, sieh mal, was ich für dich habe.« Im Spiegel sehe ich, dass er ein dunkles Teil nach oben hält.

»Was ist das?«

»Komm her.«

Sein Grinsen ist dermaßen verräterisch. Sofort bin ich mir sicher, dass es nur etwas besonders Gutes sein kann. Mittlerweile kann ich Lando durch unsere ganzen Gespräche viel besser einschätzen. Er hat mir sogar vom Selbstmord seiner Mom erzählt. Vielleicht aber auch nur, da ich ihm von meiner Geburt erzählt habe, an der meine Mom gestorben ist. Für mich ist es ein Vertrauensbeweis gewesen.

Ich hätte ihn so gern nach dem Grund gefragt, doch wollte nicht zu aufdringlich sein, denn ich weiß selbst nur zu gut, wie man sich bei solchen Fragen fühlen kann. Mir schnürt es weiterhin trotz jahrelanger Therapie jedes einzelne Mal die Kehle zu. Ich befürchte zu ersticken, wenn ich auch nur einen einzigen Ton darüber in die Freiheit entlasse.

Die Schuld liegt schwer auf mir. Ohne mich wäre sie jetzt noch am Leben. Wie ungerecht, dass ein glücklicher Mensch gehen muss, damit ich hier in meinem Albtraum hausen kann. Gefangen in unerträglichem Zweifel und Schmerz.

Kein Recht, vollkommen glücklich zu leben, aber genauso wenig, um schuldlos sterben zu können. Sie gab ihr Leben für mich, und wenn ich meines beende, dann war ihr Tod vollkommen umsonst!

Ich weiß nicht, ob jemand überhaupt die Fähigkeit besitzt, sich diesen vernichtenden Kampf zwischen Verstand, Leib und Seele auch nur annähernd ausmalen zu können. Denn egal, wie ich mich entscheide, es wird immer falsch sein.

»Violet, alles gut?«, Landos Stimme reißt mich aus meinen Gedanken. Ich blicke mir im Spiegel entgegen, den Puderpinsel gegen die Wange gepresst. Schnell schenke ich seinem angespannten Gesicht ein flüchtiges Lächeln und erinnere mich wieder an das Teil in seiner Hand. Das hängt allerdings fest umschlossen zu Boden.

Hastig fliegt der Puderpinsel ein letztes Mal über mein Gesicht. *Mist, jetzt sehe ich voll fleckig aus, aber egal.* Damit muss ich jetzt leben. Außerdem ist es sowieso immer recht dunkel, das wird keinem auffallen.

Sorgfältig verschließe ich die Puderdose, lege den Pinsel in das dafür vorgesehene Kästchen und stehe auch schon vor Lando.

Mit weit aufgerissenen Augen und offenem Mund, als würde ich in einen Doppel Whopper beißen wollen, starre ich auf das schwarze Teil zwischen seinen Fingern. Ganz automatisch fliegt mir ein Grinsen ins Gesicht, das zu einem breiten Lächeln wird. Helligkeit überströmt meinen Körper. *Elias hat es wirklich geschafft!*

Mit aller Kraft versuche ich Lando das Teil aus den Fingern zu reißen, aber der Arsch macht einen Schritt nach hinten. Dabei hält er seine Hand noch ein Stück höher, sodass ich nicht mehr rankomme. Quengelnd hüpfe ich vor ihm herum. Dabei zerre ich an seinem Arm, doch keine Chance. Muskeln halten mich ab, treten stark unter seiner Haut hervor. Die Schlange, die sich um seinen Oberarm windet, hat gerade an Größe zugenommen. Sein Training scheint sich langsam auszuzahlen und kann sich sehen lassen.

Obwohl er seinen Arm schon wieder sinken lässt, verweilen meine Fingerkuppen noch einen kurzen Moment auf dem sanft schwindenden Muskelberg. Als hätte ich mich verbrannt, ziehe ich sie zurück. Lando scheint es nicht bemerkt zu haben. Lachend streckt er mir den MP3-Player entgegen. Aus der hinteren Hosentasche seiner löchrigen, schwarzen Jeans, fischt er noch kabellose Kopfhörer und übergibt sie mir feierlich, als handle es sich um einen besonderen Schatz. Für mich sind sie das wirklich.

Endlich kann ich mir die Zeit vertreiben, mich ablenken, Schlechtes kurzzeitig vergessen und mich von hier wegträumen. Musik ist mein Lebenselixier, genau wie tanzen.

Wie oft hat mir Granny die Geschichte erzählt, wie mein Körper sich eigentlich viel zu früh schon zu den verschiedensten Klängen bewegen wollte. Wie ich später elfenhaft den halben Nachmittag durch die

Wohnung geschwebt bin, bis ich in so eine Kindertanzgruppe gesteckt wurde. Sie hat es wahrscheinlich irgendwann nicht mehr ausgehalten. Wie oft hat sie lachend erzählt, dass ich am Ende jeder Stunde schon die nächste herbeigesehnt habe. Ich erinnere mich daran. Die Woche konnte einfach nicht schnell genug vergehen.

Seit knapp vier Jahren besuche ich regelmäßig eine Tanzschule. Mal bin ich voll euphorisch, dann schleppe ich mich wieder schwerfällig, komplett lustbefreit, hin. Depri zu sein kickt das eigene Leben so unsinnig.

Die Stöpsel landen sofort in meinen Ohren und ich drücke auf Play. *Was jetzt wohl kommt?* Die ersten sanften Klänge der Ukulele, die sich in meinem Gehörgang ausbreiten und das Trommelfell schwingen lassen, rufen eine Schneeschmelze meines gefrosteten Herzens hervor. Ich erkenne das Lied von BoyWithUke sofort wieder. Babydoll. Eine Erinnerung an die Nacht, als Elias das fünfte Mal bei mir übernachtet hat. Das erste Mal, dass wir uns richtig nähergekommen sind. Für mich ist es unser Lied, auch wenn der Text eigentlich etwas ganz anderes erzählt. Krass, dass er mir dieses Lied als Erstes aufgespielt hat, denn er weiß nicht, dass das für mich unser Song ist. Genau deshalb macht es mich umso glücklicher.

Unser Song ist ‚Hey Violet' von 7even7ins. Zumindest für Elias. Eigentlich süß. Irgendwie auch passend, doch mir fehlt die Verbindung. Die hat dafür wohl Elias.

Während mir die ersten Tränen aus den Augen kullern, blicke ich auf das jetzt verschwommene Display. 2876. Die Zahl brennt sich in meine Netzhaut und ich sacke jaulend wie ein Schlosshund auf den Boden.

»Hat Elias die ganzen Lieder darauf gemacht?«, frage ich nach mehreren Sekunden immer noch schluchzend, rappele mich aber langsam wieder vom Boden auf. Lando steht verstummt vor mir, heftig seine Hände knetend. Mit so einem Gefühlsausbruch hat er sichtlich nicht gerechnet. Scheint ihm unangenehm zu sein.

»Ja, hat er. Ich glaube, er saß die letzten drei Nächte daran.«

Am liebsten würde ich zu Elias rennen, ihn umarmen, küssen.

Wie ich es hasse, hier eingesperrt zu sein und mich nicht frei bewegen zu können! Ich weiß, dass er seit knapp zwei Wochen Cesar wegen der Musik bearbeitet. Jetzt hat er sich endlich durchgesetzt. Allerdings verstehe ich das Problem generell nicht. Wieso sollen wir keine Nachrichten von außen mitbekommen? Was würde das hier drin ändern? Für mich macht auch das Verbieten eines Fernsehers wenig Sinn, allerdings ist sich Elias sicher gewesen, dass er Cesar da nicht umstimmen kann.

Umso glücklicher bin ich jetzt über dieses schwarze kleine Kästchen in meinen Händen, das meinen Bauch mit kitzelnden Raupen füllt, die mich zum Lachen bringen.

Lando steht immer noch vor mir. Ich habe das dumpfe Gefühl, dass er noch etwas sagen möchte, deshalb stoppe ich die Musik.

»Ich muss mich noch umziehen«, sage ich, um ihn zum Reden zu bewegen. Die Haare lasse ich heute einfach so hängen. Sie sind frisch gewaschen, sehen ganz ordentlich aus und ein paar Bürstenstriche werden sie schon zum Glänzen bringen. Außerdem reicht mir für eine aufwendige Frisur die Zeit nicht.

»Eins noch. Die Stimmung ist heute etwas seltsam. Ich wollte dich nur bitten, alle Regeln zu befolgen.« Landos Miene ist ernst und ein Schatten huscht über seine Augen, als er sich am Arm kratzt.

»Was meinst du mit seltsam?«

»Ach, Esteban und Chan sind seit Kurzem wieder da, aber irgendwas lief nicht so, wie es sollte. Am Ende gab es eine Schießerei und jetzt sind alle recht aggressiv.«

»Eine Schießerei?« Ich schreie fast. »Ist jemand verletzt?«

»Ja, einer der Leibwächter musste daran glauben.«

Eine Kaltfront zieht unvermittelt über meinen Körper hinweg.

»Er … er ist t … t-tot?« Mit einer Hand klammere ich mich an der Stuhllehne fest, um mich dann langsam zu setzen.

»So wie ich gehört habe, ja.«

»Passiert das öfter?«

Landos Gesicht spricht Bände und eigentlich will ich überhaupt nichts mehr davon hören, denn Angst nimmt von mir Besitz. Riesengroße Angst. Sie scheint meinen Körper lahmzulegen, zum Zittern zu bringen. Ich wackele unkontrolliert mit meinen Beinen und starre dabei auf den cremefarbenen Teppich unter meinen Füßen.

Was, wenn Elias in eine Schießerei gerät? Bisher war er immer innerhalb der Mauern, aber wer weiß, vielleicht muss er sich wegen irgendwelcher Geschäfte mit anderen Gangstern oder Drogendealern treffen.

»Violet, alles okay?« Ich spüre Landos warme Hand auf meinem nackten Oberarm. Er bringt wenigstens an diese Stelle Leben zurück.

»Wenn Elias einmal in eine Schießerei gerät, wenn er …« Ich kann den Satz nicht zu Ende sprechen. Hektisch blinzle ich, um meine feuchten Augenwinkel zu trocknen, denn ich will mein mühsam aufgetragenes Make-up nicht zerstören.

»So darfst du nicht denken, damit ziehst du das Unglück ja regelrecht an. Immer schön positiv bleiben.

Es wird alles gut gehen.« Landos Hand beginnt meinen Oberarm auf und ab zu streichen. Es fühlt sich unendlich gut an, beruhigt mich, peitscht Wärme in meine Glieder und vertreibt die Starre, die mich befallen hat.

Positiv denken, Tz! Jeder scheiß Therapeut versucht einem solche Gedanken ins Gehirn zu pflanzen. Ich weiß, wovon ich rede, denn ich bin seit Jahren in Therapie. Mir gelingt es oft, sehr oft, aber ein ganzes Leben lang? Das ist einfach unmöglich.

Hoffentlich sind wir bald von diesem schrecklichen Ort hier weg. Dann muss er sich auch mit keinen gefährlichen Typen mehr treffen, gerät in keine Schießerei, ich bekomme keinen Herzinfarkt und kann beruhigter schlafen. So ist zumindest der Plan. Mein Plan. Nein, Elias Plan und meiner. Unser Plan.

Dann gibt es wieder uns. Nur noch uns. Ewig vereint!

27. Violet

Ines fällt mir sofort um den Hals. Nati steht schon wie ein Rennpferd mit den Hufen scharrend hinter ihr, um mich ein paar Sekunden später vollends am Einatmen zu hindern.

»Hey, ihr zwei, wollt ihr mich umbringen?«, rufe ich röchelnd und schiebe beide von mir. Doch ich habe Milena vergessen, die nun an Natis Stelle an mir klebt. Allerdings mit mehr Abstand, denn mit fünfunddreißig weiß man sich wohl zu benehmen.

Milena ist die Älteste von uns und die anderen Perlen durfte ich mittlerweile auch fast alle kennenlernen. Allerdings sind die nicht täglich in unserem Vergnügungspark, wie ich die Räume nenne. Die meisten haben irgendwelche Arbeiten zu verrichten. Genaugenommen alle, die kein Abendessen servieren. Was das genau für Arbeiten sind, weiß ich nicht, ich habe nicht danach gefragt, da es mich nicht sonderlich interessiert. Wahrscheinlich kochen, putzen oder so Dinge.

Es freut mich wahnsinnig, die drei so glücklich zu sehen.

»Violet, du weißt gar nicht, wie happy du mich machst. Wie hast du es nur geschafft, dass wir einen MP3-Player bekommen?«

Doch, das weiß ich nur zu gut. Genauso happy wie ich selbst bin, du kleines Musik-Girl.

»Beziehungen.« Lachend wische ich mir den Rest Feuchtigkeit von Natis Schmatzer mit dem Handrücken von der Backe.

»Jetzt muss ich nicht mehr ständig Lando anbetteln, dass er bei mir bleibt. Ich kann Musik hören wann ich will.«

Als ob du es nur deshalb willst. Natürlich redet sie absichtlich so laut, damit Lando es auf keinen Fall überhören kann. Ich mag die Art, wie die zwei sich necken. Wie erwartet springt er sofort drauf an.

»Super, dann hast du mich also nur benutzt?«

Sein Grinsen ist legendär und ich muss lachen, denn im Grunde benutzt Lando ja sie. So sollte es zumindest sein, wenn man sich den Regelkatalog durchliest, aber Lando ist dazu nicht fähig. Sicher hat auch er dunkle Seiten an sich, aber im Grunde ist er ein liebenswerter Kerl. Wenn man ihn eben sein lässt, wie er ist.

Nati schenkt ihm einen neckischen Augenaufschlag, dreht sich um und wirft dabei recht anzüglich ihre lange rotbraune Mähne über die Schultern. Ines und ich wechseln verschmitzte Blicke. Dabei unterdrücken wir erfolgreich unseren aufkommenden Lachanfall. Es ist schön, jemanden um sich zu haben, der sofort weiß, was man als Nächstes sagen will. Sie erinnert mich an Jade, denn mit ihr war das auch so.

Vergnügt schiebe ich meinen Servierwagen in den Sklavenraum und muss aufpassen, dass ich dabei nicht noch los pfeife. Meine Stimmung kippt allerdings schlagartig, als ich Elias sehe. Recht verkrampft sitzt er mit zusammengepressten Lippen da. Er sieht müde aus und verfolgt jede meiner Bewegungen.

Ich schicke ihm ein Lächeln, gefolgt von einem schnellen Luftkuss, um mich für den MP3-Player zu bedanken. Kurzzeitig werden seine Gesichtszüge weicher, die Mundwinkel kämpfen sich nach oben. Einen ganzen Wimpernschlag lang, bis sie die Kraft verlieren und wieder nach unten fallen.

Landos Worte schweben plötzlich drohend über meinem Kopf, als Elias den Zeigefinger auf seinen Mund legt. Mit einem kurzen Nicken signalisiere ich, dass ich ihn verstanden habe. Nichts sagen, nicht auffallen, einfach nur meine Arbeit erledigen. So blicke ich schnell zu Boden. Auch Ines, die mir etwas zuflüstert, antworte ich nicht.

Shit, vielleicht hätte ich die anderen warnen sollen. Ich Idiot hatte nur die Musik und ihre Freude im Kopf. Allerdings sind die drei schon länger hier und angespannte Situationen wird es bestimmt öfter gegeben haben. Außerdem hat Lando bei ihnen sicherlich auch etwas erwähnt. Also kein Grund, sich Vorwürfe oder Sorgen zu machen. Im Gegensatz zu mir sind die drei ja die reinsten Profis.

»Perle, würdest du endlich mal Wein einschenken?«

Oha, da brodelt wirklich was. Eigentlich nennt mich hier niemand Perle, denn Elias hat das untersagt. *Doch wieso kommt jetzt kein Ton über seine Lippen? Überhört er das absichtlich?*

Unruhig greife ich nach dem Rotwein, den Dairo immer trinkt. Schnell mache ich mich auf den Weg zu ihm. Ein ohrenbetäubender Knall, der durch den Raum peitscht, lässt mich zusammenfahren, als ich neben ihm stehe. Über seinem mit echten Diamanten verzierten Becher halte ich inne. Ein paar Tropfen rinnen schon an der Außenseite hinab. *Spinnt der? Warum drischt er so auf den Tisch ein?*

»Will ich Rotwein?«, blafft mich Dairo an und schießt dutzende Pfeile auf mich.

»Ich dachte …«, beginne ich zu stammeln. Dabei blicke ich zu Elias, der mit Cesar den Raum verlässt. *Echt jetzt?* Mal wieder im unpassendsten Moment. *Soll ich nach ihm rufen*? Andererseits will ich mir nicht noch mehr Feinde machen.

»Hey, hier spielt die Musik«, zischt Dairo, also blicke ich ihm direkt ins Gesicht. Zumindest hoffe ich, dass es eine Aufforderung war ihn anzusehen.

Wenn er nicht ständig so grimmig durch die Gegend laufen würde, könnte er echt hübsch sein. Aber so verschreckt er ja alle Frauen, denn wer will schon so einen Griesgram neben sich. Dann dieser schreckliche dunkle Vollbart, der das halbe Gesicht verdeckt. *Ob der sich wohl so struppig anfühlt, wie er aussieht?* Mein Blick fällt auf seine lange, breite Goldkette, die bis zur Mitte seiner Brust reicht. Ohne Anhänger und natürlich hat auch er die halben Knöpfe seines beigefarbenen Leinenhemdes geöffnet. *Echt ein scheiß Brauch!*

Zum Glück macht Elias da nicht mit. Aber er hat ja ohnehin immer nur Shirts oder Pullover an. Ich wäre gern ein kleiner Spion in Cesars Kopf, um zu wissen, ob ihn Elias Kleiderwahl innerlich zur Weißglut treibt. Denn allem Anschein nach könnte hier schon ein Dresscode herrschen. Halb bis zum Bauchnabel aufgeknöpfte Hemden.

»Was ist so lustig?« Aus den Pfeilen ist gerade eine einzelne Kugel mitten ins Herz geworden. Vielleicht denkt Dairo ja, ich lache über ihn. *Wie biege ich das nur wieder hin?*

»Sorry, ich war in Gedanken. Was möchtest du denn trinken, Parce?« Braver hätte das wohl niemand hinbekommen.

Natürlich will er heute Weißwein. Gerade heute. Sonst nie. *Arsch!* Wahrscheinlich sucht er einfach nur Ärger.

Also beeile ich mich, die Weißweinflasche vom Wagen zu holen. Immer noch schwer darauf bedacht, nicht umzuknicken, stolziere ich mit meinem charmantesten

Lächeln auf ihn zu. Doch ich kann ihm heute keine nette Geste entlocken.

Dafür hält er mir seinen Becher entgegen. Als ich einschenken will, schüttelt er energisch seinen Kopf.

»Leck den erst mal sauber!«

Leck doch selbst! Als ob die zwei dünne rote Spuren stören würden. *Elias, jetzt ist ein guter Zeitpunkt zurückzukommen, wo auch immer du steckst.* Das Schicksal hat mich in letzter Zeit nicht so gern und ist auch gerade kein Fan von mir. *Machen oder queer stellen?* Im Sekundentakt wäge ich beide Möglichkeiten gegeneinander ab, überlege, was mir wohl mehr Ärger einbringt …

Demonstrativ mit den Augen rollend, reiße ich Dairo den Becher aus der Hand und suche nach den Überbleibseln des Rotweins. Mit der Zungenspitze lecke ich bewusst langsam die fast schon angetrocknete rote Spur weg. Dabei lasse ich ihn nicht aus den Augen.

Du magst spielen? Bitte schön! Du willst mir Angst machen? Vergiss es!

Der Anflug seines Lächelns ist wegen des Bartes kaum zu erkennen, trotzdem bemerke ich es. Als auch die andere Seite sauber ist, knalle ich den Becher wieder auf die Tischplatte und schenke den Weißwein ein. Mein Blick trifft auf Chan, der in seinem weißen Hemd mit verschränkten Armen mir fast trotzig entgegenblickt.

Mit beiden Krügen mache ich mich auf zum nächsten, als Elias und Cesar wieder zurückkommen. Zuallererst schenke ich Jeronimo ein, der sich mit einem knappen Nicken bedankt. Mehr kann man heute wohl nicht von ihm erwarten, aber immerhin bedankt er sich. Ich betrachte beim Vorbeigehen seine tief bronzene Haut, auf der wie immer dieser besondere Schimmer liegt. Ein andermal frage ich ihn nach seiner Bodylotion, denn ich will auch so schimmern. Nur meine Angst hindert mich daran. Ja, ich habe voll Schiss vor ihm, denn Elias, Lando und die Mädels haben mir zu viele Schauergeschichten erzählt. Dubioser Weise sieht Jeronimo von allen am nettesten aus. Dieser typische nette Psycho von nebenan.

David winkt ab, als ich ihm Wein einschenken will und greift zu der Wasserflasche auf dem Tisch. Er wirkt sichtlich geknickt. Mich verwundert auch etwas die schwarze Sonnenbrille in seinem Gesicht. *Sieht der damit überhaupt was?* Am liebsten würde ich ihm tröstend durch seine Korkenzieherlocken streichen, lasse aber meine Finger bei mir. Immer wenn es mir besser geht, meine Psyche einen Höhenflug veranstaltet, verspüre ich dieses fast schon zwanghafte Bedürfnis, mich um andere zu kümmern. Total verrückt, denn an anderen Tagen interessieren sie mich einen feuchten Dreck.

Zum Glück habe ich so verständnisvolle Freundinnen. Wenn ich mich mal wieder eine Woche lang einigle und kaum ein Wort herausbekomme, sind sie nicht sauer. Wir bleiben Freundinnen. Selbst in der Schule bin ich ein verstummter Pantomime, der sich nicht mal mit den Händen erklären kann. Meine Lehrer wissen auch alle bestens Bescheid. Granny war diejenige, die meine Probleme offen angesprochen hat, obwohl ich sie zuerst angefleht hatte, den Mund zu halten. Nicht auszudenken, wenn Mitschüler davon Wind bekommen würden. Wobei ich für viele sowieso schon der Freak bin. Aber auf Hänseleien habe ich keinerlei Lust. Die Lehrer scheinen aber dichtzuhalten.

Mittlerweile sind sie schon richtige Spürhunde geworden und erschnuppern wohl bereits meine Launen. Natürlich leidet darunter meine Mitarbeitsnote, aber es gibt Schlimmeres. Nur auf dem College wird das noch mal eine Herausforderung, denn dort interessiert das niemanden. Entweder ich funktioniere oder eben nicht.

Gerade will ich Chans Becher füllen, aber zucke reflexartig zurück, als er nach meiner Hand greift.

»He!«, schreie ich aufgebracht und zerre an meinem Arm, sodass der Rotwein überschwappt und über Chans Handrücken läuft. Erschrocken verstumme ich und einzelne Schweißperlen treten auf meine Stirn. Gerade bin ich froh, dass nur so ein dünner Stofffetzen an meinem Körper hängt, denn sonst wäre ich bald überall nass geschwitzt.

»Habe ich was falsch gemacht?«, frage ich vorsichtig und blicke schnell auf seine schwarzen Sneaker. Doch der Arsch ignoriert mich einfach. Anstatt einer Antwort nimmt er mir den Krug aus der Hand. Zum Glück scheinen die letzten Tropfen vor ihm zu fliehen, denn sonst wäre sein schickes weißes Hemd rot besprenkelt. Das hätte er sowas von verdient, aber am Ende wäre es bestimmt meine Schuld gewesen.

»Hey Elias«, ruft Chan, meinen Arm immer noch fest im Griff. Auf Elias Gesicht zieht eine Sonnenfinsternis herauf und Chan wirkt einen kurzen Moment unsicher. Zumindest lockert sich sein Griff.

»Was soll das, Chan?« Schlagartig herrscht Stille.

»Könnte ich dich fragen!«, schreit er so laut, dass es alle hören können.

Mein Blick huscht zu den Mädels, die jetzt nicht mehr dumm auf den Boden starren, sondern ebenso überrascht herübersehen.

»Lass sie sofort los!«, brüllt Elias und steht auf. Drohend stützt er sich mit den Händen auf dem Tisch ab. Das Geschirr klappert unter der Wucht. Seine Körperhaltung zeigt wohl Wirkung, denn sofort fällt mein Arm Richtung Boden und hängt schlapp links an meinem Körper. Erleichtert atme ich aus. Automatisch reibe ich mir die leicht gerötete Stelle. *Soll ich einfach abhauen und dem nächsten einschenken?* Aber Elias Worte nageln mich an Ort und Stelle fest. *Hat der sich eben wirklich bei Chan bedankt oder treiben sich plötzlich Trugbilder in meinem Kopf herum?*

Das Gleiche muss auch Chan denken, denn er lacht aus vollem Hals. Julio, der neben ihm sitzt, kann sich auch kaum halten. Auch wenn er Elias Halbbruder ist, wird er mir von Tag zu Tag unsympathischer.

»Wieso lachst du jetzt?«, rutscht es mir giftig heraus, verstumme jedoch sofort. *Ahhh, verflucht.* Schnaufend presse ich meine Lippen aufeinander, um bloß die Klappe zu halten.

»Sorry, ich kann nur lachen, wenn dein Freund so eine Pussy ist«, ruft Julio feixend über den Tisch. »Was bedankst du dich denn jetzt, so pussyhaft?«, versucht er Elias herauszufordern. Es macht ihm Spaß, das weiß ich genau. Alle wissen, dass er liebend gern an Elias Stelle wäre und deshalb gegen ihn schießt. Mehr als einmal hat Elias vorgeschlagen, Julio das Geschäft zu übergeben, aber keine Chance, da beißt er regelrecht auf Granit. Cesar ist aber auch so stur.

Kopfschüttelnd sitzt Elias da, jedoch dringt kein Wort aus seinem Mund. Manchmal prescht es zwar monstermäßig aus ihm heraus, aber überwiegend hat er wohl Cesars ruhige Art geerbt. Vielleicht ist er in seinen Augen deshalb auch der Richtige für den Posten. So einem Hitzkopf wie Julio kann man kaum das Sagen überlassen.

»Wie mir zu Ohren gekommen ist, hast du uns etwas sehr Wichtiges verheimlicht, ELIAS!«, schreit Chan und zieht seinen Namen bedeutungsvoll in die Länge. Dabei wird jeder Buchstabe scharf betont.

»Und was soll das sein?« Er hat keine Ahnung, ich sehe es in seinem Blick. Jetzt bin ich aber mal gespannt, womit Chan wieder Unruhe stiften will. Hat er sich vielleicht sogar mit Julio verbündet?

»Diese wunderhübsche JUNGFRAU hier neben mir?!«

Bei jedem einzeln betonten Buchstaben verstärkt sich der Druck auf meinen Magen. Ich erstarre. Das Schlucken fällt mir schwer und Schweißperlen tanzen in meinem Nacken. *Woher weiß Chan davon?* Die Erzählungen von Ines und Milena nehmen in meinem Kopf Gestalt an, verspinnen sich zu Schauergeschichten. *Nein, nein, nein, nein!*

Voller Sorge auf das Kommende blicke ich zu den beiden. Ines hat kopfschüttelnd ihre Hände vor den Mund geschlagen und Milena kaut auf ihrem Daumen herum. Nati dagegen sieht aus, als wäre ihr die Eiskugel von der Waffel gerutscht. Von links und rechts dringt Raunen und Gemurmel, vermischt mit einzelnen Rufen, an mein Ohr. Ich höre nur Rauschen. Mehr verstehe ich nicht, nur wildes Rauschen. Vorsichtig wage ich einen Blick zu Elias. Ihm tanzen dutzende Fragezeichen im Gesicht herum. Er weiß mit Chans Worten anscheinend nichts anzufangen. Cesar dagegen stiert mit verschränkten Armen wie ein Gott der Unterwelt in die Runde, finsterer geht es kaum. Anschließend flüstert er Elias etwas ins Ohr und dessen Miene gefriert innerhalb von Sekunden. Als hätte ich einen Fehler gemacht, durchbohrt er mich, wirft Unbehagen auf mich und zerrt an meinem Gewissen. *Kann es wirklich sein, dass Elias von den Ritualen überhaupt nichts wusste?*

Cesar hebt beschwichtigend die Hände, während ich bebend in die Runde starre. Hätte ich nicht machen sollen, denn alle glotzen mich an. Das zwingt meinen Körper zu noch heftigeren Erschütterungen.

»Jetzt beruhigen wir uns alle wieder. Das Essen wird kalt.« Seine Stimme erinnert mich an das Schnurren einer Katze und genauso verwirrt starre ich ihm wohl entgegen. *Was ist hier heute nur los?*

»Violet, wenn du die restlichen Becher bitte auffüllen würdest?«, weist Cesar mich an.

Sogar ein bitte, wow! Schnell schnappe ich mir die beiden Krüge. *Endlich weg von diesem ekligen, verdorbenen Chan.* Als ich neben Elias stehen bleibe, umschließen seine erhitzten Finger meine eiskalte Hand und pumpen etwas Leben in mich.

»Keine Angst. Ich weiß nicht, was das alles zu bedeuten hat, aber ich kläre es! Entspann dich, dir passiert schon nichts.«

Ahhh! Da hat einer die Ruhe mal wieder mit Schöpflöffeln in sich reingeschaufelt!

Fast schon elektrisierend streichen seine kratzigen Lippen über meinen Handrücken und ich bade in diesem hauchfeinen Schmerz. Ein Kuss, der in Lichtgeschwindigkeit durch meinen Körper rauscht, die Pumpe zu einem teuflisch schnellen Tanz auffordert und meine Mundwinkel zu einem Lächeln zwingt.

Doch meine Stimmbänder liegen in Ketten. Lahmgelegt von schaurigen Bildern, die unentwegt in meinem Gehirn herumspuken und sich nicht vertreiben lassen. Als ich meiner panischen Angst nach einem schier endlosen Kampf endlich Einhalt gebieten kann, zwinge ich mich, einen Fuß vor den anderen zu setzen. Dabei überfällt sie mich erneut.

Denn im Gegensatz zu Elias weiß ich, was alles auf mich zukommen könnte. Ich stecke schon mitten im blutigsten Film meines Lebens.

28. Elias

Vollkommen erschöpft lehne ich mich gegen die weich gepolsterte rote Rückenlehne meines Throns. Einfach kurz die Augen schließen und den Stress der letzten Tage davonziehen lassen. Wie kann man nur von einer Scheiße in die nächste rutschen? Ich habe mich eigentlich nur noch auf das Essen und mein Bett gefreut.

Das Treffen mit zwei von Cesars Informanten hat mich alle Nerven gekostet. Solche aufgeblasenen Möchtegern-Cops. Dann ständig ihr dummes Gefasel von Recht und Ordnung. Pah, dass ich nicht lache. Wenn die so hinter Recht und Ordnung her wären, würden sie sich wohl kaum kaufen lassen.

Andererseits war es gut, mal rauszukommen, Erinnerungen aufzufrischen. Es kamen tatsächlich einige hoch. Lustigerweise habe ich mich zuerst an die entblößten Skulpturen auf dem Plaza de las Esculturas in der Altstadt erinnert. Penisse in verschiedenen Formaten. Nackte, fettleibige Körper, dicke Hintern und große Brüste. Dreiundzwanzig Bronzeskulpturen des Künstlers Fernando Botero. Das weiß ich seit heute.

Bisher kannte ich nur die Skulpturen, an denen mich Mom früher immer vorbei gezerrt hat, da ich keine Lust auf ihre ausladenden Shoppingtouren hatte. Auch an die Kathedrale habe ich mich noch gut erinnert. Mom ist oft dort gewesen um zu beten. Ich bin neben ihr herumgelungert oder durch die Bänke geschlichen, getrieben von Langeweile.

Genug mit der Vergangenheit.

Angestrengt versuche ich in dem ganzen Stimmenwirrwarr einzelne Worte herauszufiltern, um zu verstehen, worüber hier so hitzig diskutiert wird. Es ist mir unmöglich, denn alle reden durcheinander. Sogar die Lautstärke erhöht sich ständig. Irgendwann ist es nur noch ein einziges Gebrüll. Anteilnahmslos sitze ich dabei und massiere meine Stirn. *Ein Tag nur ohne diese verfickten Kopfschmerzen!*

»Ruhe jetzt!«, brüllt Cesar in den Raum und augenblicklich herrscht fast schon bedrückende Stille. *Endlich, das war ja kaum auszuhalten!*

Chan, das bockige Kind, starrt mir immer noch feindselig entgegen und hat, wie es aussieht, in Julio einen Verbündeten gefunden. Können mich anscheinend beide nicht leiden. Tja, Freunde, da geht es euch wie mir, denn meine Sympathie für euch liegt weit unter dem Gefrierpunkt.

»Cesar?« Ich warte immer noch auf seine Erklärung, die er mir versprochen hat. Jetzt wird es langsam mal Zeit. Als er allerdings zu sprechen beginnt, kann ich meinen Ohren nicht trauen.

Was soll das Gefasel über Blutrituale? Als ob man mit dem Blut einer Jungfrau besondere Stärke und Gesundheit erlangt. Und was labert Esteban für einen Bockmist? Als ob junges Blut die Zellen vor dem Altern bewahrt, genau! Haben die sich auf Koks zu viele Dracula-Filme reingezogen und sind drauf hängen geblieben oder was stimmt mit denen nicht?

Ungläubig starre ich in die Runde, aber keiner lacht oder verzieht annähernd den Mund zu etwas, was ich als Grinsen deuten könnte. *Meinen die diese Scheiße etwa ernst?* Davon hätte mir Mom doch erzählt. Oder nicht? Vielleicht wollte sie mich auch nicht komplett verschrecken. Oder sie weiß davon überhaupt nichts.

Ich lache. Ich lache so laut ich kann. Ich lache, um das für mich vollkommen Unwirkliche ins Lächerliche zu ziehen. Damit es sich leichter anfühlt. Ich lache immer noch in der Hoffnung, dass jemand einstimmt, mir beichtet, dass alles nur ein Scherz ist und man mich nur veräppeln wollte oder schocken oder was auch immer. Ich werde dann lachend entgegnen, dass sie es geschafft haben. Doch nur meine eigene Stimme hallt laut durch den stillen Raum, prallt an den Wänden ab und wird auf mich zurückgeworfen. Alle Augenpaare ruhen auf mir. Die Ersten runzeln ihre Stirn, als überlegten sie, ob ich verrückt geworden bin.

»Ist er jetzt übergeschnappt?«, dringt da schon eine Stimme an mein Ohr, von wem auch immer. Daraufhin herrscht mich Cesar an, endlich mit diesem dummen Gelache aufzuhören. Ich verstumme augenblicklich. Mit einem festgetackerten Kloß im Hals blicke ich in jedes einzelne Gesicht, das mich gerade anglotzt. Mehrmals schlucke ich schwer, ehe ich meine Stimme wiederfinde.

»Das ist ein Scherz, oder?«, werfe ich in die Runde und strecke den Rücken durch. Als Esteban den Kopf schüttelt, greife ich nach meinem goldenen Becher mit dem aus Diamanten eingelassenem E und schütte hastig den restlichen Wein in mich hinein. *Kann mich mal jemand aufwecken?*

»Wer kommt auf so einen kranken Mist?« Immer noch von einem zum anderen blickend, balle ich die Fäuste und stehe auf. Meine Arme zittern, nein, mein ganzer Körper bebt, denn am liebsten möchte ich dieses Schwein verprügeln, ihm diese kranken Gedanken aus seinem Hirn treiben.

»Dein Großvater.«

Zack, das saß! Wenn die Worte mir nicht aus dem Mund meines Erzeugers um die Ohren geflattert wären, hätte ich dem Lügner jetzt anstandslos die Fresse poliert.

Das kann nicht sein! Er war so liebevoll und herzlich. Wir haben ständig Verstecken gespielt und er hat mich immer erschossen, wenn er mich gefunden hat. Natürlich nicht wirklich. Mit meiner Kinderpistole, die ich zu Weihnachten bekommen hatte. Von Nahem haben die Schaumstoffgeschosse auf meiner nackten Haut ordentlich gefetzt.

»Was?«, stammle ich und lasse mich zurück auf den Sitz sinken. »Aber … nein … Abuelo war doch …«, stammle ich vor mich hin und spüre eine unbändige Wut in mir.

»Ich mach diese Scheiße nicht! Niemals! Ihr könnt mich alle mal!«

Wütend greife ich nach dem Nächstbesten, das ich zu fassen bekomme, und werfe es durch den Raum. Es war mein Becher. Ein paar Steine sind beim Aufprall auf dem Boden abgefallen. Vermute ich. Zumindest glitzert der Boden an manchen Stellen.

Schlagartig herrscht Stille im Raum und ich höre Cesar nur meinen Namen ausspucken! *Wieso lacht er jetzt?*

Als ich allerdings meinen Kopf drehe, sehe ich, dass nicht Cesar lacht, sondern Julio. Erst jetzt wird mir bewusst, wie ähnlich ihre Stimmen klingen.

»Und dieses Weichei soll wirklich über alles bestimmen und uns anführen? Vater, du solltest dir das noch mal gründlich überlegen!«

Dieser kleine Schmarotzer nennt mich nicht noch einmal Weichei! Erschrocken bemerke ich jedoch, dass ein paar der Umstehenden nicken.

»Julio«, schneidet Cesars Stimme das Grinsen aus allen Gesichtern und auch die Kopfbewegungen gefrieren. »Elias muss sich erst an alles hier gewöhnen.«

Am liebsten würde ich seine Hand abschütteln, die er gerade auf meiner Schulter platziert. Sie drückt mich unangenehm auf meinen Platz. Krampfhaft versuche ich mich auf die nachfolgenden Sätze zu konzentrieren, die jede Schutzbarriere zu meinem Gehirn durchbrechen und alle schönen Erinnerungen zu überdecken versuchen. *Hätte ich bloß nie etwas davon gehört!*

Mittlerweile sitze ich schlaflos in einem der Korbstühle auf meinem Balkon. Es ist weit nach Mitternacht. Mein drittes Bier in der Hand blicke ich in den mit Sternen behangenen Nachthimmel. Ein fast symmetrischer Kreis bringt die gesamte Umgebung unter mir mit seinem goldenen Licht zum Strahlen. Er scheint so nah, dass ich ihn berühren könnte, würde ich nur etwas meinen Arm ausstrecken. *Ab jetzt hasse ich Vollmonde.* Wer kann ihnen noch etwas abgewinnen, nachdem er von solch blutigen Ritualen gehört hat. Wieso soll ich an einem Ritual teilnehmen, wenn ich hier nicht aufgenommen werden will? Gezwungenermaßen beuge ich mich Cesars Willen. Wozu um alles in der Welt also dieses Ritual?

Nicht mit Violet! Niemals! Keiner dieser Idioten wird sich an ihr oder ihrem Blut vergehen, keiner! Sie gehört mir allein und nur was ich erlaube, wird mit ihr gemacht!

Meine Hand ballt sich um die Flasche. Mein Puls rast. Anspannung überfällt meinen Körper, er zittert. Etwas kriecht aus einer tiefen verborgenen Höhle und klettert mein Rückgrat hinauf, um mir Hallo zu sagen.

Dafür mach ich euch alle fertig, jeden Einzelnen!

Violet und ich werden morgen die Nacht zusammen verbringen. So wurde es unter Protesten fast aller anderen von Cesar angekündigt. Das erste Mal nur wir zwei, ganz offiziell, ohne ein Versteckspiel. Ich sehe sie vor mir. Leuchtende Augen, geöffneter Mund, ein helles Jauchzen. Doch ihre Freude wird nur so lange andauern, bis sie den wahren Grund erfährt. Der Magen schmerzt, denn mein Gewissen legt sich auf die Schleimhäute, als hätte ich etwas Ätzendes verschluckt.

In drei Tagen ist Vollmond und dann wird das Ritual vollzogen. Ein Ritual, das sich mein Großvater ausgedacht hat. Hoffentlich sind so abnormal kranke Gedanken nicht vererbbar. Wobei die Gedanken allein ja nicht das wirkliche Problem sind. Die Gefahr liegt darin, dem Drang nachzugeben. Ich weiß genau, dass auch in mir etwas schlummert. Noch kann ich es kontrollieren, doch es lugt immer öfter hervor. Dieses Ungetüm.

Hastig greife ich zu dem kleinen goldenen Kreuz, das um meinen Hals baumelt. »Herr, gib mir die Kraft, alles zu bewältigen und standhaft zu bleiben. Ich flehe dich an, hilf uns, hier wegzukommen. Hilf mir … ich zu bleiben.«

In drei Tagen werde ich Violet so wahnsinnig wehtun, wie ich es nie für möglich gehalten hätte. Jetzt schon hasse ich mich dafür.

Meine Ellbogen auf den Knien abgestützt, die Stirn in den Händen vergraben, so sitze ich da und blinzle mehrmals meine feuchten Augen trocken. Wenn ich nur mit jemandem darüber reden könnte. Aber mit wem? Mom kann ich vergessen, die kommt noch hergeflogen. Und Dylan kann ich mir auch abschminken, der versteht jetzt schon die Welt nicht mehr. Ich denke er ist sauer auf mich, da ich nicht zurückkomme. Noch nicht.

Keine Ahnung, ob ich das alles schaffe. Habe ich mich so im Griff?

Der Rest der mittlerweile warmen Flüssigkeit wandert meine Speiseröhre hinab und ich stelle die Flasche auf dem kleinen runden Tisch neben mir ab. Oder finde ich einen Ausweg aus dem ganzen Mist?

Ich muss mich zusammenreißen, ihretwillen. Violet darf von dem Ritual nie erfahren, niemals! Doch wer sollte ihr schon davon erzählen, außer ich selbst. Werde ich es mit meinem Gewissen ausmachen können oder vor Schuldgefühlen irgendwann alles beichten? Falls es so kommen sollte, wird sie mich dann verstehen? Wird Violet begreifen, dass ich es nur ihretwegen getan habe? Tun musste?

Zitternd greife ich erneut nach der Kette und die Kanten des Anhängers schneiden sich erbarmungslos in meine Handfläche und Finger.

Diese abartigen Rituale würde es nicht geben, wenn ich hier das Sagen hätte!

[illegible] gesagt habe.
[illegible] Insel [illegible] wurde,
an deine [illegible] nie erfahren, niemals. Doch was
[illegible] außer den [illegible] Wer
[illegible] Gewissen [illegible]
oder [illegible]
Falls es so kommen sollte, wird sie mich dann zurück-
[illegible] Vorwürfe [illegible]
[illegible] haben? [illegible]

Zitternd erzähle ich erneut nach der Karte und die
[illegible]
[illegible]

Dieser [illegible] Kilometer, [illegible] es nicht gibt,
[illegible]

29. Violet

Heute ist Freutag, wie Ines so schön sagt, denn freitags treffen sich die Perlen immer im Vergnügungstempel. Zumindest diejenigen, die darauf Lust haben. Da ich bei größeren Menschenansammlungen überwiegend mit meinen Körperempfindungen beschäftigt bin und Vio, der Miesepeter, mir zu oft den letzten Nerv raubt, habe ich mich bisher ferngehalten.

Allerdings ist mir das heute egal, denn der Abend war die reinste Katastrophe. Alle Gefühle, die ein Körperkonstrukt ausschütten und empfinden kann, trampeln wie wildgewordene Elefanten durch meine Nervenbahnen. Ich bete stumm, getrieben von der Angst, einfach zusammenzuklappen. Allein die Vorstellung, jetzt noch in Isolationshaft auf diesem dummen Zimmer herumzuhocken, treibt mich an den Rand des Wahnsinns!

Vio und ich sind heute ausnahmsweise mal einer Meinung und haben ein Date mit dem zuverlässigsten Helferlein, das ich kenne. Ein Meister seiner Art, der es immer schafft, meine strafenden Gedanken in Watte zu packen. Zeitgleich lässt er so zielsicher wie eine Barreta, was Elias Lieblingswaffe ist, das Gejammer von Vio verstummen. Ja, am Freutag gibt es im Vergnügungstempel Alkohol. Nichts wie hin!

Insgeheim hoffe ich auch, dass Gloria, diese dreckige Verräterin, auftaucht, denn wir beide haben ein ernstes Wörtchen miteinander zu reden.

Mit Landos Schritten mitzuhalten, bereitet mir wirklich Mühe, dabei ist er, was das Gehen betrifft, wirklich entspannt. Als er kurze Zeit später meine Tür öffnet, bitte ich ihn zu warten. Mit bis in die Stirn gezogenen Augenbrauen lehnt er in seinem silbrig glänzenden Hemd am Türrahmen. Irgendjemand hat kleine lilafarbige Karos darauf gespuckt und findet das wohl modisch. *Wieso trägt er eigentlich ein Hemd?*

»Sag mal, hast du ein Date?«, frage ich neugierig. Dabei beiße ich mir grinsend auf die Unterlippe.

»Wie kommst du denn darauf?« Landos Blick ruht auf mir, vollkommen relaxt, doch die Hände sind in seiner schwarzen Jeans vergraben. *Ohne Löcher!*

»Du siehst so schick aus.« Mit zur Seite geneigtem Kopf mustere ich ihn genauer, aber weiter fällt mir kein Unterschied auf.

»Kein Date, ich muss nur noch mal weg.«

Mehr Details scheinen mich nichts anzugehen.

»Ich gehe heute auch hin«, entgegne ich seiner hochgezogenen Augenbraue, als ich meinen Badeanzug aus dem Schrank krame und in die Tasche stopfe.

»Oha, Violet wird langsam erwachsen«, neckt er mich.

Als ich mit meiner Badetasche bewaffnet an ihm vorbei will, baut er sich im Türrahmen auf. Oder er versucht es zumindest, denn so breit ist er trotz des Trainings noch nicht. Stattdessen huschen gehetzte Augen unruhig über mein Gesicht. Nachdenklich zieht er die Unterlippe in den Mund.

»Vi, was ist los?«

Hä? Meine Stirn könnte nicht runzliger sein, doch mein Körper, der wohl selbstständig das Feuer machen erlernt hat, überzieht sich mit himmlischer Wärme.

»Seit wann nennst du mich Vi?«, frage ich lächelnd.

»Seit heute? Du hattest es mir letztens angeboten.« Er wirkt überrascht.

Das hatte ich tatsächlich, denn meine beiden Freundinnen nennen mich auch immer nur Vi. Ines und Nati können sich das allerdings nicht merken, die hängen wie so Junkies auf Violet fest.

»Hast du das vorhin nicht mitbekommen?«, frage ich matt.

»Nein, was war denn? Wie du weißt, bin ich beim Essen nicht anwesend.« *Natürlich wie dumm von mir.*

Wie ein zappelndes Hampelmännchen stehe ich vor Lando und erzähle meiner Ansicht nach das Wichtigste. Die eh schon recht blasse Haut mir gegenüber gleicht mittlerweile Kalkstein. Mit seinen aufgerissenen Augen samt den unruhigen Pupillen sieht er exakt so aus, wie ich mich fühle. Bemüht darum, Ruhe zu finden, atme ich langsam ein und aus. Doch alle winzigen Chancen, diesen Bemühungen auch Resultate folgen zu lassen, versickern leider schon beim Ausatmen.

»Du bist ... also ... Elias hat überhaupt nichts gesagt. Er muss das doch gewusst haben!«, ruft Lando etwas zu laut und lässt sich erneut gegen den Türrahmen sinken.

In Dauerschleife, einer hängenden Schallplatte gleich, schüttele ich meinen Kopf, denn ich kann das nicht glauben. *Das kann nicht sein, Elias wusste das niemals! Ich habe es in seinem Blick gesehen!*

»Er hätte mir gesagt, dass ich meinen Mund halten soll. Nein, er hätte mir sogar verboten, darüber zu sprechen. Elias beschützt mich, immer!«, rufe ich aufgebracht.

Sich auf den Zeigefinger beißend, denkt Lando wohl kurz darüber nach und nickt dann. Nickt genauso heftig, wie ich zuvor meinen Kopf geschüttelt habe.

Ehe ich reagieren kann, hat er mich schon in seinen Arm gezogen. Mein Körper versteift sich, doch Lando drückt mich, hält mich fest, sein Daumen streicht sanft über einen Quadratzentimeter meines Rückens und mein Herz erinnert sich wieder an seine Aufgabe.

Habe ich eben noch erfolgreich meine Tränen zurückgehalten, ist jetzt der Staudamm gebrochen. Zeitgleich falle ich wie ein Kartenhaus in mich zusammen. Lando hält mich noch fester. Ein See sammelt sich auf seinem Hemd, denn ich vergrabe mein Gesicht an seiner Brust. *Oder hat er meinen Kopf dorthin gedrückt?* Ich weiß es nicht mehr, aber eine Hand liegt mittlerweile an meinem Hinterkopf und bewegt sich in einem gleichmäßig beruhigenden Rhythmus über mein Haar.

»Vi, hey, tut mir leid, wenn dich meine Reaktion erschreckt hat. Das wollte ich nicht. Mach dir keinen Kopf. Du bist die allerletzte, die das über sich ergehen lassen muss, glaub mir!«

Oh, wie gern würde ich ihm einfach glauben, während die Angst weiterhin mit Eispickeln meine Wirbelsäule emporkriecht.

»Ich habe einfach so Angst«, schluchze ich an seiner Brust.

»Schhhh«, versucht Lando mich weiterhin zu beruhigen. »Elias tut alles, um dich da außen vorzulassen, du kennst ihn doch. Er hat schon so einige Dinge geändert bekommen, die selbst ich in der kurzen Zeit kaum für möglich gehalten habe. Er wird auch das schaffen.«

»Meinst du?« Ich suche die Bestätigung in seinen Augen und finde sie. Ein zartes Schmunzeln liegt auf seinen Lippen, das jetzt einem breiten Lächeln weicht.

»Ja, das meine ich, du kleiner Waschbär.«

Als er mich ein Stück von sich schiebt, versinke ich mit meinen Augen in dem Tränensee, der sich auf seinem Hemd gebildet hat. Obendrauf schwimmen schwarze Seerosen, gezeichnet von meiner Wimperntusche. *Mist, das gute Hemd!* Hastig schlage ich mir die Hand vor den Mund und stammle ein »Sorry«.

Lando blickt verdutzt an sich hinunter, verzieht gequält das Gesicht und ich erhasche, voll schlechtem Gewissen, sein Augenrollen. Dann fängt er sich wieder.

»Zumindest ist es schwarz wie meine Seele.«

Wir prusten zeitgleich los, denn sein Vergleich hinkt mehr als stark.

»Ich sollte mich dann wohl noch etwas abschminken.«

»Definitiv, sonst rennen bei deinem Anblick alle schreiend davon.«

Mit gespielter Empörung stupse ich ihm in die Seite, ehe ich mich auf den Weg ins Bad mache. *Soll ich wirklich gehen?* Hier halte ich es allerdings auf keinen Fall aus.

Lando und ich sind in der kurzen Zeit fast sowas wie Freunde geworden. Er weiß es, nur offiziell darf das niemand wissen.

30. Violet

Verwundert bleibe ich stehen und glotze zu den fünf Frauen, die sich im Whirlpool tummeln. *Na super, wo ist denn der Rest?* Auf die Neid-Queens habe ich ja so Bock wie auf Sprudelwasser. Wer kennt sie nicht, diejenigen, die auf alles und jeden neidisch sind. Die können sich gern im Nuttenkleid hinstellen und Wein einschenken, ich tausche sofort. Mit Lästerschwestern kann ich einfach nichts anfangen. Deshalb schließe ich mich meinen Abendessen-Girls an und meide die Knalltüten strikt.

Außerdem verstehe ich die Hälfte aller Frauen hier sowieso nicht. Sie mich genauso wenig. Nutten scheinen wohl nicht alle so kultiviert zu sein und die Weltsprache zu beherrschen.

Vielleicht sollte ich Spanisch lernen? Nein, niemals! Ich bin sowieso bald hier weg! Trotzdem nervt es mich, wenn sich alle unterhalten und ich verstehe kaum ein Wort.

In der Umkleide schäle ich mich endlich aus diesem billigen Faschingskostüm à la verdorbene Haushälterin und schlüpfe in meinen pastellgelben Badeanzug. *Wow! Wieso trage ich immer den Bikini? Das Teil hier ist absolut heiß.* Vorsichtig zupfe ich die silberne Spange, die meinen Bauchnabel verdeckt, etwas zurecht und verlasse dann pfeifend die sonnengelbe Umkleide.

An der Bar angekommen greife ich mir einen dieser girlyliken pinken Glitzercocktails, die dort herumstehen. Keine Ahnung, was da drin ist, aber der anfängliche Fruchtrausch, gemischt mit einem Hauch von Kokos, lässt mich schweben. Als der teuflisch scharfe Alkohol in meinem Rachen nachbrennt, verwirrt er liebevoll meine Sinne. Ich stehe auf alles Fruchtige und deshalb ist schneller als ich Elias sagen kann, die Hälfte schon in meinem Magen.

Als ich mir die Haare mit dem schwarzen Gummi von meinem Handgelenk zusammenbinde, schweben Ines und Nati durch die Tür. Sofort stehen sie neben mir.

»Violet, wir haben nichts gesagt, ich schwöre!«, flüstert Ines und Nati nickt eifrig. Aber kein Lächeln liegt auf ihren Gesichtern.

»Ich weiß. Ich denke, Gloria hat es weiter getratscht.« Es kann nur sie gewesen sein, denn Gloria hat als Einzige vollkommen offensichtlich ihre Abneigung mir gegenüber gezeigt.

»Die Tussi ist so durch«, zischt Nati, stemmt die Hände in ihre Seiten und funkelt böse Richtung Tür.

Wenn man vom Teufel spricht. Denn da spaziert gerade das Biest höchstpersönlich herein. Ihre Haare zu perfekten Korkenzieherlocken gedreht, in einem grellen, Augenkrebs verursachenden, orangefarbenen Bikini. Diese Art von Bikinis, deren Stofffetzen nur notdürftig den Eingang ihrer Höhle und die Brustwarzen bedecken. Mitten im Raum bleibt sie stehen, dreht sich, die Nase für meinen Geschmack deutlich zu weit nach oben gestreckt, im Kreis. *Wie kann man nur so eingebildet sein!*

Mir entweicht ein verächtliches Schnauben und Ines wechselt einen ebenso verächtlichen Blick mit mir, während Nati laut auflacht. Damit lenkt sie Glorias Aufmerksamkeit auf uns. Die taxiert mich scharf mit zusammengekniffenen Augen, doch kann trotz allem ihre Überraschung nicht verbergen.

Tja, mit mir hast du wohl nicht gerechnet, du Verräterin! Ich bin stinksauer und muss mich echt zusammenreißen, als sie auf uns zu stolziert und uns mit einem zuckersüßen Lächeln ein »Hi« entgegen schnurrt.

»Du elendige Verräterin!« Meine Selbstbeherrschung ist soeben in Ohnmacht gefallen.

Während ihre Augen riesengroß werden, stürze ich mich schreiend auf sie. Gloria landet auf dem Rücken, ich halb auf ihr drauf. Wir brüllen uns an während sie unter mir wie ein hilfloser Käfer strampelt. *Hoffentlich hast du dir ordentlich wehgetan, du Miststück!*

All ihre Versuche, sich aufzurichten, scheitern kläglich, denn ich sitze auf ihrem Bauch und mache mich so schwer ich kann. Sie hat keine Chance.

Das hat mir Cole beigebracht und nur deshalb habe ich bei unseren Spaßkämpfen überhaupt eine winzige Chance gehabt. Man darf nur nicht vergessen, sich richtig schwer zu machen. Am besten klemmt man noch die Arme des anderen unter seine eigenen Beine. *Ja, winde dich nur, du elendiger Verräterwurm!*

Ich widerstehe dem Impuls, ihr eine zu klatschen, denn mittlerweile haben sich ein paar der Frauen um uns geschart, schlürfen an ihren Getränken und warten wohl auf den Boxkampf.

Doch ich bin stumm, sie ist stumm, wir funkeln uns böse entgegen. Die einzige Konversation zwischen uns besteht aus feindseligem Schnauben beiderseits. Dafür steht die Luft um uns herum unter Hochspannung. Bereit, sich auf den Ersten abzuladen, der den Mund öffnet. Zumindest würde das unser Schweigen erklären.

Ich warte, doch nichts tut sich. *Na gut, das bringt uns so nicht weiter.* Langsam drücke ich mich also auf die

Beine, atme tief, helfe Gloria hoch und ziehe sie aus dem Kreis der neugierigen Waschweiber.

»Violet, lass mich sofort los! Sag mal, was soll der Scheiß?« Stöhnend, mit schmerzhaft zusammengekniffenen Augenbrauen, reibt sie sich über ihren Hinterkopf. *Hoffentlich gibt das eine fette Beule!* Voller Genugtuung sauge ich ihr Leiden in mich. Dabei huscht ein kurzes Lächeln über meine Lippen.

»Wieso hast du Chan das von mir erzählt?«, herrsche ich sie an und stupse mit meinem Zeigefinger gegen ihre Brust. Langsam dämmert Miss Piggy wohl, worin sie da so hochmütig hinein stolziert ist. Gloria bläst die Backen auf, um sich zu verteidigen, doch ich fahre ihr schroff über den Mund. *Du hattest Zeit zu reden!* Ich weiß, ich wollte ihr die Gelegenheit geben, sich zu erklären, aber meine Geduld hat mit einem fetten roten Marker mein Vorhaben soeben gestrichen.

Obwohl ich auf heftige Gegenwehr vorbereitet bin, werden bei jedem weiteren Wort ihre Gesichtszüge weicher. Ich meine sogar einen Teil ihres übertrieben aufgetragenen Rouges verblassen zu sehen.

Wie sieht sie überhaupt aus? Ihr ganzes Gesicht hat wohl den Farbeimer geküsst. Aufgebrezelt, als wäre sie in der angesagtesten Disco der Stadt. Vielleicht ist das freitagabends auch einfach Standard und ich bin abgeschminkt, mit meinen leicht rot geschwollenen Augenlidern einfach nur komplett underdressed?

Schnell blicke ich mich um. *Mist!* Verblüfft halte ich die Luft an. Wirklich alle Gesichter, die ich von hier erkennen kann, sind rattenscharf aufgedonnert. Sogar Ines und Natis, die sich soeben langsam an uns heranschleichen. *Komisch, ist mir vorhin überhaupt nicht aufgefallen. Lando hätte auch etwas sagen können!*

Ich kann mich jetzt nicht weiter um meine schäbige, ungeschminkte Optik kümmern, denn Gloria entschuldigt sich. Wahrhaftig, eine richtige Entschuldigung. Ich muss zugeben, sie sieht tatsächlich etwas geknickt aus.

»Es tut mir wirklich leid! Chan hat mich an dem Abend so mies behandelt, ich konnte nichts richtig machen. Zudem war er grob wie nie. Es war einfach eine Genugtuung, ihm entgegenzuschleudern, wie dumm es sein muss, jeden Abend einer Jungfrau gegenüberzustehen und nicht mal einen halben Blutstropfen abzubekommen. Ich weiß ja, dass er darauf ganz scharf ist«, flüstert sie mir zu und schlagartig zieht jemand ganz anderes mein Beben auf sich. Sicher kann ich verstehen, dass sie es ihm heimzahlen wollte, aber wieso genau damit? Ich stöhne auf. *Dafür muss ich jetzt leiden? Scheiß Tausch, echt!*

»Man reitet keine anderen in die Scheiße, um sich besser zu fühlen, hat dir Mami das nicht beigebracht?«, zische ich ihr zu und bemerke, wie sie geradeaus starrt und kalkweiß wird. Ruckartig drehe ich mich um.

Das darf doch nicht wahr sein!

31. Violet

Mir dringt nur ein »Oh nein!« über die Lippen.

»Violet, beruhig dich!« Ines' Finger graben sich in meinen Oberarm. »Freitags sind immer welche von ihnen da, das ist ganz normal. Unter der Woche hatten wir auch schon zwei- oder dreimal Besuch.«

»Und wie langweilig ist bitte schön eine Party ohne Männer?«, ruft Nati mir zwinkernd zu und kichert.

Stimmt, einmal war Dairo da, ist ein paar Runden geschwommen und hat Milena mitgenommen. An die anderen Male kann ich mich nicht erinnern, aber wenn Ines das sagt, wird es stimmen.

»Irgendjemand bringt immer Musik mit und dann tanzen wir, das macht Spaß, du wirst schon sehen«, versucht Ines mich aufzumuntern. Dabei boxt sie mir freundschaftlich in die Seite.

Ich registriere es kaum, denn Chan, nur mit einer dunkelbraunen Badehose bekleidet, kommt geradewegs auf uns zu. Seine Haut schimmert beinahe unecht in einem Hauch von Gold. Ein tiefes, glänzendes Gelbbraun, recht untypisch für Asiaten. Auch jetzt trägt er diese lange, silberne Kette mit den ganzen Anhängern, die auf seiner nackten Brust beim Gehen hin und her baumelt. Jeder Schritt wird von leisem Klimpern untermalt. Protzig lässt er seine Brustmuskeln spielen. Die Mädels kichern. Nur ich nicht. Keine Ahnung, was er an sich hat, aber mir stehen bei seinem bloßen Anblick, oder wenn sich seine Stimme in meinen Gehörgang schleicht, jedes verfluchte Mal alle Haare zu Berge. Die zwei Männer, die Chan begleiten, habe ich allerdings noch nie gesehen. Stämmig, groß, sie könnten Brüder sein. Zwei Bodyguards für den kleinen Chan.

Angestrengt verdrücke ich mir ein Grinsen, allerdings scheint mir das nicht gut zu gelingen, denn schon taxiert er mich. Sein Blick gräbt sich höchst gefährlich in mich und je näher er kommt, desto weicher werden meine Beine. Die lange Narbe leuchtet mittlerweile nicht mehr bestialisch rot in seinem Gesicht. An sich könnte er attraktiv sein, wenn sein verdorbener Charakter nicht alles zunichtemachen würde.

»Na, sieh mal einer an. Wen haben wir denn da?«

Als Chan schamlos die Rundung meiner Brüste begafft, verformt sich sein Mund zu einem ekelhaften Grinsen. Als wäre das nicht schon genug, setzt er die Wanderung über meinen Körper fort und leckt sich dabei viel zu langsam über die Unterlippe.

Ekelhaft! Angewidert verziehe ich das Gesicht, halte trotz allem seinem Blick stand. Er steht so nah bei mir, dass trotz des Lärms um uns herum sein Atem meine volle Aufmerksamkeit bekommt. Ich erschrecke, als ich in seine Augen schaue. Fast gelbbraun, wie ein Citrin, jedoch ohne ein Funkeln darin, blicken sie mir entgegen. Es scheint, als würden sie das gesamte Licht schlucken.

Mein Herz pumpt. In Grannys Lieblingskette ist ein Citrin eingefasst. Schon als Kind habe ich sie ständig an ihrem Hals bestaunt. Angestrengt versuche ich die Erinnerung wegzudrücken und verliere mich erneut in seinen Schmuckstücken.

Immer noch in seinem Bann gefangen, schieben sich Chans Finger in meine Richtung und augenblicklich bin ich unfähig, mich zu rühren.

»Hey Chan!«, schreit Ines neben mir. »Du darfst sie nicht anfassen!«

Mit zusammengezogenen Augenbrauen blickt er an mir vorbei, hebt die Hände, um sich danach mit dem Zeigefinger über den Nasenrücken zu fahren.

»Fasse ich sie etwa an?«, säuselt er hämisch grinsend.

Noch bevor Ines antworten kann, steht er viel zu dicht vor mir, sodass sich unsere Arme berühren. Ich hätte nicht gedacht, dass es dichter als eben geht.

Angeekelt ziehe ich meinen Arm hinter den Rücken, atme flach, aber zwinge mich, seinem Blick standzuhalten. *Ich zeige keine Angst, dir nicht!*

»Sag mir, Violet«, es ist nur ein Flüstern. »Fasse ich dich etwa an?« Seine lauernden Worte dringen mir ins Ohr, durchlaufen den Gehörgang und erreichen mein Gehirn, um von dort in alle Bereiche meines Körpers geschickt zu werden. Wie auf Kommando werde ich von einer Gänsehaut überzogen.

Chan schnaubt belustigt, als er seine ekligen Finger ineinander faltet. »Ich denke, du solltest ins Wasser, du scheinst zu frieren.« Ein nächster besitzergreifender Blick wandert über mich hinweg, um im nächsten Moment mit seinem Mund dicht neben meinem Ohr innezuhalten.

»Jammerschade«, murmelt Chan.

Seine zwei Riesen stehen nur stumm hinter ihm und glotzen blöd. Bei mir schrillen dagegen sämtliche Alarmglocken. Die feinen Härchen an den Armen stehen kerzengerade zu Berge. Ein Kälteschauer überrennt mich, als würde ich ohne Winterjacke im heftigsten Schneetreiben spazieren gehen. Dennoch versuche ich meine Atmung auf das Mindestmaß zu drosseln.

»Ich verrate dir mal ein Geheimnis.« Lautstark zieht er meinen Duft in seine Nase und ich wünschte, er würde sich einfach verpissen. Sein Geheimnis interessiert mich nämlich einen Scheiß.

»Du bist der aktuelle Star in meinen Pornos«, säuselt er rücksichtslos weiter und ich runzle ungläubig die Stirn über diese bodenlose Frechheit, mir das einfach ins Gesicht zu sagen. Oder eben viel zu nah in mein Ohr.

»Jedes einzelne Mal, wenn ich mir einen runterhole, besetzt du die Hauptrolle des Filmes, der sich in meinem Kopf abspielt. Das gefällt dir, nicht wahr?«, flüstert er leise.

Am liebsten würde ich ihm irgendeinen herablassenden Spruch drücken, doch mein Kopf ist bis zum Rand leer gefegt. *Hoffentlich wichst er sich selten einen …*

Chan erwartet, wie es aussieht keine Antwort von mir, denn er dreht sich einfach weg. Schlagartig breitet sich Entspannung in meinem gestressten Körper aus und ich atme einmal tief aus.

»Und jetzt zu dir, liebste Gloria. Du weißt selbst, dass du nicht sehr freundlich zu mir warst?«

Ihr Blick huscht sofort zu Boden. Mehr als ein demütiges Nicken bekommt sie anscheinend nicht zustande.

»Du willst dich sicher entschuldigen, oder?«, erkundigt er sich fast lieblich, jedoch entgeht mir sein drohender Unterton nicht. *Dieser blöde Arsch! Was erlaubt er sich eigentlich so mit uns zu reden!*

Schnell verschränke ich meine Arme hinter dem Rücken, damit niemand mein Zittern bemerkt. Ich zittere nicht vor Angst, sondern meine Wut walzt sich gerade Schaum kotzend durch meinen Verstand, mit der Absicht auszubrechen.

»Tut mir wirklich wahnsinnig leid. Es wird auch nicht mehr vorkommen«, stottert Gloria und zieht ängstlich ihren Kopf ein. *Schlägt er sie?* Ich blicke mich schnell um, doch alle glotzen nur stumm.

Als Chan die Hand hebt, bin ich schon auf das Schlimmste gefasst, doch entgegen meiner Befürchtung streicht er federzart über ihre viel zu rote Wange. *Der kann jemanden liebevoll berühren? Wo hat er das denn gelernt?* Zeitgleich bin ich mächtig verwirrt.

»Schön zu hören«, murmelt Chan.

Lächelnd blickt Gloria auf. Von ihrer Angst ist nicht mehr viel zu sehen und in dem Moment liegen auch schon seine Lippen auf ihren. Die starke Falte zwischen den Augenbrauen verblasst.

Allerdings sehen Ines und Nati, die an irgendeinem blauen Cocktail schlürft, wo auch immer sie den jetzt herhat, alles andere als entspannt aus.

Chan löst sich von Gloria und murmelt seinen gebräunten Hulks beim Vorbeigehen etwas zu. Die wiederum packen jeweils einen Arm von ihr und schleifen sie rücklings mit zur Bar. Erschrockenes Quieken hallt laut in meinen Ohren und eigentlich will ich hinterher, doch Ines hält mich zurück.

»Ich muss …«, stammle ich, aber sie schüttelt nur den Kopf. »Ines, wir müssen ihr helfen«, versuche ich es erneut.

»Mensch, Violet, wir haben alle freiwillig den Vertrag unterschrieben. Du musst niemandem helfen«, lallt Nati. *Hilfe, wie viel hat der Schluckspecht in dem rabenschwarzen Bikini denn schon getrunken?* Die Antwort gibt mir direkt ihr leeres Glas in der Hand, das eben noch fast voll war.

Als Ines vorschlägt, ins Wasser zu gehen, winke ich ab. Ich kann hier nicht weg, ich muss Chan beobachten, denn ich habe überhaupt kein gutes Gefühl. Nati stöhnt auf und stapft ohne ein weiteres Wort davon, während Ines mich von der Seite beobachtet. Ich sehe es im Augenwinkel, doch meine Aufmerksamkeit liegt wieder bei Gloria, die eben auf einen Hocker drapiert wird. Wie ein seltenes Juwel. Beschützt durch die zwei Riesen. Sofort drückt Chan ihr ein Getränk in die Hand und sie beginnt am Strohhalm zu ziehen. Sehr langsam, dafür aber ohne Pause. *O wei, das wird so reinknallen.* Während sie in gleichmäßigem Tempo das Glas leer zieht, trommeln seine Fingerkuppen über ihren freiliegenden Po. Ihr Bikinihöschen besteht hinten nur aus einem übelst dünnen Fetzen Stoff, der sich zwischen ihren Pobacken versteckt.

Chan reibt seine Beule an ihr, packte sie grob an der Hüfte und zieht ihren Schoß mit einem Ruck nach hinten. Gloria quiekt und ihr Hinterteil ragt jetzt deutlich über die Sitzfläche. Der Oberkörper dagegen balanciert, weit nach vorn gebeugt, das Ungleichgewicht aus. Ihre Arme liegen ausgestreckt auf der schiefergrauen Platte der Bar. Sieht nicht gerade gemütlich aus.

Die zwei Muskelprotze links und rechts neben ihr grinsen düster. Wenn die was richtig gut können, dann gaffen. Aber was erwarte ich auch von Chans Kumpels.

Eine fünfköpfige Männertruppe, die den Raum mit Musik erfüllt, lenkt mich kurzzeitig ab. Sonnengebräunte, muskelbepackte Körper in wirklich knappen Badeshorts. Dazu pechschwarze, lockige Haare. Bis auf den Letzten, denn seine Kopfhaut schimmert wie eine aufpolierte Bowlingkugel. Einige Frauen hinter mir jubeln und klatschen lachend in die Hände. *Muss man die kennen?* Ihre Anwesenheit hier würde ja bedeuten, dass sich noch viel mehr Männer an den Frauen vergehen und nicht nur die vom Abendessen …

Mein Körper möchte irgendwas loswerden und beginnt damit, sich wie ein nasser Hund zu schütteln. Ich weiß auch was - meine ekligen, abstoßenden Gedanken. *Vergehen sich etwa alle, die hier wohnen, an ihnen?*

Einer der Vierlinge ruft Chan zu, dass er an die Ansprache von Cesar denken soll. Der winkt mit einem genervten »Ja, ja« ab, um sich dann weiterhin in Gloria zu bewegen. Die Badehose trägt er zwar immer noch, aber sein Schwanz steckt eindeutig in ihr.

Wie von einem unsichtbaren Band angezogen, tapse ich mit mehreren kleinen Schritten in ihre Richtung, bleibe aber mit sicherem Abstand stehen. *Was ist nur los mit mir ... und wo ist eigentlich Ines hin?* Verwundert suche ich den Raum ab. Ihre rosa Mähne entdecke ich im Wasser. Einige der Perlen haben sich zu den Neuankömmlingen gesellt. Verführerisch lassen sie in ihren knappen Bikinis die Hüften zur Musik kreisen, was mit Händeklatschen und Pfiffen belohnt wird. Ich hätte auch Lust zu tanzen, doch als Glorias Schrei mir in den Körper sticht und mein Herz sich vor Schreck zusammenzieht, reiße ich blitzschnell den Kopf herum.

Chan hämmert wie ein Besessener seinen Schwanz in sie. Die anderen zwei fixieren Gloria so, dass ihre linke Gesichtshälfte die Platte knutscht. Die Augen geschlossen und wild stöhnend liegt sie da. Ihre Versuche, sich aufzubäumen, werden von reiner Muskelkraft abgefangen.

Mein Herz hämmert ebenso besessen und da ist noch etwas anderes. Keine Angst, sondern ein Gefühl zwischen meinen Schenkeln. *O nein, bekomme ich meine Tage? Aber das kann nicht sein, die hatte ich erst letzte Woche.*

Schnell blicke ich mich um, schiebe unauffällig einen Finger von der unteren Seite in mein Höschen, fahre mir über die Schamlippen und als ich ihn zurückziehe, erschrecke ich. Vor Geilheit vollkommen feucht, windet sich durchsichtiger Schleim um meinen Finger. Ich kann nicht anders, als weiterhin darauf zu starren, während ein vertrautes Brennen meinen Unterleib erobert. *Fuck!* Soll ich noch einen Blick riskieren oder auf der Stelle umdrehen und gehen?

Während ich darüber nachdenke, machen sich meine Augen selbstständig. Erschrocken weiten sie sich, denn Chan starrt mir geradewegs entgegen. Ein Lächeln huscht über seine Lippen, ehe ein dunkles Stöhnen aus seinem Mund dringt. Er fickt Gloria und hängt an mir fest, vollkommen erregt.

Eilig lasse ich den Finger sinken und presse meine Lippen aufeinander, schrecklich erregt. *Hoffentlich hat er mich nicht beobachtet.*

Als er Sekunden später mit dem Angriffsschrei eines Indianers zum Höhepunkt kommt, scheint Gloria keine Erlösung gefunden zu haben. Wild schnaufend, zieht er seinen Schwanz aus ihr und ich gaffe wohl etwas zu lang darauf. Selbst sein Sperma flüchtet vor ihm, um lieber auf dem Boden zu verenden.

»Na, du kleine Jungfrau? Willst du Privatstunden oder hat dir das Gaffen schon genügend Erlösung gebracht?« Ertappt schließe ich die Augen und atme schwer. *Einfach keine Blöße geben, ich weiß nicht, wovon er spricht.*

Mein abfälliges Schnauben erreicht hoffentlich seinen Gehörgang, doch Chan bleckt nur die Zähne. Ich hasse diesen Blick, den er mir schon wieder zuwirft. *Wie kann man sich trotz Kleidung so nackt fühlen?*

»Hey, Mäuschen, wo willst du denn jetzt hin?«, blafft er Gloria grummelig an und gibt meinen Körper frei. Die hat sich nämlich gerade etwas wackelig auf ihre Beine gestemmt und blickt mir aus glasigen Augen entgegen.

»Setz dich sofort wieder hin!«, tobt Chan und schubst sie in Richtung des Hockers. Gloria jedoch beginnt wild mit den Armen zu gestikulieren und jammert etwas von Schwindel. Als Chan erbarmungslos schnipst, heben seine zwei Hulks Gloria, als wiege sie nichts, zurück auf den Hocker und halten sie aufrecht. Chan dagegen scheint den Spaß seines Lebens zu haben.

Ihr Kopf kippt in den Nacken und sie schließt kurzzeitig die Augen. Wie lustig es wäre, wenn sie die Drei jetzt vollkotzen würde.

Als hinter mir Lachen und vereinzeltes Stöhnen durch den Raum schallen, drehe ich mich neugierig um. Einer der Adonisse ist bei den Liegen mit einer Rothaarigen zugange, umzingelt von einer kleinen Gruppe, die an ihren Drinks schlürft und nebenher plaudert, als wäre es das Normalste der Welt. *Bin ich hier in einem verfickten Swingerclub gelandet?*

Ich dachte an leckere Cocktails, daran zu tanzen und lustige Gespräche mit den Mädels zu führen, aber niemals an das ekelhafte Getue hier. Das ist kein Abend für uns Perlen, sondern ein Abend für notgeile Typen, die alle zusammen einen wegstecken wollen. *Niemals wieder werde ich an einem Freitagabend noch einen Fuß hier reinsetzen!*

Etwas in mir versucht, mich mit Engelszungen zu überreden, einfach zu gehen. Weit weg, am besten auf mein Zimmer.

Doch ich Närrin drehe mich erneut zu Gloria.

32. Violet

Ich weiß, wie kräftezehrend es ist, betrunken in der Dauerdrehung eines Kreisels gefangen, relativ gerade sitzen zu müssen. Gloria tut mir leid, denn eigentlich will man sich nur hinlegen. Vielleicht nicht immer die Augen dabei schließen, aber hinlegen oder zumindest gemütlich anlehnen helfen da echt weiter.

Ist das sein verfickter Ernst?

Gefühlt weicht mir jede Regung aus dem Gesicht während ich meine Hände zu Fäusten balle. Einer von Chans Bodyguards oder was immer das für Typen sind, reicht ihm aus einem Becher diese Glastrinkhalme. In aller Seelenruhe führt Chan einen nach dem anderen in Glorias Vagina ein. Eigentlich wollte ich meinen Mund wieder schließen, da die Schleimhäute langsam austrocknen, doch keine Chance. *Was soll der Mist?*

Mittlerweile ragt Glorias Po wieder über die Sitzfläche und ihre Backe unterhält sich erneut mit der Schieferplatte. Die Augen sind nicht geschlossen, sondern blicken direkt zu mir. Glasig, betrunken, aber ein Lächeln ziert ihre pinkfarbenen Lippen. Trotzdem kann ich mir nicht vorstellen, dass ihr das keine Angst macht.

Was soll ich tun? Ines holen? Sie wird mir nur erneut erklären, dass alle hier einen Vertrag unterschrieben haben. Suchend blicke ich mich nach Lando um, aber entdecke seinen rötlichen Schopf nirgends. Er scheint noch unterwegs zu sein. Deshalb gehe ich zaghaft noch zwei Schritte auf das Viergespann zu und räuspere mich lautstark. Nichts. Obwohl meine Hände zittern, nehme ich all meinen Mut zusammen und rufe nach Chan. Wobei, eigentlich ist es kein Rufen, denn ich stehe gerade einmal zwei Meter von ihm entfernt. Der scheint mich dagegen nicht beachten zu wollen, packt stattdessen die fünf Trinkhalme und bewegt diese in Gloria, als wären es seine Finger. Erst danach blickt er zu mir und sein Höllenfeuer verstümmelt fast mein Gesicht.

»Was gibt es, kleine Jungfrau?«

Nenn mich noch ein einziges Mal Jungfrau, dann raste ich aus!

»Sag mal, spinnst du? Die Teile sind aus Glas. Wer weiß, wie viel die aushalten, bevor sie brechen.« Dabei übergehe ich seine spöttische, nach oben gezogene Augenbraue und funkel ihm wild entgegen.

»Du bist ja süß, darin liegt doch der Reiz.« Lachend rümpft Chan seine Nase und ich werde noch wütender.

Mir entgeht nicht, dass Gloria im Gegensatz zu vorhin vollkommen regungslos da sitz. Wahrscheinlich hat sie genauso sehr Angst wie ich, dass etwas in ihr zu Bruch gehen könnte.

»Du bist so ekelhaft, wer hat dich eigentlich freigelassen? Zieh sofort die Teile aus ihr!« Ich wäre gern laut, aber meine Stimme ist leise als meine Worte scharf aus dem Mund dringen.

Recht unbeeindruckt lacht mir nicht nur Chan lautstark entgegen, sondern auch seine zwei Handlanger. Ich könnte schreien vor Wut. *Wie abartig können Menschen nur sein!* Zeitgleich fühle ich mich so verflucht hilflos. Eine erdrückende Schwere überkommt mich und ermüdet meinen verkrampften Körper.

Doch da ist auch etwas anderes in mir, das meine gequälte Seele singen lässt. Der Teil, der die Gefahr liebt, der für etwas Schmerz sich in jedes Verderben stürzen würde. Ja, vielleicht sogar daran zugrunde gehen.

»Und wenn ich es nicht mache?«, verhindern Chans Worte gerade noch so ein Treffen mit dem dunkelsten Teil meiner Seele.

Am liebsten würde ich ihm sein überlegenes Grinsen aus dem Gesicht schlagen. Mir ist jedoch bewusst, dass ich überhaupt keine Chance hätte. Ich bin eigentlich auch nicht wirklich gewalttätig, außer ich nehme länger meine Tabletten nicht. Denn dann werden alle Verschwörungen gebrochen und der verzauberte, Feuer spuckende Drache in mir, der ohne zu zögern alles niederbrennt, sprengt mühelos seine Ketten.

»Okay, Vorschlag«, säuselt Chan mir entgegen, obwohl ich eigentlich keine Lust habe, diesen zu erfahren. Es kann sich nur um absoluten Bullshit handeln.

Ohne etwas zu erwidern, starre ich ihm mit verschränkten Armen kalt entgegen und einen kurzen Moment glotzt er einfach zurück, beginnt nach einem kurzen Räuspern aber zu sprechen.

»Wenn du mich deinen süßen Po anfassen lässt, nehme ich sie alle raus. Versprochen.«

Das hat er jetzt nicht wirklich gesagt. Ich kichere stumm. Was ein Trottel. Er weiß ganz genau, dass mich niemand anfassen darf.

»Mit einem Tropfen deines köstlichen Blutes wäre ich auch einverstanden.« Zwinkernd beißt Chan sich auf die Oberlippe und streicht zeitgleich seine Haare aus dem Gesicht.

»Vergiss es!«, zische ich und überlege fieberhaft, was ich tun soll, denn ich habe wirklich Angst um

Gloria. Oder eher um ihre Pussy. Die fixiert mich allerdings gerade, schüttelt kaum merklich den Kopf und formt dabei mit ihren Lippen ein Wort.

Was soll das bedeuten? Reh? See? Muss sie auf die Toilette? Ich verstehe nicht, was sie mir sagen will. Fragend ziehe ich also eine Augenbraue mitsamt meinen Schultern nach oben. Chan stöhnt gelangweilt auf und befiehlt Gloria mit diesem Ratespiel für Sprachbehinderte aufzuhören, da ich wohl zu dumm dafür bin.

»Geh!«

Ich muss sie wohl immer noch wie ein Auto anstarren, denn nun wird ihre Stimme lauter.

»Violet, verschwinde von hier. Du nervst!«

Kann ich mich so getäuscht haben? Ich hätte schwören können, dass Gloria das hier absolut nicht gefällt, dass sie sogar Angst hat.

Chan scheint von uns gelangweilt zu sein, denn er spielt mit seinem Finger an Glorias Poloch rum und drückt ihn in ebendiesem Moment hinein.

»Hörst du nicht? Verschwinde endlich«, schreit Gloria, die Augen flehend, der Ton fast bettelnd. *Etwas stimmt hier nicht, aber was?*

Jetzt ist es an Gloria zusammenzuzucken, als Chan ihr einfach so ohne Vorwarnung seinen Penis hineindrückt und fast zeitgleich fliegt mir ein markerschütternder Schrei um die Ohren. Ich kenne mich mit Analsachen nicht aus, aber auf irgendeiner Party war es mal Gesprächsthema. Ich meine mich zu erinnern, dass man den Schließmuskel mit viel Gleitgel langsam weiten sollte. *Hat ja eben super geklappt.*

»Gloria!«, schreie ich und mein Magen rebelliert. Jede Faser meines Körpers ist gespannt, ich bin wirklich bereit, dieses Böse in Menschengestalt einfach zurückzuziehen.

»Violet, verpiss dich endlich! Chan, etwas mehr Feingefühl, Herrgott!«

Verwundert stelle ich fest, dass Chan sich zügelt, seine Lippen mehrmals, fast sanft auf ihrem Rücken platziert und sich dabei um einiges langsamer bewegt. Allerdings verblüfft mich noch mehr die Tatsache, dass er sich einfach so von ihr anschnauzen lässt.

»Sag mal, bist du eigentlich schwerhörig, kleine Jungfrau? Wobei, das mit der Jungfrau hat sich ja bald erledigt«, kommt es aus seiner grinsenden Fratze.

»Was meinst du damit?«, keuche ich erstickt, denn eigentlich wollte ich ihn gerade noch alles heißen.

»Ach, du weißt es noch nicht? Dann habe ich nichts gesagt, ich will ja den Spaß nicht verderben.«

»Was weiß ich nicht?«, schreie ich ihm entgegen und in dem Moment interessiert mich Gloria überhaupt nicht mehr.

»Nichts, nichts.« Sein Blick ist bösartig.

Bestimmt ist nichts. Er will mich einfach nur ärgern. Mittlerweile habe ich genug von der ganzen Scheiße hier! Deshalb drehe ich mich wortlos um, verlasse die versexte Ecke und je weiter ich mich entferne, desto schneller verflüchtigt sich auch das Stöhnen aus meinen Ohren.

Angestrengt suche ich Ines zwischen den ganzen Frauen. Sie sitzt am Beckenrand und genau dorthin begebe ich mich.

»Violet«, lallt sie recht angetrunken und lenkt ihre Aufmerksamkeit wieder auf einen der Beachboys, der neben ihr sitzt und seine nassen Haare extrem sexy aus der Stirn streicht. Dabei spannt er absichtlich lange seinen Bizeps an. Schnell senke ich meinen Blick und verliere mich in dem sanft schaukelnden Blau vor mir. Während ich Ines restlichen Cocktail in mich schütte, versuche ich alle Bilder irgendwie zu verarbeiten.

Dennoch drängt sich mir wiederkehrend eine Frage auf. Was hat Chan damit gemeint, dass ich bald keine Jungfrau mehr sein werde?

Erneut steigt Angst in mir empor und befällt meine verkümmerte Seele.

33. Violet

Lando sitzt neben mir im Garten. Also in unserem Garten, dem Garten der Perlen. Er ist bei Weitem nicht so groß und schön wie das, was ich von meinem Fenster aus jeden Morgen bestaune, und es wächst keine einzige Orchidee in ihm. Dafür viele wunderschöne Dahlien. Klassisch rote, weiße, pinke und warme apricotfarbene. Nur meine Lieblinge, die rosafarbenen, die fehlen natürlich. Hätte ich mir ja denken können. Trotzdem scheine ich hier bei meinen Lieblingsblumen richtig zu sein.

Mit meinen nackten Fußsohlen streiche ich vorsichtig, um die Halme nicht totzutrampeln, über das saftig grüne Gras. *Könnte mal gemäht werden.* Es kribbelt an den Fußsohlen und ich jauchze leise. Dabei betrachte ich die hohe Sandsteinmauer, die sich um den kompletten Außenbereich zieht. Hat etwas Ähnlichkeit mit einem Auslauf im Knast, aber immerhin kann man draußen sitzen.

Warme, schwere Luft erfüllt meine Lunge, während einzelne Sonnenstrahlen meine Nase kitzeln. Lando tut es mir gleich, zumindest das mit den Sonnenstrahlen. Langsam schließe ich die Augen, streiche mir die Haare aus der Stirn und hoffe, dass ich keinen Sonnenbrand bekomme. Blöd, wenn man das Eincremen vergisst. Doch ich bin zu faul, die Creme aus meinem Zimmer zu holen.

Heute ist im Spaßbereich kaum was los, denn fast alle sind in der Stadt. Schon komisch, dass die Sklavinnen Ausgang bekommen. Das passt überhaupt nicht zusammen. Okay, sie dürfen nicht allein raus, aber als hübsches Anhängsel einer der männlichen Kreaturen hier scheint das durchaus erlaubt zu sein. Was sagen deren richtige Frauen oder Freundinnen wohl dazu? Ich meine, es können ja wohl nicht alle Single sein.

Langsam drehe ich mich zu Lando, der ebenfalls die Augen geschlossen hat und ebenso dumm wie ich einen enormen Sonnenbrand riskiert. *Schön, dass er heute Zeit hat und mir Gesellschaft leistet.*

»Sag mal, sind die Frauen nicht eifersüchtig?«

»Welche Frauen?« Er kneift die Augen zusammen, als er zu mir blickt und ich muss lachen. Wie eine Schildkröte sieht er aus. Da ich ein großes Herz für Tiere habe, greife ich in sein verstrubbeltes Haar und schiebe ihm die Sonnenbrille mit den blau verspiegelten Gläsern ins Gesicht. Er dankt es mir sofort mit einem zufriedenen Seufzen.

»Na, die Frauen oder Freundinnen von den Männern, die hier rumhuren.«

Lachen … und noch lauteres Lachen.

Was ist heute nur mit ihm los? Sonst ist das Schwert des Klassenclowns auch an ihm vorbeigezogen. Ob es was mit gestern Abend zu tun hat?

»Bist du sicher, dass du kein Date hattest?« Wieso habe ich ihm nur die Sonnenbrille vor die Augen gezogen, denn bei seiner Antwort wäre Blickkontakt jetzt echt sinnvoll. Angestrengt versuche ich etwas durch seine Gläser zu erkennen, erspähe aber nur schemenhafte Umrisse.

»Ja, bin ich. Wieso?« Lando legt den Kopf schief.

»Du bist heute so gut drauf«, jammere ich und lasse meinen Kopf in den Nacken fallen. »Wo warst du dann?«

Stille. *Okay, er war schon redseliger.* Ich hebe die Hände und blicke ihm wieder entgegen.

»Es geht mich anscheinend nichts an. Dann beantworte wenigstens meine andere Frage.«

Ein Schmunzeln zieht, wie ein Landstreicher, an Landos Lippen vorbei, ehe sie sich öffnen. »Offiziell sind sie es nicht. Aber glaub mir, innerlich brodelt es. Nicht umsonst reden sie auf Festen kein Wort mit den Perlen.«

»Halt mal, welche Feste? Und da sind dann alle?«

»Jein, also nicht alle. Aber ein Teil der Perlen schon.«

Wer hätte gedacht, dass hier so viel gefeiert wird. Wie ich von Lando erfahre, gibt es wirklich massenweise Feste. Geburtstage, Hochzeiten, Beerdigungen und Schulabschlüsse. Ein Fest für jeden Monat in der Regenzeit und in der Trockenzeit. Also eigentlich jeden Monat ein Fest zu Ehren des Wetters. *Bekloppt, aber was solls. Die feiern wohl gern.* Danach muss ich unbedingt Elias fragen, ich will auch auf so ein Fest!

Da ich mit Lando mittlerweile über alles, was mich bewegt, sprechen kann, erzähle ich ihm von gestern Abend. Ich liebe seine geduldige Art, mir Dinge zu erklären, auch wenn ich vieles nicht verstehen kann. Oder eher nicht verstehen will. Manchmal ist es besser, etwas nicht zu verstehen, als von der Realität aus der Bahn geworfen zu werden. Das habe ich mir früh antrainiert und bin keinesfalls bereit, diese Gabe aufzugeben.

Die erste Zeit habe ich alles mit Elias bequatscht. Wenn man allerdings ständig zu hören bekommt, man soll sich darüber nicht den Kopf zerbrechen, dann lässt man es irgendwann. Als wäre das so einfach. Ich befinde mich in einem Teufelskreis und um nicht daran zu ersticken, brauche ich diese Gespräche wie meine Lunge die Luft zum Atmen.

»Ich weiß, es ist schwierig, hauptsächlich für dich.«

»Wie meinst du das?«, hake ich nach und da er mich nicht anblickt, beobachte ich weit über mir zwei Vögel, die sich zu jagen scheinen. Vielleicht spielen sie aber auch einfach nur glücklich miteinander.

»Na, da du sexuell recht unerfahren bist und noch nicht viel erlebt hast. Es gibt so viele Dinge und Fetische. Selbst ich entdecke immer wieder neue Sachen, die müssen aber auch nicht zwingend gut sein«, erklärt er mir grinsend.

Wenn ich nur mehr Ahnung davon hätte! Blöderweise ist Sex kein Schulfach, in dem man sich theoretisch weiterbilden kann. Ich wünschte, Elias und ich hätten viel früher miteinander geschlafen …

»Ich verstehe einfach nicht, wie jemand darauf stehen kann, einem Menschen absichtlich so richtig weh zu tun.«

Lando seufzt schwer, als müsse er seine Seele von einer Last befreien.

»Violet, ganz ehrlich? Ich auch nicht. Aber ich kann dir sagen, dass viele darauf stehen. Eigentlich dachte ich immer, Gloria hat Chan ganz gut im Griff und kann ihn händeln, ohne dass er es selbst wirklich bemerkt.«

Ich drehe mich in seine Richtung und entdecke das kurze Zucken, dass um seine Mundwinkel huscht, als er die Handflächen betrachtet. Die liegen vollkommen ruhig in seinem Schoß. Er scheint wohl nachzudenken. Langsam winkle ich meine Beine an und warte, dass er weiterspricht.

»Ich nehme an, er war einfach noch zu aufgewühlt wegen der Schießerei. Denn wenn seine Laune unter null sinkt, kann auch Chan richtig austicken. Sein Gehirn scheint dann nicht mehr richtig zu funktionieren.« Schulterzucken unterstreicht seine Worte.

»Wenn das vorher überhaupt jemals der Fall war«, rutscht es mir heraus und Lando lacht.

Vielleicht hat Gloria deshalb versucht mich zu verscheuchen. Ich habe Chan gereizt und sie hat es in dem Moment ausbaden müssen. Schwere überfällt mich, als wäre ich mit einer Decke behangen. Unruhig rutsche ich auf der Bank herum und tauche mit beiden Füßen ins Gras ein.

»Worauf stehst du so?«, frage ich, um mich abzulenken. Brennend liegt sein Blick auf mir, doch ich schaue weiterhin geradeaus, als gäbe es auf den Steinen etwas besonders Interessantes zu sehen. Kleine Eidechse beim Sonnenbaden oder so. Natürlich ist da nichts, ich tu das nur, um nicht rot anzulaufen. *Wie ein dummes Kleinkind, echt!*

»Nichts Weltbewegendes, normalen Sex eben. Gern härter, mit Kratzen und Beißen. Augenbinden und Fesseln turnen mich auch extrem an.«

Nun bin ich neugierig. »Willst du die Frauen fesseln oder sollen sie dich fesseln?«

Ein flüchtiges Lächeln umspielt Landos Lippen und es scheint, als suhle er sich kurzzeitig in Erinnerungen. Dabei schiebt er seine Hände unter die Kniekehlen und lässt die Beine baumeln.

»Ich mag beides.«

»Woher weiß man, auf was man steht?«, dringt vorsichtig die Frage über meine Lippen. Mein Blick haftet an seinem Mund, der sich langsam in die Breite zieht.

»Indem man es ausprobiert? Es gibt keine andere Möglichkeit, außer es einfach zu tun.«

Wenn das alles mal so einfach wäre …

Während er sich leicht zu mir dreht, die Hand auf meinem Knie ablegt, dringen seine Worte in mich und erzeugen ein Kribbeln.

»Jeder kleine Gedanke, jede Idee, jedes Bild, das dir erscheint, kann ein Teil deines Verlangens, der Neugierde oder auch deiner Lust sein.«

Ich schlucke schwer, denn da erscheint in letzter Zeit so einiges.

»Gib dich deinen inneren Stimmen hin. Trau dich. Nichts ist verwerflich, nichts verboten. Mit dem richtigen Partner lernst du fliegen.«

Ich möchte seine Augen sehen …

»Worüber denkst du nach?«, fragt Lando neugierig, nimmt seine Hand von meinem Knie und zieht die Sonnenbrille ab. Es bitzelt seltsam auf meiner Haut. Sein Blick dringt in mich, mir wird warm und ich schüttele den Kopf, ehe ich wieder die Steinmauer fixiere. Sie wird wohl noch meine Freundin, wenn ich weiterhin so viel mit ihr flirte.

»Ich freue mich einfach auf heute Abend«, sage ich irgendwann in die Stille.

Mein Treffen mit Elias. Ja, ich würde es sogar als Date bezeichnen. Nur wir zwei, allein, bis zum Frühstück. Beim Gedanken daran juckt meine Haut fast unerträglich, als wäre der Histaminspiegel meines Körpers kurz vorm Explodieren. Die gute Nachricht geht sogar so weit, dass ich von meiner täglichen Aufgabe im Sklavenraum befreit bin.

Seit ich davon weiß, zucken ständig meine Mundwinkel. Ich scheine wohl gute Laune zu haben. Zwar bringt mich Landos Blick kurzzeitig etwas aus der Fassung, aber so richtig deuten kann ich ihn nicht. Was soll mir die feine Falte zwischen den Augenbrauen, die halb gesenkten Augenlider und seine komisch nach rechts verzogene Schnute wohl sagen? Doch ich frage ihn nicht, vielleicht hat er ebenfalls über etwas nachgedacht, was ihn beschäftigt.

Es wird ein schöner Abend, ja, das wird er ganz bestimmt!

34. Elias

Während ich das Fixierpuder auf meine Handflächen stäube und in die Haare einarbeite, um der Frisur mehr Struktur zu geben, blicke ich mir im Badspiegel entgegen. Glatt wie ein Babypopo. Genauso, wie Violet es mag.

Bei unserem Kennenlernen am See hat eine Art 3-Tage-Bart mein Gesicht umrahmt. Einige am College haben damit angefangen und der Look hat mir gefallen. Ich wollte einfach wissen, ob ich damit auch so erwachsen und zielstrebig aussehe wie Dylan, der seitdem extremen Zulauf an Frauen verzeichnen konnte. Als das Ding dann aber mein Gesicht umrahmt hat, war ich mir unsicher. Die Mädels waren auch keine große Hilfe, denn ihre Meinungen sind so weit auseinandergelegen, wie Himmel und Hölle es nur sein können.

Nachdem ich Violet meinen Namen verraten hatte, haben wir uns am nächsten Tag wie immer am See getroffen, obwohl wir nicht verabredet waren. Sie hat mich wie die Tage zuvor ignoriert und ist, ohne mich eines Blickes zu würdigen, schnurstracks ins Wasser gelaufen. Ich habe mir eingeredet, dass sie mich nicht bemerkt hat, aber in Wahrheit fehlte ihr wohl einfach das Interesse an mir. Da ich Herausforderungen liebe und auch schon manche harte Nuss knacken konnte, war Aufgeben keine Option. Sich die Mädels rauszupicken, die alle anderen abblitzen lassen, und dann mit Engelsgeduld doch noch rumzubekommen, herrlich. Nicht, dass ich damit herumprahle, aber es sind nun mal Tatsachen.

Schon immer haben mich die gereizt, die mir die kalte Schulter entgegenstreckten. Es liegt ja auch irgendwie in unserer Natur, ständig das zu wollen, was wir nicht haben können. So heißt es zumindest immer in irgendwelchen bedeutungsvollen Sprüchen über das Leben, die in sämtlichen Netzwerken kursieren.

Ich bin Violet sofort hinterher und habe mich wie auch schon die Tage zuvor neben ihr im Wasser eingereiht. Dieses Mal allerdings mit einer Begrüßung. Als sie mir irgendwie melancholisch entgegengeblickt hat, konnte ich nur ihren stummen Mund betrachten. Ich weiß nicht wie lange, aber ich habe ihn studiert. Ausgiebig. Bin fasziniert an dieser schmalen, herzförmigen Oberlippe geklebt, die überhaupt nicht mit ihrer voluminösen blutroten Unterlippe harmonieren wollte. Als hätte man diese aufgespritzt, aber die obere vergessen.

Genau sowas liebe ich. Einzigartigkeit unter den vielen Frauen, die alle darauf aus sind, so perfekt wie möglich auszusehen. Wie ein symmetrisches Bild, an dem alles stimmig sein muss, um am Ende recht langweilig zu wirken und unbeachtet an irgendeiner Wand herumzuhängen.

Eine Masse an Frauen. Vollkommen identisch, als seien sie alle eineiige Zwillinge, als wären ihre Körper geklont. Ich habe weiß Gott nichts gegen trainierte, feste Oberschenkel, einen Po zum Anpacken und Brüste, die ausreichend groß für einen Tittenfick sind. Doch ich möchte einfach keine Freundin, die der eines Kumpels zum Verwechseln ähnlichsieht und sich womöglich nur durch die Haarfarbe oder ein, zwei Muttermale unterscheidet.

Seit einigen Monaten schon habe ich also Ausschau nach etwas Besonderem gehalten. Nach meinem Juwel. Ein dreifarbiger Ammolit unter allen Edelsteinen, und ich habe das

Gefühl gehabt, dass dieser gegenwärtig stur geradeaus blickend neben mir schwimmt. Natürlich habe ich damals noch nichts von ihrer Krankheit gewusst, dem verkorksten Leben und all ihren Problemen, die sie mit sich herumschleppt. Aber ohne das alles wäre sie nicht die Violet, die sie ist.

»Ich mag deinen Bart nicht«, ist es ein paar Minuten später aus ihrem Mund gedrungen, ohne mich dabei eines Blickes zu würdigen. Ich weiß noch, wie ich verdutzt zurückgefallen bin und kurzzeitig kraulen musste, um sie wieder einzuholen. Sie hat eiskalt so getan, als sei ich nie weg gewesen. Oder generell nicht neben ihr, denn sie hat mich einfach weiter wie Luft behandelt.

»Danke, Violet«, habe ich vor Anstrengung prustend zu ihr gesagt, denn sie ist immer schneller geschwommen, als würde sie vor mir flüchten wollen. Doch davor hat sie mich mit einem überzogenen Runzeln ihrer Stirn gestraft.

Am nächsten Tag waren wir leider viel später dran als sonst, da die Nacht zu heftig gewesen ist und wir einfach nicht aus dem Bett gekommen sind. Diesmal hat sie auf meine Begrüßung mit einem Nicken reagiert.

Ich kann mich noch gut an diese völlige Perplexität in ihrem Gesicht erinnern, als sie wissen wollte, wo denn mein Bart hin sei. Während ich ihr mit einer vollkommenen Ernsthaftigkeit erklärt habe, dass ich den Bart an jemanden verschenkt hätte, dem er wirklich stehen würde, habe ich das erste Mal ein Lächeln erhascht. Mit diesem hohen, unbeschreiblich süßen Kichern, hat sie sich weit vor alle Frauen katapultiert. Das ist der Moment gewesen, an dem ich ihr komplett verfallen bin.

Inzwischen sind meine Haare frisiert und der Unterkörper steckt in einer dunkelbraunen Stoffhose. Das legere, weiße Shirt hänge ich wieder zurück, denn heute ist ein besonderer Abend. Deshalb schlüpfe ich in die Ärmel eines weißen Leinenhemdes und knöpfe es bis auf die oberen beiden Knöpfe zu. Violet liebt Weiß. Vor allem an mir. Leider noch mehr an sich selbst.

Bevor ich die Wohnung verlasse, werfe ich einen letzten Blick in den Spiegel, dabei zupfe ich akribisch den Kragen in Form. Sämtliche Tattoos blitzen neckisch wie durch Pauspapier unter dem Stoff hervor. Die zwei Totenköpfe am linken Oberarm umzingelt von dem Dornenkranz. Darunter prangt das Spinnennetz mit der Tarantel, die Violet so eklig findet. Ich muss schmunzeln beim Gedanken daran, wie sie immer diese drollige Schnute zieht. Allerdings nervt mich ihr Getue, wenn sie sich dabei die Augen zuhält. Wie ein kleines Kind, das die Wahrheit durch seine nackten Hände unwirklich werden lässt.

Das Tattoo gibt es nur, da Mom mir eine Spinne im Haus verboten hat und das ein kleiner Seitenhieb von mir war. Ich weiß nicht warum, aber ich liebe diese Tiere.

Mein neues Tattoo befindet sich auf der linken Brust. Ein menschliches Herz. In der Mitte prangt ein schwarzes V. Das Zeichen meiner Liebe zu Violet. Darüber befinden sich noch zwei rosafarbene Dahlien. Für dieses Tattoo hat mich mein böses Schneewittchen wirklich alles geheißen und zwei Tage lang vollkommen ignoriert. Geile Reaktion dafür, dass man seiner Freundin eigentlich nur eine Freude machen will. Mittlerweile freut sie sich über den Liebesbeweis. Oder sagen wir mal so, sie duldet ihn zumindest, ohne gleich auszuflippen, wenn sie es sieht. Aber das nenne ich bei Violet einen gewaltigen Fortschritt. Letztens hat sie sogar gemeint, dass ich echt bemitleidenswert bin, da jede Freundin nach ihr mit einem V beginnen muss.

Hier sei die Auswahl mehr als mickrig. Recht hat sie, doch sie wird für immer mir gehören, da gibt es keine andere.

Ein letzter Blick in den Spiegel. Ein letztes Mal durchatmen, dann mache ich mich auf den Weg, um Violet abzuholen.

Bitte lass alles so funktionieren, wie Lando und ich es geplant haben.

35. Orlando

»Du bist ja schon hier.« Fast erstaunt kommt die Floskel über meine Lippen, als ich die Tür leise schließe, denn ich weiß, dass Vater schon seit heute Mittag zurück ist. Umso trauriger macht es mich, dass er sich lieber hier verkriecht, anstatt sich bei mir blicken zu lassen. Ich versuche es mit nach oben gezogenen Mundwinkeln, ehe wir uns wieder streiten.

»Wie du siehst. Warte bitte kurz.« Geschäftig blättert er in irgendwelchen Unterlagen herum. Ich setze mich einfach in den Stuhl ihm gegenüber, auch wenn ich die zwei Stühle nicht mag. Sie sind hart und kalt. Scheinen sich ihm anzupassen.

Mein lautstarkes Räuspern dringt durch den Raum als ich ihn mit zusammengepressten Lippen betrachte. Die letzten vier Monate, die er unterwegs war, scheint sein Vollbart einiges an Grau dazugewonnen zu haben. Mittlerweile sind außer über der Oberlippe nur noch vereinzelte braune Haare übrig. *Vier Monate nicht gesehen und er hockt hier. Jackpot, Lando!*

Seit Moms Tod ist unser Verhältnis rapide abgestürzt. Freier Fall sozusagen. Wir befinden uns knapp über dem Boden, kurz vor dem Einschlag. Ich will nichts falsch machen und er wohl ebenso wenig. Seitdem verhalten wir uns so, fast unfähig, ein Gespräch zu führen. Wir ignorieren uns dafür lieber gegenseitig.

Ja, ich habe ihm damals schlimme Worte an den Kopf geknallt und ihn für Moms Selbstmord verantwortlich gemacht, aber hey, ich war ein tollwütiger Teenager. Ein echtes Mama-Kind. Dazu bereit, jedem die Schuld dafür zu geben, dass ich das Wichtigste in meinem Leben verloren habe. Darüber sollten Erwachsene eigentlich stehen können.

Anstatt tröstender Worte gab es Zurechtweisungen. Männer flennen nicht wie kleine Kinder, reiß dich zusammen, das Leben geht weiter. Ständig als Idiot beschimpft zu werden ist auch nicht toll. Wie sich ein einzelnes Wort dermaßen in das Gedächtnis brennen kann, dass man es nie wieder vergisst. Bei jeder Konfrontation damit flippe ich sofort aus. Nervös kratze ich mich am linken Ohrläppchen und warte.

»Wie geht es dir?«

Wow, was ist denn heute los? Geburtstag und Weihnachten zusammen? Ich kann mich nicht daran erinnern, wann ich von ihm das letzte Mal die volle Aufmerksamkeit bekommen habe. Vater sitzt einfach vor mir und tut nichts. Wirklich überhaupt nichts. Kein Getippe auf dem Handy, Gekrame in einer Schublade oder Rascheln irgendwelcher Unterlagen.

»Ganz gut und dir?«

Auch ich sitze ruhig auf dem Stuhl, ohne zu zappeln. Neugierig blicke ich ihm entgegen. Beobachte die Lachfalten, die sich um seine müden Augen bilden.

»Danke, auch gut. Nur etwas müde, aber so ist das eben.«

Ja, so ist es eben, wenn man ein millionenschweres Familienunternehmen im Exportbereich führt und ganz nebenbei noch Drogen für Cesar schmuggelt. Ein Grund, niemals dort einzusteigen. Und ein Grund mehr, warum unser Verhältnis so mies ist. Dummerweise bin ich ein Einzelkind. Aber wer weiß, vielleicht hat eine dieser jungen Dinger ja Glück und bringt meinen Vater dazu, sie zu schwängern. Ich stelle mir vor, wie wir zu viert mit Freundinnen im selben Alter am Tisch sitzen und es ist dermaßen skurril, weswegen ich belustigt vor mich hin schnaube.

»Was ist so lustig?«

Während ich noch nach einer Ausrede suche, kramt Vater in der obersten Schublade seines Schreibtisches. Langsam schiebt er mir eine Visitenkarte entgegen. Seine Frage scheint vergessen.

»Nächsten Mittwoch, 20 Uhr.«

Halt mal, da ist Moms Todestag. Hektisch ziehe ich die Karte vom Tisch. Die Adresse eines Restaurants. Kenne ich nicht, aber es sieht gut aus. Zumindest gibt es Sushi.

»Du … also … hast du?«, stottere ich. *Ist das sein Ernst?*

»Ja. Ich dachte, es ist an der Zeit, dass ich mich mal um die Reservierung für unser jährliches Essen kümmere.«

Vollkommen baff lasse ich mich nach hinten sinken. Jedes Jahr gehen wir an Moms Todestag und an ihrem Geburtstag zusammen essen und immer habe ich mich um die Reservierung gekümmert. *Was hat er nur? O Gott, vielleicht will er mir ja doch eine neue Freundin vorstellen.* Eigentlich warte ich schon seit zwei Jahren darauf. Nicht, dass ich wüsste, dass er eine hat. Zumindest keine bestimmte, denn er hat mit vielen was am Laufen. So operierte Zecken, die es auf seine Kohle abgesehen haben. Das Sahnehäubchen dieser ganzen Models ist wohl, dass er für seine zweiundfünfzig noch sehr attraktiv und sportlich ist.

»In dem Restaurant waren Maribel und ich bei unserem ersten Date.«

Wow. Ein Kribbeln befällt meinen Rücken, es ist wahnsinnig schön. Ich kenne das Restaurant nicht und habe noch nie davon gehört. Freude macht sich breit, zwingt mich zu einem Lächeln, welches auf ihn abfärbt. Gerade fühle ich mich meinem Vater so nahe wie schon lange nicht mehr.

»Sag mal, Lando. Wer ist die Kleine, mit der du heute im Poolbereich warst?«

Ich bin von dem schnellen Themenwechsel kurz überrumpelt und verstehe erst nicht, wovon er spricht. Aber klar, er meint den Badebereich der Perlen.

»Wolltest du zu mir?«

»Ähm, ja, aber ich wollte euch nicht stören.«

Denkt er etwa, ich schleppe mein Date in den Perlenbereich? Lautes Lachen dringt aus meiner Kehle.

»Du hättest nicht gestört, ich kümmere mich nur um sie. Arbeit.«

»Sie ist eine Perle?« Ich habe noch nie größere Augen an ihm gesehen, als er sich mir auf dem Tisch entgegen lehnt.

»Nein. Puuh, also Violet ist die Freundin von Elias. Er ist ja wieder hier und ja, es ist alles etwas kompliziert …«

»Ja, das hat Cesar erwähnt. Woher kommt sie?«

»Warum?«

»Jetzt sag schon!« Da ist er wieder, der grimmige Bär, den ich in den vergangenen Jahren so gut kennenlernen musste.

»Irgendwo aus Connecticut, den Ort habe ich vergessen. Aber wieso interessiert dich das so?« Nun ist es an mir, ihm mit hochgezogenen Augenbrauen entgegenzustarren, denn irgendetwas ist hier komisch.

Vaters Finger trommeln auf seinen Lippen umher, wie immer, wenn er nachdenkt. »Sie erinnert mich an jemanden.«

»Und an wen? Warst du dort schon mal?«

»Ja, mit Cesar. Wir lernten damals in einer Bar eine Frau kennen. Weißt du, wie ihre Mutter heißt?«

»Nein, aber sie lebt nicht mehr.«

Seine Augen verengen sich kurz, aber er bleibt stumm.

»Kanntest du die Frau denn gut? Wenn du willst, frage ich Violet danach.«

Hektisch winkt er ab. »Nein, lass mal. Eigentlich hatte Cesar intensiveren Kontakt. Ich bin ihr nur ein paar Mal begegnet.«

Intensiver? Stopp mal, aber das … Shit! »Dann könnte Violet Cesars Tochter sein?«, rufe ich schrill und springe auf. *Heilige Scheiße!* Ich muss mit Elias reden, sofort!

»Nein, das wollte ich damit nicht sagen.« Zack, das wars, mein leuchtender Moment der vollen Aufmerksamkeit ist erloschen, denn Vater greift nach ein paar Papieren und blättert darin herum. *Wie kann er so entspannt bleiben?*

»Aber du sagtest doch, dass Cesar etwas mit dieser Frau hatte. Wann war das?«

Seine Stirn legt sich in Falten und er blickt auf die Wand hinter mir. Da hängt das Bild von Mom. Mitten in einer Wiese aufgenommen, rundherum ein Blumenmeer. Die Haare zu einem Pferdeschwanz gebunden und das schönste Lächeln auf den Lippen, das ich bei einer Frau bisher gesehen habe. Obwohl es ein schwarz-weißes Porträt ist, strahlt es unendlich viel Wärme aus. Ich drehe mich doch noch kurz danach um und spüre pure Verbundenheit. Ehe mich erneut die Trauer überfällt, wie ein heimtückischer Dieb, der mir meine Fröhlichkeit stiehlt, wende ich mich ab.

»Muss vor siebzehn oder achtzehn Jahren gewesen sein, ich weiß es nicht mehr genau. Zu der Zeit waren wir einige Wochen dort vor Ort.«

Der Zeitraum würde passen, denn Vi ist achtzehn.

»Aber was ich nicht verstehe. Wieso hat er denn in Violet nichts von der Frau erkannt, wenn es dir sofort aufgefallen ist? Das müssen wir ansprechen, sofort!«, hastig springe ich auf und reibe hektisch meine Handflächen aneinander, um danach die Hände zu falten. Beten wäre vielleicht keine schlechte Idee.

»Wenn Elias und Violet Halbgeschwister sind, dann … oh … ich muss das Elias erzählen und du …« Aufgeregt ziehe ich das Handy aus der hinteren Tasche meiner Jeans und entsperre es.

»Orlando!« Vaters Stimme schneidet die stehende Luft in dem überhitzten Raum und zwingt mich innezuhalten. Wieso verbaut man eigentlich Klimaanlagen, wenn man sie nicht nutzt?

»Du hältst die Füße still, hast du verstanden?! Leg das Handy weg und zu niemandem ein Sterbenswort! Ich rede mit Cesar, denn wie du schon sagtest, müsste er sie ja auch erkannt haben. Wahrscheinlich irre ich mich einfach. Habe ich dein Wort?« *Man ist der sauer …*

Ich nicke einfach und wische mir ein paar Schweißtropfen von der Stirn. Ich weiß nicht, ob die sich wegen der Wärme oder vor Aufregung tummeln, denn Vaters Stirn scheint komplett trocken.

Eventuell hat er recht. Wozu schlafende Hunde wecken, wenn sich hinterher alles als falsch herausstellt. Dennoch gefällt mir die Schlinge, die sich um meinen Magen legt und langsam enger wird, überhaupt nicht.

Wenn Elias das gleich durchzieht und er hinterher erfährt, dass ich davon wusste … ich bin echt dran!

36. Elias

Violets schriller Schrei reißt an meinem Trommelfell, noch bevor ich sie überhaupt sehe. Oder eher diesen grünen Traum aus Tüll, der auf mich zu gewalzt kommt. *Wieso hat sie keine Schuhe an?*

Ehe ich mich versehe, hängen beide Arme an meinem Nacken und ihre Beine klammern etwas unbeholfen um meine Oberschenkel. Der Sprung war einfach viel zu lahm, um höher zu kommen. Aber das macht nichts. Mit meinen Händen unter ihrem Po schiebe ich sie noch ein Stück höher. Man muss die Gelegenheiten nutzen, wie sie kommen.

Ein verdächtiges Geräusch, das dem Reißen von Stoff ähnelt, lässt ihre Augen groß werden. Samtbraun mit einem Hauch dunklem Grün, das mich an das Opalarmband meiner Mom erinnert, blicken sie mir entgegen. Ihr Mund ist zu einem O geformt, ohne dass etwas daraus hervordringt. Ich grinse ihr entgegen. Sie lächelt verschmitzt, ehe weiche Lippen auf meinen landen. Ihre süßen Küsse sind pures Aphrodisiakum für mich. Ein Kuss, ich bin glücklich. Mein Buddy da unten allerdings nur halb.

Sanft greife ich unter ihre schlanken, von definierten Muskeln durchzogenen Arme und ziehe sie von meinem Körper. Violet lässt es mit sich geschehen, während ihre Wärme langsam entschwindet.

Sie scheint unfähig, ihren Blick von mir zu reißen. Dafür gehen meine Augen auf Wanderschaft, um diesen hübschen Fummel an ihrem atemberaubenden Körper einmal näher zu betrachten. Der Farbton, der mich an einen Waldspaziergang erinnert, scheint ihre vornehme Blässe zum Strahlen zu bringen. Mein Blick hängt kurzzeitig an ihrem scharfen V-Ausschnitt, aus dem gut ein Drittel ihrer Brüste hervorblitzen. Als ich mir mit der Zunge langsam über die Unterlippe streiche und meine Gedanken schon ihren eigenen Film schieben, stupst sie mich an. Ihr Blick samt den leicht geöffneten Lippen machen es keinesfalls besser.

Meine Hose ist verdammt eng. Am liebsten würde ich direkt über sie herfallen, ihren Oberkörper auf den Tisch drücken, das Höschen beiseite zerren und mich in ihr versenken. *Heute komme ich zum Zug, endlich.* Ich muss mich nur noch etwas gedulden …

»Gefalle ich dir?«, unterbricht sie meine Selbstgespräche. Erneut schwingt Tüll vor meiner Nase.

»Du siehst traumhaft aus, Schneewittchen.«

Ich erhasche ihr Lächeln, ehe der Mund aus meinem Blickfeld verschwindet und warme, weiche Lippen sich auf meine pressen.

»Bist du bereit?«

»Sowas von.« Violet hängt sich grinsend an meinen Arm und ich weiß, an was sie denkt.

»Sag mal, willst du wirklich barfuß gehen?«

Mein Arm ist wieder weise und sie im Bad verschwunden. *Dieses Girl.* Lachend reibe ich mir über die Augen, denn die letzte Nacht war eindeutig zu kurz.

Hochhackige, hautfarbene Pumps baumeln zwischen ihren Fingern, als sie aus dem Bad kommt. *Was haben ihre Schuhe denn dort verloren?* Zum Anziehen setzt sie sich auf den Stuhl und ich erhasche einen Blick auf ihre Treter. Selbst die sehen an ihr noch leicht sonnengebräunt aus.

Violet hakt sich erneut bei mir unter, während ich mich zu einem Lächeln zwinge. Ein Wunder, dass ich nicht zittere.

Hoffentlich geht alles gut. Mit aller Kraft versuche ich dieses störende Gefühl zu verdrängen, um erst einmal den Abend genießen zu können.

Durch meine ständigen Erkundungstouren finde ich mich in den unzähligen Gängen mittlerweile fast im Schlaf zurecht. Zielsicher führe ich also meine quengelnde Freundin, die mir unbedingt meine Überraschung entlocken will, durch halb beleuchtete Gänge. Hellgrüner Putz ersetzt irgendwann diese düsteren Steine zu beiden Seiten.

»Wow, fast so hübsch wie in unserem Reich.«

»Unserem Reich?« Verwirrt ziehe ich eine Augenbraue nach oben.

»Nicht unserem, das Reich der Perlen«, erwidert sie lachend, schüttelt fast missbilligend den Kopf und ihre großen Locken fliegen nur so ums Gesicht.

»Du bist keine Perle! Merk dir das!«, antworte ich schroff, denn ich mag die Bezeichnung nicht. Vor allem nicht, wenn man meine Freundin damit betitelt. Mehr als ein »Hm« hat Violet nicht zu sagen, aber egal, wir reden da ein andermal drüber. Heute will ich die Zeit mit ihr genießen und nicht herumdiskutieren.

Als eine recht unscheinbare, dunkelblau gefärbte Metalltür vor uns auftaucht, hebt Violet fragend eine Augenbraue. Wissend drücke ich den Griff nach unten. Langsam schiebe ich die Tür auf. Violet drückt sich frech an mir vorbei ins Halbdunkle und schon dringt ein Schrei an mein Ohr.

»Kino, Kino, Kino!«, schreit sie und hüpft im Kreis. Rötlich schimmernde Wangen ziehen meinen

Blick an, dann fällt sie mir einfach um den Hals. Ihr genuscheltes »Danke« an meinen Lippen zwingt mich zu einem Lächeln. Ich nuschle ein »Bitte« in ihren Mund und mein Buddy da unten möchte auch etwas in ihre Muschi flüstern.

»Wir sind viel zu overdressed für Kino.« Violets Hand schlägt gegen meine Brust, genau da, wo ihr Herz mit dem V prangt. Ich halte sie fest. So fest ich kann, ohne ihr wehzutun. Ich möchte sie nie wieder loslassen, niemals.

»Mir gefällt, wie du aussiehst, sehr sogar. Für mich bist du nicht overdressed, sondern die schönste Frau auf diesem Planeten. Nein, im gesamten Weltall.«

»Woher weißt du, dass es im Weltall weitere Frauen gibt? Vielleicht sind es Zwitter, die Raumanzüge tragen, da man auf ihren Planeten nicht atmen kann. Oder galaktische Mönchinnen?« Ihr Blick ist so ernst, dass ich schmunzeln muss. Besser gesagt, zwinge ich mich zum Schmunzeln, um nicht laut herauszulachen.

»Galaktische Mönchinnen?«, wiederhole ich. *Mist, ich wollte nicht lachen!* »Wie sehen diese galaktische Mönchinnen denn aus?«

»So, dass du sie nicht scharf findest!«

Violet verschränkt die Arme vor der Brust und ich ziehe sie an mich, drehe sie an ihren Schultern um und schiebe sie vor mir her in die vorletzte Reihe mit den riesigen schwarzen Ledersesseln. Esteban und ich haben uns hier vor einigen Tagen Fast & Furious reingezogen. Währenddessen sich den Rücken durchkneten zu lassen, war der Wahnsinn.

»Nehmen Sie Platz, Madame.«

Sie tut es kichernd. Ich schnappe mir die Kärtchen, die ich vorbereitet habe, von meinem Sitz und lege sie ihr in den Schoß. Eine Auswahl drei ihrer Lieblingsfilme, auch wenn ich alle schon auswendig mitsprechen kann.

Mit großen Augen studiert sie jede einzelne, als würde sie keinen Film davon kennen. An der Art, wie sie ihre Zungenspitze zwischen die Lippen klemmt, sehe ich, dass ihr die Entscheidung schwerfällt. *Na komm schon, Schneewittchen, Donnie Darko, Dirty Dancing oder Love Story, das kann doch nicht so schwer sein.* Insgeheim bete ich, dass es nicht Dirty Dancing wird, denn die Musik geht mir auf die Nerven. Das Geschrei treibt mir Gewitterwolken ins Gehirn, die sich dort abladen und nicht weiterziehen wollen. Donnie Darko wäre mir am liebsten, aber Violet entscheidet sich für Love Story. *Glück im Unglück, aber egal, Hauptsache sie ist bei mir.*

Kaum habe ich den Film ausgewählt, erscheint schon der Vorspann. Mit den Knöpfen an der Seite des Sitzes lösche ich die Deckenstrahler. Augenblicklich umhüllt uns ein sanfter, warmweißer Lichtschein. Gerade so viel, um etwas erkennen zu können und so wenig, um genug auf der Leinwand zu sehen.

»Popcorn oder Nachos?«

»Hast du beides?«

Ich nicke, denn natürlich habe ich das.

»Dann nehme ich beides.«

Violet kann sich nie entscheiden, nimmt wirklich immer beides und ich bin ständig der Resteesser. Fordernd streckt sie mir ihre Hände entgegen. Ich bücke mich, um beides vom Boden aufzuheben. Als der Student Oliver im Central Park auf der Bank sitzt, reiche ich es ihr rüber. Eigentlich will ich noch etwas sagen, doch ihr »Schhhh« lässt mich verstummen.

Violets halber Sitz ist von grünem Tüll bedeckt, die Popcorntüte thront links zwischen Kleid und Sitz. Ihre Nachos residieren im Schoß. *Hoffentlich schafft es der Käse ohne Unfall in ihren Mund.* Gelegentlich angele ich mir eine Handvoll dieser zuckrigen Popcorn aus der Tüte. Ich mag es salzig, aber Violet liebt sie nun mal süß.

In dem Moment, als Jenny die Diagnose Leukämie bekommt, steht Violet auf, krabbelt zwischen meine Beine, presst ihren Rücken an meine Brust. Vor sich hin schniefend sitzt sie da, wie sie es immer an der Stelle tut. Ich senke meinen Kopf und ziehe den Duft ihres Haares in meine Nase. Es riecht wie immer. Sie scheint hier auch ihre gewohnten Pflegeprodukte zu haben. *Wer wohl unsere Häuser durchstöbert hat?*

Gänsehaut bedeckt augenblicklich meine Arme. Ohne dass wir etwas geahnt haben, wurde in unsere Privatsphäre eingedrungen. Am Ende weiß Cesar mehr von Violet und ihrer Familie als ich. Zumindest der Familie, die noch übrig ist.

Zärtlich schmiege ich meine Arme um ihre Taille, während ich angestrengt versuche mich auf den Film zu konzentrieren. Denn eigentlich richtet sich meine ganze Aufmerksamkeit auf dieses wunderschöne, süße Girl, das vor mir sitzt.

»Und jetzt?« Regenfeuchte Augen blicken mir entgegen, während ein Lächeln Violets Mund umspielt. Es ist grotesk und passt überhaupt nicht zusammen.

Jetzt hoffe ich, dass du mir vollkommen vertraust, Schneewittchen …

37. Elias

Wahrscheinlich viel zu langsam für das mit den Hufen scharrende Pony namens Violet neben mir, schiebe ich die schwere, schmiedeeiserne, mit Nieten versetzte Tür auf. Den halben Nachmittag habe ich damit verbracht, das Zimmer herzurichten, und ich glaube, es ist mir recht gut gelungen. Wir werden von warmen Lichtern empfangen, die einen Tanz an die Wände werfen. Zeitgleich begleitet uns eine Auswahl unserer gemeinsamen Lieblingslieder auf dem Weg zu den zwei beigefarbenen Sesseln mit dem kleinen Glastisch in der Mitte. Ich fluche leise, denn die ganzen Eiswürfel sind geschmolzen. Glücklicherweise fühlt sich die Weinflasche noch kalt an.

Sauvignon blanc, unser Lieblingswein.

Zumindest hinter verschlossenen Türen oder bei Privatpartys, denn Violet darf ja offiziell noch keinen Alkohol trinken. Aber mal ehrlich, jeder kennt jemanden, der einem etwas besorgen kann und auf Partys gibt es immer reichlich davon. Violet scheint früher gut gebechert zu haben, doch seit wir zusammen sind, trinkt sie deutlich weniger. Meinen zumindest ihre Freundinnen. Das wurde mir im Vertrauen erzählt, Violet hat keine Ahnung, dass ich darüber Bescheid weiß.

»Worauf stoßen wir an?«, frage ich und reiche ihr das gefüllte Glas.

»Auf uns?«

Ein helles Klirren schwingt mir um die Ohren, als die Gläser sich berühren. Ohne den Blick von mir abzuwenden, trinkt Violet ihr halbes Glas leer und stellt es breit lächelnd auf den Tisch zurück. Mit großen Augen schaut sie zuerst durch den Raum und greift dann nach meiner Hand. Bestimmend zieht sie mich zu sich. Dann vollführt sie eine halbe Drehung, schmiegt sich in meine von ihr ausgeführte Umarmung, faltet meine Hände auf ihrem Bauch und legt ihre fast schützend darüber. Vielleicht um meine am Verschwinden zu hindern. Ich liebe diese Geste, wie sie, ohne zu fragen, einfach meine Umarmung einfordert.

Während ich sie im Arm wiege, gehe ich den Abend durch. In der Badewanne befinden sich Rosenblätter, es fehlt nur noch das Wasser. Neben dem großen Bett mit der Überdecke aus weichem Fuchsfell steht ein riesiger Blumenstrauß mit rosafarbenen Dahlien, die Violet so liebt.

Wieder einmal fühle ich diese unbändigen, glücksbringenden Gefühle zu diesem Girl, das einfach anders ist.

»Was hältst du von einem Bad?«

»Du willst mit mir baden?«

Ich muss schmunzeln, wie sie da steht, mit diesem frechen Blick, den in die Hüfte gestemmten Händen und ihrem zur Seite geneigten Kopf.

»Ja, das würde ich liebend gern.«

»Dann machen wir das jetzt.« Zufriedenheit liegt in ihren warmen Augen und ich versuche für den Moment alles andere auszublenden.

Nach fünf süßen Sauvignon blanc Schmatzern kann ich mich von ihr losreißen, um das Wasser in die Wanne einzulassen. Vom Bad aus rufe ich ihr zu, dass sie uns bitte die Gläser frisch aufgefüllt mitbringt.

Es dauert einige Minuten und ich stelle gerade das Wasser ab, als Violet splitterfasernackt mit den zwei Weingläsern in ihren zur Seite gestreckten Händen ins Badezimmer stolziert. Mein Atem stockt, als hätte mein Körper verlernt, Luft zu holen.

»Atmen, Elias. Ich will nicht das Beste in meinem Leben verlieren.« Damit drückt sie mir mein Glas in die Hand und einen Kuss auf den Mund.

»Das Beste?« Überrascht ziehe ich die Augenbrauen nach oben, stelle mein Glas auf den Wannenrand, Violets daneben. Mit einem Ruck hängt sie in meinen Armen. Mit beiden Händen greife ich ausgehungert nach ihrem Arsch.

Er ist nicht übertrieben groß, aber hübsch geformt, mit einer ansehnlichen Wölbung nach hinten. Extrem knackig. Liegt bestimmt an der ganzen Schwimmerei, die Violet mindestens zweimal die Woche fast schon fanatisch betreibt. Nichts bringt sie davon ab.

Außer eingesperrt zu sein.

»Ja, das Beste, mit Haut und Haaren und allen Innereien«, flüstert sie mir ins Ohr, während ich ihren Po knete. Ein tiefes Brummen dringt aus meiner Kehle, gefolgt von einem warmen Luftstoß.

Mein Penis drückt mittlerweile auch verdammt unangenehm gegen die recht eng geschnittene Stoffhose. Was bin ich froh, gleich aus dem Ding rauszukommen.

Sanft schiebe ich sie an den Schultern Richtung Wanne und königinnenhaft schwingen sich ihre gertenschlanken Beine über den Wannenrand, ehe sie sich Kleopatra-like in das leicht dampfende Wasser sinken lässt. *Hoffentlich ist es nicht zu heiß …*

Doch Violet gibt keinen Ton von sich, als sie nach ihrem Weinglas greift, einen Schluck daraus nimmt, um danach ihre Augen lüstern in meinem Schritt zu versenken. Es ist an der Zeit, mich auszuziehen.

Ich liebe es, dieses vollkommene Verlangen in ihrem Blick. Mit jeder einzelnen Berührung ist es in den vergangenen vier Monaten intensiver geworden und selbst ihre Küsse schienen immer fordernder zu werden. Genau deshalb verstehe ich nicht, wieso wir bisher keinen Sex hatten. Drängen ist normalerweise nicht meine Art. Außer heute. Heute muss es anders sein!

Ich setze mich ihr gegenüber, so dicht wie möglich. Wir stoßen an und schon ist ihr Glas leer. *Vielleicht kommt mir der Alkohol ja zugute.* Doch ich will sie nicht zu betrunken machen. Nicht, dass ihre Erinnerungen wie Blätter im Herbstwind davon segeln.

Meine Hände ruhen auf ihren Knien, als ihre spitzen Lippen immer näherkommen. Erneut stockt mir der Atem und mein Schwanz steht sowas von. *Hey Freundchen, zügele dich!* Ein flüchtiger Blick nach unten beruhigt mich, denn vor lauter Schaum ist nichts zu erkennen. Während ich meine Finger an ihrem Bein entlang auf Wanderschaft schicke, kleben unsere Lippen aneinander. Es gibt kein Entkommen, denn die Anziehung unserer Pole ist zu stark. Ich brauche Kraft, um mich von ihr lösen zu können, doch die kann ich unmöglich aufbringen. Mein Wille ist zu schwach, ich bin zu schwach. Ich habe einfach eine verfluchte Schwäche für dieses traumhafte Wesen vor mir, das zufälligerweise gerade splitterfasernackt ist.

Meine Finger krabbeln weiter an ihren Innenschenkeln entlang und hinterlassen in der Stille des Raumes ein sanftes Plätschern, was Violet ein Quieken entlockt. Sofort saugen sich unsere Lippen aneinander. Sachte schieben sich ihre Beine an meinen Hüften vorbei. Näher geht es nicht. Ich versuche einen Blick zwischen ihre geöffneten Beine zu erhaschen, allerdings ist der Schaum im Weg. Währenddessen versucht mein Schwanz in einem nervenaufreibenden inneren Krieg die Kontrolle über mich zu erlangen. Ich bin stark. Noch!

»Elias«, flüstert sie an meinen Lippen und schiebt sich mir weiter entgegen, auch wenn das kaum möglich scheint.

»Ja?«

Violets Wimmern dringt zwischen unseren Küssen in die Luft. Musik ist hier drin zwar keine zu hören, doch ihre Stimme spielt bei meinen Berührungen die schönsten Töne. Fest drängt sich ihr Körper an mich, bewegt sich, mein Schwanz da unten jubelt.

»Was willst du, Violet?«, frage ich, obwohl ich genau weiß, worauf sie wartet. Ich soll sie anfassen, an einer ihrer empfindlichsten Stellen berühren und nicht nur drumherum streicheln.

»Fass mich an.«

»Wie heißt das?« Ich muss grinsen und sie stoppt den Kuss. Als ich die Augen aufschlage, blickt sie mir entgegen. Groß, rund, flehend. Bitte, formen ihre Lippen, doch ich höre keinen Ton.

Mein Girl! Also lasse ich meinen Zeigefinger unter Wasser sanft über ihre Schamlippen gleiten. Violets Mundwinkel heben sich, bevor sie ihre Unterlippe nach innen zieht. Wir wenden den Blick nicht voneinander, als ich mich an ihre Klit herantaste. Ihr Körper zuckt bei jeder Berührung, sie blinzelt, sie stöhnt. *So heiß!*

Begierig sauge ich ihre Zuckungen in mich auf, bis sie ihre Augen schließt. Völlig entspannt gleitet ihr Körper sanft nach hinten ins Wasser. Vollkommen erregt betrachte ich ihre Brüste, die sich unter die Wasseroberfläche schieben, und wünsche mir ihre harten Knospen in den Mund. *Später!*

Langsam lasse ich zwei Finger in sie gleiten. Es ist ein komplett anderes Gefühl als sonst. Irgendwie rau. Ich weiß nicht, ob es wirklich das passende Wort dafür ist, aber mir fällt kein Besseres ein. Vollkommen dankbar stöhnt Violet mir entgegen und stützt sich mit ihren Unterarmen am Wannenrand ab.

»So gut«, seufzt sie, während ich immer schneller in sie eindringe. Das Badewasser schwappt ordentlich hin und her. Als ihr Po sich vom Untergrund abhebt, schiebe ich meine Hand darunter, halte sie oben. *Yes, jetzt kann ich dich richtig mit meinen Fingern ficken. So fest, so schnell, bis du mit einem erlösenden Seufzer kommst.*

Und wie sie kommt. Kein Seufzen ist zu hören, sondern ein Schrei zieht durch den Raum, während ihre Pussy sich um meine Finger krampft. Sie kommt für mich, weil ich es ihr gesagt habe.

Mit halb geschlossenen Augenlidern lächelt sie mir entgegen, immer noch ihre Beine um mich geschlungen. Sanft streichle ich über ihren Oberschenkel. Wir haben einiges an Wasser verloren und ein rhythmisches Plopp dringt immer noch durch den Raum.

»Awww, du bist so toll, weißt du das?« Sie hört sich an wie das Groupie einer Pop-Band und kurzzeitig schwindet ein Teil meiner immer noch vorhandenen Geilheit. *Schrecklich!* Ihr Händeklatschen verhindert das Absinken in meinem Schoß jetzt auch nicht wirklich. Ich atme schwer aus, ringe mir dann aber ein Lächeln ab, obwohl sie mich irgendwie nervt.

»Hat mir schon mal jemand gesagt«, kann ich mir den blöden Spruch aber nicht verkneifen, muss lachen und fange mir einen derben Schlag gegen die Brust ein. Violet betrachtet ihr Herz, ich sehe es genau. Noch deutlicher erhasche ich das Lächeln, als ihr von Wasser benetzter Zeigefinger langsam alle Konturen nachfährt. *Ich wusste, dass es dir irgendwann gefällt!*

Als ihre Hand unter Wasser plötzlich meinen mittlerweile nur noch halb steifen Penis berührt, schrecke ich kurz zusammen.

»Lass uns erst hier raus, okay?«

Violet nickt. Als ich mich am Wannenrand hochdrücke, steht sie schon mit einem schwarzen Badetuch um ihren Körper geschlungen vor der Wanne. *Wieso die Eile, du Nimmersatt?* Grinsend betrachte ich ihren linken Fuß, der hektisch auf den Boden trommelt. In einer Seelenruhe steige ich aus dem übrig gebliebenen Wasser. Sie reicht mir ein Handtuch und breitet zwei weitere auf der riesigen Pfütze auf dem Boden neben der Wanne aus. Obwohl ich noch nicht mal ganz trocken bin, werde ich schon Richtung Bett gezogen.

Lachend lässt Violet sich fallen, leckt sich über die Lippen und ich weiß sofort, was sie will. Auf der Matratze krabbelt sie zu mir. Je näher sie kommt, desto steifer wird mein Schwanz. *Shit!* Anstatt ihn vorsichtig anzulecken, schiebt sie gleich ihre Lippen darüber. Fest. Mit Druck. Ihr Mund nimmt mich hart auf, sie zieht an mir, als wolle sie mich melken. Der Druck steigt, alles in mir singt. Mein Verstand steht kurz vor dem Kollaps. Ich beobachte ihre Rückenmuskeln, die sich majestätisch unter der Haut abzeichnen, lege meine Hände an ihren Kopf und presse sie tief in meinen Schoß. Ihr enger Mund setzt mich in Flammen … *Fuck, dieses Girl!*

Mein Schnauben gleicht dem eines Stiers, bereit für mehr, für alles. Bereit zum Angriff. Ich will sie mit Haut und Haaren, komplett. Ich möchte sie spüren, will mich in ihr ertränken. *Jetzt oder nie!*

Ich trete einen Schritt zurück, um mich aus ihrem warmen Mund zu ziehen. Große Augen blicken mir entgegen und als ich mich aufs Bett fallen lasse, liegt sie sofort wie ein Hündchen neben mir. *So ist es gut!* Ich liebe diese Violet, die alles tut, um mir zu gefallen, die sich lenken lässt. Mir blind vertraut.

Wärme bestrahlt meinen Körper. Ich linse zu der roten Verpackung, die hinter der Vase liegt. Violet folgt meinem Blick. Mit Daumen und Zeigefinger fange ich ihr Kinn ein. *Bleib bei mir!*

Schon liege ich auf ihr, auf Knien und Händen abgestützt. Dieses Gefühl, mich an ihrem Körper zu reiben. *Hmmm.* Warm, samtig. Über ihren Bauch. Wir tauschen Küsse. Violet bleibt entspannt. Hart presst sie sich gegen meinen Penis und die Geilheit scheint auch über sie zu siegen. *Perfekt!*

Mit meinem Knie spreize ich langsam ihre Schenkel, lege mich dazwischen. Fest reibe ich meine pralle Männlichkeit an ihrer Pussy. Voller Verlangen. *Ob sie mich lässt?*

Meine Hände schwitzen, das Herz hüpft, die Muskeln verspannen sich. Doch Violet scheint davon nichts mitzubekommen, denn sie liegt immer noch mit geschlossenen Augen unter mir und reibt sich in ihrer vollkommenen Nacktheit stöhnend gegen mich.

Ich muss an diese Szene in einem von Violets Lieblingsfilmen denken. Als dieses Einhorn von dem Zauberer Schmendrick in eine Frau verwandelt wird und sie dann so übelst blass und nackt auf der Erde liegt. Zart, zerbrechlich, dass man sie direkt beschützen will. Wer hätte gedacht, dass ich jemals alle Namen der Figuren von Das letzte Einhorn kenne.

Mein unbedachtes Lachen lässt sie ihre Augen öffnen. Violet lächelt, ich küsse es weg, presse mich an sie und treibe ihr ein Stöhnen über die Lippen.

»Ich will dich!«, hauche ich ihr entgegen. Angespannt warte ich auf ihre Reaktion. *Wird sie etwas sagen? Oder einfach weiter machen?*

Mein hitziges Verlangen überrollt mich und ich frage mich, wie ich es so lange ohne Sex aushalten konnte. Vor allem, da ich ständig angemacht werde. Zumindest, wenn Violet nicht dabei ist.

Verdammt hart, wenn sie dich mit ihren knappen Kleidchen antanzen, sich versuchen an dir zu reiben, dir diese bestimmten Blicke zuwerfen und mein Buddy da unten eigentlich schon freudig zu jubeln beginnt. Jedes beschissene Mal hatte ich mich im Griff, denn ich kann das mit Violet nicht beenden. Darf sie nicht verlieren. Ich werde der Erste sein, der sie fickt, o ja, das werde ich! Allein dieser Gedanke ließ mich die ganzen Verführungen in den Wind schlagen. Außerdem bedeutet sie mir viel, sehr viel. Mehr als jemals eine Frau zuvor!

Während meine Lippen sich an ihrem mit Wärme durchfluteten Hals zu schaffen machen, stütze ich mich ab und lasse meine Eichel über ihren Spalt streichen. *Mein Schneewittchen.* Ihre süßen Laute vernebeln meinen Verstand. *Soll ich jetzt den Gummi nehmen, oder nicht? Violet nimmt die Pille … wenn ich jetzt stoppe, bekommt sie Zeit nachzudenken. Das könnte in die Hose gehen …*

Ich versenke meine Zähne in der empfindlichen Stelle unter dem Ohr, genau wie sie es mag. Meine Eichel schiebt sich zwischen ihre Schamlippen. Vorsichtig und langsam drücke ich mich gegen die Öffnung. Für sie wohl kaum spürbar, doch voller stechender Empfindungen an meiner Spitze. *Oh, yes*! Hitzige Vorfreude zwingt sich mir auf. Zitternd dringt mein Atem aus dem Mund, während ich mich vorsichtig weiterschiebe. Violets Finger tapsen über meine angespannten Armmuskeln. Meine Lippen suchen ihren warmen Mund, wandern den Hals hinauf und ich bleibe stöhnend an ihrem Kinn hängen, als meine Eichel auf Widerstand trifft. Etwas fester presse ich mich gegen sie, stehe aber immer noch vor ihrer Höhle. Violet japst unüberhörbar, mein Schwanz jubelt, alle Nervenbahnen stehen kurz davor zu reißen. Es kostet mich unendlich viel Mühe, mich so zurückzuhalten. Am liebsten würde ich mich einfach in ihr Loch pressen. *Jetzt gehörst du mir!*

Lautes Klatschen schiebt mein Gesicht kurzzeitig zur Seite und verdutzt starre ich in ihre wutverzerrten Augen, ehe ein Höllenfeuer meine linke Wange befällt. *Hat die mir gerade eine geknallt?* Bevor ich es ansprechen kann, fällt schon ein Händehagel auf mich herab.

»Geh runter von mir! Verpiss dich!«

Was ist nur in sie gefahren? Um nicht noch weitere Kratzer abzubekommen, drücke ich mich schnell nach oben und starre sie ungläubig an.

»Was ist los?«, frage ich mit gerunzelter Stirn, denn ich kapiere überhaupt nichts. Dafür hat sich die Lust verpisst und lässt ein großes Loch zurück.

Violets Augen sind so wild. Fieberhaft überlege ich, was ihr beschissenes Problem ist.

»Jetzt gehörst du mir?«, schreit sie mir entgegen und ich schlucke schwer.

Shit, habe ich das laut gesagt? Ich schnappe nach Luft, will gerade etwas sagen, aber Violet fährt mir schon über den Mund.

»Spinnst du? Ich gehöre dir nicht, niemals!« Im Schneidersitz, die Arme vor der nackten Brust verschränkt, sitzt sie vor mir. Ihre Muschi glänzt feucht und ihre Augen ebenso.

»So war das auch nicht gemeint«, versuche ich sie zu beschwichtigen. Dabei betrachte ich ihren nackten Körper, der nur so vor sich hin bebt. Zeitgleich schwindet meine Euphorie, hier heute überhaupt noch etwas reißen zu können.

Fuck! Was mach ich jetzt? Ich weiß nicht, was ich sagen oder tun soll. Einfach weiter machen, als wäre nichts gewesen? Mit ihr vom Schokokuchen naschen? Kuscheln?

Meine Wange brennt, als hätte ich sie in Glut getaucht und ich fahre instinktiv mit der Hand darüber, aber natürlich hilft das nichts. *Was hat die kleine Furie nur für eine Kraft. Und wieso muss man wegen eines Satzes so ein Fass aufmachen?!* Genervt pressen sich meine Lippen zusammen. Dabei starre ich ihr entgegen, greife nach ihrem Arm, ziehe sie zu mir.

»Lass mich!« Wild schimpfend stemmt sich Violet dagegen, doch kräftemäßig hat sie natürlich keine Chance.

»Jetzt raff dich mal!«, schreie ich, denn ihr ganzes Getue nervt mich wahnsinnig.

Sofort ist sie stumm. Keuchend blickt sie mir mit bebenden Lippen entgegen. Ich fange sie ein, zwinge sie zur Stille, beruhige ihr Beben sanft mit meiner Zunge. Violet schnaubt an meinem Mund, doch ihr Körper entspannt sich zusehends. Ohne darüber nachzudenken, drücke ich sie einfach nach hinten, presse mich zwischen ihre Beine und liege auch schon auf ihr. Violet hält still. *Braves Girl!*

Ihr Atem geht flach. Ich kann nicht genau sagen, ob sie erregt ist oder sich fürchtet. Ich tippe auf erregt. *Natürlich ist sie erregt.* Meine Eichel ist so prall, mein Schwanz unglaublich hart, bereit zu allem. Schnell richte ich mich auf. Sanft liebkosen meine Finger auf ihrem Weg in die Tiefe einzelne Muskelstränge an ihrem Bauch, während meine Zunge voller Vorfreude meine Lippen befeuchtet. Violet rekelt sich unter meinen Berührungen, aber ich habe nur noch Augen für ihre Pussy, die so glänzend vor mir liegt. Sie wartet auf mich. *Jetzt gehörst du doch mir!*

Ich liebe dieses befriedigende Gefühl, vor Stolz platzen zu können, wenn man ewig auf etwas hinarbeitet und kurz vor dem erhofften Moment steht. Mein Finger wandert über ihre Klit, durch den feuchten

Spalt, immer weiter nach innen. Violet stöhnt, leise, sanft. Mit meinem Schwanz in der Hand, ihn reibend, rutsche ich vor ihr Loch. Ich werde zusehen, wie ich mich in ihr versenke, jede Sekunde auskosten und auf alle erdenklichen Arten vollkommen genießen. Fest in meiner Hand, stoße ich mit der Eichel erneut gegen die noch verriegelte Tür und …

»Hey«, rufe ich meiner flüchtenden Freundin zu, die sich soeben auf dem Bett nach hinten schiebt. Ich reiße die Arme in die Luft und blicke ihr fassungslos entgegen.

»Ich will nicht«, zischt sie ernst.

Reflexartig versuche ich sie an ihrem Bein zu erwischen, doch ich bin zu langsam und sie flüchtet über das Bett. Schon steht sie mit beiden Beinen auf dem kalten Boden. Kopfschüttelnd meinen innerlichen Vulkan krampfhaft beschwichtigend, strecke ich den Arm nach ihr aus. Meine andere Hand krampft sich in das Leintuch. Ich könnte ausrasten.

»Komm her«, sage ich bemüht ruhig.

Falten legen sich auf ihre Stirn, die Augen verengen sich gefährlich zu Schlitzen. *Schneewittchen ist not amused, ganz und gar nicht.*

»Bitte.« Mit geneigtem Kopf und einem gezwungenen Lächeln hoffe ich, sie umzustimmen. Aber sie steht nur da. Mit verschränkten Armen, zittrig, rote Wangen, zerzaustes Haar, Feuer in den Augen. *Unglaublich heiß!* Sie macht mich so scharf, ich könnte ausrasten. Es ist die pure Qual. Vor allem, da mein Schwanz am liebsten das Zepter übernehmen würde.

Violet senkt den Blick und ein vorsichtiges Schmunzeln legt sich auf diese verführerischen Lippen. Sie jetzt einfach zu mir ziehen, ihre Hand um meinen Schaft spüren, was würde ich dafür geben. Als ich mich allerdings weiter nach ihr ausstrecke, weicht sie zurück. Dabei schlingen sich ihre Arme noch fester um den nackten Körper.

»Violet, bitte«, versuche ich sie mit honigsüßer Stimme zu locken.

»Ich will zurück!«, schreit sie mir aufgebracht entgegen und hastet zum Stuhl, über dem ihr Kleid hängt.

Was stimmt mit ihr nicht? Jede andere würde nach dem Abend über mich herfallen!

38. Violet

Mit gesenktem Kopf, das Kleid spärlich übergeworfen und der Reißverschluss am Rücken weit auseinanderklaffend, stöckele ich in diesen unbequemen Schuhen hinter Elias die Gänge entlang. Ich versuche lautlos zu schniefen, denn seine Aufmerksamkeit würde mich noch wütender machen. *Jetzt gehörst du mir!* Wie ein quälender Poltergeist spukt der Satz in meinem Kopf. Dieser Satz, den seine dummen Kumpels immer ablassen, wenn sie mit einer neuen Eroberung prahlen. Gefickt, weggeworfen, die nächste.

Nein, niemals! Ich balle die Fäuste und zwinge mich ruhig zu bleiben, denn weitere Kraft für erneute Diskussionen kann ich nicht aufbringen. Selbst Vio stimmt mir heulend zu. *Wird Elias mich auch entsorgen, wenn er seinen Schwanz in mir versenkt hat?*

Dazu noch seine Gruselgeschichte eben. Was sollte das? Ich weiß von den Blutritualen, dass Jungfrauen Blut abgezapft wird und jeder davon trinkt. Natürlich fiel mir ein Stein vom Herzen, als er meinte, dass er mich davor bewahren konnte. Ein Hinkelstein war das sogar.

Doch denkt er wirklich, ich glaube die beknackte Story, dass er mich dafür entjungfern muss? Genau heute? Dass ich morgen von einem Arzt untersucht werden soll?

Abfällig schnaube ich vor mich hin und streiche mir ein paar Strähnen hinter die Ohren, die allerdings sofort wieder den Weg in mein Gesicht finden. Wenn ich nicht so wütend wäre, müsste ich bei dieser unglaublich dreisten Geschichte laut loslachen. Selbst wenn sie stimmen sollte, die wissen ja wohl, dass dieses Häutchen auch so reißen kann? Ja, das kann schon längst gerissen sein. Elias Finger haben einmal auch mehrere rote Tropfen geziert, nachdem er drei zusammen in mir versenkt hatte. Er soll gefälligst behaupten, dass wir es getan haben! Wie er das mit dem Arzt hinbekommt, ist seine Sache. Ich mache sicherlich vor keinem hier die Beine breit!

Allerdings kann ich auch nicht ausschließen, dass er lügt, denn die kommen hier auf die bekloppptesten Ideen. Wieso sollte mich Elias auch anlügen? Ich finde keinen Grund, sosehr ich auch suche.

Als Elias vor mir langsamer wird, blicke ich auf. Erstaunt bemerke ich, dass wir vor meiner Tür stehen. Entfernt hallen Schritte durch den Tunnel. Kurze Zeit später steht Lando vor uns, sagt aber kein Wort. Als die Tür offensteht und sich Landos Schritte wieder entfernen, will ich hastig an Elias vorbei schlüpfen, doch er hält mich am Arm zurück. Mit vor Enttäuschung funkelnden Augen drehe ich mich um.

»Es tut mir leid. So hatte ich mir das nicht vorgestellt«, eröffnet er reumütig das Gespräch, auf das ich überhaupt keine Lust habe.

»Ja, das denke ich mir«, erwidere ich schnippisch.

Seine Augenbrauen klettern steil in die Höhe, als er weiterspricht.

»Nicht wegen dem! Du bist alles für mich und ich will dich nur beschützen.« Zaghaft lächelt er mir entgegen, hält mich jedoch weiterhin gefangen.

»Gut, dann mach deinem Erzeuger klar, dass ich zu keinem Arzt gehe. Er kann deinem Wort vertrauen oder an seinem Unglauben ersticken!«

»Aber …«

»Niemals werde ich freiwillig zu diesem Arzt gehen, niemals, hörst du? Eher sterbe ich!« Und ich meine das ernst. Richtig ernst! »Manchmal habe ich das Gefühl, du bemühst dich überhaupt nicht mehr, damit wir hier wegkommen!«

Jetzt lässt mich seine Explosion taumeln. »Wie kannst du es wagen, mir so was zu unterstellen!«

Ich versuche mich zappelnd aus seinem Griff zu lösen, was ihn noch fester zupacken lässt.

»Jeden beschissenen Tag reiße ich mich zusammen, höre mir diese ganze Scheiße an, die du dir nicht einmal in deinen abgefucktesten Träumen vorstellen kannst. Laufe ständig alle Gänge ab, auf der Suche nach Möglichkeiten, Schlupflöchern oder unbewachten Stellen. Jede Minute mache ich mir Gedanken um dich!« Erschrocken zieht Elias seine Hand zurück und sein Blick haftet an den roten Abdrücken, die herrlich schön auf meiner Haut schimmern. »Ich liebe dich! Du bist so viel mehr für mich und das Einzige, was ich möchte, ist dich vor allem zu beschützen!«

Ich nicke zaghaft, doch bin frei von Gefühlen. Egal, um welches Gefühl es sich handelt. Sei es Trauer, Wut, Liebe oder Schmerz. Nichts davon kommt bei mir an, nichts berührt mich. Ja, nichts kann in mir entstehen oder groß werden. Nur ein dunkles Loch bereitet sich kreisend weiter in meinem Körper aus, bis ich irgendwann eine gefühllose Hülle bin. Es ist schön und zeitgleich so grausam. Schön, keine Angst zu haben oder traurig zu sein, doch Freude und Wärme, die meinem Körper so guttun, lassen sich auch nicht blicken. Alles in mir ist kalt, eiskalt. Ich spüre mich nicht einmal selbst.

Allerdings kenne ich das. Es geht wieder vorbei. Irgendwann.

»Hey, Schneewittchen. Alles wird gut.«

Ein qualvoller Seufzer verlässt meinen Mund, ehe ich ihm emotionslos eine gute Nacht wünsche, zurücktrete und die Tür vor seiner Nase schließe. Langsam. Leise.

Sein Schwanz bohrt sich so schnell nicht in mich, das kann er sich abschminken!

39. Orlando

Was für ein Schlamassel.

Ich ziehe zwei weitere Bierflaschen aus dem riesigen schwarzen Ungetüm, das sich Kühlschrank nennt und in meiner Küche steht. Keine Ahnung, was mich damals geritten hat, dieses Teil zu bestellen. Wahrscheinlich sah ich einfach nur Schwarz, denke ich grinsend, aber was soll ich machen, das ist meine Lieblingsfarbe. Müde lasse ich mich neben Elias auf das zerknautschte Ledersofa fallen, greife nach dem Feuerzeug auf dem Tisch, öffne die Flaschen und strecke ihm eine entgegen. Wie ein Häufchen Elend hockt er neben mir. Verbittert starrt er Richtung Boden.

Ich hätte es ihm gegönnt. Also nicht nur den Sex, wobei den natürlich enorm, aber noch viel mehr die Nacht mit Violet. Das erste Mal hat er gestern dieses Leuchten in den Augen gehabt, das ich von früher kenne.

»Warum grinst du?« Elias Blick huscht unruhig über mein Gesicht.

»Ach, ich hab über Violet nachgedacht. Sie kann schon ein kleiner Teufel sein.«

»Lass sie das bloß nicht hören! Aber du hast recht, sie ist anders und … irgendwie einzigartig.« Zaghaft nimmt er einen Minischluck und stellt die Flasche auf den Tisch.

»Einzigartig schwierig.« Mein Grinsen huscht in Elias Gesicht. Er kichert seltsam, aber selbst das ist besser als erneut den Todesmarsch einer Beerdigung anzustimmen. Ich lege meine Beine auf den Glastisch, was er sogleich mit einem kurzen Stirnrunzeln quittiert. *Vergiss es, mein Tisch, meine Regeln.*

»Kopf hoch, die beruhigt sich wieder. Bald werdet ihr ganz offiziell die Nacht zusammen verbringen. Cesar wird das nicht ewig durchziehen.« Insgeheim tummelt sich mein schlechtes Gewissen allerdings auf der Tanzfläche und eigentlich bin ich erleichtert, dass Violet so ein stures Ding ist und sich verweigert hat. Vielleicht sollte ich sie weiterhin darin bestärken, erst mal mit allem abzuwarten. Nur wie, ohne dass es verdächtig wirkt. *Hoffentlich kann Vater das mit Cesar schnell klären!*

Nachdem Elias mir in der letzten Stunde all seine Gedanken, Enttäuschungen, Gefühle, Hoffnungen und Pläne offenbart hat, bin ich beruhigt. Beruhigt darüber, dass er nicht wirklich vorhat zu bleiben und die Geschäfte zu übernehmen. Nicht, dass ich es ihm nicht gönne, aber er hat definitiv Besseres verdient. Außerdem wäre die Flucht seiner Mom komplett umsonst gewesen.

Je länger er hier ist, desto schwieriger wird es aber Irene davon zu überzeugen, die Füße stillzuhalten. Sie ist eine Löwin, die mit allen Mitteln für Dinge kämpft, die sie als richtig empfindet. Sonst wäre sie auch nicht abgehauen. Die meisten würden beim bloßen Gedanken daran schon vor Angst umfallen und wenn nicht, würde er sie nach der Flucht einholen. Der Tod. Nur Irene ließ er leben.

Wie kann ich ihn nur aufbauen, diesen Jammerlappen.

»Fuck.« Elias sinkt nach vorn. Seine Handballen pressen sich gegen die Augenbrauen. »Lando, ich sterbe, wenn ich an die Vollmondnacht denke.«

»Hmm?«, will ich an der Bierflasche nuckelnd wissen.

»Ich muss an diesem beschissenen Ritual teilnehmen«, ruft er aufgebracht und springt auf.

Bei jedem seiner Worte werden meine Augen größer und ich lasse die Flache sinken. Ich kann nicht fassen, was er mir da gerade erzählt und meine Haare stehen zu Berge. An Armen sowie an den Beinen. Verdutzt stelle ich meine leere Flasche neben seine fast volle ab.

»Wieso? Nicht mal ich musste das.«

»Nicht?« Er unterbricht sein Herumgetigere und blickt mir recht verstört entgegen.

Ich bin echt überrascht, dass er das nicht weiß. »Nein, Mom war da total dagegen. Wenn es allerdings nach Vater gegangen wäre, hätte ich das bestimmt durchziehen müssen. Cesar hat sich dann aber von ihr erweichen lassen. Zum Cousinchen kann man wohl schlecht nein sagen.« Glücksgefühle strömen durch meinen Körper, wie immer, wenn ich an sie denke.

»Sie fehlt dir sehr.«

Es ist keine Frage von ihm, sondern eine Feststellung. Ich nicke, während mein Lächeln erstirbt. Elias setzt sich neben mich und legt mitfühlend seine Hand auf meinem Unterarm. Ich dagegen blicke zu Boden.

»Weißt du, warum sie es getan hat?«

Mit meiner nach oben gestreckten Handfläche schwenke ich einmal durch den Raum, doch Elias glotzt nur wie der dümmste Köter auf Erden. *Wäre zu schön gewesen, wenn er es gleich kapiert hätte.* Mir fällt es immer noch nicht leicht über Mom zu sprechen. Trotz der ganzen Therapien. Bevor ich die ersten Worte zaghaft über meine Lippen zwinge, atme ich tief ein.

»Wegen hier, wegen allem, was hier abgeht. Sie hat es wohl einfach nicht mehr ertragen. So steht es zumindest in ihrem Brief.«

»Es gab einen Abschiedsbrief?«

Ich nicke. »Aber erzähl das niemandem! Der Brief ist nur für mich. Seitdem weiß ich auch, dass deine Mom meine förmlich angebettelt hat, mit ihr zu kommen, und ich denke, sie hätte es wagen sollen.«

Elias schnappt laut nach Luft. »Krass! Das wusste ich nicht. Was denkst du, warum sie nicht mit ist? Wenn sie es hier doch so schlimm fand ...«

»Angst?«

»Wovor?«

»Dass mein Vater sie sucht und umbringt? Du kannst hier nicht einfach deinen Mann verlassen, da stößt einem gerne etwas zu.« *Hat er denn immer noch keine Ahnung, wie es hier läuft?*

»Wieso hat meine Mom das dann gemacht?«

Ich zucke mit den Schultern und ein nachdenklicher Schweif überzieht seine Pupillen.

»Dummheit, vielleicht auch Mut? Oder sie wusste, wie sehr dein Vater sie liebt, dass er ihr nichts antun wird. Edwin und Lubin wurden übrigens auch von dem Ritual befreit.«

»Was?« Mit geballten Fäusten steht er plötzlich vor mir, fast so, als würde seine Faust gleich mein Gesicht berühren. Es wäre kein Streicheln, ganz gewiss nicht. Dabei kann ich ja wohl am wenigsten dafür.

»Hey Elias, beruhig dich!« Abwehrend reiße ich meine Hände hoch und sehe zu, wie seine Fäuste sich öffnen.

»Warum die zwei?« Langsam krabbelt er wieder neben mich. Vollkommen seiner Kräfte beraubt, als wäre er einen Marathon gelaufen. Ist er zum Glück nicht, denn Männerschweiß riecht nicht geil.

»Anibal hat es untersagt. Er verabscheut das alles und traut sich zu seiner Meinung zu stehen. Als dein Onkel gehört ihm ja schließlich die Hälfte. Weder Lubin noch Edwin sind, genau wie Anibal, beim Abendmahl dabei. Nie! Aber das kannst du ja nicht wissen, da alle ausgeflogen sind. Anibal und Lubin müssten nächste Woche wieder zurück sein und Edwins Semesterferien beginnen auch bald.«

Ich frage mich, ob Elias sich überhaupt freut, seine Cousins wiederzusehen. Sein Blick zeigt mir das Gegenteil, aber ich kann mich auch täuschen.

»Das alles ist wirklich schwachsinnig«, sage ich, als er weiterhin stumm bleibt.

»Es ist ein Test. Ein weiterer scheiß Test, um mich zu beweisen. Wie ich hinter allem stehe, wie formbar ich bin, wie wichtig mir alles ist und wie weit ich dafür gehen würde. Diese fucking Tests! Ich habe die Schnauze sowas von voll!«

Die Kälte in seinem Blick überfährt mich und ich zucke zusammen. Elias scheint es nicht bemerkt zu haben, er steckt zu sehr in seinen eigenen Gedanken. *Eins zu eins, Cesar.* Da war kein Farbenspiel, nur Dunkelheit. In dem dämmrigen Licht sticht mir nur Schwarz aus seinen Augen entgegen.

»Danke, Lando, dass du mir das erzählt hast.«

»Kein Ding, ist ja kein Geheimnis.«

»Wieso bist du eigentlich noch hier?«

Überrascht blicke ich auf und schlinge meine Finger ineinander. »Wieso nicht?«

»Na, so richtig wohl fühlst du dich ja auch nicht und wegen dem mit deiner Mom …«

Ihm ist das Gespräch unangenehm, das merke ich deutlich. Er verschluckt fast jedes Wort, sodass ich ihn kaum verstehe.

»Hier gibt es geile Bräute zum Spaß haben«, versuche ich die Situation laut lachend aufzulockern. Etwas zu aufgesetzt, so wie Elias mich anstarrt. Er glaubt mir nicht.

»Ganz allein wegzugehen ist nichts für mich.« Die Lautstärke meiner Worte klingt nach Scham. Bedrückende Wahrheiten sprechen sich selten einfach, laut und selbstbewusst aus.

»Hmm …«

»Hier habe ich wenigstens ein paar Freunde um mich. Ich bin einfach nicht dazu gemacht, mich allein durchzuschlagen und ich bin auch kein Typ, der schnell Freundschaften schließt.«

»Wolltest du nie studieren? Etwas anderes machen?«

Ich lache bei der Frage, denn das habe ich mich selbst bestimmt schon 587-mal gefragt.

»Leider ist Schule nicht so meins gewesen. Zumindest seit Mom …« Ich sinke zusammen.

»Wie wäre es, wenn du mit uns kommst?«

Überrascht blicke ich auf. »Wohin?«

»Nach Connecticut. Mit Violet und mir.«

Fragt er das wirklich? Sofort sitze ich kerzengerade.

»Dann bist du nicht allein und kennst schon mal zwei Leute. Violet mag dich und ich kann dich auch etwas leiden.«

Sein schiefes Grinsen färbt auf mich ab, doch ich weiß nicht, was ich darauf antworten soll und bleibe stumm. In meinem Kopf jedoch rasen die Gedanken.

»Es war nur eine Idee, du kannst es dir ja überlegen.« Mit leeren, müden Augen steht Elias auf. Eine kurze Umarmung und er ist aus der Tür.

Ich? Mit den beiden nach Connecticut?

Seine Worte, die in meinem Kopf umherziehen, erzeugen ein Kribbeln und lassen meine Mundwinkel nach oben schweben.

40. Elias

Lustlos schmettere ich die Dartpfeile gegen die Scheibe. Eins, zwei, drei. Vorlaufen. Rausziehen. Zurücklaufen. Hinstellen. Werfen. Dann alles wieder von vorn. Eine automatisierte Abfolge von Bewegungen, ohne dabei nachdenken zu müssen.

Es ist noch nicht viel los, nur ein paar Teenies besetzen zwei der Billardtische. Das helle Lachen der Mädchen schallt gelegentlich durch den Raum, während die Jungs sich eher wie paarungswütige Affen aufführen. *Teenager!* Mit fünfzehn, sechzehn musste ich um die Zeit schon zu Hause sein. Vereinzelt unterbreche ich die Dauerschleife, um klare, scharfe Flüssigkeit in meinen Körper zu zwingen. Whisky wäre mir lieber gewesen, aber Wodka ballert einfach mehr und genießen ist sowieso nicht drin. Es gleicht eher einem Vergewaltigungsakt. Seit dieses scharfe Gebräu vor zwei Jahren unerlaubterweise den falschen Ausgang hat anpeilen müssen, tritt der Würgereiz eigentlich schon beim bloßen Geruch ein. Erstaunlich, wie man vollkommen automatische Körperabläufe mit Willenskraft steuern kann.

»Hi Elias.« Sandra betritt mit zwei Freundinnen und ein paar Männern den Raum.

Ich nicke allen kurz entgegen. Sie tun es mir gleich. Nur die Frauen, die winken. Gesammelt laufen sie schnurstracks zum letzten freien Billardtisch.

Bis auf Sandra, die bleibt stehen. Ich lächle und nehme noch einen Schluck. Ihr Lachen wird breiter, während sie in ihrer weißen Jeans, die Hüften schwingend auf mich zu tänzelt. Der blaue Stein des Bauchnabelpiercings blitzt durch das mit riesigen Löchern übersäte schwarze Shirt im Wettstreit mit ihrem bronzefarbenen Hautton. Darunter scheint sie nur einen BH zu tragen. *Dass ihr Bruder das zulässt?*

»Was trinkst du da?«, fragt sie frech, als sie neben mir stehen bleibt.

Sobald ich ihr das Glas unter die Nase halte, rümpft sich das kleine spitze Ding in der Mitte ihres hübschen Gesichtes. Ein sanftes Schütteln überrollt zeitgleich ihren Körper, dem Gott herrlich weibliche Rundungen geschenkt hat. Sandra murmelt irgendwas, ehe sich die rosa gefärbten Lippen zu einem Lächeln verziehen und ihr Blick die Dartscheibe streift.

»Darf ich mitspielen?«, fragt sie lächelnd und ihre glockenhelle Stimme erfüllt die Luft um mich.

»Nichts lieber als das«, erwidere ich erfreut.

Eine verdammt leckere Mischung aus Fruchtcocktail und Vanille dringt mir jedes Mal in die Nase, als sie an mir vorbeigeht, um ihre Dartpfeile zu holen. Ich habe keine Ahnung, wie lange wir spielen und wie oft ich verliere, doch wohl zu lange für ihre Freundin. Da Sandra auf ihr Rufen nicht reagiert, hat Patricia irgendwann die Schnauze voll. Demonstrativ mit den Augen rollend, damit wir es ja sehen, stürmt sie zu uns herüber, zieht Sandra am Arm von mir weg und grinst dabei frech. Ich erhasche nur noch ein entschuldigendes Lächeln von Sandra. *Schade, meine Laune fing gerade an, besser zu werden.*

Überrascht blicke ich mich um, denn inzwischen ist hier echt viel los. Dafür sind die Teenager verschwunden. Laute Musik dringt aus den Boxen und lockert meine

Muskeln. Na gut, vielleicht in Kombination mit dem Alkohol. Mein Blick bleibt kurz an Julio hängen, der mir finster zunickt. Um seinen Weg nicht zu kreuzen, gehe ich rechts um die Tanzenden herum, setze mich an die mit pink und lilafarbenen Lichtern bestrahlte Bar und Jeronimo reicht mir ungefragt noch einen Wodka. Ich nicke ihm zum Dank zu, ehe mich erneut der Abend mit Violet einfängt. *Wie konnte alles nur so schieflaufen?*

Eine sanfte Berührung am Arm lässt mich zusammenzucken. Mir ist zwar schon warm, aber meine Haut wird augenblicklich hitziger. Ich entdecke schlanke Finger auf dem Spinnennetz, die den Bewohner verdecken. Stumm betrachte ich die rot gefärbten Fingernägel, als sich ein zierliches Gesicht mit spitzem Kinn in mein Blickfeld schiebt. *Sandra.* Sie lacht und streicht sich dabei ihre langen, dunkelbraunen Haare hinter die Ohren. Da ihre Mähne zu dick ist, rutschen ihr die ersten gelockten Strähnen schon wieder ins Gesicht.

»Hab ich dich erschreckt?«

Verlegen kratze ich mich am Hals. »Etwas«, gebe ich zu. »Aber macht nichts.« *Wie unmännlich! Welcher gestandene Kerl ist schreckhaft.*

»Du lebst ja noch.« Erst jetzt gibt sie die Spinne auf meinem Arm frei.

»Na Gott sei Dank«, meine ich grinsend.

»Ja, da stimme ich dir zu. Es wäre schade, wenn du tot wärst.« Ihre mandelförmigen Augen, die etwas zu weit auseinanderstehen, um ihr eine Makellosigkeit zu gewähren, verengen sich. Es ist dieser klassische Schlafzimmerblick, ohne dabei wütend zu wirken.

»So? Wäre es das?« *Flirtet sie mit mir?*

»Definitiv!« Fast schon lasziv lehnt sie sich gegen die Kante der Tischplatte und schenkt mir ein Lächeln mit makellosen weißen Zähnen, die Spalier stehen. Keiner springt auch nur einen Hauch aus der Reihe.

»Was machst du heute noch?« Dabei spielt sie an ihren Haarspitzen, wie Frauen das so machen, wenn sie flirten.

Als ich ihr etwas entgegnen will, unterbricht uns Jeronimo. »Was willst du trinken?«

»Machst du mir einen Lulada, Brüderchen?«

Ich bemerke sofort, dass Jeronimo keine Lust hat. Er faselt etwas von fehlender Milch, doch Sandra hat das wohl auch begriffen. Sie stöhnt und verdreht dabei ihre schokoladigen Augen Richtung Decke, was mir ein Lachen entlockt. Schon steht sie hinter der Bar, triumphierend die Milchpackung in die Luft haltend. Jeronimo straft sie mit Ignoranz, bis sie mit ihrem Getränk von Dannen zieht.

»Sei froh, dass du Einzelkind bist. Geschwister können echt nervig sein. Vor allem, wenn sie ständig halb nackt rumlaufen!« Sein Blick verfinstert sich.

Dachte ich es mir doch, dass ihn das Oberteil stört. Würde mich als Bruder auch. Ich nicke, um in kein Gespräch verwickelt zu werden, um weiter in meinen Gedanken abhängen zu können, und nippe an meinem Glas. *Vielleicht kann mich ja eine Alkoholvergiftung vor morgen retten.* Ich komme nicht dazu, weiter darüber nachzudenken, da es hinter mir schlagartig laut wird.

Als ich mich umdrehe, entdecke ich Chan, der sich mit Julio abcheckt. Im Schlepptau hat er, wie so oft, seine beiden Knechte. Groß, stämmig und beim Verteilen der Intelligenz von Gott übersehen. Mehr als dumm grinsend Befehle auszuführen können die zwei anscheinend nicht. Ich habe keine Ahnung, zu welcher Familie die beiden gehören, geschweige denn, ob sie hier wohnen.

Als Chan zu mir blickt und sich durch die Menge schiebt, atme ich schwer. Seine Möchtegern-Bodyguards bleiben auf der Tanzfläche, was echt skurril ist, denn sie könnten jeder Boxen in der Disco Konkurrenz machen.

»Na? Schon Vorfreude auf morgen?«, begrüßt mich Chan, schnappt sich mein Glas und schnüffelt daran.

Meine Antwort besteht aus einem einzigen Schnauben. Nicht, dass er sich aufgefordert fühlt, mich über die Blutscheiße vollzuquatschen. Scheint ja eines seiner Lieblingsthemen zu sein.

»Dachte schon, das ist Wasser.«

Schön, wenn wenigstens einer lachen kann. »Was willst du, Chan?« Wir hatten bisher zwar kein großes Problem miteinander, doch er nervt. Ich will in Ruhe mein Glas leeren und mich dann im Bett verkriechen.

»Wieso warst du am Freitag nicht bei den Perlen? Deine kleine Perle, äh … Violet war auch da.«

Schlagartig sitze ich gerade. »Du weißt, dass ich da nicht hin darf!«, zischte ich ihm zu. *Wieso war Violet dort? Sie geht da nie hin …*

»Jammerschade, denn ich glaube, du hast ihr gefehlt.«

O Mann, was will der Kerl? Ein großer Schluck der mittlerweile zimmerwarmen Flüssigkeit rinnt meine Kehle hinab und ich hoffe, sie beruhigt vorab meine Wut, die bei seinem dummen Geschwätz irgendwann aufziehen wird.

»Wenn du da gewesen wärst, hätte sie mich nicht so begaffen müssen.«

Ich will zum Trinken ansetzen, halte aber in der Luft inne. »Was laberst du für einen Mist, Chan?«

Sein Lachen bereitet mir Kopfschmerzen. Vielleicht macht aber auch der Wodka schon seinen Job.

»Mist? Sie hat mir voll auf den Schwanz geglotzt, und das nicht nur kurz. Ich kam mir fast schon belästigt vor.«

Ich blicke in eine teuflische Fratze. Meine Hand beginnt zu zittern, der Griff um das Glas verstärkt sich.

»Vielleicht solltest du dann deinen Schwanz nicht überall frei herumhängen lassen.« Ich versuche Desinteresse zu heucheln, doch in mir verteilt sich kochendes Wasser quer durch meine Blutbahnen.

»Weißt du was?«, quatscht Chan einfach weiter und ich wünschte wirklich, die Story wäre schon zu Ende.

Ganz ruhig, lass dich nicht provozieren. Wer weiß, ob das überhaupt stimmt.

»Sie sah wirklich so aus, als ob es sie geil macht. Ihr Höschen ist bestimmt ganz feucht geworden.« Gespielt lässig zucken seine Schultern. Er provoziert mich, und wie er das tut. *Dieser Penner!*

Während mein Glas an der Wand zerschellt und Chan mit riesigen Augen wohl der Flüssigkeit beim Abstieg zum Boden nachglotzt, stürze ich mich mit einem grollenden Schrei auf ihn. Überraschungsmoment perfekt genutzt! *Ich treibe dir das unverschämte Grinsen aus deiner Visage!* Drei Fausthiebe brauche ich dafür. Beim vierten schießt Blut aus seiner Nase, während Chan wie ein kleiner Welpe aufjault.

»Du blöder Wichser, ich mach dich fertig«, brüllt er mir entgegen und windet sich unter mir. Erst jetzt bekommt er seine Fäuste zum Schutz vors Gesicht. Zufrieden beobachte ich den Blutschwall, der ungehindert aus einem Nasenloch schwappt.

»Hey, Elias, spinnst du?«

Ich halte inne, packe ihn an seinem Shirt und ziehe ihn zu mir. »Rede nie wieder so über meine Freundin, verstanden?« Mein Griff lockert sich, was ein Fehler war, denn seine linke Faust trifft mich hart an der Schläfe. Der Schlag löst Blitze vor meinen Augen aus. *Jetzt bloß nicht zusammensacken!* Ich blinzle heftig, während seine Hände weiterhin mein Gesicht besuchen, doch die Sicht wird langsam klarer. Dafür bleibt ein dumpfer Schmerz. Aber ich nehme ihn gern an.

»Fick dich! Ich sag was ich will!«

Mit voller Wucht donnert sein Hinterkopf auf den Boden. Der Knall ist trotz der Musik ohrenbetäubend. *Das hat er verdient!*

Chan spuckt Gift und Galle, versucht mich von sich zu schieben. Dabei fange ich mir einige Kratzer im Gesicht ein, aber es schmerzt nicht.

»Du Freak, geh runter von mir! Du hast genauso einen an der Klatsche wie deine kleine Jungfrau. Ach sorry, Ex-Jungfrau!«

Völlig außer mir hole ich erneut zum Schlag aus, werde allerdings nach oben gerissen.

»Hey!« Ich zapple, ich strample, die Pumpe in meiner Brust tobt. »Ich mach dich fertig, du dummer Wichser!«

»Elias! Hey, Elias, beruhige dich!« Die Griffe um meine beiden Arme werden stärker und versetzen mich in völlige Bewegungsunfähigkeit. Nur die Beine haben Freigang.

Chan, mittlerweile aufgerappelt, steht leider zu weit entfernt, um ihm einen Tritt zu verpassen. Mit verzogenem Gesicht betastet er seinen Hinterkopf und ich bin überrascht, dass seine Hand nicht blutgetränkt ist, denn eine Platzwunde hätte ich erwartet. *Was für ein Dickschädel.* Julio und seine zwei Affen umringen Chan und reden auf ihn ein.

Ich entdecke Jeronimo links neben mir. Rechts einen von Sandras Freunden, ein stämmiger Typ. Seine schwarzen Haare locken sich bis in die Augen. *Shit! Das wars.*

Da ich keine Chance sehe, hier zu entkommen, stehe ich von jetzt auf gleich still in der Hoffnung, losgelassen zu werden. Mein Herzschlag hört das Rasen auf, die Muskeln werden weicher. Doch Chan mir gegenüber tobt wie ein Hengst, es fehlt nur der Schaum vor seinem Mund. Dafür klebt da eine rote Spur. Erst jetzt bemerke ich, dass er etwas in sein linkes Nasenloch gestopft hat.

»Wir lassen dich jetzt los, okay?«, lenkt Jeronimo mich ab. Ich nicke und drehe den Kopf zu meinen Gefängniswärtern. Nein, eigentlich sind sie meine Retter. Wer weiß, wie das hier geendet hätte, so vollkommen im blinden Rausch, ohne Unterstützung meines Verstandes.

Alle im Raum scheinen sich um uns versammelt zu haben. Das Knistern in der Luft ist deutlich spürbar. *Komm runter, hier sind zu viele Gaffer.*

Wenn Cesar davon erfährt, wird er nicht erfreut sein. *Shit!* Wieder habe ich seine Predigt über Kontrolle meiner Gefühle, Vorbildfunktion und Respekt im Ohr. *Das lief ja super!* Stöhnend fahre ich mir übers Gesicht. Als ich meine Hand betrachte, sind zwei Fingerspitzen leicht rot gefärbt. *O Mann! Da hat das Karma wohl vorab zugeschlagen.*

»Elias!«, brüllt Chan und Julios Hand landet auf seiner Brust, gerade, als ich mich umdrehe. Langsam trete ich näher, streife seinen angespannten Bizeps und bleibe an seiner Faust hängen.

»Was sollte das?« Die Augen verengt, der Mund schief verzogen, so blickt er mir entgegen.

Zu meiner Überraschung gleitet seine Faust langsam auseinander. Er merkt wohl, dass ich entspannt bin. Nein, stimmt nicht, ich bin immer noch auf der Hut, aber nicht mehr in Angriffsstimmung.

»Das fragst du mich? Du hast doch so unverschämt über Violet geredet und wolltest mich damit provozieren, also heul jetzt nicht rum! Freu dich lieber, denn du hast es geschafft. Sorry, übrigens, für die Nase.« Ich lache nicht, grinse nicht oder hebe sarkastisch eine Augenbraue. Ich zerre meine Beherrschung aus der Dunkelheit, denn Chan zu provozieren bringt mich nicht weiter. Es gibt wichtigere Dinge, als sich wie kleine Jungs zu prügeln.

Sein Blick schweift über mein Gesicht und ein Grinsen umspielt seine Mundwinkel. *Ob ich schlimm aussehe?* Als sein Arm nach vorn schnellt, weiche ich einen Schritt zurück, aber Chan streckt mir nur die Hand entgegen. *Ernsthaft? Hat der Bodenkontakt etwa sein Gehirn wieder zurechtgerückt?* Auf einen Hinterhalt lauernd, schlage ich vorsichtig ein, doch nichts passiert.

»Sorry, war wohl echt Scheiße von mir.«

Seine Entschuldigung klingt echt. Vielleicht muss ich ihn ja auch nicht im Auge behalten und wir hatten einfach keinen guten Start? Allerdings traue ich dem Frieden noch nicht.

Julio dagegen tötet mich schon das 78. Mal nur mit seinen Blicken. Ich sollte dringend mit dem Zählen aufhören.

»Schwamm drüber!« Meine Hand landet freundschaftlich auf Chans Schulter.

Beim Umdrehen kollidiere ich mit Sandra, deren Augen mich erschrocken mustern. Ihre Miene gleicht einer einzigen Sorgenfalte. Um diese zu glätten, lächle ich ihr zu und gehe in Richtung Tür. *Nur weg hier!*

Sollen alle denken, was sie wollen, juckt mich nicht! Ich bin hier sowieso bald weg.

41. Elias

»Bereit?«, zieht Cesars Stimme fröhlich durch den Raum.

Augen blicken mir entgegen und sie sehen so aus, wie ich mich fühle. Leer. Ist kein Kunststück, denn es sind meine Augen im Spiegel. *Reiß dich zusammen!* Ein paar Tropfen Blut werden mich nicht krank machen … und vögeln verlernt man auch nicht.

»Ja«, presse ich hervor, während mein Inneres wild »Nein« schreit.

Mehr nicht, denn ich habe gestern schon alles gegeben, mir den Mund fusselig geredet und Cesar sogar wie ein Schwächling angefleht, alles abzublasen. Wie zu erwarten, ist er stur geblieben, was mich keinesfalls überrascht hat, denn mittlerweile weiß ich, wie er tickt. Es ist am besten, mit ausgebremsten Erwartungen in ein Gespräch zu gehen. Wenn man Glück hat, bekommt man wenigstens die erfüllt.

Wie er da am Türrahmen steht, seinem Namen alle Ehre macht, die Arme verschränkt und ungeduldig mit der Spitze seiner schwarzen Lederstiefel auf dem Boden tippt. Ja, Geduld ist eine Tugend. Man hat sie, oder eben nicht.

»Gott, du siehst aus, als würde ich dich zur Schlachtbank führen.« Sein Grinsen nervt mich, genau wie diese extra hochgezogene Augenbraue, die mich ohrfeigt.

Schlachtbank, ja, so fühlt es sich auch an. Mal ernsthaft, wer bitte freut sich schon, wenn er Dinge tun muss, die gegen die eigenen Werte verstoßen?

»Dass ich dich mal in einem Hemd sehe«, versucht Cesar die Stimmung etwas aufzulockern, aber ich werfe ihm nur einen düsteren Blick zu. *Ist ja auch so eine beschissene Bedingung für diesen scheiß Abend. Also spar dir das dumme Gelaber!*

»Aber du musst …«

»Vergiss es!«, unterbreche ich ihn schroff. »Zwei Knöpfe, der Rest bleibt zu!«

Wir starren uns an. Ein stummer Wettkampf, während wir von unseren Beinen weitergetragen werden. *Ich gebe nicht nach, da kannst du machen, was du willst.*

Cesars Mundwinkel zucken, als er den Blick abwendet. »Ich bin stolz auf dich, Elias.«

Hör einfach auf zu reden! Mich interessiert nicht, ob er stolz ist und sein Lob geht mir sowas von am Arsch vorbei. Ich will einfach nur diesen Abend hinter mich bringen.

Vor einer schmalen Tür, die ich in dem dunklen Flur bestimmt übersehen hätte, bleiben wir stehen. Wieder frage ich mich, wieso vieles hier so vollkommen finster ist. Diese Dunkelheit versucht mein Gemüt einzunehmen und ich erwische mich dabei, wie ich ständig nach draußen flüchte. Sosehr ich es versuche, ich kann mich nicht an so viel Düsternis erinnern. Dafür umso besser an die moccabraunen Wände seines Büros. Als ich noch klein war.

»Wieso hast du so viel verändert?«

»Man muss irgendwann mal renovieren«, antwortet er mir. Zeitgleich öffnet er ein kleines Kästchen direkt neben der Tür, das mir niemals aufgefallen wäre. *Krass, ein Iris-Scanner.* Cesar hält sein Auge vor eine kleine Linse, es summt und schon drückt er die Tür auf. Vor uns liegt ein ebenso dunkler Flur, diesmal allerdings nur halb so breit. Eine unangenehme Kälte scheint durch die Wände zu kriechen, mich an sich reißen zu wollen.

»Warum alles so dunkel?«

Wir laufen geradeaus, dann wieder Treppen nach unten. Weiter geradeaus und nochmals tiefer. Mein persönlicher Abstieg in die Hölle.

Mittlerweile habe ich mit keiner Antwort mehr gerechnet, doch als Cesars Hand sich auf die Türklinke legt, hält er inne. Die Hand zittert etwas. Deutlich spüre ich seine Anspannung. Sie scheint sich auf mich zu übertragen, denn eine unangenehme Unruhe breitet sich in mir aus.

»Das ist die Farbe der Trauer, Elias, meine Farbe der Trauer.« Dabei legt er seine andere Hand auf meine Schulter.

Fuck, er meint das ernst. Selbst die spärliche Beleuchtung kann das Schimmern in seinem Augenwinkel nicht verbergen und an meiner Schulter, wo ich Kälte erwartet hätte, durchdringt mich Wärme. Mein Blick gleitet zu seinen knochigen Fingern. *Kann das sein?* An seinem Ringfinger schimmert dieser grobe Kreis. Ich kenne ihn zu gut, denn Mom hat denselben. Natürlich viel filigraner und er steckt auch nicht mehr an ihrem Finger, sondern liegt in einem kleinen gelben Schmuckkästchen in einer ihrer Kommoden im Schlafzimmer. Im untersten Fach, ganz hinten.

Cesars Finger pressen sich fast schon schmerzhaft gegen meine Schulter, als er weiterspricht.

»Du glaubst nicht, wie glücklich ich bin. Es gibt nur einen Nachfolger und der steht vor mir. Du weißt das auch. Niemand sonst hat den Biss, das Geschäft weiterzuführen, zu vergrößern und den Mut, wahrscheinlich auch einiges zu ändern. Zum Besseren.

Das eingerostete Netz hier braucht jemand Frisches mit Durchsetzungsvermögen.«

Unbeeindruckt rolle ich mit den Augen und warte auf das Ende dieser sinnfreien Lobeshymne. Dabei zwinge ich mich, ihm nicht zuzuhören, doch ... *Shit.* Cesars Worte dringen ungefragt in meinen Gehörgang, legen sich wie heilender Balsam auf jede Wunde im Körper. Ich will ihn hassen, so sehr, wirklich. Aber ...

Als würde mein Herz und der Verstand nicht schon genug an mir zerren, reißen seine nächsten Sätze mir komplett den Boden unter meinen Füßen weg.

»Glaub mir bitte, dass ich dir das Ritual gern erspart hätte. Allerdings steht ein Teil der Leute dir verdammt skeptisch gegenüber und ich kann es ihnen nicht verdenken. Ohne den heutigen Abend bekommst du nicht von allen den Respekt, den du brauchst. Elias, Respekt ist alles. Merk dir das. Ohne Respekt gibt es kein Vertrauen. Du sollst die loyalsten Leute um dich haben, damit du so sicher wie möglich bist!«

Hektisch ziehe ich Luft in meine hyperventilierende, nach Leben schreiende Lunge. Dabei suche ich die Lügen in seinen Augen. *Wo sind sie?* Ich kann sie nicht finden. Vollkommene Klarheit prasselt auf mich ein.

»Vater«, stammle ich. *Fuck, jetzt bloß nicht heulen!* Ich trete gleich vor ein ganzes Rudel hungriger Wölfe. Die zerfleischen mich, wenn ich da mit rot verquollenen Augen ankomme.

Ich kann nicht reagieren, schaffe es nicht, mich zu bewegen. Ein Roboter mit leerem Akku, komplett steif. Selbst seine Umarmung kann daran erstmal nichts ändern. Sie ist fest, sein Druck stark, fast Luft abschnürend. Gerade als die Starre aus meinen Gliedmaßen schwindet, ist die Liebkosung vorbei. *Ich hätte ihn auch gern gedrückt.*

»Du schaffst das! Ab morgen wird alles besser. Ziehst du das durch, dann kannst du dich frei bewegen. Ich vertraue dir.«

Bingo. Ich bin meinem Ziel so nahe wie noch nie. Meine Hand beginnt vor Aufregung zu zittern und ich schiebe sie schnell hinter meinen Rücken.

»Was ist mit Violet? Kann sie dann zu mir ziehen?«

Kaum ausgesprochen, rauscht ein Kälteschauer über seine Pupillen. Das so seltene Lächeln erlischt.

»Du magst sie nicht.« Es ist keine Frage, sondern eine Feststellung, denn die Antwort präsentiert sich offen auf seinem ganzen Gesicht.

»Violet ist manchmal ... wie soll ich sagen ... wie ein unreifes Mädchen. Aber was mich wirklich nachdenklich macht, ist ihre Art. Sie ist unberechenbar. Ich traue ihr nicht!«

Wenn er wüsste, wie Recht er mit seiner Einschätzung hat. Nur, dass sie mein volles Vertrauen genießt.

»Ich sehe neben dir eine starke, selbstbewusste Frau. Eine Frau, die dich vergöttert, die alles für dich tut.«

Wenn du wüsstest, wie sie mich vergöttert. Mehr als jede andere Frau bisher. Sie vergöttert mich nicht, da ich gut aussehe, sportlich oder beliebt bin. Nein, sie tut es meinetwegen. Und je mehr sie mich von sich wegdrängt, desto bewusster wird ihr, dass sie ohne mich verloren ist. Ja, vielleicht machen wir Fehler, aber am Ende, da finden wir immer wieder zueinander. Immer!

»Violet ist der loyalste Mensch, den ich kenne. Zumindest mir gegenüber«, stoße ich schnell hervor. Ich will ihn überzeugen. Er soll mein Schneewittchen so sehen, wie ich es sehe. Nur ihre ganzen Macken, die können verborgen bleiben.

»Wenn du meinst. Dann werden wir ja sehen, wie viel ihre Liebe und Loyalität zu dir aushält. Seid ihr nach dieser Nacht weiterhin zusammen, dann kann sie umziehen.«

Ein Freudenschauer durchläuft meinen Körper, kommt jedoch nicht im Gesicht an. Etwas an seiner Formulierung gefällt mir nicht.

»Wieso sollten wir nicht mehr zusammen sein? Violet bekommt davon nichts mit.«

Cesars Gesicht ist ausdruckslos. »Der Abend ist geplant, es gibt kein Zurück. Nicht ich alleine treffe in diesem Kreis die Entscheidungen.«

Was soll das bedeuten? »Aber …«

Mit einer Handbewegung wischt er jedes weitere unausgesprochene Wort zur Seite und drückt die schwere Eisentür auf.

»Wir müssen los. Sie so lange warten zu lassen, ist nicht gut.« *Wie ich es hasse, wenn Menschen in Rätseln sprechen.*

Sie werden Violet doch nichts erzählen?

42. Elias

Viel zu leise für meinen Geschmack gleitet das Ungetüm einer Tür auf. So ein Donnergrollen oder Paukenschlag hätte meine Gefühlswelt mehr untermauert.

Es dringen uns verschiedenfarbige Stimmen, gehässiges Lachen und Musik entgegen. Ein feuchtfröhlicher Abend in einer Kneipe, könnte es sein. Wenn in diesem Raum nicht irgendwo eine Frau warten würde, um gegen verdammt viel Kohle ihr Blut zusammen mit ihrer Jungfräulichkeit einzutauschen. Besser gesagt, eine vom Arzt bestätigte Jungfrau mit Echtheitszertifikat. *Sowas von lächerlich!* Nur der Gesundheitstest hat mich dann etwas beruhigt.

Cesar und ich haben heute Nachmittag noch die wichtigsten Details besprochen, doch alles wollte ich mir nicht anhören. Ich lasse mich einfach überraschen. Das wird meine beschissenste Überraschung im ganzen Leben.

Ein letzter tiefer Atemzug, dann trete ich hinter Cesar ein. Eigentlich war ich darauf gefasst, dass Dunkelheit mich zurückprallen lässt. Außer dieser sehr kalten, grauen Steinmauer tauchen unzählige Lampen alles in hitziges, rotes Licht, was mich überrascht.

Neugierig betrachte ich die drei mittelalterlichen Kronleuchter mit ihren schweren, massigen Ketten, die von der Decke baumeln. Vor meinem inneren Auge erscheint sofort Abuelos DVD-Sammlung. Ritterfilme waren seine Leidenschaft. Die riesige Tafelrunde vor mir, die den halben Raum einnimmt, ist voll besetzt. Außer den üblichen vom Abendessen sind knapp fünfzehn weitere Männer anwesend. Mittlerweile kenne ich jeden einzelnen. Sie alle haben wichtigste Positionen innerhalb des Clans und tragen heute blutrote Hemden. So wie ich. Nur viel weiter aufgeknöpft. Ich schnaube verächtlich bei dem Anblick, der sich mir bietet.

Beim erneuten Streifzug meiner Augen über die Runde bleibe ich an Chan hängen. *Mann, der sieht ganz schön vermöbelt aus.* Schnell verkneife ich mir ein Grinsen. Dafür fixiere ich Julio, der mir wie immer mürrisch entgegenstarrt. *Raff dich endlich, denn ich kann immer noch am wenigsten dafür!*

»Da seid ihr ja. Wir dachten schon, du kneifst!« Feixend blickt Julio in die Runde, doch keiner scheint darauf anzuspringen. Sie sind damit beschäftigt, mich anzustarren.

Beim Nähertreten entdecke ich die riesige Aussparung in der Mitte dieser Tafelrunde. Der Kreis ist mit rotem Teppich ausgelegt, als würde gleich eine lustige Zirkusvorstellung beginnen. Im Gegenteil, denn in diesem blutigen Loch kniet eine halb nackte Frau auf ihren Unterschenkeln. Sie dürfte ungefähr in meinem Alter sein. Ihr schlanker, sonnengebräunter Körper wird notdürftig von roter Spitzenunterwäsche bedeckt. Den Blick gesenkt und die Hälfte ihres Gesichtes von einer üppigen Haarpracht verdeckt, so sitzt sie da. *Ob sie hübsch ist?*

Als ich mich auf den silbernen Stuhl mit dem roten Bezug sinken lasse, haftet mein Blick weiterhin an ihr. Eine Zitterpartie nach der anderen überfällt ihren Körper. Spielt ihr hier die Angst einen Streich oder friert sie einfach nur? Langsam setzt vereinzelt Gemurmel ein, auch lautes Lachen kehrt zurück. Ich lasse meinen Blick erneut über die Runde schweifen und die meisten nicken mir freundlich zu. *Wie grotesk, dass abartige Wesen oft so harmlos aussehen.*

Cesar erhebt sich neben mir und mein Mund wird trocken. Es geht los.

»Catalina, kommst du bitte zu uns?«

Was passt besser zu einer Jungfrau in so einem teuflischen Spiel als der Name Catalina. *Reine Seele.*

Die Neugier geweckt, liegt mein ganzer Fokus auf dieser Frau, die soeben ihren Kopf anhebt. Dabei streicht sie sich die schwarzen Haare aus ihrem zierlichen Gesicht. *Sie ist hübsch!* Jeder Einzelne hier ist vollkommen auf dieses Wesen fixiert. Unerträglich langsam stemmt sie ihren athletischen Körper nach oben, streckt den Rücken durch und stolziert in kleinen Schritten auf uns zu. Ihre Hüften shaken dabei verführerisch. Ich bin mir nicht sicher, ob ich wirklich Mitleid haben soll, denn sie bewegt sich wie eine drittklassige Prostituierte oder ein Viertel aller Schlampen auf irgendwelchen Partys. Dafür scheint sie den anderen hier im Raum bestens zu gefallen. Zumindest frisst jeder Einzelne sie mit seinem Blick auf. *Und die ist noch Jungfrau?* Misstrauisch betrachte ich weiterhin jede ihrer Bewegungen und fahre mit dem Daumen mehrmals über meine Unterlippe. Eigentlich hätte ich mir eine Frau aussuchen können, habe aber abgelehnt und Cesar die Entscheidung überlassen. Mal im Ernst, wie geschmacklos ist das? Wer sie jetzt am Ende gewählt hat, weiß ich nicht.

Meine Zähne graben sich fest in den Daumennagel, als Catalina vor uns steht. Mit geweiteten Pupillen wendet sie sich mir zu und ich ziehe den Daumen aus dem Mund. Sie schenkt mir ein schüchternes Lächeln und senkt danach erneut ergeben ihren Blick. Ich tu es ihr gleich, betrachte ihren Körper, und als ich an ihren lackroten Pumps ankomme, fahre ich ebenso langsam wieder nach oben. Sie ist extrem heiß mit ihren schlanken, langen Beinen und die rote Spitze gefällt meinem Buddy da unten leider viel zu gut. *Shit!*

Während Cesar sie einmal im Kreis schickt, um allen Wein in die Becher zu schenken, legt er ein Messer vor mich auf die Tischplatte. Die kleine, glatte Klinge blitzt freudig auf, als ich das Monster in meiner Hand drehe.

»Der linke Zeigefinger, denke daran«, erinnert mich Cesar flüsternd. Ich nicke, weiß es aber natürlich.

Catalina bleibt direkt vor mir stehen. Sie scheint im Gegensatz zu mir über alles bestens informiert zu sein. Tief blickt sie in meine Augen, als versuche sie mir in die Seele zu dringen. Ihre Hand kommt langsam auf mich zu und der ausgestreckte Zeigefinger hält kurz vor meinem Gesicht. Sanft bette ich ihren kalten Handrücken in meine hitzige Handfläche, schicke beide auf die hölzerne Tischplatte und greife mit der freien Hand nach dem Messer. Wir zittern zusammen. Ich weiß nicht wer aufgeregter ist. Ein letzter Blick in ihre flackernden Augen, dann setze ich die Klinge an. Mit einem schnellen Ruck ziehe ich sie durch das Fleisch. Insgeheim bete ich, dass es nicht zu tief war.

Als sie aufschreit, höre ich das erste Mal ihre Stimme. Sie überrascht mich, denn sie klingt tief und so gänzlich unpassend für ihre Gestalt. Erstaunt blicke ich auf. Catalina sieht nicht ängstlich aus, im Gegenteil. Langsam legt sich ein Lächeln auf ihre Lippen. Zeitgleich spüre ich etwas Warmes auf der Handfläche und Cesars Räuspern dringt an mein Ohr.

Ach Mist! Aus dem Schnitt an ihrem Finger quillt Blut, welches sich zu einer kleinen Pfütze auf meiner

Handfläche versammelt. Ich führe ihren rot getränkten Finger an den Mund, umschließe ihn mit den Lippen. Mein Blick schweift dabei durch die Runde und alle glotzen mir mit einer zufrieden wirkenden Fratze entgegen. Ich sauge erneut an ihr, bevor ich sie freigebe. Catalina macht einen demütigen Knicks, geht weiter zu Cesar, und auch er nuckelt an ihrem Finger. Ein nächster Knicks und so arbeitet sie die ganze Runde ab, während ich meine Hand an der Hose abwische. Lüstern begaffe ich ihren üppigen Arsch in dem roten Tanga, auch wenn ich es eigentlich nicht möchte. Ich bin eben auch nur ein Mann, denke ich und erschrecke. Schnell greife ich nach meinem Becher, leere ihn in einem Zug aus, um ihn mir erneut zu füllen.

Als Catalina die Runde bei Esteban, der neben mir sitzt, beendet hat, begibt sie sich wieder zur Mitte. Ich beobachte, wie sich dieses stumme Wesen auf die Knie sinken lässt, um sich dann ausgestreckt auf den Rücken zu legen. *Jetzt gibt es kein Entkommen mehr.*

Mein Puls jagt das Blut durch die Venen und entlockt mir einen tiefen Seufzer. Zusammen mit David, der mir schräg gegenübersitzt, erhebe ich mich, denn er wird mich bei der Aufgabe unterstützen. Wie bei den Abendessen trägt er eine Sonnenbrille. Seine braunen Locken hängen, auch wie immer, wild um seinen Kopf herum. Außerdem ziert heute eine doppelte rote Perlenkette, die verdammt eng zu sitzen scheint, seinen Hals. Ich mag seine ruhige Art und den scharfen, klaren Verstand den er besitzt. Ihn könnte ich mir gut an meiner Seite vorstellen. Wenn ich bleiben würde. Aber wir verschwinden so schnell wie möglich!

Zusammen bewegen wir uns zur Mitte und knien neben Catalina nieder, die mit geschlossenen Augen da liegt. Ihre langen Haare verdecken die komplette rechte Schulterpartie. Mein Blick bleibt an diesem schlanken, langen Hals hängen. Deutlich sehe ich ihre Nervosität pumpen.

David legt den mitgebrachten Beutel neben sich und zieht daraus eine Kanüle samt Schlauch hervor. Zusätzlich Desinfektionsmittel, Tupfer, Pflaster, so ein Teil, um den Arm abzubinden und einen Plastikbehälter.

Wir desinfizieren uns zuerst die Hände, dann ihre Armbeuge. David bindet den Arm oberhalb der Beuge ab und ich setze unter seiner Anweisung die Nadel. Als er den Druck freigibt, laufen auch schon die ersehnten ersten Tropfen durch den Schlauch. Schnell schiebt er den Behälter darunter. Erst jetzt finde ich Zeit, nach Catalina zu sehen. Ich war so hoch konzentriert, dass ich keinen einzigen Gedanken an sie verschwendet habe. Das leichte Zittern meiner Finger ist mir aber nicht entgangen.

Catalina scheint ruhiger geworden zu sein, denn der Brustkorb hebt und senkt sich nur leicht. Ihre Augen sind noch geschlossen. Ich bin nicht sicher, ob sie das muss, oder es ein Versuch ist, das Kommende vor sich selbst zu verbergen.

Gerade wird mir bewusst, was ich als Nächstes zu tun habe, da erheben sich die anderen von ihren Sitzen und stellen sich in einem Kreis um uns. Auch David mischt sich wieder darunter. Ich berühre Catalina flüchtig am Oberarm und auch dieser fühlt sich extrem kalt an. Komisch, denn ich schwitze wirklich aus allen Poren.

»Alles okay?«, raune ich ihr zu. Sie schenkt mir ein Nicken, doch bewegt sich keinen Millimeter.

Langsam drücke ich mich nach oben, stelle mich vor ihre Beine, lasse mich erneut sinken, ziehe ihren Tanga bis über die Pumps, schiebe dann ihre Beine auseinander und wünsche mir, einfach abhauen zu können. Violet presst sich gerade lachend in meinen Kopf und lässt mein Inneres sich schmerzhaft zusammenziehen. *Fuck!*

»Jetzt mach schon, sonst ist das Blut nicht so, wie es sein soll« herrscht mich Julio von hinten an. *Klar, wer sonst*! Wie es sein soll? Diesen Dreck kapiere ich auch nicht. Wieso soll das Blut anders sein, wenn die Frau erregt ist, das sind doch nur dumme Hirngespinste.

Da alles Reden aber nichts bringt, lege ich vorsichtig meinen Zeigefinger auf ihren Kitzler und beginne sie mit sanftem Druck und kreisenden Bewegungen zu stimulieren. Fast mechanisch. Am liebsten würde auch ich meine Augen schließen. Ihr Körper verspannt sich unter meinen kleinen Bewegungen, während ich an ihren sich öffnenden Lippen hänge. Als ich mich losreißen kann, huscht mein Interesse zu dem rot ausgefüllten Schlauch, der an ihrem Arm hängt. Dort scheint alles okay. Das verdorbene Gold bahnt sich unaufhaltsam seinen Weg.

Den Druck und das Tempo verstärkend, betrachte ich ihre Pussy, die sanft von innen zu glänzen beginnt. *Nice.* Um einen besseren Blick zu erhaschen, klappe ich mit meinen Fingern der anderen Hand die größeren inneren Schamlippen zur Seite. Ihre geheimnisvolle, unerforschte, feuchte Höhle liegt vor mir und entfacht ein Kribbeln. Erregt lecke ich mir über die Lippen, als ich zwei meiner Finger in ihr versenke und weiterhin über die empfindliche Perle kreise. *Sie ist eng, oh, so eng. Trotz der Feuchtigkeit, die sich langsam vermehrt.*

Tiefes Stöhnen erreicht meine Ohren. Die Männer kommen näher. Zeitgleich sammelt sich Spucke in meinem Mund. Scharf ziehe ich die Luft ein, denn ihre plötzlichen Bewegungen machen mich wild, unsagbar wild. Mein Verlangen rast. Fest versenke ich die Zähne in der Innenseite meiner Wange, damit der Schmerz mich meinem Verstand wieder näherbringt.

Alle lassen sich langsam auf ihre Knie sinken und die ersten Fingerspitzen testen wohl die Weichheit von dieser vollkommen ausgelieferten Jungfrau, der gerade Blut aus dem Arm läuft. Es ist abartig. Zeitgleich aber extrem berauschend, eine Einheit zu sein, die Macht zu besitzen.

Mehrere Hände schieben Catalinas BH nach unten. Sie begrapschen ihre Brüste, doch sind alle keineswegs so sanft wie ich. Erstaunt blicke ich in die Runde. Dabei bemerke ich, dass Cesar nicht mitmacht. Verdutzt drehe ich den Kopf und tatsächlich … da sitzt er, in sein Handy vertieft. *Wieso ist er nicht hier neben mir?*

Ich möchte ihn danach fragen, doch diese Blutschlampe presst soeben meine Finger zusammen und versucht sich stöhnend aufzubäumen, wird allerdings von Esteban weiterhin am Boden gehalten. Dabei fixiert er auch ihren Arm.

»Das gefällt dir, was?«, dröhnt es lachend aus Esteban hervor. Ich bin mir nicht sicher, ob er mich oder Catalina meint. Verwirrt starre ich vor mich, denn Chan hat soeben meinen Daumen von ihrer Perle geschoben. Während ich sie weiter mit den anderen Fingern ficke, beginnt er ihren Kitzler zu lecken. *Shit, was wird das hier! Vielleicht hätte ich mir vorab lieber alles anhören sollen.*

Meinem Schwanz scheint das egal zu sein, denn der zwängt sich jubelnd durch die Enge in die Höhe. *Ja, ich verstehe dich, es ist geil, verdammt geil! Vielleicht hat Cesar ja auch die Wahrheit gesprochen, als er über den Unterschied von Liebe und Sex geredet hat.*

Ich fühle mich berauscht und stecke in dieses feuchte Loch noch einen dritten Finger. Ein spitzer Schrei zieht dabei meine Aufmerksamkeit auf sich. Als ich gebannt über ihren Körper schweife, leuchten mir einige rote Schrammen entgegen. Ich ordne den Schrei erst ihren Zeichnungen zu, doch beim Herausziehen meiner Finger haftet Blut an ihnen und ich klebe wie hypnotisiert auf ihrer nassen Fotze.

»Elias, ernsthaft?«, reißt Chan mich aus meiner Trance und ich blicke ihm stirnrunzelnd entgegen. *Was will er?*

»Du hast das jungfräuliche Blut überhaupt an deinen Fingern und glotzt nur blöd drauf?«

Ich glaube, er lacht mich aus. *Was soll ich damit anfangen?* Auf meine stumme Frage steckt er sich den eigenen Finger in den Mund. Als ich kapiere, was er meint, schüttle ich hastig den Kopf. Danke, kein Bedarf! So schnell kann ich nicht reagieren, da hat Chan sich schon meine Hand geschnappt und die Finger abgeleckt und genau dafür würde ich ihm am liebsten erneut die Fresse polieren! *Spinnt der?!*

»Lass es uns zu Ende bringen«, dringt es fast gehässig aus seinem Mund, dabei zwinkert er mir verschwörerisch zu. Sofort umschließt er Catalinas Kitzler und saugt daran. Auf meine Lippen legt sich ein Grinsen, als ich meine Finger in sie ramme und alles gebe, auf der Suche nach diesem Fleck, der sie vielleicht heftig zittern lässt. Leider habe ich zu wenig Zeit, denn mit mehreren Stößen von mir, gepaart mit schnellem Lecken von Chans flinker Zungenspitze, kommt sie unter einem lauten Schrei. Ihr Körper bebt, der Mund ist geöffnet und ruft nach Luft.

Wir lösen uns von ihr. Während Chan sich über den Mund reibt, wische ich meine Finger an der Hose ab. *Die kommt sofort in den Müll.* Erstaunt entdecke ich, dass der Schlauch verschwunden ist und ein kleines Pflaster auf ihrer Armbeuge klebt. Dann lenkt mich Chan ab, als er mir gegen die Rippen boxt. Dabei grinst er mich an, als seien wir beste Freunde. Ich grinse einfach zurück und es fällt mir überhaupt nicht schwer. Ein eigenartiges Gefühl macht sich in mir breit. Voll erregt fühle ich mich gerade unendlich stark!

Vielleicht ist Chan doch nicht so übel wie gedacht.

43. Violet

Es ist spät, als ich jemanden nach mir rufen höre. Zumindest so spät, dass ich schon geschlafen habe. Verwirrt richte ich mich in meinem Bett auf. Die Tür steht offen und im Schein des spärlichen Lichts, das vom mickrig beleuchteten Flur hereindringt, erkenne ich eine breite Statur im Türrahmen. *Orlando ist das nicht.*

Mit einem mulmigen Gefühl ziehe ich die Decke enger um mich und spüre, wie mein Blut in Wallung kommt. *Wer ist das?* Dann geht das Licht im Zimmer an und ich atme erleichtert aus, als ich Cesar entdecke. *Wobei, er war noch nie hier, vielleicht ist das kein gutes Zeichen …*

»Steh auf und zieh dich an.« Mehr sagt er nicht, sondern bleibt einfach stehen.

»Warum?«, will ich direkt wissen und bleibe einfach mal stur sitzen. *Was denkt er sich?*

»Mach jetzt!«, poltert er anstatt mir eine Antwort zu geben.

Hektisch klettere ich aus dem Bett, laufe zum Stuhl und reiße meine Jeans samt Pulli an mich. Im Bad ziehe ich mich an, binde die Haare zusammen, werfe mir einen genervten Blick im Spiegel zu, um keine drei Minuten später vor ihm zu stehen.

»Komm mit!« Ich hatte bisher nicht wirklich viel mit Cesar zu tun, doch ich hasse Menschen, die so minderbemittelt in der Fähigkeit des Sprechens sind.

Voller Fragezeichen im Kopf irre ich hinter ihm die Gänge entlang, bis wir vor einer braunen Tür stehen bleiben. Keine Ahnung, wo wir sind. Den Weg zurück finde ich nie im Leben. Langsam zieht er die Tür auf und ich werde ins Innere geschoben. Erst sehe ich nichts, denn ein dunkler Vorhang verdeckt mir die Sicht. Als ich hindurchgehe, legt sich allmählich das Zittern meiner Glieder. *Ein Büro, ein stinknormales Büro.* In der Mitte steht ein riesengroßer, massiver Schreibtisch und links von mir entdecke ich ein paar unauffällig braune Holzstühle mit dick gepolsterter Sitzfläche in dunkelblauem Samt. Cesar setzt sich weiterhin stumm auf einen dieser Stühle. *Soll ich mich neben ihn setzen?* In dem Moment öffnet sich links von mir eine Tür und die Person, die hereinkommt, hat sofort meine volle Aufmerksamkeit eingefangen.

»Elias!« Schmetterlinge tanzen in meinem Bauch. Nach dem gestrigen Abend hätte ich nicht gedacht, dass ich mich freuen würde, ihn zu sehen. Allerdings meinte Ines heute Mittag, ich würde übertreiben. Sie kann sich nicht vorstellen, dass Elias alles nur geplant hat, um mich zu vögeln. Daraufhin habe ich echt viel nachgedacht und sie könnte recht haben. Mit der Zeit ist das drückende Gefühl auf meiner Lunge dann immer schwächer geworden.

Verdutzt bleibt er stehen. *Wieso freut er sich denn nicht?*

»Was macht sie hier?«, blafft er Cesar lautstark an.

Danke, ich freue mich auch, dich zu sehen! Verärgert legen sich Falten auf meine Stirn, doch schon ist er bei mir, zieht mich in seine Arme. Mein neu entfachtes Beben beruhigt sich schlagartig, ich schlinge die Arme um ihn und schmiege mich an seine nackte Brust. Elias hält mich fest. Er zittert. Vielleicht macht er sich Gedanken wegen gestern Abend? Deshalb hebe ich mein Gesicht und flüstere ihm zu, dass alles okay ist. Er sieht keineswegs beruhigt aus, sondern starrt mir verdutzt entgegen. Sein Mund öffnet sich um stumm zu bleiben. Elias sieht anders aus. In seinem Blick liegt etwas, doch ich kann es nicht deuten.

Viel zu schnell löst er sich von mir und hastet auf Cesar zu, der in sein Handy glotzt. Wie fast immer. Ich frage mich, was er da ständig macht, denn ich sehe ihn wirklich selten tippen. Candy Crush oder so kann er deshalb nicht zocken, denn dazu bräuchte er mindestens einen Finger.

Ich verstehe nicht, was die beiden reden, denn sie flüstern. Elias steht da, rauft sich die Haare, um dann hektisch mit geöffnetem Mund zu mir zu blicken.

»Vergiss es!«, höre ich ihn laut zischen und schleiche mich näher, um etwas zu verstehen. *Was geht hier nur vor sich?*

»Elias, ich sagte bereits, dass ich nicht alles allein entscheide. Du wolltest Violet für dich, das hast du bekommen. Sieh es als Test, ein Test eurer Liebe.«

Elias lacht gequält. *Was geht hier nur vor sich?*

»Violet, komm her.« Cesar winkt mich zu sich, als er an Elias vorbei späht und ich setze mich neben ihn auf den freien Stuhl. *Ein Test? Liebesbeweis?*

Gerade als ich Elias danach fragen will, wird der dunkle Vorhang beiseitegeschoben. Augenblicklich erstarre ich. Eine Frau in roten Dessous und ähnlichen Nuttenschuhen, wie ich sie bei den Abendessen tragen muss, betritt den Raum. Schlagartig liegt eine Spannung in der Luft, die mir nicht entgeht. Mit offenem Mund starre ich dieser Grazie mit der welligen, dicken Haarpracht entgegen. Auch sie scheint überrascht, denn ihr Gang ist nicht mehr so forsch wie eben noch.

»Lass dich von uns nicht stören, Catalina«, meint Cesar. Lächelnd lehnt er sich mit verschränkten Armen zurück. *Wieso hört er sich so freundlich an?*

Ich flehe Elias mit meinen Blicken an, mich endlich aufzuklären, doch er presst nur die Lippen zusammen. Als seine Augen sich für einen Moment schließen, die Augenbrauen eine leidvolle Falte bilden, er mir danach ein »Es tut mir so leid!« entgegen haucht, kapiere ich schlagartig alles.

Nein! Das kann nicht sein! Das Blutritual, die Jungfrau. Erschrocken dämmert mir, dass sie einfach eine andere Frau dafür genommen haben. Eine andere Jungfrau, die anstatt mir ihr Blut hergegeben hat um danach gefickt zu werden … von …

»Nein!«, rufe ich verzweifelt, als Elias auf sie zugeht. *Was soll der Scheiß, wieso bin ich hier? Warum muss ich mir das geben?*

Ich verstehe es nicht. Begreife einfach nicht, wieso Elias das tut. Er kann jederzeit sagen, dass er das nicht möchte. *Oder ist es Absicht? Ist es meine Bestrafung, weil ich ihn nicht rangelassen habe? Kann er so grausam sein?*

Kurz vor einem Herzinfarkt stehend, die Hand an meine Brust gepresst, möchte ich aufspringen. Cesar jedoch packt mich unsanft am Handgelenk, zerrt mich auf den Stuhl zurück und drückt mir ein Glas voll Wein in die Hand. Um meine rasenden Nerven zu beruhigen, nehme ich hastig einen großen Schluck davon.

»Oder willst du lieber in den Keller?«, raunt er mir bitterböse zu und ich erstarre.

Qual und Erlösung immerfort, das ist mein Leben. Hoffentlich kann ich all diese Qualen ertragen …

Um mir das Kommende nicht geben zu müssen, senke ich den Blick. Ich möchte nicht weiter dabei zusehen, wie die zwei sich küssen. Wie seine Hände über ihre Haut streichen. *Wieso streichelt er sie überhaupt*? Sie ist eine Nutte, eine billige Hure, da reicht es doch einfach seinen Schwanz reinzustecken. Ohne sie anzufassen!

Ich malträtiere meinem Daumen mit den Zähnen und zappele, um sitzen bleiben zu können, mit den Füßen auf dem Boden herum. Zum Glück ist das Glas in meiner Hand mittlerweile halb leer, sonst würde alles überschwappen. Sämtliche Muskeln sind angespannt. Am liebsten möchte ich aufspringen, Elias da wegziehen und der Schlampe eine klatschen.

Meine Gedanken rasen in eine völlig ungute Richtung, Tränen sammeln sich in meinen Augen, ich fange das Schniefen an, damit mir der Rotz nicht aus der Nase läuft. Unerträglich quälen mich die Geräusche, die zu mir durchdringen, obwohl ich unverständlich ein Lied vor mich hin summe. *Wieso kann sie nicht ihre dumme Klappe halten?*

»Was ist los? Gefällt es dir nicht?«

Weiterhin halte ich krampfhaft meinen Kopf gesenkt, als ein dunkles Lachen neben mir ertönt.

»Violet, schau schon hin!«, säuselt Cesar ekelerregend nett in meine Richtung.

Doch ich halte weiterhin den Boden im Auge. Ruckartig wird mein Kinn gepackt und nach oben gerissen.

»Ich sagte, du sollst hinsehen!«, zischt Cesar mir kalt zu.

Wieso muss ich immer wieder erneut eins in die Fresse bekommen?

Ich versuche die Szene vor mir nicht zu sehen, aber natürlich registriere ich, dass sie über dem Schreibtisch hängt und Elias sich von hinten in ihr versenkt hat. Ich sehe zwar nur seinen Rücken, aber alles andere malt sich gerade meine blühende Fantasie bunt aus.

Ich bin wütend, so wütend. Wütend auf Elias, was er mir antut und noch wütender auf seinen abgefuckten Dad. Hektisches Zittern überfällt mich. Um nicht loszuheulen, zwinge ich den Blick einfach wieder zu Boden, denn die Laute der beiden ficken schon genug meinen Kopf.

»Sei nicht so empfindlich«, meint das Scheusal lachend neben mir, als ich Elias Aufstöhnen höre und das schreckliche Gejammer dieser Frau endlich verstummt.

Obwohl ich ruhig bleibe, mir keine Blöße geben möchte, explodiere ich einfach. Keine Chance, es kommen zu sehen oder dagegen anzugehen. Während ich aufspringe, schütte ich Cesar mit Schwung einfach mein halb volles Weinglas ins Gesicht.

»Halt endlich deine blöde Fresse«, schreie ich als ich schwer atmend vor ihm stehe. Und plötzlich bin ich kraftlos. Das Glas fällt aus meiner Hand. Es zerbricht auf dem Steinboden. In tausend Scherben. Wie zuvor mein Herz.

Schlagartig herrscht um mich herum Stille. Cesar erhebt sich langsamer, als er es nach meiner Tat sollte. Dabei fixiert er mich aus zusammengepressten Schlitzen und mir schwant Böses. Ich sehe ihn zwar ausholen, reagiere aber zu spät. Seine flache Hand schubst mich mit solcher Wucht, dass ich nach hinten taumle.

»Wage es nie wieder!«

Da ich mich nicht halten kann, pralle ich gegen einen der Stühle und schneller als mein Schrei aus dem Mund dringt, sitze ich auf dem harten Steinboden. Bevor ich begreife, was geschehen ist, kniet Elias neben mir. Geschockt blickt er von mir zu Cesar dann wieder zurück und streckt mir seine Hand entgegen. Ich dagegen habe nur Augen für seinen fast erschlafften Schwanz mit der weiß gefärbten Mütze darüber. Erbärmliche Übelkeit nistet sich in meinem Magen ein.

»Violet, alles okay? Komm hoch.« Er klingt so lieb, doch es kommt nicht bei mir an.

»Fass mich nicht an!«, fauche ich und Elias gefriert in seiner Bewegung. *Mit deinen schmutzigen Griffeln, die eben noch auf dem Körper dieser Schlampe unterwegs waren? Nein, danke!* Er widert mich an!

»Steh auf und komm her!« Cesar baut sich in voller Größe vor uns auf. Seine Stimme ist gefährlich ruhig. Zwei oder drei übrig gebliebene Tropfen vom Rosé suchen sich noch den Weg aus seinem Bart.

Ich hätte nichts dagegen, wenn er auf der Stelle tot umfällt. Leider gehen meine Wünsche kaum in Erfüllung und deshalb schleiche ich reumütig zu ihm, denn ich habe keine Lust auf diesen dunklen Kerker.

»Wir gehen!« Mehr sagt Cesar nicht, sondern deutet zur Tür. Als ich an ihm geduckt vorbeihusche, klopft er Elias anerkennend auf die Schulter. *Tz!*

»Gut gemacht, Sohn!« *Ekelhaft, ich könnte kotzen!* »Aber die Kleine ist nicht gut für dich, sie macht dich schwach.« *Wer will deine Meinung wissen?*

Ohne Elias eines Blickes zu würdigen, laufe ich, die Hände in meinen Taschen vergraben, vor Cesar her zur Tür. Krampfhaft versuchend, den Wasserschwall zurückzuhalten, keinen Ton von mir zu geben. Es verwirrt mich, dass Elias überhaupt nichts mehr sagt.

Ihr bekommt mich nicht klein! Ganz egal, welche perversen Demütigungen ihr euch noch ausdenkt!

44. Elias

»Viel Glück«, wünscht mir Lando und klopft aufmunternd gegen meine Schulter. Mit reichlich schlechtem Gewissen und zappeligen Nerven mache ich mich auf den Weg zu Violets Zimmer. Ihre Tür kann ich seit heute Morgen selbst öffnen. Cesar hat sein Wort gehalten und ich darf mich frei bewegen. Auch außerhalb der Mauer. Hier allerdings nur ohne Violet. Aber auch das wird sich bald ändern. Dafür zieht sie zu mir in die Wohnung. *Endlich!*

Gestern war … ich weiß es nicht … ich kann das alles immer noch nicht ordnen, meine Gefühle dazu begreifen. Sicher, dass Violet dabei sein musste, alles kurz aus dem Ruder gelaufen ist und Cesar sie noch dazu geschubst hat, war einfach das Letzte. Wir haben heute Morgen deshalb auch riesigen Krach gehabt. Es hat nicht viel gefehlt und ich wäre auf ihn losgegangen. Egal, Violet gehört jetzt wieder voll und ganz mir und kein anderer hat über sie zu bestimmen.

Doch das Ritual …

Diese Gemeinschaft.

Zum ersten Mal, seit ich hier bin, habe ich mich akzeptiert und zugehörig gefühlt. Kein Außenseiter mehr. Und dieses Gefühl ist abnormal gut. Trotzdem hole ich frustriert Luft, als ich an den ersten Türen vorbei presche. Einerseits habe ich es nicht eilig, andererseits will ich dieses unangenehme Gespräch schnell hinter mich bringen.

Apropos, unangenehmes Gespräch. Dylan sollte ich auch mal wieder anrufen und Mom ebenfalls. Ich drücke mich aber davor, denn es ist kräftezehrend.

Violet ist laut Lando verdammt sauer, hat nichts gegessen und sogar ihre Tablette verweigert. Das ist schlecht, ganz schlecht. Reden wird so nicht einfacher. Vor allem nicht, wenn sie die länger verweigert.

Auf das Schlimmste vorbereitet, presse ich meinen Finger auf den Scanner, schiebe die Tür auf und trete ein. Leise schließe ich sie wieder hinter meinem Rücken. Mit den Augen klebe ich nur an ihr.

Mein Schneewittchen sitzt im Bett, mit dem Rücken halb gegen die Wand gelehnt, die fliederfarbene Decke um sich geschlungen und ihre rechte Wange ruht auf den Knien. Sie blickt nicht auf.

Schwerfällig, da meine Beine am liebsten im Boden versinken möchten, bewege ich mich auf sie zu und ziehe die zwei KitKat Packungen mit weißer Schokolade aus meiner hinteren Hosentasche. Langsam schiebe ich ihr diese entgegen. Dabei setze ich mich auf den Rand ihrer Matratze.

Sie ignoriert mich weiterhin. Mein Herz hämmert so stark, dass feine Linien sich darauf abzeichnen. Die größer werden. Mit jeder Sekunde, die sie mich weiter ignoriert. Und sie ignoriert mich gekonnt. Ein Spinnennetz bildet sich auf diesem empfindlichen Organ und wenn das so weitergeht, zerfällt es bald in tausend Stücke. *Das darf nicht passieren, niemals! Wir gehören zusammen! Für immer!*

»Schneewittchen?«, versuche ich zärtlich ihre Aufmerksamkeit zu bekommen. Meine Finger möchten so gern über ihr Haar streichen, doch ich lasse es sein. Sie blickt weiterhin Richtung Fenster, auch wenn sie von hier aus überhaupt nicht nach draußen sehen kann.

»Violet, schau mich bitte an.« Bei ihrem endlos langen Spiel, eine Statue nachzuahmen, atme ich laut aus. Langsam rutsche ich näher. Ich hasse es, wenn sie so ist und einen komplett ignoriert. Es ist kindisch, auch wenn ich weiß, dass es das eigentlich nicht ist. Zumindest nicht bei ihr. Schuld sind ihre Gefühle, die sich überschlagen und Millionen Empfindungen gleichzeitig auslösen. Oder einfach verschwinden. Ich verstehe selbst nicht, wann welche Situation durch was ausgelöst wird. Es ist einfach verwirrend. Das Dumme dabei ist, dass, wenn man etwas nicht versteht, man nie richtig reagieren kann. Es ist ein Drahtseilakt. Jedes beschissene Mal. Entweder ich habe Glück und treffe die richtigen Töne, führe die passenden Handlungen aus oder alles stürzt weiter in die Tiefe.

Mutig rutsche ich wieder nach vorn, stehe auf, schiebe mich auf der anderen Seite rückwärts bis zur Wand. Ich winkle meine Beine ebenso wie sie an und schlinge die Arme drumherum, auch wenn das im Schritt verdammt eng ist. Das habe ich für gestern wohl verdient. Die Wange auf meine Knie gebettet, entdecke ich ein offenes Auge. Der Rest ihres Gesichts wird von strähnigen Haaren verdeckt. Jede Ader in diesem einen Auge zeichnet sich leuchtend rot ab und treibt meinen Selbsthass an die Oberfläche.

Es zuckt kurz. Ich bin fixiert darauf und versuche es mit einem Lächeln.

»Es tut mir wahnsinnig leid!«, flüstere ich ihr entgegen. »Ich wusste davon nichts.« *Selbst wenn, ich hätte es nicht verhindern können.* »Aber es hat uns so vorangebracht. Ich kann mich … also … frei bewegen … das ist doch toll, oder?«

Mich beschleicht ein doofes Gefühl, dass Violet das nicht so toll findet wie ich. *Mist!*

»Wolltest du mir damit eins reindrücken?«

Verwirrt starre ich ihr entgegen. »Nein! Ich sagte doch, dass ich davon nichts gewusst habe.«

»Du und diese ... ich sehe euch ... ständig. Ob meine Augen offen oder geschlossen sind!« Gequält presst sie diese zusammen und feine Falten bilden sich um ihre Lippen.

Meine Hand bettelt darum, ihr einen Teil der Haare wegzustreichen, damit ich sie besser sehen kann, aber sie reißt die Augen auf, zuckt zurück und springt auf. Dabei fällt die Decke samt der KitKat Packungen auf den Boden. Violet lässt einfach alles liegen. Meine lieb gemeinte Geste führt sie nun selbst zu Ende.

»Du hast mich betrogen, verdammt!« Aufgebracht rennt sie vor dem Bett herum und ich blicke nur stumm hinterher. »Sag was!«, klatscht mir eine Druckwelle entgegen, die mich fieberhaft nach was Sinnvollem suchen lässt. Etwas, das alles weniger schlimm erscheinen lässt. Oder wenigstens eine Erklärung, damit sie es versteht. Mich versteht.

»Ich tu das alles für dich! Damit du hier wegkommst.«

»Fick dich, Elias, das ist deine beschissene Erklärung?« Ihr Lachen gleicht einer Ohrfeige und ich ziehe reumütig den Kopf zwischen die Schultern. Zeitgleich sinkt meine Hoffnung nach einer Versöhnung auf den Meeresgrund. *Shit! Dabei muss ich nachher für zwei Tage weg.*

»Können wir uns nicht vertragen? Wir wollten nie etwas zwischen uns kommen lassen«, ziehe ich den nächsten Trumpf aus der Tasche, appelliere dabei an ihre eigenen Worte.

»Das schließt eine Nutte zu vögeln nicht mit ein!«, brüllt sie mir mit wutverzerrtem Gesicht entgegen.

»Violet, bitte. Hätte ich es nicht gemacht, könnte ich mich jetzt nicht frei bewegen oder dich sehen. Wann ich das möchte und du wirst das auch bald dürfen. Dann können wir zusammen in die Stadt und schon sitzen wir im Flieger zurück. Hm?«

Sie scheint immer noch wenig begeistert, doch vielleicht braucht sie einfach Zeit. Ich hoffe, dass sie wieder normal ist, wenn ich zurück bin.

»Ach, das Beste habe ich dir noch nicht erzählt.«

Neugierig bleibt meine Dramaqueen stehen, mustert mich und ihre Miene verliert drei Finsternis-Punkte. Ich befürchte, sie hat heute Nacht kaum geschlafen. Ich übrigens auch nicht.

»Du darfst zu mir ziehen«, dringt es hastig über meine Lippen. Ich freue mich wahnsinnig. Keine einsamen Nächte mehr und Violet muss nicht mehr arbeiten.

»Niemals!« Wütend funkelt sie mir entgegen.

Was? Hat sie mir nicht richtig zugehört? »Ähm, du darfst hier endlich raus. Das wolltest du doch.«

»Ich bleibe hier. Keine zehn Pferde bringen mich zu dir oder in diese Wohnung von deinem beschissenen Dad! Niemals! Ich bleibe hier, bis ich im Flieger sitze!« Trotzig lässt sie sich auf den Stuhl fallen und blickt zu Boden.

Es sticht, fürchterlich, genau unter ihrem Herz mit dem V. *Das hat so keinen Sinn, sie muss sich erst beruhigen.* Seufzend erhebe ich mich und bleibe vor ihr stehen. Als ich meine Hand auf ihre Schulter lege, zuckt sie zusammen, bewegt sich aber nicht.

»Ich bin die nächsten zwei Tage unterwegs. Wir reden, wenn ich zurück bin, okay? Arbeiten musst du ab jetzt nicht mehr. Ich liebe dich, Violet, es hat sich nichts geändert.«

Als ich keine Antwort bekomme, gehe ich langsam aus dem Raum. Während der elektronische Riegel sich vorschiebt, lehne ich mich, mit klopfendem Herzen und Angst in den Adern, von außen gegen die geschlossene Tür.

»Ich tu alles für dich!«, flüstere ich in die Stille.

45. Orlando

»Lando, hey Lando.«

Nati und Ines kommen auf mich zu gerannt. Ich gebe Pablo noch letzte Anweisungen zur Wartung der Saunen und schicke ihn dann ins Büro, um sich um weitere Handwerker zu kümmern, denn irgendwie spinnt das Heizgerät des Pools. In das arschkalte Wasser würden mich keine zehn Pferde bekommen. Er soll zusehen, dass da heute noch jemand vorbeikommt.

Ehe ich mich umdrehen kann, schlingt Nati ihre Arme von hinten um mich.

»Hallo, mein Freund«, wispert sie mir ins Ohr und bringt mich zum Lachen, denn man könnte es auch falsch verstehen. Allerdings sagt Nati das oft und ich weiß, wie es gemeint ist. Sanft umschlinge ich ihre Finger und löse sie von mir.

»Du Lando, wo ist Violet?«, löchert mich Ines und zieht ihren Pferdeschwanz nach, der mittlerweile einige Strähnen verloren hat.

»Der geht es heute nicht so gut, aber zu dir wollte ich sowieso. Kannst du später etwas nach ihr sehen?«

»Was ist los?«, kommt es zeitgleich erschrocken aus einem pinken und einem nudefarbenen Mund.

»Das soll sie dir selbst erzählen«, sage ich rasch und hoffe, dass damit das Thema erledigt ist. Zwar sehe ich genau, dass es beiden nicht recht ist, doch sie fragen nicht weiter nach. *Zum Glück!* Ich hasse es, wenn Frauen vor Neugierde ständig rumquengeln.

»Aber Ines muss doch gleich weg«, wirft Nati ein und jetzt erinnere auch ich mich, dass David sie mit in die Stadt nimmt. Nati ist allerdings auch verplant, denn sie begleitet Dairo auf irgendeinen Empfang. Ausnahmsweise habe ich unter der Bedingung, dass er seine Finger bei sich behält, zugestimmt.

»Ines, dann besuch sie bitte, wenn du zurück bist. Ich gebe Pablo Bescheid. Sie braucht das ... denke ich.«

Ich hoffe nicht zu viel gesagt zu haben, denn ihre Stirn runzelt sich gewaltig. Aber ihr hübscher Mund bleibt geschlossen. Ich kann mich nicht mehr wirklich erinnern, wann ich Ines das letzte Mal gevögelt habe. Es muss schon eine Ewigkeit her sein. *Vielleicht sollte ich die Erinnerung mal wieder auffrischen.* Ganz weit entfernt schwebt mir Pfirsichgeruch im Kopf herum, als ich meinen Blick über ihre viel zu nackte Haut schweifen lasse. Irgendwie habe ich Nati gegenüber ständig ein schlechtes Gewissen, wenn ich mit anderen rummache, was total dumm ist, denn ich muss sie ...

Der Gedanke treibt mir wie immer, wenn es so weit ist, schlechte Laune in den Kopf und deshalb zwinge ich mich nicht weiter darüber nachzudenken. *Es sind noch ein paar Tage.*

»Mädels, ich muss weiter«, verabschiede ich mich von den beiden und mache mich auf den Weg. Ich kann immer noch nicht glauben, was da gestern passiert ist. Noch weniger kann ich die Euphorie verstehen, mit der Elias von dem Ritual erzählt hat. *Was stimmt mit ihm nicht?*

Ich muss unbedingt mit Vater sprechen, doch er geht schon den ganzen Tag nicht an sein Handy. Ständig überlege ich, wieso Cesar Violet dazu geholt hat.

Ist sie seine Tochter und er hofft die Beziehung der beiden dadurch zerstören zu können? Möglicherweise will er sich keine Blöße geben und versucht das Problem so aus der Welt zu schaffen.

Für mich klingt das logisch, aber ich will keine voreiligen Schlüsse ziehen.

Würde er wirklich seine eigene Tochter so mies behandeln?

46. Violet

So oft habe ich mir ausgemalt, was passiert, wenn Elias mich betrügt und wie ich reagieren würde. In den dunkelsten Farben hat mein verrückter Verstand sämtliche Situationen durch gesponnen, doch nie war ich selbst dabei und musste es mit eigenen Augen ansehen. Wirklich noch nie! Mir gehen die Bilder einfach nicht aus dem Kopf. Ihre Stimmen, das lustvolle Stöhnen, seine Hände, überall …

Ich hasse mich dafür, nicht stark genug gewesen zu sein. Ich hasse es, dieses Gefühl, sterben zu wollen. Sich einen Hirnschlag zu wünschen, um auf der Stelle tot umzukippen. Ich hasse diese Hoffnungslosigkeit, das ständige Weinen und meinen Verstand, der überhaupt nicht mehr funktioniert, sondern mir andauernd hinterlistig zuflüstert, dass ich ganz allein bin. Dass mich niemand haben will, dass alle vor mir Reißaus nehmen, dass ich es nicht verdient habe zu leben.

Und als ich endlich einstimme, schreit mein Herz, wie egoistisch ich bin. Herzlos und kalt. Es treibt mich in den Wahnsinn mit der Frage, wie ich meine Mom nur sterben lassen konnte, ganz umsonst, wenn ich jetzt einfach so verschwinde.

Ich will stark sein, immer, doch ich bin es so selten. Ich will gut sein und alles richtig machen. Doch ich weiß einfach nicht wie.

Mit vor Feuchtigkeit verschwommenem Blick ziehe ich meinen Ärmel nach oben. Emotionslos betrachte ich die zwei frischen Schnitte an meinem Unterarm. Leuchtend rot und teils schon blutverkrustet. »Siebzehn!«, flüstere ich leise.

So viel zum Thema, nie wieder ritzen!

Als die Tür aufgeschoben wird, schiebe ich schnell den Ärmel nach unten und hoffe, dass es nicht Elias ist. Ihn kann ich nicht ertragen. Er widert mich einfach nur an. Als ob er so relaxt reagiert hätte, wenn ich vor seinen Augen mit jemand anderem rumgemacht hätte. Der wäre ausgerastet! Ich schnaube verächtlich und wische mir mit dem Ärmel über mein nasses Gesicht. Das einzig Gute an seinem Besuch waren die Schokoriegel, die kurzzeitig mein kotzendes Gemüt beruhigt haben.

Aber es ist nicht Elias. Lando zwängt sich durch die Tür und ein Teil meiner Anspannung verpisst sich. Langsam hebt er die Hand, fährt sich durch die total verstrubbelten Haare und versucht sich an einem Lächeln. Danach wirft er einen schnellen Blick auf den Tisch, aber außer der Schokolade bekomme ich nichts runter. Mir wird schlecht, wenn ich nur davorsitze. Auch die Tablette, nach der er vermutlich Ausschau hält, liegt noch brav an ihrem Platz.

»Vi, warum nimmst du deine Tablette nicht?«, will er auch direkt wissen und kommt mit gerunzelter Stirn auf mich zu. Ich weiß es selbst nicht, weshalb ich nur mit den Schultern zucke. Wahrscheinlich hat er Angst vor einem Ausraster und dass er dann alles wieder aufräumen muss.

»Ach Violet.« Lando sieht fast so verletzt aus, wie ich mich gerade fühle. Vor dem Bett streift er seine schwarzen Pumas von den Füßen und krabbelt zu mir. Mein Oberkörper wird sanft in seine Richtung gezogen. Liebevoll wird mein Kopf an seine Brust gedrückt. Er hält mich fest gefangen, aber ich starte überhaupt keinen Versuch auszubrechen.

Erneut kommen sie aus dem Nichts, die Gedankenblitze, das Rauschen. Ich bekomme immer noch kein klares Bild. Nur ein Gefühl. Doch auch das weiß ich nicht zuzuordnen. Er fühlt sich warm an, so schön tröstend warm und verzaubert bei jedem Einatmen auf seltsame Weise meine Sinne.

Wir sitzen eine Ewigkeit einfach nur da. Ich weine stumm an seiner Brust. Er streicht mir langsam und beruhigend über mein Haar, genauso, wie ich es liebe.

«Wo ist denn dein MP3-Player? Wir können Musik hören, vielleicht hilft dir das etwas. Ich habe blöderweise mein Handy im Büro vergessen.«

Tja, der liegt im Bad. Genauer gesagt im Mülleimer. Das ganze Teil erinnert mich abnormal an Elias und wollte entsorgt werden. Lando sagt nichts dazu, als ich ihm davon erzähle.

»Ich weiß nicht, ob ich das alles ertragen kann«, murmle ich in sein ausnahmsweise hellgrünes Shirt. »Es tut so weh, so richtig weh.« Durch meine Worte habe ich einen erneuten Schwall losgelassen, der sich lautstark über meine Wangen ergießt.

»Doch, Vi, das wirst du, denn du bist stark. Schau, was du schon alles durchgemacht hast. Du schaffst noch viel mehr! Dieser Schmerz geht sicher auch vorbei.«

Ja, Schmerz geht immer vorbei, außer man stirbt daran!

»Wird er nicht«, jammere ich hoffnungslos, denn in mir ist nicht ein Staubkörnchen davon vorhanden.

»Oh, glaub mir, es ist noch keiner an einem gebrochenen Herzen gestorben«, versucht Lando mich aufzumuntern, während seine Hand wieder so schön über meinen Kopf streicht.

»Dann bin ich die Erste«, stöhne ich auf und wische mir mit dem Zeigefinger ein paar Tränen weg. Ich könnte jetzt ja was sagen, will aber keine Diskussion über das Broken-Heart-Syndrom anfangen, über das ich irgendwann mal gelesen habe und an dem man wirklich sterben kann.

Mich erreicht Landos Kichern und dann sein Kuss, den er mir auf den Scheitel drückt. Ich blicke langsam zu ihm auf, wir versinken kurzzeitig in den Augen des anderen, bevor ich mich wie magisch angezogen ihm entgegenstrecke, meinen Kopf schief lege, mit einem Kribbeln in mir die Augen schließe und …

Er mich laut räuspernd von sich schiebt.

Peinlich berührt presse ich die Augenlider zusammen, während ich mich insgeheim selbst verfluche. *Ich bin so dämlich, was sollte das denn jetzt?* Doch eigentlich weiß ich, was das sollte. Ich wollte es Elias heimzahlen und dazu ist mir gerade jedes Mittel recht. Er soll genau wie ich diesen zerstörerischen Schmerz ertragen müssen!

»Wenn du keine Musik willst, dann lenken wir dich anders ab«, sagt Lando und sein Ton ist wie immer. Er übergeht es einfach.

Neugierig warte ich, was er jetzt vorhat. Als er allerdings zum Bücherregal schlendert, verziehe ich das Gesicht. Gefühlt steht er eine Ewigkeit davor, bis er mit einem braunen Etwas zurückkommt.

»Dein Ernst?«, stöhne ich auf.

»Klar«, meint er lachend. »Nichts lenkt dich besser ab als ein Buch, glaub mir. Beim Fernsehen oder Musikhören kannst du immer deinen Gedanken nachhängen, aber ein Buch, das vermag dich komplett einzunehmen. Es entführt dich in seine Welt und du vergisst alles um dich herum.«

Diesmal wählt er nicht den Platz neben mir, sondern zieht einen der Stühle heran. Lando setzt sich, lehnt sich zurück, legt sein Bein auf das andere Knie, grinst mir zu und schlägt den Einband auf. Enttäuscht lasse ich mich nach hinten sinken, schließe die Augen und lausche seiner Stimme.

»Es ist wie sterben, jeden Tag. Immer und immer wieder.«

Ob ich will oder nicht, er hat mich mit dem ersten Satz. Je länger er vorliest, desto freier fühle ich mich. Wie von Zauberhand scheinen alle Probleme ausradiert.

Ich bin erneut gefangen in einer Geschichte, die jedoch nicht diese grausame Macht besitzt, mir Schmerzen zuzufügen.

47. Elias

»Alles gut? Du bist so still.«

»Mhhm.« Lando hat mir geschrieben, dass Violet das Lesen für sich entdeckt hat und jetzt Ines bei ihr ist. Sie scheint besser drauf zu sein und hat auch etwas gegessen. *Gott sei Dank!*

»Das war Lando. Violet scheint es besser zu gehen«, sage ich. Cesar zieht nur die Augenbrauen in die Stirn.

»Wieso magst du sie nicht?«

»Das hatten wir doch schon! Es hat nichts mit Mögen zu tun, sie passt einfach nicht zu dir!« *Stimmt, so war das.*

Nelson, Vaters Fahrer, biegt auf den Parkplatz des Flughafens und wir steigen zusammen mit Vaters Leibwächtern aus. Aus den zwei anderen Range Rover hinter uns klettern Esteban, Dairo, Jeronimo und weitere bewaffnete Personenschützer. Es ist viel los heute, weswegen wir kaum auffallen. Alle sind mit ihren Flugtickets, Koffern oder Kindern beschäftigt.

Cesar biegt scharf links ab, wir hinterher. Zusammen laufen wir durch den General Aviation Terminal. Hier ist keine Menschenseele und in null Komma nichts sind wir eingecheckt. Ich war noch nie so schnell durch eine Kontrolle.

Wir überqueren einen kleinen Teil des Rollfeldes und steuern auf einen Privatjet zu. *Wie mini der gegenüber den großen Flugzeugen ist.* Beim Einsteigen staune ich nicht schlecht, denn ich könnte mich auch in einer Wohnung befinden. Beiger Teppichboden, ein Flat-TV an der Wand, davor ein riesiger Tisch mit fünf monströsen Sesseln und einer gemütlich aussehenden Sitzbank drumherum. Lachend lasse ich mich in einen der Sessel fallen. Überrascht bemerke ich, dass er sich nach hinten kippen lässt. *Krasser Scheiß!*

Zehn Minuten später nippe ich an einer eiskalten Cola und lausche der Besprechung. Morgen steht uns ein Treffen in Argentinien mit dem Lopez-Clan bevor. Daddy hat abgedankt und Junior leitet jetzt die Geschäfte. Soweit ich es verstehe, baut Junior neuerdings selbst an und will deshalb weniger von uns zukaufen, weswegen hier alle leicht genervt sind. Luxusgejammer meiner Meinung nach, denn die haben trotzdem noch ausreichend Kohle.

Das wird morgen dann also meine erste Verhandlung als zukünftiger Chef des Moras-Imperiums.

48. Violet

Ich weiß, ich müsste hier nicht sein, doch es ist mein absolut störrischer Trotz, der mich erneut in dem Nuttenkleid an meinen Servierwagen fesselt. Ines und Orlando haben versucht, es mir nach dem Essen auszureden, allerdings kann ich verdammt stur sein.

Es wäre heute sogar recht amüsant, da Elias, Cesar, Esteban, Jeronimo und Dairo nicht da sind. Leider haben sie Chan vergessen. Der hängt nämlich wie immer halb quer über seinem Thron und grinst mir gehässig entgegen. Wenn ich nur wüsste, was ich dem Idioten eigentlich getan habe.

»Hey Violet«, quatscht er mich schon an, als ich David Wein in seinen Becher gieße. »Was machst du eigentlich hier?«

»Danke«, raunt mir David zu und schiebt grinsend ein »Lass dich nicht ärgern«, hinterher.

Ich gehe zu Julio, der mir nicht weniger dumm entgegenlacht. *Die beiden zusammen, das ist auch wie ein Verkehrsunfall, den man nicht sehen will.*

Während der Wein in den Becher rinnt, antworte ich höflich, wie ich es zu tun habe. Nur keine Angriffsfläche bieten.

»Ich sorge mich um euer Wohl«, flöte ich überfreundlich. »Willst du auch Weißwein?«, frage ich Chan, als ich neben ihm stehe. Allerdings so übertrieben nett, dass er natürlich rafft, dass ich ihn verarsche.

Mit der Flasche in der Hand stehe ich da und warte auf seine Antwort, doch er ist wie immer erst einmal damit beschäftigt, mich gedanklich auszuziehen. Genervt rolle ich mit den Augen. Dann frage ich erneut.

»Elias hat sich doch so ins Zeug gelegt, dass du diesen tollen Job nicht mehr machen musst. Dachte ich zumindest. Wenn du wüsstest, wie er sich angestrengt hat.« *Und wenn du wüsstest, wie kurz davor du stehst, dass ich dir diese Flasche ins Gesicht donnere.*

»Chan! Wein, ja oder nein?«

»Nein. Ein kaltes Bier wär mir lieber.« *Mist, das habe ich nicht auf dem Wagen.*

»Ist wohl aus, sorry«, entgegne ich weiterhin freundlich, denn von dem lasse ich mich heute nicht ärgern.

»Gibt es da etwa dunkle Wolken im Liebeshimmel?« Sein Finger stupst gegen meinen Oberarm und ich trete einen Schritt zurück, um ihn böse anzufunkeln. Ich hasse es, von ihm angefasst zu werden!

»Kümmere dich um deinen eigenen Scheiß!«, zische ich und lächle ihm danach breit entgegen. »Was willst du dann trinken?«, frage ich, als Ines sich an mir vorbeiquetscht, um das Gemüse auf seinem Teller zu verteilen.

»Frag mal in der Küche nach.«

Was?

»Violet weiß nicht, wo die Küche ist. Soll ich gehen?«, mischt sich Ines ein, doch Chan schüttelt nur den Kopf.

»Dann wird es Zeit, dass du einen Ausflug dorthin machst, oder nicht? Schließlich wirst du bald alleine rumlaufen dürfen, also wieso nicht jetzt?« Er lacht gehässig und begreift wohl nicht, dass er mir damit einen riesigen Gefallen tut.

»Okay. Wo muss ich hin?«, frage ich schnell, denn ich befürchte, wenn ich zu lange warte, fällt ihm etwas Neues ein.

»Im Nebenraum müsste sich noch einer von der Küche rumtreiben, denn der Käse fehlt. Sag ihm, er soll dich hinbringen. Zurück wirst du ja selbst finden.« Ohne meine Antwort abzuwarten, macht Chan sich über seinen mittlerweile gefüllten Teller her.

Wahnsinn, ich darf in die Küche. Eigentlich dumm, sich darüber zu freuen, aber da sieht man mal, wie sich Prioritäten den Umständen anpassen.

Ich schiebe den Vorhang zu dem kleinen dunklen Nebenraum, in dem wir uns vor der Schicht immer treffen, beiseite und mir fällt zuerst dieses moosgrüne Kopftuch auf, das mich stark an einen Piraten erinnert. Leider ist der Mann nicht erfreut, dass er meinetwegen seine Arbeit unterbrechen soll. Während ich versuche, mir nacheinander die Farben zu merken, hetzt er die Gänge entlang. *Viermal abbiegen, das bekomme ich hin.* Ohne ein Wort stößt er die Edelstahltür vor meiner Nase auf, dreht sich um und ist schon wieder verschwunden. Zaghaft betrete ich den riesigen, fast sterilen Raum. Hier ist niemand. *Mist!* Woher soll ich wissen, wo das Bier steht?

Gerade als ich mich umdrehe, dringt schiefes Pfeifen an mein Ohr und ich muss bei diesem schauerlichen Konzert kichern. Links neben mir schwingt die Tür auf. Eine blonde Frau mit etwas zu viel Oberweite, aber freundlichen Augen bleibt verdutzt stehen.

»Was machst du hier?«, motzt sie mich an und der schroffe Ton passt nicht wirklich zu ihrer freundlichen Erscheinung.

Aber klar, ich trage ja die Nuttenkluft!

»Ich bin Elias Freundin und wollte fragen, ob ihr hier Bier habt.« Elias wird ihr ja wohl etwas sagen.

Vielleicht ist sie dann auch netter, denke ich. Scheint der Fall zu sein, denn ihre Miene erhellt sich schlagartig.

»Du bist Violet, oder?« Neugierig kommt sie näher und helle Augen mustern mich interessiert. Ich nicke.

»Schön, dich kennenzulernen«, bringt sie mit einem Lächeln über ihre dicken Lippen, streckt mir die Hand entgegen, aber beäugt immer noch etwas misstrauisch meinen Aufzug.

»Lass uns mal sehen, ob ich im Kühlschrank was finde.«

Neugierig trete ich zu dem kleinen Tischchen, das vor Zettel fast überquillt. *Vielleicht der Speiseplan? Mal sehen, was es Leckeres gibt die Tage.*

Doch zu meiner Enttäuschung sieht mir das eher nach Bewerbungen aus.

»Leider nichts da, aber ich sehe mal im Keller nach. Bin gleich zurück«, ruft die Frau mir von der Tür aus zu. Um mir die Wartezeit zu vertreiben, nehme ich die ersten Blätter vom Tisch und studiere die Bewerbungen. Bei einem Typ schüttelt es mich, denn wenn ich mir vorstelle, dass so ein Ekelpaket mein Essen macht, bekomme ich im kompletten Mundraum sofort Herpes. Neugierig blättere ich weiter und bei der vierten Bewerbung halte ich inne.

Hä? Was?

Evan White, Las Vegas. Meine Augen studieren erneut das Bild und dann noch einmal die Angaben. *Aber …*

Die Blätter beginnen zu zittern, teuflisch, bis sie mir aus den Händen fallen. Hastig bücke ich mich, um sie wieder einzusammeln, zeitgleich pumpt mein Herz die Mundwinkel nach oben. *Das ist Cole!* Wenn mein Cousin keinen Doppelgänger hat, dann ist das eine Bewerbung von Cole. Er hat mich gefunden! Ich schnappe nach Luft und am liebsten würde ich herumspringen oder sofort Elias davon erzählen …

»So, hier haben wir was. Du hast Glück, dass sie im Gewölbe waren, denn dadurch sind sie schön kalt.«

Ein fettes Grinsen hängt mir immer noch im Gesicht und selbst wenn ich wollen würde, ich könnte es nicht abstellen. Ihr Blick senkt sich zu den Bewerbungen in meiner Hand, als sie die drei Flaschen auf dem Tischchen abstellt. Ich schlucke fest.

»Sorry, ich wollte nicht schnüffeln oder so«, behaupte ich schnell und lege die Blätter wieder zurück.

»Ach, das ist ja kein Staatsgeheimnis«, winkt die Frau ab, die mir immer noch nicht ihren Namen verraten hat. Aber das ist mir sowas von egal.

»Sie suchen neues Personal?«, erkundige ich mich lieber und nicke Richtung der Bewerbungen.

»Ja, einen Koch, der mich unterstützt.«

Dann ist sie wohl die Köchin, von der Lando immer erzählt. Diejenige, die mir so oft meine Wünsche erfüllt, dass ich fast schon ein schlechtes Gewissen bekomme, da alle anderen Perlen das auch essen müssen. Deshalb wusste sie also auch, wie ich heiße.

»Schon eine Entscheidung gefallen?«, frage ich bemüht beiläufig. Dabei versuche ich nicht zu aufgeregt zu klingen.

»Nicht ganz. Es waren alle schon hier, aber ich bin noch unschlüssig.«

»Welche stehen zur Wahl?«, rufe ich wohl etwas zu hektisch, denn sie runzelt die Stirn. »Ich meine nur, denn zwei sahen echt schmuddelig aus, von denen würde ich kein Essen wollen«, schiebe ich schnell hinterher.

Komischerweise ist genau der Ekeltyp zusammen mit dem blonden Mädchen und Cole in der engeren Auswahl. Mein Herz rast erneut, droht sich fast zu überschlagen.

»Ich würde ihn nehmen«, sage ich lässig und zeige auf die Bewerbung von Cole. »So einen heißen Typ jeden Tag um sich zu haben, das wünscht sich doch jede Frau.« Dabei zwinkere ich ihr zu. Sie lacht ihre Falten weg und nickt leicht. *Mehr kann ich nicht tun.*

Natürlich könnte ich Elias davon erzählen, damit er Coles Einstellung irgendwie durchsetzt. Wenn ich allerdings so darüber nachdenke, rebelliert etwas in mir, ohne dass ich es greifen kann. Deshalb werde ich lieber meinen Mund halten und versuchen, dem Gefühl einen Namen zu geben.

Schnell schnappe ich mir die Bierflaschen, klemmt mir eine zwischen die Armbeuge, die anderen halte ich in den Händen und so mache ich mich summend zurück in den Sklavenraum.

Gott, bitte, lass Cole die Stelle bekommen. Bitte!

49. Elias

Nervös blicke ich mich um, doch es ist immer noch niemand zu sehen. Wie die Deppen lungern wir hier auf diesem verlassenen Fabrikgelände herum und warten auf Junior und sein Gefolge. Genervt ziehe ich mein Handy aus der Tasche und texte Lando zurück, denn er stresst mich übelst. Seine scheiß Vorwürfe wegen diesem einen Abend. Ja, es war nicht geil, nicht mal ich fand den Fick jetzt wirklich geil … im Gegensatz zu dem Ritual … aber das alles hat mich so vorangebracht. Das muss Violet doch kapieren! Und er auch! Aber Prinzessin schmollt, beschimpft mich, will nichts von mir wissen. Ich hätte sie heute Morgen einfach nicht anrufen sollen, selbst schuld.

»Jetzt«, ruft Esteban leise.

Ich schiebe mein Handy zurück in die Tasche und ziehe die Jacke über die Schutzweste. Meine Waffe steckt im Gürtelholster. Tatsache, da kommen vier dunkle Geländewagen auf uns zu und wirbeln hinter sich mächtig Staub auf. Scharf bremsend halten sie knapp fünf Meter von uns entfernt. Als sich die hintere Tür des ersten Wagens öffnet, schiebt sich ein gut gebräunter Typ, um die dreißig, mit einer stinknormalen Jeans aus dem Auto. Sein sandgelbes Hemd ist zerknittert, allerdings frei von Flecken. Er sieht aus, als hätte er die Nacht durchgemacht. *Was ein Trottel.*

Ich tausche einen kurzen Blick mit Esteban, der erst grinst, um dann augenrollend den Kopf zu schütteln. Er hat wohl dieselbe Befürchtung, dass dieses Gespräch anstrengend wird.

Angespannt und komplett unter Strom stelle ich mich hinter Cesar und scanne die Umgebung ab. Sicher machen das schon unsere Leibwächter, aber ein Augenpaar mehr kann nicht schaden. Dairo steht rechts von uns, ein Stück weiter vorn, lässig gegen eine rostige Tonne gelehnt und beobachtet ebenso wie ich die Gegend. Weiterhin scheint niemand aussteigen zu wollen.

Grinsend tritt Junior zu uns in den Schatten, bleibt stehen, schnieft lautstark und zieht seine Sonnenbrille von den Augen.

»Scheiße, der ist doch drauf«, raunt mir Esteban zu. Ich bin derselben Meinung.

»Paolo«, begrüßt Cesar das zerknitterte Koksopfer mit einem Händedruck. Lässig schlägt der ein. Als er sich über den viel zu langen Drei-Tage-Bart streicht und dabei zu mir blickt, kaut er unangenehm laut auf seinem Kaugummi herum.

»Du bist demzufolge Elias. Dann werden wir uns mal unterhalten, oder?«

Ich will etwas erwidern, aber Cesar kommt mir zuvor, indem er zur Seite tritt und Platz macht. *Super!* Als wären wir Kumpels, legt Paolo seinen Arm um mich und zieht mich ein Stück zur Seite.

»Ich weiß nicht, ob du es mitbekommen hast, wir bauen jetzt selbst an. Das bedeutet, dass ich die Verträge so nicht mehr akzeptiere. Die Abnahmemenge fällt geringer aus und ich will einen erstklassigen Rabatt.

Ich höre nur: Ich will, ich will … und womit begründet er das?

»Was für einen Grund?«, lacht er mir frech ins Gesicht. »Wir können auch überhaupt nichts mehr über euch beziehen, sondern von jemand anderem zukaufen.«

»Die Verträge sind die nächsten zwei Jahre bindend und das weißt du. Wie du siehst, sind wir trotzdem hier, um dir entgegenzukommen. Ein Jahr bleiben sie wie gehabt und über das Zweite können wir uns unterhalten.« Unbeeindruckt von dem Zappelkasper vor mir, blicke ich weiterhin fest in seine Augen. Dabei versuche ich nicht zu lachen.

»Silva!«, schreit Junior plötzlich in Richtung seiner Blechkolonnen und sein Gesicht bekommt tiefe Furchen, schmale Augen und gerade Lippen. Verdammt, sieht der sauer aus.

Mehrere Türen der Geländewagen öffnen sich und bevor ich richtig begreife, was passiert, höre ich schon den ersten Schuss. Zeitgleich landet eine Faust in meinem Gesicht und reißt mich zu Boden. *Der Kerl ist verrückt!* Mit der Hand wische ich mir über den Mund. Blut klebt daran. *Dieser Bastard!* Ich linse zu den anderen, sehe Cesar am Boden liegen und weiterer Schusshagel läuft über seinen Körper hinweg. Fuck!

Auch wenn Mr. Koks in Menschengestalt seine Fäuste vor mir schwingt, denke ich nicht einmal im Traum daran, mich mit ihm zu kloppen, sondern ziehe meine Waffe. Seine Augen werden riesig und er hechtet rückwärts. *Ja, renn du Würstchen!* Als ich abdrücken will, knallt neben mir eine Patrone in den Boden. *Scheiße, haben die irgendwo Leute positioniert?* Hektisch drehe ich mich um. Cesar liegt immer noch auf dem Boden. Zum Glück hinter einer riesigen verwitterten Blechwanne, die ihn relativ schützt. Noch. Esteban und Jeronimo versuchen an ihn heranzukommen, doch ein einziger Feuerhagel regnet auf sie herab.

Ich bin mir nicht sicher, ob ich im Visier einer Waffe stehe, aber muss es drauf ankommen lassen. Gebückt schleiche ich an dieser bunt besprühten Wand einer Lagerhalle entlang, um sie im besten Fall von hinten zu überraschen. Es scheint mich niemand auf dem Schirm zu haben, denn ich komme ohne weitere Zwischenfälle vorwärts. Mein Herz rastet aus, schlägt bis ins Gehirn und ich atme schwer, denn ich weiß nicht, wie schlimm Cesar verwundet ist. Diese Angst versucht mir in wiederkehrenden Wellen die Luft abzuschnüren.

Vor mir stehen zwei Männer mit Sturmmasken und feuern konstant in Richtung meiner Familie. Mit zwei gezielten Schüssen setzte ich sie von hinten heranschleichend außer Gefecht. Schon fliegen die ersten Patronen um mich. Fuck! *Wie viele sind das denn?* Schnell suche ich mir Schutz hinter dem nachtschwarzen Jeep und schalte einen weiteren mit zwei Schüssen aus, als ich gegenüber Cesars Leibwächter erspähe. Er gibt mir ein Zeichen, uns zusammen von hinten durchzuarbeiten. Mit einem Nicken signalisiere ich ihm, dass ich es verstanden habe. Alle Bewegungen laufen automatisiert ab, als würde ich das täglich tun und die Verbindung zu meinen Emotionen ist vollständig gekappt. Wohl auch besser, denn ich habe bisher noch keinen Menschen angeschossen, geschweige denn erschossen. *Nur in Violets Videospielen, aber das hier ist verdammt noch mal die Realität!*

Als mich eine heimtückische Patrone von vorn trifft, sacke ich vor Schmerz zusammen. Stöhnend presse ich mir die Hand auf die Brust. *Fuck, wo kam die her? Und wieso tut das so weh?* Hektisch versuche ich zu atmen, doch es funktioniert irgendwie nicht. Hastig reiße ich den Reißverschluss nach unten. Das Teil steckt in der Weste. *Puh!* Während ich im Dreck knie und mich mit der flachen Hand abstütze, verschwinden langsam die Sterne vor meinem Sichtfeld. Auch der Atem kommt zurück und die staubige Luft flutet meine Lunge. Ich war so mit mir beschäftigt, dass ich nicht einmal mitbekommen habe, dass die anderen getürmt sind. Um mich herum tanzt dichter Staub und es herrscht Stille. Zumindest im Gegensatz zu dem Gewitter von eben.

Schnell springe ich auf und renne blindlings durch die Staubwolke, die sich langsam legt. Trotzdem treibt sie mir einen Hustenreiz empor. Nichts hält mich auf, denn knapp fünf Meter vor mir tummeln sich fast alle hinter dieser Blechwanne. Nur Dairo schreitet hektisch mit dem Handy am Ohr auf und ab.

In meiner Brust brennt ein Höllenfeuer und ich bin ständig am Husten. Völlig außer Puste lasse ich mich neben Cesar auf die Knie fallen. Seine Augen sind halb geöffnet, doch auf dem Boden sucht sich eine große rote Lache ihren Weg. *Nein, bitte nicht!*

»Vater!«, rufe ich hektisch und er versucht mich zu fixieren. Zu meiner Bestürzung schafft er es nicht. Dafür entspannen sich seine Gesichtszüge ein wenig, als ich nach seiner Hand greife. Erst jetzt bemerke ich, dass Esteban oberkörperfrei neben mir hockt und sein zusammengeknülltes Shirt gegen Vaters Seite presst. Keuchend blicke ich ihm entgegen, dann wieder auf das Rote Meer, in dem ich sitze.

»Elias, schau mich an.« Doch ich blicke zu Cesar, der jetzt mit geschlossenen Augen vor mir liegt. Er sieht aus … so still …

Bitte nicht! Bitte, bitte, lass ihn nicht sterben!

Während Esteban mich zu beruhigen versucht und ich Staub aus meiner Lunge kotze, rinnen mir die Tränen aus den Augen. Das letzte Mal musste ich so weinen, als Mom mir erzählt hat, dass wir nicht zurückgehen und ich Vater nie mehr sehen werde.

Dieser vollgekokste Bastard, den mach ich kalt!

50. Violet

Keuchend springe ich vom Stepper, greife nach der Trinkflasche und befeuchte meinen Mund mit klarem Wasser. Zwar brennen alle Muskeln, während mein ganzer Körper sich heftig nach diesem durchsichtigen Lebensspender verzehrt, doch ich fühle mich besser. Leider nicht in meinen Gedanken, denn dort spuken immer noch diese Verzweiflung bringenden Bilder herum.

Ich krame mein Handtuch und das Duschgel aus der Sporttasche, laufe in den nächsten Raum und stelle mich unter heißes Wasser. Gerade so heiß, dass es schmerzt, aber mich nicht verbrennt. Meine Verkrampfungen lockern sich und ich stehe eine gefühlte Ewigkeit einfach nur da. Als meine Haut sich immer mehr rötet, drehe ich den Wasserhahn ab. Nach dem Abtrocknen ziehe ich mir den neuen Bikini über und nun tanzen bunte Schmetterlinge auf mir herum. Ich liebe ihn.

Zurück im Trainingsraum schlüpfe ich in meine weißen Badelatschen, stopfe meine verschwitzten Klamotten in die Tasche und schnappe mir das Buch von der Bank. Ich bin damit fast durch und kann kaum genug davon bekommen. Wieso hat mir nie jemand erzählt, dass es so tolle Geschichten gibt? Insgeheim verfluche ich meine Lehrerinnen, die mich immer so einen Dreck haben lesen lassen. Ich muss Lando unbedingt ein paar Buchtipps entlocken, denn er scheint einen guten Geschmack zu haben.

Wie immer werde ich von tropischer Wärme empfangen. Ines rosafarbenen Haarschopf erspähe ich hinten bei den Liegen und auf meinem Weg dorthin begleitet mich feines Seufzen. Neugierig blicke ich in die Richtung, aus der es kommt. Das Bild, das sich mir aufdrängt, zwingt mich stehenzubleiben. Nati, mit dem Rücken zu mir, hat ihre Beine um die Körpermitte eines Typen geschlungen. Sie bewegt sich verdächtig, während seine Hände ihren Arsch begrapschen. *Moment mal, ist das Lando?*

Ich weiß, dass die zwei oft Sex haben, aber gesehen habe ich das bisher noch nie. Etwas peinlich berührt setze ich meinen Weg zu Ines fort, die mich mit einem verschmitzten Grinsen begrüßt.

»Na?« Ihr Zwinkern ist legendär.

»Selbst, na? Ich dachte, du bist heute nicht da?«

»Hab wohl Glück gehabt«, entgegnet sie und streckt sich genüsslich auf ihrer Liege aus. »Auf so Geburtstagsscheiße kann ich wirklich verzichten. Da kommt es mir gerade recht, dass Silva krank geworden ist.«

Zustimmend nickend lehne ich mich nach hinten und schlage mein Buch auf, kann mich allerdings nicht recht konzentrieren, da die beiden mit ihrem immer lauter werdenden Gejauchze meinen Unterleib ebenfalls zum Sprechen auffordern. Tragischerweise übertönt er sogar deren Gestöhne. Ja, ich bin geil, verdammt geil.

Vorsichtig spähe ich an der Palme vorbei. Lando drückt Natis Oberkörper auf den Beckenrand und nimmt sie von hinten. *Uff.* Da ihm das Wasser gerade mal bis zu den Knien reicht, begaffe ich von der Ferne seinen angespannten Po. Mit viel Fantasie erkenne ich vielleicht einen Teil seines Schwanzes und er sieht riesig aus. Kann mich aber auch täuschen. *Komisch, ich dachte immer, kleine Menschen haben einen kleinen …*

»Bist du spitz?«, reißt mich Ines schmunzelnd aus meiner Trance und richtet sich ihr pinkfarbenes Bikinioberteil. Ich nicke schnell. Dabei senke ich den Blick, was sie kichern lässt.

»Du schämst dich doch jetzt nicht etwa? O Violet, du bist zu süß. Das ist das Normalste der Welt.«

»Ja, mag schon sein, wenn man so erfahren ist wie ihr, aber für mich ist vieles einfach noch so neu.«

»Mach es dir selbst, dann ist der Druck weg.«

Ich starre ihr entgegen.

»Was? Hier ist doch niemand und ich schaue auch weg, wenn du dich dann besser fühlst.« Ihr Grinsen wird breiter und wäre sie hier nicht meine beste Freundin, würde ich denken, sie macht sich lustig.

»Also … Elias hat das sonst immer …«

Ungläubigkeit springt mir aus ihrem Gesicht entgegen, als Ines sich aufrichtet. »Willst du mir gerade sagen, dass du es dir noch nie selbst gemacht hast?«

Ja, genau das will ich.

»Ach, Süße, das ist ganz einfach. Du tust exakt das, was Elias, dieser blöde Wichser, sonst macht. Das ist alles, mehr ist es nicht. Sorry, wegen … Wichser, aber ich hasse ihn einfach … seitdem er dir das angetan hat.«

Ja, da sind wir uns einig. Fast. Okay, ich hasse ihn nicht wirklich und eigentlich schlägt mein Herz trotz allem noch abnormal schnell für ihn. Ines weiß eben nicht, wie sehr er mir schon geholfen hat, wie gut er mir tut.

»Ich kann das nicht«, stöhne ich auf, lege das Buch beiseite und blicke ihr fragend entgegen.

»Das ist ganz easy, ich helfe dir. Rutsch mal ein Stück«, flüstert Ines zwinkernd und setzt sich auf den schmalen Rand neben mich. »Jetzt schließ deine Augen und versuch an nichts zu denken. Oder noch besser, denk an einen hammergeilen Typen, der das jetzt mit dir macht.« Sie greift nach meiner Hand und ich zucke kurz zusammen, weil ich auf ihre Berührung nicht gefasst war.

»Massier deine Brust mit der anderen Hand. Einfach so, wie du es magst«, raunt sie mir leise zu und schiebt meine Hand den Bauch hinab. Es ist komisch, sich selbst zu berühren. So anders, aber trotzdem irgendwie schön. Meine Finger kriechen unter mein Bikinitop und ich massiere sanft meine Brust. Die Brustwarze drückt sich sofort hart gegen meine Handfläche. Die andere Hand wird gerade in Schlangenlinien, die ein himmlisches Kribbeln auslösen, zielstrebig auf den Bund meines Höschens zubewegt. *So gut!* Ich muss nichts denken oder tun, mein Becken bewegt sich von selbst. Verlangen befällt jeden Zentimeter meines Körpers. Begierig lecke ich mir über die Unterlippe.

»Du machst das jetzt einfach gleich nach«, flüstert Ines mir verdammt nahe ins Ohr und ich nicke. »Dieser geile, muskulöse Typ berührt dich unter deinem Höschen«, fährt sie fort, doch es ist nicht die Hand des geilen Typs, die sich ihren Weg bahnt und auch nicht meine.

Ähm …

Ich stutze, als sich Ines Fingerkuppe auf meine Perle legt, um dann sanft darüberzustreichen. *O Gott …*

Meine Lust bauscht sich auf, als ihr Finger zum Liegen kommt und zu kreisen beginnt. Feuchtigkeit dringt langsam aus meinem Inneren, ich spüre es genau. *Hör nicht auf …*

Ines' Fingerspitzen streichen sanft an meinen Schamlippen entlang und an jeder berührten Stelle schießen mir Blitze in die Haut. Zwar nicht schmerzhaft, aber stechend.

»Wenn du magst, kannst du ihn dir auch reinstecken«, raunt sie herrlich leicht in mein Ohr. Pfirsich dringt in meine Nase, als sie langsam ihre Hand zurückzieht.

Angespornt von dem teilweise immer noch lauten Gestöhne … *oder schon wieder?* … schiebe ich meine Hand hinein und wiederhole alles, was Ines gemacht hat. Es ist himmlisch. Fast besser, als wenn Elias es macht. Ich spüre genau, wo ich hinmuss. Wie ich mich wo berühren will, um diese unbeschreiblichen Gefühle noch viel länger erleben zu dürfen. *Oh, es ist soo gut*!

Ich atme hektisch, während mein Finger kreisend meine schon angeschwollene Klit bearbeitet. Im Unterleib zieht es krankhaft und ich kann mir mehrmaliges Stöhnen nicht verkneifen, als ich weiterhin mein Becken entgegengesetzt zu meinem Finger kreisen lasse. Ich bin bereit, ja sowas von bereit, einfach zu kommen, die Erlösung anzunehmen. Mein Finger nimmt Geschwindigkeit auf, der Körper verspannt sich, meine Höhle rastet aus und ich presse meinen Kopf gegen die Liege. *Fuck!* Mehr bekomme ich nicht raus, sondern liege einfach nur da, während ein Lächeln meine Lippen überfällt und mein Körper in einen Entspannungsmodus Deluxe übergeht.

Als ich jedoch meine Augen aufschlage, zucke ich vor Schreck zusammen. Ich befürchte, meine vornehme Blässe ist soeben von hässlicher Röte eingenommen worden, denn auf der Liege vor mir, die quer zu meiner und viel zu dicht an meiner steht, sitzt irgendein Typ, den ich noch nie gesehen habe. Sein Oberkörper ist mir weit entgegengebeugt und der Bizeps prahlt mit seiner stählernen Härte. Dagegen ruhen seine Unterarme entspannt auf den Oberschenkeln und seine Hände hat er wie zum Gebet gefaltet. In seiner bunt getupften Badehose sitzt er da und blickt mir, mit zur

Seite geneigtem Kopf, aus blauen Augen entgegen. Wasserblau, so als hätte man einen Himmel gezeichnet und Tränen die Farbe verwischt.

Seine Silberkette mit klobigen, breiten Gliedern liegt recht eng um den muskulösen Hals. Die blond gefärbten Haare bilden einen krassen Kontrast zu dem recht dunkel, aber hübsch gestutzten Vollbart, der die markanten Kieferknochen umrahmt. Während ich ihm wohl doof entgegenstarre, lächelt er.

»Hi.« Seine Stimme klingt nett, aber zugleich auch so sexy. Gibt es sowas? Ich weiß es nicht, doch für mich hört sie sich wie Sekt und Erdbeeren in einer Badewanne voller Schaum an.

Anstatt etwas zu sagen, klebe ich auf dem riesigen Tattoo, welches seinen halben Unterarm einnimmt. Vom Handgelenk ab erstreckt sich ein düsterer Wald und darüber wacht der riesige Kopf eines Wolfes. *Irgendwie mystisch.*

Neben mir höre ich Ines lachen. »Violet ist wohl noch nicht wieder ganz unter uns.«

Etwas verärgert starre ich ihr entgegen. Den Spruch hätte sie sich auch verkneifen können, denn dadurch wird die Scham in mir nicht besser. Ja, ich schäme mich wahnsinnig und frage mich, wie lang der da wohl schon sitzt. Vielleicht ist es aber auch besser, es nicht zu wissen.

»Violet?«, lockt mich die sexy Stimme von Ines weg und ich schlucke schwer. »Hübscher Name, ich bin Lubin.«

Sein Name klingt genauso geheimnisvoll, wie sein Tattoo aussieht.

»Ähm, danke.« Mehr bekomme ich einfach nicht zusammen, zumindest nicht auf Spanisch, sondern hänge nur in seinem Gesicht.

Mittlerweile verstehe ich Spanisch im Ansatz ganz ordentlich. Zumindest die alltäglichen Dinge. Lando hat mir ein Wörterbuch gekauft und Elias so ein Lerntool mit Karteikarten besorgt.

»Violet spricht nicht so gut Spanisch, versuch es mal mit Englisch. Ich hole mir jetzt was zu trinken, kommt jemand mit?«, fragt Ines, krabbelt von ihrer Liege und auch ich richte mich auf.

»Ich komme nach, will mich erst kurz abduschen. Begleitest du mich, Violet?«

Anstatt loszulaufen, bleibe ich wie angewurzelt stehen und auch Ines dreht sich um. In seiner Landessprache hätte ich das wohl nicht ganz verstanden.

»Oh Lubin, Violet …«

»Ja, ich komme mit«, unterbreche ich Ines, die wohl etwas überrumpelt ihre Augenbrauen zusammenzieht und mir entgegenstarrt. *Der denkt wohl, dass ich eine Perle bin, aber was solls. Vielleicht ist er meine von Gott geschickte Chance, mich zu rächen. Mich endlich wieder besser zu fühlen.*

»Señorita, darf ich bitten?«, fragt Lubin und streckt mir zwinkernd seine Hand entgegen. Um mich in letzter Sekunde nicht doch noch umzuentscheiden, ergreife ich sie blitzschnell. Es kribbelt aufregend in meiner Handfläche. Während wir zu der kleinen Dusche am anderen Ende des Pools laufen, fällt mir auf, dass Lando und Nati weg sind.

Lubin stellt das Wasser an und zieht mich mit einem verführerischen Lächeln unter die Regendusche. Himmlisch befeuchten unzählige samtig warme Tropfen meinen hitzigen Körper und ich recke mein Gesicht in den Regen.

Ich spüre seine Hand im Nacken, die nach oben fährt, um damit meinen Kopf wieder geradezurücken. Sanft graben sich seine Finger in meine nassen Strähnen und ein Zittern überfällt mich. Es ist seltsam, von einem Unbekannten so angefasst zu werden, mit diesem Blick. Beinahe intim.

»Wie alt bist du?«

»18«, hauche ich.

»Süß. Du siehst so unschuldig aus.«

Ja, ich bin auch recht unschuldig, zumindest in sexueller Hinsicht. Und am Tod meiner Mom, auch wenn ich das ständig anzweifele. *Keine Ahnung, wieso mir das jetzt in den Kopf kommt.*

Lubins Finger fahren meine Wange entlang, lösen dabei erneutes Kribbeln aus. Warm und schön. Da ich lieber den Boden fixieren will, schiebt er mein Kinn ein Stück nach oben. Sein Lächeln streichelt mich. Ich blicke in Augen, die mich an Urlaub erinnern und sofort zieht eine eigenartige Ruhe über mich hinweg. *Wie schön muss es sein, dieses Gefühl jeden Morgen zu erleben.* Langsam wird sein Gesicht unschärfer. Mein Kinn ist noch zwischen seinen Fingern gefangen. Etwas in mir will weg, jetzt, sofort. Es schreit mich an, nichts Dummes zu tun. Vio und ich sind uns jedoch einig. Elias hat das sowas von verdient! Ich schließe meine Augen, befeuchte die Lippen und …

»Hey Lubin!«, schiebt sich Landos Stimme laut zwischen uns. *Das darf doch nicht wahr sein!* Genervt reiße ich die Augen auf, verdrehe sie und stöhne. Die Lippen, die gerade noch vor meinen herumschwirrten, sind jetzt natürlich ewig weit entfernt.

»Lando. Schön, dich zu sehen«, begrüßt ihn Lubin freudig.

»Was wird das?«, will Lando knapp wissen und taxiert dabei nur mich. Ich sage kein Wort.

»Wir duschen«, ist Lubin da schon auskunftsfreudiger, aber das sieht Lando ja selbst.

»Vi, ich weiß, du bist verletzt, aber denkst du wirklich, das ist der richtige Weg? Wird so alles wieder gut?«

Ich stöhne erneut auf, während Lubin uns verständnislos entgegenglotzt.

»Man tut nichts, was einen selbst verletzen würde oder verletzt hat«, schiebt Lando noch hinterher und damit appelliert er geschickt an mein Gewissen. *Zum Kotzen!*

»Was ist hier los?«, will nun auch Lubin mit einem Gesicht voller Fragezeichen wissen.

»Violet ist Elias Freundin.«

»Was?« Lubin fährt sich geschockt über den Mund. »Spinnt die? Was macht sie überhaupt hier?«

»Lange Geschichte.« Lando schnauft hörbar.

»Ich kann euch hören!«, schnauze ich die beiden an, drehe mich um und stapfe verärgert davon. Aber einmal, ja, einmal noch schaue ich zurück, werfe diesem Mysterium mit dem Wolf einen allerletzten Blick zu und könnte meinen, dass er mein Lächeln erwidert hat.

Ich weiß nicht, auf wen ich wütender bin. Auf Lando, da er sich dazwischen drücken musste oder auf mich.

Ich könnte ausflippen! Aber er hat wohl recht. So wird nichts wieder gut!

51. Elias

Mit einem eklig schweren Gefühl im Magen mache ich mich auf den Weg zu Violet. Seit einer Stunde bin ich zurück. Drei Tage später als geplant und übermorgen geht erneut ein Flug, denn Vater ist immer noch nicht bei Bewusstsein. Es sieht zwar nicht mehr so kritisch aus, trotzdem halten die Ärzte eine Überführung in seinem Zustand nicht für ratsam. Dabei steht hier im Hospital alles bereit.

Esteban und Jeronimo sind geblieben. In zwei Stunden müssten einige unserer Männer zur Verstärkung dazustoßen. Sie alle suchen den Dreckskerl, der uns abknallen wollte. Wenn ich zurück bin, wissen sie hoffentlich, wo diese zugekokste Ratte sich verkrochen hat!

Meinen Finger presse ich auf den Scanner und drücke dann die Tür auf. Sie ist kaum wieder geschlossen, da hängen Violets Arme schon um meinen Hals und ihre süßen Lippen auf meinem Mund. *Mhhh, Orangenlimonade.*

Nach unserer Auseinandersetzung vor einigen Tagen hatte ich mit vielem gerechnet, aber nicht damit.

»Hey«, hauche ich erfreut, schlinge fest meine Arme um ihre Taille und möchte sie am liebsten nie mehr loslassen. Sie hat mir wahnsinnig gefehlt. Leider endet jedes Knutschen einmal, denn sonst würden wir ersticken.

Als Violet sich von mir löst, betrachte ich besorgt die zwei schwarzen Streifen, die über ihre Wangen rinnen.

»Wieso weinst du?« Ich hoffe, es ist nicht wieder meinetwegen, denn nie wollte ich sie verletzen.

»Ich hab mir solche Sorgen gemacht, als Lando von der Schießerei erzählt hat. Ich bin einfach froh, dass es dir gut geht«, schnieft mein Schneewittchen vor sich hin und aus den Streifen werden zwei schwarze Seen.

Behutsam ziehe ich sie erneut in meine Arme. Ihre Worte, so schön. Balsam auf meiner schuldbefleckten Seele. Doch ich versuche dieses Gefühl weiterhin zu unterdrücken, denn ich musste es tun.

»Komm mit«, lockt sie mich, greift nach meiner Hand und will mich Richtung Bett ziehen, doch ich stemme mich dagegen. Skeptisch blickt sie mir entgegen und wahrscheinlich auch hinterher, als ich wortlos im Bad verschwinde. Mit einem feuchten Tuch komme ich zurück, um ihr das Schwarz aus dem Gesicht zu wischen.

»Genug geweint.«

Das befleckte Tuch werfe ich achtlos auf den Tisch. Als ich mich umdrehe, lässt sich Violet auf ihr Bett plumpsen und winkt mich zu sich, aber ich schüttle den Kopf.

»Du kommst mit mir«, sage ich stattdessen und aufgeregtes Kribbeln streicht durch mein Herz.

Schon steht sie. »Wo gehen wir hin? Ich dachte, du erzählst mir in aller Ruhe, was passiert ist.«

»Hat Lando das nicht schon?«, frage ich verwundert.

»Doch, aber nicht, was mit Cesar ist.«

Ich lasse mich auf einen der Stühle sinken, schnappe mir die Limoflasche und nehme einen großen Schluck.

»Seine Verletzung ist so schwer, dass er noch im Koma liegt. Wir können nur abwarten.«

Violet sieht ehrlich geschockt aus und schlägt sich die Hand vor den Mund. Überraschend wandern ihre Mundwinkel nach oben, die Lippen ziehen sich immer weiter auseinander, bis ein breites, tonloses Lachen in ihrem Gesicht klebt. *Wieso ist sie plötzlich so fröhlich?* Ich kapiere es nicht. Verwundert legt sich meine Stirn in Falten, denn auf diese Neuigkeit kann man unmöglich lachen. Violet erhebt sich langsam und kommt mit geschmeidigen Bewegungen auf mich zu. Sie sieht glücklich aus.

»Wir gehen jetzt, oder?«

Nickend klebt sie an meinen Augen, während pure Erleichterung in mir einzieht. Ich hatte mit mehr Gegenwehr gerechnet.

»Am liebsten sofort. Schnell, pack deine Sachen zusammen.«

»Ich brauche nichts von hier, wir können los.« Hastig rennt sie zum Schrank, zieht eine Jacke heraus, greift nach ihren Turnschuhen und zwängt die Füße im Stehen hinein.

»Eine Zahnbürste wirst du schon brauchen«, erwidere ich lachend.

»Wieso? Übernachten wir? Ich dachte, wir fliegen gleich.«

Ich halte inne. *Hä?* »Wovon sprichst du?«, frage ich verwundert und warte gespannt auf eine Antwort.

»Na, Cesar ist in der Klinik. Nicht einmal im Land. Er kann nichts machen. Wir können hier endlich abhauen. Jetzt. Sofort. Nach Hause!« Violets Stimme wird immer aufgeregter, lauter und bohrt sich in meinen Verstand.

»Ähm, das geht nicht.« Ich beobachte, wie ihre Schultern sich nach unten schieben und mein Magen rebelliert bei diesem Schmerz, den sie mir ungefiltert entgegenwirft.

»Warum? Hast du jetzt nicht das Sagen? Ich dachte …« Sie fleht mich förmlich an, sie zu retten. Mit einem einzigen Blick. Danach verschleiert ihre Wut erneut alles.

»Doch … also übergangsweise. Zusammen mit Anibal, meinem Onkel.«

»Na also, dann nichts wie weg hier!«, ruft Violet aufgebracht. Vor lauter Aufregung färben sich ihre blassen Wangen ein.

»Das geht nicht«, erwidere ich erneut, denn es geht wirklich nicht. Ich kann hier nicht weg.

»Warum nicht?« Ihre Stimme bebt, als sie die Hand mit der Jacke sinken lässt.

»Ich kann Vater nicht einfach so allein lassen.«

Entgeistert glotzt mir Violet entgegen und ihre Lippen pressen sich zusammen. Durch ihr Zittern gelingt es nicht wirklich. »Vater? Dein Ernst? Wann ist das denn passiert?« Sie kotzt die Wörter förmlich aus.

Ich versuche es ihr zu erklären. Versuche ihr, meine Gefühle zu beschreiben, meine Erinnerungen zu zeigen. Dass nicht alles hier schlecht gewesen ist, meine Kindheit sogar richtig toll war. Ich erzähle ihr von Cesar, von den Worten des Arztes, von dem, was ich selbst noch nicht glauben kann. *Vater hat Krebs.* Berichte davon, dass er dringend eine Chemo braucht, falls es nicht schon zu spät ist. Dass ich mit ihm sprechen muss, wenn er wach ist. Ihn überzeugen muss diese Chemo zu machen, dass ich ihn nicht allein lassen kann und deshalb erst einmal bleiben werde. Während ich ihr meine ganzen Gefühle und Gedanken offenbare, hoffe ich so sehr, dass sie mich wenigstens etwas verstehen kann. Dass sie sich dieses Gefühl vorstellen kann, das einen innerlich zerfrisst und für mich da ist, mich unterstützt.

Allerdings sieht sie bei Weitem nicht so aus, als könnte sie nur ein Fünkchen Verständnis aufbringen. Ich sehe, wie schwer sie schluckt.

»Okay.« *Oder doch? Versteht sie mich wirklich?*

»Kommst du dann mit zu mir? In unsere Wohnung?«

»Niemals!« Mit verschränkten Armen steht Violet da, starrt mir kalt entgegen und mein Jubeln verstummt schlagartig.

»Ich fliege allein. Du kannst ja später nachkommen.«

Es tobt ein stiller Kampf zwischen unseren Augen und ich werde ganz bestimmt nicht der sein, der verliert!

»Du gehst nicht, du bleibst bei mir! Pack bitte deine Sachen zusammen, dann zeige ich dir dein neues Zuhause.« Ich kann sie nicht gehen lassen. Violet gehört zu mir. Sie gehört nur mir!

»Nein!«, brüllt sie mir ins Gesicht. »Ich fliege heute nach Hause zu Granny.« Aufgebracht stapft sie zur Tür und zieht am Griff. Die ist natürlich verriegelt. Wie immer.

»Öffne sofort die Tür!«, zischt sie gefährlich ruhig und erwürgt ihre Jacke. Doch ich rühre mich nicht, sondern blicke ihr nur stumm entgegen. *Hoffentlich hat sie ihre Tabletten genommen.*

»Nein, das werde ich nicht. Violet, bitte, jetzt mach kein Theater. Wir gehen nach Hause, wenn Vater wieder gesund ist. Das verspreche ich dir!« Besänftigend schenke ich ihr ein Lächeln, während ich versöhnlich meine Hand in ihre Richtung schiebe. Die schlägt sie einfach weg, rennt zum Tisch und schon tummeln sich, mit einem lauten Knall, Orangenlimonade samt Scherben auf dem Fußboden.

»Ahhh, ich hasse dich! Was soll das?!« Schreiend hämmert sie erneut wild gegen die Tür und drückt gefühlt hundertmal auf den Knopf an ihrem Armband. Lando weiß, dass ich hier bin, er wird sich nicht einmischen.

»Hey!«, rufe ich scharf, bleibe aber ruhig. Zumindest bemühe ich mich. Ich schreie nicht, denn schreien ist

Violets Part. Sie dreht sich um und zittert dabei so furchtbar, als hätte sie einen Fieberschub.

»Ich helfe dir jetzt beim Zusammenpacken. Danach unterhalten wir uns in der Wohnung noch einmal in Ruhe.«

Eine riesige Pfütze hängt in ihren beiden Augen und droht über den Rand zu laufen. Sie atmet abgehackt. Ohne den Blick von mir abzuwenden, spielt sie an ihren Fingernägeln herum. Mehrmals zieht sie die Nase hoch, streicht sich dann die Haare aus der Stirn und nach zweimaligem tiefem Durchatmen beginnt sie langsam zu sprechen.

»Elias, es tut mir wahnsinnig leid, was mit Cesar passiert ist … wie es dir damit geht.« Tränen schwimmen vor ihren warmen, samtigen Kreisen, schneiden sich in mein Herz.

»Wenn du unbedingt hierbleiben möchtest, dann tu das.« Violet presst ihre Hände zusammen, zieht die Schultern nach oben. Ich sehe, dass sie Angst hat. Verdammte Angst, die nächsten Worte auszusprechen. Stumm betrachte ich ihre grausam schönen Lippen und wünsche mir, sie würden geschlossen bleiben.

»Aber bitte … bitte, lass mich gehen. Ich vermisse Granny so schrecklich.«

Ich schlucke hart, denn natürlich möchte ich sie gehen lassen. Eine glückliche Violet in den Flieger setzen und später einen Anruf bekommen, dass sie gut gelandet ist. Doch ich kann nicht. Sosehr ich es möchte, es geht nicht. Was, wenn ihr etwas passiert? Sie ist nur bei mir in Sicherheit.

»Schneewittchen, es tut mir leid, aber das geht nicht«, presse ich die Worte, die ich gewiss anders wählen möchte, über meine Lippen.

»Natürlich geht das, es ist ganz einfach. Buch mir einen Flug und bring mich zum Flughafen. Ich nehme auch ein Taxi, das macht mir nichts«, entgegnet sie mir hoffnungsvoll und hängt an meinen Lippen. Flehend. Beschwörend. Betend. Sie gibt alles.

Verärgert blicke ich zur Decke und balle die Hand hinter dem Rücken zur Faust. Alles, was sie gibt, wirkt sich gerade negativ auf mich aus. *Ich hasse es, wenn sie nicht tut, was ich sage!*

»Jetzt stell dich nicht so an!«, fauche ich leise in ihre Richtung, denn nach den letzten Tagen sind meine Nerven die reinste Katastrophe. Genervt presse ich meinen Handballen gegen die Stirn, als mich schlagartig Übelkeit bringende Kopfschmerzen befallen. Und während ich nachdenke, womit ich sie am besten locken kann, knallt mir schon die nächste Scheiße um die Ohren.

»Du willst, dass ich bleibe? Gut, ich bleibe! Ich bleibe hier! In diesem Zimmer! Bis ich zurückfliegen darf! Ich bediene euch bei jedem dummen Abendessen, das ist mir ganz egal. Aber zu dir ziehe ich niemals! Hörst du? Niemals! Du bist das Letzte und ich gehöre dir nicht! Kapier das endlich!«

Was bildet sie sich ein!

Ich tu alles für sie, ständig. Kann ich nicht einmal etwas Entgegenkommen erwarten, wenn es mir echt beschissen geht? Ja, vielleicht wäre es das Beste, jetzt ruhig zu sein, sie einfach zu lassen und morgen erneut ein Gespräch zu suchen. Wenn wir uns beruhigt haben. Doch ich bin sauer, so sauer.

»Gut, dann bleib eben hier! Du willst eine Perle sein? Bitte schön. Vater hat das Ultimatum gestellt, dass du entweder zu mir ziehst und damit dieses Zimmer freimachst, oder wie alle anderen mitarbeitest. Du weißt, was das bedeutet?«

Das stimmt zwar nicht, aber wenn sie freiwillig nicht mitkommt, muss ich sie mit irgendwas dazu zwingen. Violets Angst ist mein Verbündeter, ich bekomme sie nur durch Angst dazu. Auf keinen Fall wird sie in den nuttigen Klamotten weiterhin vor allen rumhüpfen! Sie ist mein Girl und gehört an meine Seite!

»Was willst du mir damit sagen?« Ihre Stimme klingt ruhig, verdächtig ruhig, fast zu ruhig. In ihren Augen lodert es dagegen gewaltig.

»Dass ich dich zu mir hole, um dich zu schützen!«

»Vergiss es! Ich bleibe hier. Du kannst mir nicht drohen! Niemals würdest du mir so etwas antun, denn du liebst mich! Und ich liebe dich ...« Die Pause ist lang und still.

»Du liebst mich, oder?« Violet klingt schon nicht mehr so sicher und umklammert mit ihren Fingern die Stuhllehne. Mit zwei großen Schritten bin ich bei ihr, halte sie fest.

»Ja, ich liebe dich. Mehr als alles andere.«

»Dann lass mich gehen. Bitte«, flüstert sie mit von Tränen erstickter Stimme.

»Ich kann nicht, ich muss dich beschützen«, wispere ich in ihr Haar, und bevor sie mir eine klatschen kann, halte ich ihren Arm fest. Dieses Mal habe ich es kommen sehen. Schroff zerre ich daran. Violet jammert kurz.

»Hör endlich mit dem Mist auf!«

»Nein!« Flüche spuckend reißt sie sich aus meiner Hand und wirft sich aufs Bett. Während sie mir weitere Schimpfwörter um die Ohren schmeißt, begreife ich bestürzt, dass ich sie niemals dazu überreden kann. Niemand ist so stur wie dieses Girl. Meine heftigen Kopfschmerzen plagen mich mal wieder und die Kontrolle zu behalten wird immer schwerer, weshalb ich zu gehen beschließe. Ohne ein weiteres Wort verlasse ich also das Zimmer. Als der Riegel sich vorschiebt, verkrampft sich mein Herz, denn eigentlich könnte sie jetzt frei sein. Zumindest so frei, dass wir zusammen auf der Couch lümmeln, Pizza in den Ofen schieben und einen Film schauen könnten. Ich bebe vor Wut. Wieso sieht sie denn nicht, dass ich ihr nur helfen möchte? *Vertrau mir, Schneewittchen. Ohne dich dabei zu zerstören, werde ich etwas finden …*

Etwas, das dir so Angst macht, damit du freiwillig zu mir kommst.

52. Violet

»Hier, zieh das an!«
Pablo, Landos Handlanger, wie ich ihn nenne, wirft ein weißes Netzkleid auf mein Bett, während ich ihm verständnislos entgegenblicke.

»Wozu?«

»Du kommst mit mir.« Sein Grinsen ist düster.

»Wohin?« Ich sitze immer noch auf meinem Bett und denke nicht daran aufzustehen. Acht Tage bin ich schon in dem Zimmer gefangen und Elias ist wieder weg. Nicht einmal zu den Abendessen darf ich, um wenigstens dort meine Freundinnen zu sehen. Verboten. Alles verboten! Bestimmt versucht Elias mit dieser beschissenen Isolation meine Sturheit zu brechen, mich gefügig zu machen, aber das kann er sich abschminken. Ich lasse mich nicht erpressen!

»Frag nicht so viel, zieh dich einfach an.« Mit seinem Handy in der Hand steht Pablo mit verschränkten Armen in der offenen Tür. *Witzbold, denkt er wirklich, ich ziehe das an? Und dann noch vor ihm?*

»Wo ist Lando?« Weiterhin skeptisch blicke ich ihm entgegen, denn ich verstehe nicht, was das hier soll.

»Nicht hier, und jetzt zieh das endlich an!«

»Wozu?« Ich lasse nicht locker und schnaube verächtlich.

»Du hast heute ein Treffen.«

Langsam schiebe ich die Beine nach vorn, rutsche an die Kante und stehe auf.

»Mit Elias? Ist er schon zurück?«

»Nein.« Pablos Miene ist komplett versteinert.

»Mit wem dann?«, nerve ich weiter, greife nach dem Fummel und halte ihn zwischen meinen ausgestreckten Händen. *Super, da kann ich gleich nackt gehen.* »Ich hab nicht mal was zum Darunterziehen«, lüge ich ihm frech ins Gesicht und hoffe, dass er nicht meinen Schrank durchwühlt. Doch er bleibt, wo er ist.

»Hallo? Was soll ich da drunter ziehen?«, versuche ich es erneut und verdrehe meine Augen, denn eigentlich wollte ich das neue Buch anfangen.

»Nichts.«

»Schlechter Scherz, gaaaanz schlechter Scherz«, ziehe ich Pablo mit einem aufgesetzten Lachen auf.

»Das ist kein Scherz.« *Spinnt der?*

»Niemals! Ich mache überhaupt nichts, bevor ich nicht weiß, wozu.« Bockig lasse ich mich aufs Bett fallen und entlocke Pablo ein Stöhnen samt finsterer Miene.

»Hör mal, das ist eine Anordnung von Elias.«

Sofort stehe ich. »Also ist er hier?«

»Nein.« *Hä?* Mit seinen schwarzen Knopfaugen blickt er mir entgegen, doch sie wirken einfach nur leer.

»Was soll das?« Ich nehme das weiße Etwas, das mich an ein kaputtes Fischernetz erinnert, erneut in die Hand. »Jetzt sag schon!«

»Du bist so eine Zicke, echt. Ich frage mich, wie Elias es mit dir aushält.«

Zornig funkele ich ihm entgegen, und eigentlich sollte er jetzt im besten Fall umfallen. Doch er tut mir den Gefallen nicht. *Schade, dann hätte ich fliehen können. Möglicherweise stehen im Dunkeln die Chancen besser.*

Mittlerweile weiß ich von Ines, dass es so gut wie unmöglich ist, von hier zu entkommen. War nichts Neues, denn Elias sagt das ständig. Ihrer Meinung nach bietet die Küche die beste Möglichkeit, denn die Essenseinkäufe werden angeblich nicht kontrolliert. Irgendwo soll es wohl auch einen Geheimgang geben, aber Ines hat keine Ahnung, wo dieser beginnt oder endet. Und sie kennt auch niemanden, der das weiß oder es verraten würde.

»Na gut«, lässt sich das Riesenbaby jetzt herab, mich endlich einzuweihen. »Bevor du weiter bockst … du hast eine Verabredung mit zwei Männern und jetzt mach dich hübsch.« Dabei zeigt er auf den Netzfummel.

Ich jedoch bleibe einfach stehen und versuche in seinen Worten einen Sinn zu finden. Alles, was Vio mir entgegenschreit, kann unmöglich stimmen.

»Wozu?«, frage ich bemüht ruhig.

Sein Blick wird weicher. »Kannst du dir denken, oder?«

Das kann nicht sein Ernst sein. Elias würde mich niemals anderen Männern anbieten. Niemals! Hier stimmt etwas nicht …

»Willst du mich verarschen? Das kann nicht sein!«, brülle ich ihm entgegen.

»Ist aber so. Jetzt zieh dich endlich an, sonst kommst du zu spät. Und glaub mir, das willst du nicht.« Wie eine kalte Kette legen sich seine Worte um meinen Körper, hindern mich an jeder Bewegung.

»Ich komme nicht mit. Zuerst will ich mit Elias reden, jetzt! Gib mir dein Handy.« Um meine Forderung zu verdeutlichen, strecke ich ihm die Hand entgegen.

»Auf keinen Fall!«

»Gut, dann bleibe ich hier!« Innerlich zitternd schlage ich die Bettdecke zurück und setze mich auf die Matratze. Als ich die Decke über meine Beine ziehen will, steht Pablo schon neben mir, sein Handy in der Hand. Mit einem genervten Schnauben reiße ich es an mich. Es klingelt, als ich es mir ans Ohr halte. Zuerst befürchte ich, dass Elias nicht rangeht.

»Ja?«, brüllt er mir hektisch entgegen.

»Elias?« Ich zittere.

Stille.

»Woher hast du Pablos Handy?« Sein Ton ist patzig und meine Miene verfinstert sich direkt.

»Er hat es mir gegeben«, spreche ich weiterhin so ruhig wie möglich.

»Okay, was ist los?«

»Die Verabredung, was soll das?« Ich versuche lässig zu klingen. *Jetzt wird er mir sagen, dass er davon nichts weiß oder es ein Scherz ist. Er hier ist und auf mich wartet.*

»Violet, hör mal, es ist gerade wirklich schlecht.«

»Sag dem Spinner einfach was Sache ist. Dann kannst du wieder auflegen.« Pablos Gesicht verfinstert sich, doch ich grinse frech.

»Zieh das Teil an und geh mit ihm mit.« Ein schwerer Seufzer begleitet seinen Satz, der mir mein Grinsen raubt. *Ich habe mich verhört, ich muss mich verhört haben. Was?*

»Violet, hast du das verstanden?«

»Wieso? Und dann?«, stammle ich.

»Wir haben darüber gesprochen. Du weißt von den Konsequenzen, wenn du dort bleibst.« Es klingt für mich wenig überzeugend. »Ich muss Schluss machen.« *Wie kann er so kalt sein?*

»Vergiss es!« zische ich. »Ich mache das nicht, du spinnst doch! Färbt dein beschissener Dad schon auf dich ab oder was stimmt mit dir nicht?«, brülle ich ins Telefon. Dabei entgeht mir Pablos Schmunzeln nicht, der am Türrahmen lehnt und äußerst amüsiert aussieht. »Du hast versprochen, mich zu beschützen, mich hier rauszuholen«, schreie ich weiter. *Das kann er nicht ernst meinen! Zwei Männer sollen sich an mir vergehen? Zwei??* Ich *bin doch keine Nutte.*

Sosehr ich es auch versuche, ich erkenne die Logik dahinter nicht. Er weiß genau, dass ich noch keinen Sex hatte. Ich spüre die Träne, die vor Wut in meinem rechten Augenwinkel hängt und Gefahr läuft, abzustürzen.

»Violet, ich muss echt Schluss machen. Zieh bitte, bitte einfach zu mir und du musst da nicht hin. Ich bitte dich! Schneewittchen, komm schon. Es wird schön, ich verspreche es dir! Pablo hilft dir mit deinen Sachen und bringt dich in die Wohnung.

»Nein, niemals!«, brülle ich so laut, als würde er meterweit von mir entfernt stehen und Pablo hält sich die Ohren zu. *Trottel, echt!*

Ich höre Elias tief durchatmen. »Violet, bitte! Mehr kann ich nicht für dich tun. Du bist alles für mich!« Dann ist die Leitung tot.

»Ahhh, so ein Fuck!« Mit voller Kraft schmeiße ich das Handy gegen die nächste Wand und sehe zu, wie es in zwei Teile auf den Boden knallt, um sich dort erneut zu teilen. Wie ein bröseliger Keks. *Bombentreffer.*

»Ernsthaft?« Mit geballten Fäusten steht Pablo vor mir. »Das war mein Handy!«

»War, genau, das hast du verdammt richtig erkannt.« Schreie ich ihm entgegen. Ich muss lautstark meinen Frust rauslassen, dem Biest Raum geben, damit es bleibt, wo es ist. Alles andere wäre nicht gut. Überhaupt nicht gut!

»Du kleine Schlampe!« Mit erhobener Hand kommt Pablo auf mich zu und ich weiche, die Arme weit nach vorn gestreckt, zurück. Plötzlich dreht er ab und stapft fluchend zur Wand. Mein Blick huscht dagegen zur Tür, die sperrangelweit offensteht, und ich spüre kurz diese Versuchung. Setze mich dann allerdings seufzend aufs Bett. Ich würde sowieso nicht weit kommen.

Ist Elias verrückt geworden?

»Violet! Jetzt beweg endlich deinen Arsch!« brüllt Pablo mir entgegen. Motzend sammelt er die Einzelteile seines Handys zusammen, was mich eine Mini-Sekunde schadenfroh grinsen lässt.

Ich versuche aufzustehen, doch taumle zurück aufs Bett. Steine scheinen plötzlich in all meinen Gliedmaßen zu stecken, mich auszufüllen. Ich bin schwer. Unbeweglich. Nicht mal der kleine Finger lässt sich bewegen. Mein Körper streikt und ich lasse ihn. Ich feuere ihn sogar noch an, das weiterhin durchzuziehen.

»Steh jetzt auf, verdammt!«

Starr blicke ich Pablo entgegen, ohne ihn zu sehen. Ich feiere den Schleier vor den Augen, der die Wirklichkeit abschirmt. Meine Nase läuft, da ich versuche, keine einzelne Träne über den Lidrand entkommen zu lassen. Zittern überfällt mich und meine Hände beben. *Was passiert mit mir?* Fast schon ergeben schließe ich die Augen. Ich möchte das nicht! Ich will nach Hause und mit Granny heiße Schokolade trinken. Ein erneuter Versuch, mich aufzurichten, scheitert.

»Violet!«, schreit Pablo und es hört sich wie das gefährliche Knurren eines Wolfes an. Bereit, sich auf seine Beute zu stürzen.

»Ich kann das nicht«, stammle ich und flehe ihn stumm an.

»Dann pack deine Sachen. Ich bringe dich in eure Wohnung.«

Eure? Ein kleines Wort. Nur ein einziges Wort, das den Trotz hervorruft. Bin ich dazu auf der Welt? Um keine eigene Meinung zu haben? Um das zu tun, was andere mir sagen? Was wird passieren, wenn ich jetzt klein beigebe? Wird Elias weiterhin über mein Leben bestimmen und ich habe mich zu fügen?

Es grummelt. Tief, sehr tief in mir drin. Wie eine Zustimmung und es wird lauter. Kribbeln zieht durch meine Adern.

Pablo steht neben mir, wirft die Einzelteile des Handys aufs Bett und greift nach meinem Arm. Seine Finger drücken unsanft in meine Haut und es schmerzt, als er mich hochzieht. Ein Brennen breitet sich unter seiner Hand aus. Wie ein Stück Vieh werde ich auf die Beine gezogen. Ich wehre mich zwar, aber er ist zu stark.

»Wenn es sein muss, zerre ich dich eben den ganzen Weg hinter mir her!« Er ist mächtig sauer, so habe ich ihn noch nie gesehen. »Zieh den Fummel jetzt an, sofort!«

Scheiße, verfickte Scheiße. Verzweifelt glaube ich seinen Worten. Glaube, dass er seine Drohung wahr macht und mich wirklich durch die Gänge zieht. Allerdings werde ich dann wohl überall blaue Flecken davontragen. Ich will das alles nicht, auf keinen Fall. Doch was für eine Wahl habe ich schon? Zu Elias ziehen? Nachgeben? Ihn über mich bestimmen lassen?

Genervt greife ich nach dem Fischernetz, rolle demonstrativ mit den Augen in Pablos Richtung und verzweifle innerlich an tausend Ängsten, die mir durch den Kopf spuken. Aber ich werde nicht weinen, nein. Auch wenn alles bereitsteht, um aus mir heraus zu brechen.

»Fünf Minuten«, ruft Pablo mir noch hinterher, als ich mich im Bad verkrieche.

Tz, der Fummel ist in dreißig Sekunden übergezogen, denke ich, entscheide mich dann aber für eine schnelle Dusche. Kurz darauf stehe ich vor ihm und werfe einen Blick in den Spiegel an der Schranktür. *Super, nicht mal die Brustwarzen verdeckt das nuttige Teil.*

»Willst du dich nicht noch hübsch machen?«

»Nein. Wozu? Und man schaut Leuten übrigens ins Gesicht, wenn man mit ihnen redet.« Den konnte ich mir nicht verkneifen, aber Pablo glotzt weiterhin auf meine Titten. Eigentlich würde mir jetzt ein weiterer frecher Spruch auf den Lippen liegen, sich eventuell sogar aus meinem Mund schleichen, aber im Moment bin ich unfähig zu allem und fühle mich wie betäubt.

»Los, gehen wir.«

So stöckele ich mit meinen wackeligen Beinen, die in schwarzen Pumps stecken, hinter Pablo die halbdunklen Gänge entlang. *Hier war ich noch nie.* Jeder Meter wird von einer kleinen quadratischen Lampe am Boden beleuchtet und ich frage mich, ob die Wände aus echtem Stein bestehen oder irgendeiner Fake-Masse. Meine Finger gleiten vorsichtig darüber. Es fühlt sich echt an. Aber sollten die Steine nicht kälter sein? Ich versuche mich abzulenken, damit meine Angst mich nicht überrennt und ich den Staudamm doch noch frei lasse.

Irgendwann bleiben wir vor einer großen blutroten doppelflügeligen Tür mit goldenen Verzierungen stehen. Mein Herz rast, als Pablo diese aufschiebt. Zögerlich trete ich vor ihm ein. Es fällt mir extrem schwer, auf diesen Stelzen mit dem nervigen Gezitter vorwärtszukommen.

Der Raum ist spärlich beleuchtet. Als Erstes entdecke ich die goldene Bar mit gefühlt hundert Flaschen darauf. Daneben steht ein goldener, runder Tisch, umringt von vier Stühlen. Eigentlich glänzt alles wie verrückt. Ich aber hänge nur an den blutroten Bezügen.

Scheiße, hoffentlich ist das nicht Chans Raum und er zapft mir Blut ab.

Meine Augen gleiten weiter und streifen ein Matratzenlager in der rechten Ecke. Natürlich ist auch hier alles blutrot. Ich schlucke hart und ehe mich vollkommene Panik befällt, lenkt Pablo mich ab, da er hinter meinem Rücken vorbeigeht und auf ein Sofa zusteuert. Mit einem Tuch in der Hand kommt er zurück und sieht mittlerweile recht freundlich aus. Klar, sein Job ist gleich erfolgreich erledigt.

»Ich verbinde dir jetzt die Augen. Dreh dich um.«

»Wozu?«

»Kannst du nicht einfach mal das machen, was man dir sagt, ohne ständig Fragen zu stellen?«

»Schwierig. Ich bin ein wissbegieriger Mensch.«

Pablo lacht. Es ist ein lautes, helles Lachen. Bei dieser Tonlage amüsiert ihn etwas wirklich. Nicht wie bei diesem zynischen, dunklen Lachen, das er so oft an den Tag legt. Zeitgleich verdreht er aber auch die Augen. So stark, dass ich nur das Weiße sehe und es sieht richtig ekelig aus.

»Du sollst die Männer nicht sehen. Jetzt dreh dich schon um.«

»Wieso nicht?« Ich hauche es, denn meine Stimme hat sich vor Angst verpisst. *Wie unfair, die sehen mich halb nackt und ich sehe überhaupt nichts?*

»Glaub mir, es ist besser. Dann schämst du dich nicht, falls sie dir mal irgendwo über den Weg laufen sollten.« Und da ist es wieder, das dunkle Lachen.

Was ist nur mit Elias los? Instinktiv hoffe ich, dass es ein Versuch ist, mir Angst zu machen. Ganz tief in mir drin weiß ich, dass er mich nicht teilen wird. Dafür hat er mir viel zu oft gesagt, wie schön er es findet, dass er für mich der erste Mann sein wird. *Teilen? Das tut er nicht. Niemals!* Damit versuche ich mich zu beruhigen.

»Oder soll ich dich in die Wohnung bringen?«, startet Pablo einen erneuten Versuch.

Sofort kommt mein Trotz zurück und ich schüttle energisch den Kopf. *Ich lasse mich nicht erpressen, von niemandem! Elias* wird mir nur so viel zumuten, wie er selbst ertragen kann, und das ist bei Weitem nicht viel.

Langsam drehe ich mich um. Selbst das Schlucken fällt mir schwer. Krampfhaft versuche ich meinen Atem zu einem Rhythmus zu zwingen, der mich nicht sofort hyperventilieren lässt.

Ich bin stark, mir kann keiner was! Ich bin stark, so verdammt stark!

Doch als ich in die Dunkelheit geschickt werde, hört mein Herz auf zu schlagen!

Ende

Playlist

Placebo – Because I Want You
BoyWithUke – Babydoll
Ruelle – Deep End
7even7ins – Hey Violet
The Neighbourhood – Staying Up
Fleurie – Breathe
Billy Talent – Hanging By A Thread
Bea Miller – Hallelujah
Ciara – Paint It Black
Jennel Garcia – Creep
Guns N' Roses - Sweet Child O' Mine
NF ft. Britt Nicole - Can You Hold Me
Katie Garfield - Who Will Save You
Farruko, Sharo Towers - Carbon Armor
Thirty Seconds To Mars – Stuck
Yatta Bandz ft. Tatiana Manaois - Fallin' Again
Tim Halperin ft. Hidden Citizens - Warpath
Dalliance - Havana
Linkin Park – Lost
Maluma – Coco Loco
Tommee Profitt ft. Fleurie - Smells Like Teen Spirit
Isabel LaRosa - I'm Yours (Speed Up)
Hozier – First Light
Fleurie - Hurts Like Hell
Gon Haziri, Andrew Dum & Eneli - Bittersweet
Stephanie Dan - How Deep Is Your Love
Jake Daniels - Two Face (Dark Version)
Sia - Bird Set Free
MIIA – Dynasty

Wie … wir sind schon am Ende?
Das wars?
Die spinnt!

Ja, so oder ähnlich würde ich wohl auch an deiner Stelle denken, denn ein richtiges Ende war es jetzt nicht. Schande über mich! Aber je nachdem, wie willig mein Körper, meine Psyche und meine Fantasie sind, wirst du bald erfahren, womit Violet sich noch so alles rumschlagen muss.

Bekommt Violet die Chance, dem Ganzen zu entfliehen? Was hat das Girl sonst noch für (bescheuerte) Ideen? Oh, Vio wird wieder ausrasten, ich kann es dir jetzt schon sagen …

Aber du darfst dich auch auf meinen persönlichen BookBoyfriend freuen.
Ja, du hast richtig gehört, wir treffen auf Edwin und er ist …
Sagen wir mal so, er fordert Violet mächtig heraus.

Ich danke dir wahnsinnig, dass du meiner Geschichte eine Chance gegeben hast und ich hoffe, die Liebe ist nicht an dir vorbeigezogen.

Es wäre toll, wenn du Violet auch im zweiten Band zur Seite stehst.
Ich gebe mein Bestes, versprochen. Der Rest liegt ganz allein bei dir. Bis dahin freuen wir uns über eine Bewertung von dir, denn nur du kannst Violets Geschichte in die Welt tragen.

Besuche mich auf Instagram, falls du zum zweiten Band nichts verpassen möchtest oder Lust auf kostenlose Templates hast.
Du willst deine Meinung, Kritik oder irgendwelche Ideen loswerden?
Nur zu: Ich tausche mich so gerne mit dir aus.

Danke!

Jetzt noch ein besonderer Dank an fabelhafte Menschen, die dieses Buch erst ermöglicht gemacht und mich immer unterstützt haben:

Stefan ♥
Danke, dass du mit mir zusammen den abhandengekommenen Mut wieder eingefangen hast und dir jeden Text mindestens einmal reingezogen hast. Die Betonung liegt hier ganz klar auf mindestens!

Dann möchte ich natürlich auch noch meinen tollen Testleserinnen danken:

Lieben Dank an Siri (Insta: Siri_die_buecherhexe), dass du dich der Sache angenommen hast. Anscheinend habe ich wohl etwas ganz Brauchbares fabriziert, auch wenn es anfänglich eigentlich nur für mich bestimmt war.

Ein großes Dankeschön an Nadine (readwithdini), die sich nur durch einen Textschnipsel und meiner frechen Nachfrage bereit erklärt hat. Ich möchte dich nicht missen, denn ich liebe übels deine ganzen Kommentare und Gedanken, die du mir immer dazu kritzelst.

Merci Daniela (dannysahne82) und Jasmin (kreativmiene), ihr tollen, die mein Baby wirklich in kürzester

Zeit verschlungen haben und wohl auch die größten Fans unter den Testlesern sind. Bin vor allem so dankbar fürs Aufbauen, wenn ich zwischendurch wieder ein Häufchen Elend und nur am Zweifeln war.

Cara, mein Girl. (caras.library) Herzlichen Dank für die Zeit, die du dir für mich und mein Buchbaby genommen hast. Vor allem auch für deine lieben Worte, die mir viel bedeuten, und deine tollen Vorschläge.

Ganz lieben Danke auch an Arzu (arzusbookworld), dass du dich recht kurzfristig noch bereit erklärt hast, mich zu unterstützen. Merci für die ganzen Fehler, die du aufgespürt hast und deine ausführliche Meinung zu meinen Fragen.

Noch ein herzliches Dankeschön an meine Autorenkollegin Daniela Zanger, die kurz vor knapp sich auch zum Lesen bereit erklärt hat, nachdem ihr eigenes Buchbaby Release gefeiert hat. Danke fürs Fehler aufspüren und deine ganzen tollen Tipps. Auch für den Satz, den du mir so schön umgeschrieben präsentiert hast.

Fehlen dürfen auch nicht meine ganzen tollen Blogger-Mädels! Fühlt euch gedrückt, denn ohne euch wäre ich niemand!

Zum Schluss noch ein großes Dankeschön an Nina für das wundervolle Cover und an Susanna, die meine Story auseinandergenommen hat und die lachenden Regentropfen fühlt.
Lieben Dank an Manuela für das Aufspüren der Fehler und an Davina, die dem ganzen als E-Book und Print eine schicke Form gegeben hat.